A OGNI COSTO

UN ROMANZO DELLA SERIE "MANIPOLARE IL SISTEMA"

Brenna Aubrey

Traduzione: Mirella Banfi

SILVER GRIFFON ASSOCIATES
ORANGE, CA, USA

Copertina: ©Sarah Hansen, Okay Creations

20200925
ISBN 978-1-940951-51-5
Silver Griffon Associates
P.O. Box 7383
Orange, CA 92863
www.BrennaAubrey.it

Per Jeff, la mia roccia.

RICONOSCIMENTI

Sono molto grata a una moltitudine di amici e familiari senza i quali questo libro non sarebbe mai esistito: A Tessa Dare, Kate McKinley, Sabrina Darby, Leanna S., Courtney Milan, Carey Baldwin, Martha Trachtenberg, e Sarah Hansen.

Altri grazie a Courtney Miller-Callihan, Tammy Falkner, H.M. Ward, Monica Murphy, Leigh Lavalle, Marie Hall, Abby Zidle, membri della branca di OCC-RWA del Romance Writers of America, il Romance Divas, e il gruppo Facebook NAAU.

Da ultimo, ma non meno importante, un ringraziamento di cuore alla mia famiglia. Grazie, mamma per avermi sempre incoraggiato a sviluppare il mio talento e a non rinunciare mai ai miei sogni. Ai miei fratelli e sorelle... Perché sì. Al mio meraviglioso marito, che si sacrifica ogni giorno per il bene della mia arte. E ai miei due piccolini, che capiscono (quasi sempre) che quando la mamma è al piano di sopra con la porta chiusa, devono andarci piano. Xoxox

Il Manifesto

"Il manifesto di una vergine" – postato sul blog di *Girl Geek*.

Credo che sbalordirò la maggior parte di voi, dichiarando che, alla quasi impensabile età di ventidue anni, possiedo ancora un imene intatto. No, non ho intenzione di rispondere alle vostre domande in proposito. Sì, sono eterosessuale. No, non ho intenzione di uscire con te...

Da che mondo è mondo, la verità globalmente accettata è che una donna ha un valore personale maggiore se si è mantenuta "pura" fino a raggiungere lo stato matrimoniale. È una nozione diffusa in tutte le culture.

In certi paesi, quel valore non è solo morale, o filosofico, è anche monetario. In India, per esempio, ci si aspetta che un marito paghi il prezzo della sposa alla famiglia della moglie, in cambio della sua purezza.

Nell'antica Europa, la famiglia di una sposa metteva a disposizione del denaro, chiamato dote, per aiutarla a fare un matrimonio vantaggioso. Denaro e proprietà cambiavano di mano tra i patriarchi delle famiglie potenti. E, in cambio, la donna veniva deflorata durante la sua prima notte di nozze, che amasse o meno il suo recentissimo marito... normalmente no.

Il sesso con una vergine era talmente quotato in Giappone che un uomo ricco poteva "sponsorizzare" un'apprendista geisha, chiamata "maiko". Pagava per il suo mantenimento e il suo addestramento da parte di una geisha-mentore, le spese per il suo sostentamento e i suoi lussi. E in cambio di questa enorme spesa? L'uomo si guadagnava il diritto del "mizuage", il rituale in cui aveva il privilegio di prendere la sua verginità. Ci si aspettava che poi non la vedesse più. Quindi quell'enorme spesa era tutta per una sola notte.

Le vergini non erano, però, solo oggetto di baratto per uomini ricchi e potenti, avevano un valore anche per le divinità degli antichi, in tutte le culture. I sacrifici di vergini agli dèi rappresentavano la somma offerta in cambio di qualcosa che serviva, di solito, agli uomini. Nella leggendaria antica Grecia, la risentita dea Artemide chiese il sacrificio di una vergine come pagamento dell'insulto rivoltole da Agamennone. I greci avevano disperatamente bisogno di vento per veleggiare verso Troia e dichiarare guerra, ma la dea lo impediva. La figlia di Agamennone, Ifigenia, e sua madre Clitennestra furono portate con l'inganno all'altare del sacrificio, con la promessa del matrimonio con l'eroe Achille. Invece, Ifigenia fu uccisa e i venti ricominciarono prontamente a soffiare. E gli eroi spiaggiati partirono, per nulla turbati.

Il premio ultimo in tutti questi esempi era la verginità della donna, e, nella maggior parte dei casi, la donzella in questione guadagnava ben poco dall'essersi mantenuta pura.

Quindi vi chiedo, ai giorni nostri, una donna potrebbe cambiare questo schema e approfittare dalla sua stessa purezza? Io mi trovo nell'insolita posizione di essere in grado di scoprirlo.

Ho deciso di denunciare i crimini e le restrizioni imposte alle mie sorelle dall'inizio dei tempi fino a oggi. E vi propongo quindi un nuovo paradigma. Uno nel quale una donna può vendere la sua purezza e goderne i frutti.

Il diritto alla mia verginità sarà venduto al miglior offerente.

Capitolo Uno

Avevo aggiornato la pagina web almeno venti volte nell'ultima ora, minuti infiniti che passavano tra un clic e l'altro del tasto. Il Manifesto adesso era una realtà e stava seriamente per influenzare il mio futuro.

Alla fine, restai seduta, incredula, senza fiato. Era definitivo. Un completo estraneo si era appena impegnato a pagare tre quarti di milione di dollari in cambio della mia verginità.

Sbattei un paio di volte gli occhi, guardando la cifra, con tutti quegli zeri che la seguivano, riuscendo a malapena a respirare. Avevo la bocca secca come il deserto del Mojave, ma dubitavo di avere nelle gambe la forza per alzarmi e andare a prendere un bicchier d'acqua.

Mentre ero chinata all'indietro sulla sedia, a fissare il soffitto, suonò il telefono. Senza nemmeno guardare l'ID del chiamante, capii chi era.

«Ehi, Heath» mormorai.

«Ok, la tua folle asta è terminata e sembra che qualcuno voglia pagare una fottuta fortuna per portarti a letto. Allora, adesso sei pronta a rinunciare a questo piano ridicolo?»

Presi una lunga boccata d'aria e poi espirai piano, desiderando che il mio cuore non stesse battendo come se avessi appena corso un miglio in tre minuti. «Assolutamente no.»

Heath sospirò. «Già, è quello che immaginavo. Ma non smetterò di tentare, Mia, lo sai.»

Feci una smorfia. «E non sei quasi mai riuscito a farmi cambiare idea su niente, *lo sai.*»

Heath imprecò sottovoce. «Questo è stato il più lungo e costoso braccio di ferro che abbia mai fatto» disse.

«Te l'ho detto, non ho intenzione di tirarmi indietro. Ho piantato i piedi bene in profondità.»

Heath scoppiò a ridere. «Non è l'unica cosa che sarà piantata in profondità.»

Sobbalzai, raddrizzandomi sulla sedia. «Chiudi il becco. Avevi promesso che non mi avresti preso in giro.»

«Bene. Ma lo faremo a modo mio o non faremo assolutamente niente, esattamente come eravamo d'accordo. Non sto scherzando… ritirerò il mio supporto.»

Sospirai. «Sì, sì, va bene. Non c'è bisogno che continui a ripeterlo. Ho capito.»

«Smettila di alzare al cielo i tuoi grandi occhi castani. Non è che mi faccia piacere dover passare al setaccio tutte queste stronzate e scoprire che tipo di pervertito ha adocchiato le foto sul tuo sito web.»

Sentii lo stomaco che si contraeva a quelle parole e non dissi niente per un lungo momento. Era davvero una follia e tutte le volte che cercavo di far sparire il panico che aleggiava al margine del mio subconscio, qualcos'altro lo scatenava a un livello ancora più alto.

«Non mi stai aiutando» dissi, cercando di non far trasparire l'irritazione nella mia voce.

«Chi diavolo ha messo in piedi tutta questa maledetta faccenda? Sono un obiettore di coscienza riguardo a questo tuo "nuovo paradigma", vero, ma comunque non ti lascerò in mutande.»

Sollevata, tossii, desiderando disperatamente cambiare argomento prima che cominciasse un'altra predica sul potenziale auto-distruttivo delle mie azioni. «Va bene, allora... Qual è il prossimo passo?»

Heath si schiarì la voce. «Valuterò i primi tre offerenti sulla base dei tuoi criteri più importanti. Se sono dei perdenti, passerò al terzetto successivo finché troverò qualcuno che non sia uno sporco vecchio pervertito, ammesso che ci *sia* qualcuno che non è uno sporco vecchio pervertito.»

«Ok, hai la lista da qualche parte, vero?» Feci una smorfia, immaginando la montagna di carte e robaccia sulla sua scrivania. Probabilmente non la vedeva da settimane.

«Cristo, Mia. Non ho bisogno di quella maledetta lista. Ricordo tutto. Non deve essere sposato. Deve fornire un esame di laboratorio completo per escludere le malattie veneree. Mhmm...»

«Visto? Non riesci a ricordarne nemmeno la metà.» Feci una pausa. «Trova la lista e pulisci quella dannata scrivania ogni tanto.»

Dall'altra parte del telefono, Heath stava frugando tra le carte. «È proprio qui, sotto una pila di...»

«Merda?»

«Ricordo un altro criterio, la fedina penale?»

«Uh uh... E che altro?»

«Ah. Eccola! Visto, te l'avevo detto che l'avrei trovata sotto la mia pila di appunti di Minecraft. Vediamo... esami di laboratorio, stato matrimoniale, bla-bla, prova che il denaro è stato versato in un conto di deposito all'estero.»

«Ah, e da ultimo, ma non meno importante...?»

«Che ce l'abbia bello grosso?»

Sbuffai. Tipico da parte sua pensare che le dimensioni fossero importanti. «Non la pensiamo tutti come te.»

«Beh, già, quello sarebbe uno dei miei criteri, e allora? L'ultimo criterio è che siate entrambi d'accordo che non ci saranno ulteriori contatti tra le due parti una volta rispettati i termini del contratto.»

Mi misi comoda. «Perfetto. Allora sono in buone mani.»

«È compito mio assicurarti che lo *sarai*.»

Di nuovo quella stretta alla bocca dello stomaco. «Quello è il piano.»

«Ho già mandato le e-mail ai primi candidati.»

Alzai di colpo le sopracciglia. Aveva fatto in fretta. Non era proprio da lui essere così sul pezzo. Heath, il mio miglior amico fin dalla terza media e fratello maggiore surrogato, anche se era più vecchio di me di soli sei mesi, era sempre stato il mio protettore. Quando gli avevo mostrato il post del Manifesto di una Vergine, pronto da pubblicare sul mio blog, aveva dato di matto.

Fortunatamente si era calmato e aveva chiesto di poter controllare lui il risultato. Era il compromesso che avevo dovuto accettare in cambio del suo aiuto, e sapevo di potermi fidare di lui. In effetti, Heath era l'unico uomo su questo pianeta di cui mi fidassi.

Ci salutammo ed io chiusi il browser con un clic deciso. Ero sicura che il giorno seguente i lettori del mio blog avrebbero chiesto un riepilogo dei risultati dell'asta. L'intera faccenda era diventata quasi virale nella comunità dei videogiocatori, e anche oltre… *Huffington Post*, Jezebel, perfino Twitter. Strinsi forte gli occhi, terrorizzata all'idea di scrivere quel post. I lettori avrebbero voluto delle risposte ed io non le avevo. Non ancora comunque.

Ciò nonostante, c'erano stati dei reclami nelle passate settimane, perché l'asta aveva interferito con i post regolari. Cristo santo, dopotutto quello era un blog sui videogiochi!

Durante la baraonda dell'asta, la maggior parte dei lettori maschi aveva apparentemente deciso che meritavo un otto, o perfino di più. La mia opinione personale si avvicinava più a un sei pieno. Ma i maschietti che giocavano non erano di solito molto schizzinosi quando si trattava delle donne nella community. Bastava che fosse una femmina, che respirasse e avesse il seno di dimensioni ragionevoli. Se una ragazza "gamer" si fosse appiccicata il cartellino con il nome sulla scollatura al Comic-Con, poteva stare quasi certa che non l'avrebbero mai guardata negli occhi.

Passai le ore successive con le mani tremanti, in una specie di nebbia. Mi preparai una tazza di tè usando la costosa scatola di Orange Pekoe, il mio preferito. Mi permisi quel piccolo lusso perché era un'occasione speciale e giurai a me stessa che avrei riusato la bustina per la colazione del giorno dopo. Ero arrivata al punto di dovermi imporre risparmi del genere. I soldi della mia borsa di studio si erano esauriti poco a poco, e riuscivo a malapena a coprire le spese con la pubblicità sul mio blog e il lavoro part-time come inserviente all'ospedale.

L'idea dell'asta era nata da quella necessità, nonostante gli "alti ideali" del Manifesto di una Vergine. L'avevo sinceramente postato per aprire una discussione sull'antica tradizione di trarre beneficio della purezza di una donna. E sì, avevo anche voluto esprimermi sul valore della mia verginità, da usare a mio vantaggio. Credevo fermamente in quegli ideali, ma la motivazione principale erano i soldi, la sicurezza. Dopo aver usato la maggior parte del mio prestito studentesco per aiutare mia madre con le spese mediche, non avevo più niente da parte per la facoltà di medicina.

La mia unica alternativa era ipotecare completamente il mio futuro caricandolo del peso di enormi prestiti. Volevo veramente laurearmi in medicina oppressa da un enorme debito per poi cominciare tre anni d'internato e, come se non bastasse, una specializzazione in oncologia?

Misi un cubetto di ghiaccio nel tè bollente e lo sorseggiai mentre aprivo il manuale per il test di ammissione alla facoltà di Medicina, con la stessa sensazione di stare naufragando che ultimamente accompagnava tutte le mie sessioni di studio. Avevo cominciato quell'anno così piena di speranze che, rifacendolo, avrei migliorato il punteggio scarsissimo dell'anno precedente. Ma man mano che passava il tempo, diventava sempre più difficile restare ottimista.

Il test era tra poco più di tre mesi e c'era ancora talmente tanto da rivedere. Feci un profondo respiro e mi tuffai nello studio, ripassando le materie di quella settimana: gli idrocarburi e i composti contenenti ossigeno. Controllai l'orologio. Dovevo incontrare Jon in biblioteca per studiare ancora un po' quella sera. Lo studio di gruppo ci sarebbe stato il giorno dopo e, come sempre, volevo portarmi avanti. Se non fossi arrivata a quella sessione extra più che preparata, avrei avuto l'impressione di prendermi in giro da sola.

Quindi cominciai a lavorare.

***

Quella sera incontrai Jon alla biblioteca universitaria, nel nostro solito angolo. E a dire la verità ero grata per la distrazione dalla costante preoccupazione per l'asta.

«Allora?» chiese Jon mentre mi sedevo al mio solito posto.

Aggrottai le sopracciglia. «Cosa?»

«Puoi venire?» Mi guardò con gli occhi azzurri imploranti.

Jon ed io c'eravamo incontrati durante il precedente anno di pre-medicina all'Università Chapman. Lui si era trasferito da una delle potenti università dell'Ivy League. Non ero mai riuscita a farmi dire esattamente che cos'era successo. Non è che stesse risparmiando andando alla Chapman, un'università privata con una retta altissima.

La mia retta scolastica del primo ciclo era stata coperta dalla borsa di studio accademica e avevo lavorato duramente per ottenere la laurea di primo livello in tre anni e mezzo invece dei soliti quattro, quindi quest'ultimo semestre era dedicato al lavoro e allo studio. Se non avessi migliorato il mio punteggio al test di ammissione, sarebbe stato tutto inutile e avrei dovuto cercare qualcosa di diverso da fare con la mia laurea in biologia.

A causa del basso punteggio al test, ero obbligata a lavorare nell'anno sabbatico, cosa che non avevo previsto, perché nessuna facoltà di medicina avrebbe accettato la mia domanda con un punteggio inferiore a venti, anche se la mia media generale era un perfetto 4,0. Avrei dovuto aspettare di avere un punteggio più alto al test per iscrivermi. Quindi stavo usando quel tempo per guardare il lato buono delle cose. Era impossibile negare che mi servisse tempo per raccogliere fondi. Guardai il mio compagno di studi dall'altra parte del tavolo, con ben più di un po' d'invidia. Jon non aveva problemi finanziari e quindi sarebbe entrato direttamente alla facoltà di medicina l'anno successivo, subito dopo la laurea.

Vedendo il mio sguardo vacuo, sospirò. «Hai di nuovo dimenticato di caricare il telefono?»

Frugai in borsa e lo presi. Morto stecchito. Gli rivolsi un sorriso imbarazzato e alzai le spalle. «Non mi piace messaggiare, te l'ho già detto.»

Jon si passò la mano tra i capelli biondi ricci. «Mia, devi entrare nel ventunesimo secolo. Prima di tutto, solo la gente anziana ha telefoni come quello» disse con un gesto disgustato della mano.

Tirai indietro il telefono, con un'ondata di malriposto affetto che mi saliva in petto. Che cosa c'era che non andava con un piano telefonico prepagato? E avrei dovuto dirgli che il motivo per cui non avevo ricevuto il suo messaggio non era perché avevo dimenticato di caricare il telefono ma perché avevo esaurito il forfait e non avevo soldi per ricaricarlo?

Sapeva che ero una tipica studentessa che faticava ad arrivare a fine mese. Solo che non sapeva fino a che punto, perché non l'avevo mai invitato a casa mia. Un'occhiata al mio monolocale, e avrebbe capito immediatamente le mie condizioni finanziarie.

Non avevo mai portato ragazzi a casa mia, a parte Heath, ma perfino lui normalmente arricciava il naso davanti al mio monolocale riconvertito. Eravamo stati compagni di stanza fino all'anno prima, quando lui e il suo boyfriend avevano deciso di trasferirsi a vivere insieme. A causa delle mie difficoltà finanziarie avevo dovuto rivedere al ribasso le mie aspirazioni, e di parecchio, fino ad arrivare al monolocale sopra il garage di una di quelle belle case artigianali vintage. Sfortunatamente, lì dentro faceva più caldo che all'inferno d'estate e un freddo cane, se era possibile nel sud della California, in inverno.

«Allora, che cosa mi avevi chiesto?» Mi sentii stringere lo stomaco aspettando la risposta. *Per favore non chiedermi ancora di uscire con te. Per favore non chiedermi ancora di uscire con te.* Mi stavo stancando di dirgli di no. Era più insistente della maggior parte dei ragazzi. Misi dietro l'orecchio una ciocca dei miei lunghi capelli scuri e lo guardai, aspettando.

«C'è questa cena…» Si fermò quando feci un respiro profondo e gli lanciai un'occhiata. Quando non dissi niente, continuò. «È una cena di beneficienza. I miei genitori partecipano tutti gli anni e mi hanno chiesto di andare al loro posto, visto che loro non possono.»

«Quando?»

«La settimana prossima.»

«Abiti?»

«Formali.»

«Non partecipo a quel tipo di eventi.» Per non parlare del fatto che non avevo niente da mettere che si potesse nemmeno lontanamente classificare come "formale".

«Dai Mia» mormorò con un gemito. «Non è che ti sto chiedendo di sposarmi.»

Sentii la schiena contrarsi e la tensione formarsi tra le scapole. Cercai di sentirmi adulata dalla sua evidente attrazione, ma francamente la trovavo più che altro un ostacolo alla qualità dello studio. «Mi dispiace. Per favore non prenderla sul personale. Semplicemente io non accetto appuntamenti.»

Jon scosse la testa, soffiando fuori il fiato. «E non finirai mai con qualcuno se l'unico uomo che frequenti è gay.»

Inspirai dal naso, lasciando uscire l'aria dalla bocca. Sapevo che non intendeva essere offensivo. Si trovava bene con Heath, in effetti, aveva detto che Heath sarebbe tranquillamente riuscito ad avere la meglio su di lui. Commento piuttosto stupido perché Heath sarebbe riuscito a polverizzare la maggior parte degli uomini; ero contenta di averlo dalla mia parte.

«Che cosa ti fa pensare che sia interessata a mettermi con qualcuno?»

Jon si tirò indietro sulla sedia, sorpreso. Era un buon compagno di studio e una brava persona, altrimenti non me ne sarei preoccupata. Ma stava diventando stancante e sapevo che dovevo togliergli le illusioni oppure cercare un nuovo compagno di studio. Mi guardò, completamente abbattuto e non potei evitare di sentire un pizzico di rimorso. Non avevo mai cercato di ferire i suoi sentimenti, quindi mi dissi che potevo dargli un contentino. «Che ne dici se andiamo a bere qualcosa per festeggiare, dopo il test?»

I suoi occhi s'illuminarono. Era veramente carino. Un tipo che avrei potuto frequentare, se avessi frequentato qualcuno. Ma ero appena riuscita a completare tutto il primo ciclo di studi senza mai uscire con un uomo. Uscivamo in gruppo e qualcuno mi aveva chiesto di uscire con lui, di tanto in tanto, finché si era sparsa la voce che non ero lì per socializzare.

Inoltre, passare la quasi totalità del mio tempo libero giocando ai videogiochi e trafficare sul mio blog tendeva a uccidere una vita sociale. E la mia era morta anni prima.

«OK.» Jon sorrise e prese uno dei promemoria generati dal suo computer. «Elenca i composti contenenti ossigeno che sono anche derivati dagli acidi.»

Feci un respiro profondo, sperando che quella piccola concessione non mi si sarebbe rivoltata contro. Poi risposi alla domanda.

***

Il primo squillo del telefono entrò a far parte del mio sogno. Stavo per fare la prima incisione su un cadavere durante il primo anno di anatomia topografica in qualche anonima facoltà di medicina. Avevo appoggiato il bisturi sulla pelle, pronta a tagliare i tessuti sottocutanei, come avevo letto nei miei libri sulla dissezione dei corpi, e il cadavere aveva cominciato a suonare come un telefono.

Il secondo squillo mi strappò dal sogno, talmente intontita da riuscire a malapena a capire dov'ero.

Controllai l'ID e cercai la cornetta tastoni.

«Mamma» mormorai, tendendo il braccio verso la sveglia. Sette e mezzo. Perché insisteva sempre a chiamarmi così presto?

«Stavi dormendo?»

Mi schiarii la voce: «No.»

«Bugiarda» rispose mia madre. «Devi cominciare ad allenarti per alzarti presto. I medici non dormono fino a tardi.»

«Gli aspiranti medici dormono fino a tardi quando sono rimasti alzati per metà della notte a studiare.»

Lei sospirò. «Beh, non va bene nemmeno quello. Se finisci per esaurirti prima che arrivi il momento di fare il test, non riuscirai a rispondere nemmeno a una domanda.»

Alzai gli occhi al cielo e la mia testa ricadde sul letto. *Già, così mi sento molto meglio mamma. Grazie.* Sistemai la testa sul cuscino caldo. «Perché mi hai chiamato in questa bella mattinata?»

«Voglio sapere se ti servono soldi» disse dolcemente.

Strinsi i denti, sentendo la mascella che si contraeva sotto le guance. Con la mia miglior voce allegra risposi. «No, va tutto bene…»

«La notte scorsa, quando non eri in casa, ho cercato di chiamare il tuo cellulare.» *Merda.* Aveva sentito la registrazione che diceva che era fuori servizio.

«Oh, devo aver dimenticato di pagare i minuti in più.»

«Emilia Kimberley Strong.»

«Sto bene, mamma. Mi pagheranno venerdì.»

Sentii montare l'irritazione, come se un esercito di formiche stesse facendo un picnic sulla mia schiena. Come se avesse il diritto di irritarsi con me perché mentivo quando stava mentendo lei per prima! Avevo visto l'avviso d'insolvenza dell'ipoteca l'ultima volta che ero stata a casa. Secondo avviso, terzo. Spese di mora.

Stava a malapena a galla con il ranch. Non aveva mai avuto un'ipoteca quando ero piccola. Aveva comprato il ranch in contanti quando ero solo una neonata con i soldi che il donatore biologico di sperma, il mio termine non proprio affettuoso per il maschio che mi aveva generato, le aveva dato perché se ne andasse e avesse il bambino da qualche altra parte.

«Mia, me lo diresti se avessi bisogno di qualcosa, vero?» *Mamma, me lo diresti se la banca stesse per buttarti fuori dal ranch, vero?* Avrei tanto voluto risponderle con quelle parole ma, come sempre, mi mancava il coraggio perfino per accennare all'argomento.

Il ranch, una specie d'incrocio tra un agriturismo e un B&B stile western, era il mezzo di sostentamento di mia madre. Ma non era stata in grado di gestirlo correttamente dopo la diagnosi di cancro e il successivo trattamento. Quindi aveva dovuto accendere un'ipoteca per poter coprire in parte le sue spese mediche.

Riuscii a tirar fuori di nuovo la mia falsa voce allegra. «Certo, certo. Ti voglio bene!»

«Non abbiamo nemmeno parlato… che cosa…»

E accidenti se proprio in quel momento non ci fu il blip di una chiamata in arrivo. Controllai l'ID. Grazie Heath! Se avessi potuto arrivarci attraverso il filo lo avrei baciato, davvero. Adoravo quell'uomo.

«Mamma, mi sta chiamando Heath e penso che sia piuttosto importante, posso richiamarti?»

«Ti chiamerò io. È una chiamata interurbana.»

«OK. Magari domani?»

«Digli che lo saluto e che sto ancora aspettando che venga con te la prossima volta, così potrò vederlo.»

«Certo, certo. Ti voglio bene mamma.» Premetti il tasto per prendere la chiamata in attesa, feci un respiro profondo e mi misi seduta.

«Heath.»

«Bambolina.»

«Che cosa c'è?»

«Ho ristretto il campo a due tizi. Li incontrerò entrambi entro i prossimi giorni.»

«Sono in questa zona?»

«Uno di loro non vive tanto lontano, in effetti. L'altro vive all'est ma sta venendo da queste parti per affari giovedì, quindi lo vedrò allora.»

Il mio cuore cominciò a battere come un tamburo. «OK. Come… come sono?»

«Il più giovane ha solo sessantadue anni…»

Mi raddrizzai di colpo, «*Cosa?*»

«Stavo scherzando.»

Mi appoggiai nuovamente ai cuscini, sospirando di sollievo. Avrei dovuto saperlo.

«Stronzo.»

«Il terzo tizio quasi ci arrivava. Era sui cinquanta. Era un "no" anche in base ad altri criteri. Il più giovane ha solo qualche anno più di me. L'altro è sulla trentina. Piuttosto appetitoso. *Io* me lo farei, ma sai che mi piacciono i biondi."

Quindi il più giovane non era biondo. «Che altro mi puoi dire?»

«Ricchi da far schifo, ovviamente. Entrambi molto interessati, specialmente dopo aver ricevuto le foto del tuo viso.»

Alzai gli occhi al cielo. A parte tutte le sue capacità tecniche (Heath progettava e costruiva siti web, per lavoro) il suo passatempo preferito era la fotografia digitale. E aveva parecchio talento. Era lui che aveva insistito, all'inizio, quando avevo architettato quel piano folle, di farmi mettere un bikini (uno che avevo comprato ad *Anthropologie,* e che avevo finito per restituire perché era ben oltre il mio budget di spesa). Mi aveva fatto delle foto sulle rocce del molo sulla spiaggia di Corona del Mar.

Nelle foto che aveva postato sul sito dell'asta, mi si vedeva solo dal collo in giù. Immagino di avere una bella figura, anche se ho il seno piuttosto piccolo. Ma sono abbastanza alta, quindi c'era l'effetto "gambe lunghe". Ciò nonostante, ero stata abbastanza sicura che la mancanza di ritocchi chirurgici e di falsa abbronzatura avrebbe influito sui risultati dell'asta. Ma a quanto pareva non era così.

Nonostante sapessi che era ora di farla finita e perderla, non era solo questione di cedere la mia verginità al tizio che avesse pagato di più. Avevo programmato accuratamente tutto. Prima, avrebbe dovuto passare il vaglio del mio "buttafuori".

«Sì, devo trovare il modo di appropriarmi di quello che non ti vincerà.»

Scoppiai a ridere. «Fammi sapere se funziona. No, forse è meglio di no. Preferisco non saperlo.»

«Incontrerò il tizio californiano domani a pranzo, a Irvine. Mi metterò in contatto con te dopo aver incontrato il newyorkese. Ho chiesto a entrambi le cartelle mediche e sto facendo fare dei controlli.»

«Sembra tutto giusto.»

«Mia, devo ripetertelo ancora una volta. Non è troppo tardi per tirarti indietro. Una volta che il denaro avrà cambiato di mano e i piani saranno in moto, sarà troppo tardi. Ma per il momento sei ancora libera di ritirarti, restando completamente anonima. Voglio dire, so che non è una cosa facile da chiedere a te stessa. Non hai mai fatto sesso e programmare di farlo per la prima volta con un completo estraneo...»

«Heath...»

«Mi sono assicurato di inserire nella descrizione dell'asta che potresti aver bisogno di un periodo "per conoscervi". Forse qualche appuntamento, solo perché non sia così... immediato?»

Scossi la testa, cercando di sopprimere la frustrazione che stava montando. Ne avevamo già parlato, parecchie volte. «Ti ho già detto che preferisco non conoscerlo. Voglio solo farla finita il più presto possibile. Non è un atto romantico per me, solo un pezzetto di pelle, con cui non ho nessun legame affettivo. È ora che me ne liberi. In questo modo posso continuare la mia vita con un bel conto in banca.»

Ci fu un lungo silenzio dall'altra parte del filo. Mi sedetti e strinsi forte gli occhi, pensando a mia madre. Avrebbe avuto bisogno molto presto di una somministrazione di anticorpi monoclonali contro il melanoma e l'immunoterapia era costosa, specialmente senza assicurazione medica. Probabilmente avrebbe rifiutato di farla, scegliendo invece di pagare il mutuo. Sentivo la rabbia per la nostra impotenza bruciare ai margini della mia coscienza. «Ti ho detto che non mi tirerò indietro.»

«Ok. Mi sono solo sentito obbligato a ripeterlo.»

«Ancora. E ancora.»

«Giusto. Ora ti farò un'altra domanda che ti farà arrabbiare.»

Mi preparai, ma non dissi niente.

«Che cosa credi che direbbe la tua psichiatra di questa storia?»

Fui sorpresa. «Non vedo la dottoressa Marbrow da anni.» Non potevo più permettermi nemmeno *lei*. «Mi ha dimesso sulla parola. Mi ha dichiarato completamente guarita.»

«Ceeerto.»

«Pensi che sia pazza?»

Heath sospirò. «Penso che la merda con cui hai avuto a che fare richieda parecchio tempo per guarire.»

Deglutii. Sei anni non bastavano? Se no, quanto tempo ancora ci sarebbe voluto? Dieci? Quindici anni?

«Sono una donna forte» mormorai.

«Diavolo, sì, certo. Stavo solo dicendo...»

«OK, è tutta la predica che riuscirai a fare per oggi. Basta. Se ne riparla alla fine della settimana. Devo prepararmi per andare al lavoro.»

«Ti collegherai stasera?» mi chiese.

«È la nostra solita serata di gioco. Sai che ci sono sempre.»

«Qualche notizia da Fallen?» Heath si riferiva a un membro regolare del nostro gruppo con il nome che aveva nel gioco, FallenOne, come facevano tutti, dato che non ci aveva mai comunicato il suo vero nome. Giocavamo insieme da oltre un anno, insieme a un'altra buona amica dal Canada, e Fallen non partecipava alle nostre serate da quasi due mesi.

«Non so cosa stia succedendo nella sua vita privata in questo momento.»

«Non te l'ha detto? Voi due parlate sempre di tutto.»

«Non più» dissi con una punta di rimpianto. Sapevo che Fallen leggeva il mio blog. Si era opposto con veemenza al Manifesto. Avevamo passato metà della notte a chiacchierare nella chat del videogioco e a discuterne. Era arrabbiato con me per via dell'asta? Il pensiero di perdere degli amici per questa faccenda non mi faceva piacere, quindi speravo che non fosse per quello.

Finita la telefonata, saltai giù dal letto e feci una doccia, poi mi misi il camice e andai in ospedale. E cercai di concentrarmi solo su ciò che stavo facendo e non sui problemi che aveva sollevato Heath, né sul risultato finale dell'asta. E, con un po' di fortuna, le cose sarebbero finite prima che dovessi rifare il test di ammissione. Potevo sperarlo, almeno.

Capitolo Due

Passai il resto della settimana seguente come un automa, facendo meccanicamente le solite cose, al lavoro, sul mio blog, finendo un po' di cose. Mi sentivo sull'orlo di qualcosa, qualcosa di grosso. Ma non mi permettevo di pensarci. Doveva essere una cosa più piccola di me. Doveva essere un momento insignificante nella mia linea temporale. Presto sarebbe finito ed io avrei voltato pagina e continuato con il resto della mia vita.

Ma non riuscivo a evitare di chiedermi con che tipo di persona sarei finita. Se ero fortunata, lo avrei trovato attraente, almeno. Forse sarebbe stato dolce, gentile. Non era necessario che fosse fantastico, tenuto conto che non sarei comunque stata in grado di giudicare, vista la mia mancanza di esperienza.

Mi passavano per la mente pensieri come quello e un paio di volte mi ero ritrovata a fantasticare su questo tizio misterioso e a sobbalzare tutte le volte che suonava il telefono mentre aspettavo che Heath mi chiamasse. Quindi, quando il telefono finalmente suonò, non fu una sorpresa che fossi, di nuovo, a letto, questa volta per un breve sonnellino dopo un turno di notte al Pronto Soccorso.

«Che cosa c'è?» bofonchiai nel ricevitore, ancora quasi addormentata.

«Stavi dormendo?» Dall'altra parte del filo arrivò la voce divertita di Heath.

«Mhmm. Turno di notte, fino a stamattina.»

«Ah, va bene. Beh... alzati e fatti una caraffa di caffè perché ho il tuo vincitore e vuole incontrarti questo pomeriggio.»

Emisi qualcosa a metà tra un gemito e un grugnito. «Può aspettare. Sono mezza morta, Heath. Non possiamo farlo domani? È la mia giornata libera e ho bisogno di un po' di preavviso. Non faccio il bucato da...»

«Niente da fare, bambolina. Deve tornare all'est per affari domani mattina presto. Non tornerà fino alla fine della settimana.»

«Heath...»

«Dai. Ho prenotato una sala conferenze privata al Westin South Coast Plaza.»

Ricordai che la mia unica gonna seria, diritta e fresca, era sul fondo del cesto della biancheria pulita, stropicciata fino a essere irriconoscibile.

«Devo stirare la gonna e il ferro da stiro è rotto.»

«Porterò il mio ferro quando verrò a prenderti.»

«Non ho nemmeno un asse da stiro.»

«Allora usa il tavolo, per l'amor di Dio. Ascolta, non sono qui per risolvere i tuoi problemini di femmina etero. Alzati, truccati e andiamo avanti con il programma.»

Sospirai e riagganciai, con il cuore che andava a mille. Poi mi accorsi che non mi aveva detto chi aveva scelto.

Seguii le sue istruzioni, mi alzai, feci la doccia, cercai di sistemarmi i capelli, arrendendomi poi all'inevitabile, facendo una coda di cavallo poiché non volevano cooperare. Il trucco era soddisfacente e indossavo una camicetta, bianca, button-down e le mutandine, quando arrivò Heath. Non aveva il ferro da stiro.

«Che diavolo, Heath?»

«Non l'ho trovato. Quello stupido piccolo idiota deve averlo fottuto quando ha raccolto la sua robaccia e se n'è andato.» Si riferiva al recente fallimento della sua relazione durata due anni. Non era stata una rottura facile e Heath era ancora alle prese con un cuore infranto.

Gli rivolsi un'occhiata incuriosita. «Chi diavolo ruba un ferro da stiro?»

«Piccoli marmocchi viziati come Brian, ecco chi.»

Sospirai e guardai la mia patetica parodia di gonna.

«Perché non l'appendi nella doccia e fai scorrere l'acqua calda?»

«Devo fare la doccia alla gonna?»

«Il vapore toglierà qualche grinza. Funziona anche l'asciugatrice.»

«Beh, non ho l'asciugatrice, quindi penso che dovrò accontentarmi del vapore. Pensi che funzionerà?»

«Diavolo, no! Ma tanto vale tentare.»

Feci scorrere l'acqua finché diventò fredda, e non ci volle molto nel mio piccolo monolocale. Da quando vivevo lì, ero diventata la campionessa delle docce lampo. Quando tolsi la gonna dall'appendiabiti e cercai di lisciarla, il tessuto umido non volle cooperare.

Una volta vestita, uscii dal bagno. Heath fece una smorfia e roteò le dita, indicandomi di voltarmi.

Ubbidii: «Va così male?»

Alzò le spalle. «Non ci vuole un esperto di moda per capire che quella cosa è un casino… letteralmente.»

Lasciai andare il fiato che stavo trattenendo. «Quanto tempo abbiamo? Magari possiamo passare dal centro commerciale e prendere qualcosa in prestito?»

Heath prese il telefono, controllò e scosse la testa. «Dovrai andare così. Inoltre non paga una vagonata di soldi per andare a letto con la tua gonna, per tua fortuna.»

Lo guardai storto. «A volte mi scocci da morire.»

«Lo so.» Alzò le spalle, indicò la porta e uscì. Io lo seguii fuori in un meraviglioso pomeriggio di primavera.

Una volta nella Jeep Wrangler azzurra, Heath si diresse verso la prima entrata della superstrada attraverso le sonnacchiose strade residenziali, drappeggiate di jacaranda viola acceso e alberi di falso pepe che frusciavano. Nel grande viale, palme torreggianti, onnipresenti nel sud della California, tremavano nella fresca brezza oceanica.

«Allora, chi è questo tizio?» gli chiesi mentre s'immetteva nella superstrada 55.

«Lo scoprirai presto. Si chiama Drake.» Mi diede un'occhiata come se dovessi sapere chi era. «Adam Drake.»

«E quale dei tizi ricchi è?»

«Il tipo di qui. Ovviamente vive a Newport Beach. Non è lì che vivono tutti i ricconi?»

Sbuffai. «E hai detto che è giovane?»

«Un po' più vecchio di noi. Ventisei.»

«Allora come fa a essere così ricco? Fondo fiduciario? La società del paparino?»

«No, si è fatto da solo, in effetti.»

Quell'informazione mi lasciò senza fiato. «Com'è possibile alla sua età?»

«È un progettista di software, videogiochi.»

Restai a bocca aperta. Non mi sfuggì il senso dell'ironia di Heath. «Capisco perché l'hai scelto. Ha sviluppato qualcosa che conosco?»

Heath fece spallucce. «Forse.»

Gli diedi un'occhiata irritata. «Quanto sono stati accurati i tuoi controlli?»

«Oh Dio. A questo punto lo conosco come un fratello. Ci siamo parlati lunedì per tre ore. Poi un'altra lunga chiacchierata mercoledì al telefono. Ero già quasi innamorato di lui prima ancora di incontrare il signor New York.»

Ridacchiai grugnendo come un'idiota.

«Beh, non farlo quando sarai lì. Potrebbe tirarsi indietro se ti sente ridere come un maialino.»

Gli diedi uno schiaffo sulla spalla con il dorso della mano e lui sorrise.

Nemmeno mezz'ora dopo, eravamo seduti su delle sedie di pelle nera, a un tavolo riunioni di vetro e cromo, e tutto intorno a noi un elegante arredo di granito che trasudava ricchezza. Ero passata davanti a quell'albergo parecchie volte ma non ero mai stata all'interno, né avevo mai sperato di avere la possibilità di stare in un posto così bello.

Tamburellavo con le mani sulle ginocchia, battendole contro le gambe nude. Heath mi fermò una volta mettendo la sua mano grande sopra le mie, ma ricominciai immediatamente appena la tolse.

«Mi stai facendo impazzire con quel rumore.»

Gli lanciai un'occhiata. Doveva farsene una ragione. «Siamo veramente così in anticipo?»

«No, è in ritardo lui.»

«Se era così ansioso di incontrarmi oggi, non sarebbe dovuto arrivare in orario?»

«Sta arrivando dalla 405. Dopo le tre è praticamente un parcheggio. Probabilmente è bloccato nel traffico.»

Sbuffai. «Non può prendere la corsia delle limousine dei ricchi da far schifo, o roba simile?»

Prima che potessi finire la frase, due uomini si avvicinarono alla porta di vetro satinato della sala conferenze. Uno di loro si chinò in avanti per aprire la porta. Era il più alto dei due e aveva i capelli scuri tagliati corti. L'altro, beh, quasi non lo notai quando incrociai lo sguardo di ossidiana del primo uomo.

Heath ed io balzammo in piedi. Il mio polso accelerò a un ritmo quasi fatale, minacciando un'ipertensione acuta. Il primo tizio con gli occhi scuri era il magnate del software, ci avrei scommesso i miei magri averi. Esitò sulla porta una volta accortosi di me e mi si fermò il fiato in gola quando guardai il suo volto incredibilmente bello.

Era alto un po' più di un metro e ottanta e indossava un completo costoso, con il gilè sotto la giacca, che sembrava fatto su misura per lui e che gli aderiva alla vita slanciata e ai fianchi sottili. Il vestito gli stava talmente bene che capii che doveva essere firmato, anche se ero la prima a confessare che non sapevo niente di roba firmata.

Era fatto bene, ma non era imponente. I pantaloni aderivano alle cosce muscolose, la giacca si tendeva sulle spalle solide ma non eccessivamente larghe. L'abito era grigio ferro e aveva una camicia e una cravatta più scure. La spilla da cravatta colse la luce e attirò il mio sguardo per un momento, poi tornai a guardarlo in viso. Aveva la mascolinità cesellata di un dio di marmo. Tutto spigoli e linee forti, pulite.

Mi sembrava che il cuore potesse entrare in fibrillazione o, come direbbe chiunque non studi medicina, a sfarfallare. Non ero mai stata così colpita da un uomo. Specialmente da uno che vedevo per la prima volta. I suoi occhi scuri incrociarono i miei e mi sembrò che il petto volesse esplodere. Lui si fermò, stringendo gli occhi. Mentre mi dava una lunga occhiata, risucchiai una boccata d'aria perché avevo quasi dimenticato di respirare durante quell'iniziale colpo di fulmine.

Accidenti. Fu in quel preciso momento che mi resi conto di essere nei guai.

Drake non mi tolse un attimo gli occhi di dosso, non finché si fermò davanti al tavolo riunioni. Si muoveva come un gatto, un predatore elegante.

Heath si chinò in avanti, tendendogli la mano e Drake finalmente distolse lo sguardo da me per stringergli la mano con un sorriso arrogante sulle labbra. «Lieto di rivederla, Bowman» disse con una voce profonda e chiara che fece solo accelerare ancora di più il mio cuore.

La sua voce era una carezza, una mano gentile ma ferma che scivolava sulla mia schiena nuda fino a fermarsi proprio alla base, in un pugno chiuso. Tutti i sensi si svegliarono e la consapevolezza di tutto ciò che avevo intorno aumentò. Respirazione accelerata. Calore corporeo percepito accresciuto. Polso affrettato. Tutti i classici segni dell'eccitazione sessuale.

Quasi caddi dai tacchi per lo shock. Ero io quella? *Io?* Io che mi ero chiesta per almeno un anno se non fossi per caso lesbica perché non trovavo attraente nessun uomo?

Il suo sguardo tornò da me quando Heath mi mise la mano sulla spalla. «Questa è la nostra quasi famosa blogger, Girl Geek.»

Drake alzò il mento in un modo affascinante mentre sembrava studiarmi. Mi morsi il labbro, con tutti i nervi tesi. Era impressionante come le reazioni del corpo all'eccitazione e alla paura fossero simili. E, a quel punto, non credo che avrei saputo distinguere la differenza.

Drake fece un gesto indicando la mia sedia mentre si sedeva. Io mi sedetti lentamente, con la pelle che si appiccicava alle gambe sudate. Guardai per la prima volta l'uomo di fianco a lui, rendendomi conto che non gli avevo ancora rivolto né un pensiero né un'occhiata. Era più vecchio, quasi calvo, con la pancetta e sembrava sulla cinquantina. Aveva una valigetta, quindi probabilmente era un avvocato. Quando tornai a guardare Drake, quasi trasalii per l'intensità del suo sguardo. I suoi occhi mi trapassavano come schegge di ghiaccio. Sostenni il suo sguardo, ma deglutii quella che mi sembrò un'anguria, cercando di ignorare il battito alle tempie.

Heath cominciò a frugare tra la pila di carte sul tavolo davanti a lui e Drake distolse lo sguardo da me per seguire quello che stava facendo Heath. Per pura coincidenza, lo giuro, mi ricordai finalmente di tirare il fiato esattamente in quel momento.

Heath prese il documento che cercava e Drake tornò a rivolgersi a me. «Allora devo chiamarla Geek Girl o posso sapere il suo nome?»

Mi schiarii la voce e rimisi le mani in grembo. «Mi chiamo Mia.»

Alzò di colpo le sopracciglia. «Mia?»

Lottai contro l'impulso di contorcermi, stringendo le mani sulle ginocchia nude. Lui guardò in basso, come se stesse guardando le mie mani attraverso il tavolo di vetro. «Emilia, ma tutti mi chiamano Mia.»

Gli aleggiò sulle labbra un sorrisetto quando alzò gli occhi e mi fissò. «Io non sono tutti.» I suoi occhi scesero alla mia modesta scollatura, ma non più giù, a suo merito, poi tornò a guardarmi negli occhi. «*Emilia*.»

Strinsi i pugni. Stava deliberatamente cercando di provocarmi con quell'atteggiamento arrogante? Perché se non era intenzionale, allora era veramente un brutto segno.

Drake si schiarì la voce e guardò intenzionalmente la pila di carte di Heath. «Allora, controlliamo i particolari del contratto. Questa è solo la penetrazione di un organo da parte di un altro o ci sono altre clausole specifiche? Che mi dite di toccarsi, baciarsi? Quante volte? E per quanto riguarda eventuali perversioni?»

Rimasi a bocca aperta. Non potei farne a meno. Lo scrutai e sembrò che se ne accorgesse, anche se stava guardando Heath. La sua bocca sensuale si alzò agli angoli. Fu a quel punto che mi resi conto che era deliberato. Era tutto un gioco?

Mi voltai a guardare Heath, che sembrava riuscire a malapena a non ridere. Guardava Drake con una strana espressione. «C'è parecchia roba da discutere. E questo è uno strano posto per farlo.»

Drake alzò le spalle e i suoi occhi tornarono per un attimo su di me. «Che ne dite se cominciamo con le clausole di rescissione, allora?»

Scambiai un'occhiata con Heath, che annuì e poi tornò a rivolgersi a Drake. «Ne conosco una che possiamo discutere adesso. Niente fellatio.»

Drake si chinò in avanti. «Mi scusi?»

Mi strinsi forte le braccia sul petto, bruciando già per il risentimento. «L'ha sentito bene. Non succhio cazzi.» Sì, l'avevo detto. Se *lui* poteva essere deliberatamente provocatorio, allora perché io no?

I suoi occhi neri si fissarono nei miei, leggermente divertiti, e ancora insopportabilmente insolenti. «Sta usando dei contraccettivi?» chiese bruscamente. Sbattei gli occhi. Mi stava decisamente superando in fatto di sgradevolezza.

L'avvocato di Drake trasalì e gli rivolse un'occhiata sorpresa, accigliandosi, chiaramente stupito dal suo comportamento. Beh, almeno quello era un segno che questo tipo di cose non era solito per Drake. Comunque non lo scusava. «È tutto precisato nei documenti per i termini dell'asta, signor Drake. Sì, userò contraccettivi, ma ci saranno anche preservativi...»

Mi fermai quando la sua bella faccia si aprì in un sorriso condiscendente. «Se devo scucire una fortuna per il privilegio di sperimentare la sua fremente carne vergine, penso che non ci sia bisogno di dire che mi aspetto di farlo senza barriere.»

Mi appoggiai allo schienale, stringendo i denti talmente forte che cominciò a farmi male la testa. Continuai a fissarlo nonostante la sfida in quegli occhi d'ebano. Poteva anche essere la creatura più favolosa su cui avessi mai posto gli occhi, ma era anche un coglione.

Piegò la testa verso di me, sorpreso. «Perché dovrebbe essere un problema? Se abbiamo entrambi un certificato medico...»

Aprii le mascelle solo a sufficienza per rispondergli. «Un certificato medico recente non è sufficiente per me. Dovrei chiedere la castità per i sei mesi precedenti, quindi...»

«Quindi non c'è problema.»

Ne dubitavo fortemente. Aprii la bocca per dargli del bugiardo quando Heath si chinò in avanti e mise la mano sul tavolo davanti a me.

L'avvocato di Drake si schiarì la voce, dandomi un'occhiata impassibile. «Possiamo definire tutti questi particolari più avanti nelle trattative. Oggi il signor Drake ha un aereo da prendere.»

Gli occhi di quest'ultimo passarono da Heath a me. Si capiva che stava cercando di giudicare il nostro rapporto. Non era la prima volta che qualcuno ci guardava in quel modo insicuro e curioso. Heath non era palesemente gay. Non era "favoloso" o appariscente. Era molto mascolino nel suo comportamento e nei suoi manierismi, quindi non capitava spesso che accendesse il gay radar della gente.

Riportai lo sguardo su Drake, attirato a lui come una fiamma aspirata da un vento caldo e secco. Ero irritata con me stessa per il calore che sentivo nelle guance. Di solito non arrossisco. Quasi mai, in effetti. Ma quell'uomo stava facendo uscire il mio lato irlandese, come avrebbe detto mia madre. E, peggio ancora, più m'irritavo con lui, più lui sembrava divertito.

Drake diede un'occhiata a Heath e poi al suo avvocato. «Signori, potreste scusarci un momento? Potete aspettarci appena fuori dalla porta.» Poi, quasi ripensandoci, mi guardò. «Ovviamente, *se* la signorina è d'accordo?»

Il mio viso s'infiammò ancora di più e ripiegai le mani in grembo. «Certamente» dissi, chiedendomi se il trentenne o giù di lì di New York era ancora interessato all'affare. Non era possibile che fosse più offensivo di questo stronzo.

Heath mi guardò per chiedermi conferma ed io annuii. Lui mi diede un colpetto sulla spalla e i due uomini uscirono, lasciandoci uno davanti all'altro, a fissarci.

Dopo un po' lui mise le mani sul tavolo davanti a sé, intrecciando le dita e abbassando gli occhi. «Mi dispiace se la mia franchezza l'ha offesa. Avevo supposto che una donna che si è messa all'asta in quel modo si sarebbe sentita a suo agio con il mio parlare schietto.»

Scoppiai a ridere. «Ah, era quello? Avevo pensato che lei fosse semplicemente un coglione.»

Quando sorrise, l'arroganza era sparita ed era comparsa la più deliziosa delle fossette al lato della bocca. Avrei voluto leccare quella fossetta, conoscere ogni sfumatura del suo sapore. Cambiai posizione sulla sedia, furiosa con me stessa. Perché non riuscivo a controllare questi pensieri folli e precipitosi?

«Signor Drake. Non mi sta facendo una buona impressione...»

M'interruppi davanti alla sua risatina secca. «Dovrei tentare di farlo? Pensavo che il mio conto in banca lo avrebbe fatto per me.»

Ribollii di collera e tesi i muscoli. Tirai il fiato, a lungo e poi espirai. «Non sono una prostituta e la prego di non trattarmi come se lo fossi.»

«Lei si è venduta. Potrà anche non considerarsi così, ma chiaramente...» I suoi occhi vagarono nuovamente sul mio corpo.

Scossi la testa. Non riuscivo a capire perché stesse cercando di provocarmi in quel modo. Per bello che fosse, trovavo sempre più difficile immaginarmi a letto con lui ogni volta che apriva la bocca. «Una notte della mia vita e un po' di pelle strappata non costituiscono prostituzione.»

Il suo sguardo cupo s'intensificò, come se con un'occhiata lunga e decisa potesse attraversare le mie difese. Mi tirai indietro.

«Sesso per soldi significa prostituzione.»

Alzai le spalle, decisa e non fargli capire che mi stava facendo saltare i nervi. «Preferisco non metterci un'etichetta. Una notte della mia vita non definisce chi sono.»

Quelle labbra generose e sexy si sollevarono in un sorriso malizioso. «Possono succedere molte cose in una notte.»

Non riuscii a distogliere lo sguardo per quanto lo volessi. Il mio cuore batteva forte, il sangue scorreva veloce nelle mie vene, pulsando, ma la mia testa continuava a ripetermi di buttar fuori a calci quel coglione. C'erano molte cose che avrei fatto per quasi un milione di dollari. Sottomettermi a quello stronzo pieno di sé non era tra quelle.

Mi guardò con l'espressione analitica che avrei potuto avere io studiando le piastrine sotto un microscopio. «Ci vuole uno strano tipo di moralità per preservarsi così a lungo solo per vendere quel bene al più alto offerente.»

Strinsi la mascella. Stava diventando sempre più difficile mascherare la mia irritazione nei suoi confronti. «Non ha pagato per entrare nella mia *testa*, signor Drake.»

Per coprire il mio disagio, spinsi verso di lui la pila di documenti di Heath. «Ecco tutti i dettagli, tutto ciò cui sono riuscita a pensare.»

Lui diede un'occhiata veloce alle carte e poi distolse gli occhi, quasi annoiato. «Non ho intenzione di leggere tutto adesso, ovviamente. E, *ovviamente*, ho anch'io delle clausole addizionali. Oltre a un accordo di riservatezza.»

Feci una smorfia. Nessuno mi aveva parlato di un accordo di riservatezza. «Lei sa che sono una blogger, giusto?»

«Certo, ma a parte il Manifesto, lei scrive solo di videogiochi, non della sua vita sessuale. Il documento è piuttosto standard, con qualche piccola appendice che riguarda la nostra particolare situazione.»

Drake spinse un foglio di carta verso di me. Lo guardai. Sembrava, in effetti, standard e menzionava specificatamente il fatto che non potevo scrivere sul blog della nostra notte insieme. Non avevo mai avuto intenzione di entrare nei particolari. Il mio non era quel tipo di blog. Ma avevo avuto intenzione di menzionare la cosa. Avevo una credibilità da mantenere, dopotutto.

Con un sospiro irritato, gli chiesi una penna, sorpresa che mi passasse una biro di plastica da due dollari invece della penna pretenziosa d'oro e platino da ricco che gridava, "guardatemi, io sono ricco da far schifo". Firmai in fretta il documento.

Mentre lo spingevo verso di lui, dissi: «Me ne servirà una copia».

Si chinò e firmò anche lui ed ebbi l'opportunità di ammirarlo senza farmi notare per qualche secondo. Era davvero incredibilmente bello. Il mio cuore non aveva smesso di battere come un tamburo dal momento in cui era entrato.

«Certo» mormorò, togliendo un luccicante smartphone cromato dal taschino della giacca per fotografare il documento. Dopo un attimo, digitò un comando e mi guardò. «Heath Bowman ora ne ha una copia nella sua e-mail. Potrà inoltrargliela lui. Le farò mandare una copia su carta appena possibile se indicherà il suo indirizzo sul retro del formulario.» Mi chinai e ubbidii, scribacchiando il mio indirizzo.

Quando mi raddrizzai, ero pronta a imitare il suo atteggiamento. «È veramente un peccato che non possa scriverne. Avrei potuto farlo apparire strabiliante, avrei potuto addirittura inserire per buona misura qualche "sconvolgente".»

Un sorriso danzò su quella bocca sexy quando si rimise in tasca la penna. «Oh, i nostri incontri saranno così, e molto di più.»

Scossi la testa, nascondendo, ancora una volta, la sorpresa per le sue parole. «È solo una notte, signor Drake. Non "incontri", ma "un incontro".»

La sua espressione si poteva interpretare come compiaciuta. «Incontri, non incontro.»

Il mio cuore sbatté contro le costole. Perché la sua arroganza mi stava eccitando? Avrei voluto togliere a schiaffi quell'espressione compiaciuta dalla sua bella faccia.

I suoi occhi scesero impudenti sulla mia scollatura e sul seno, fermandosi lì. I miei capezzoli si contrassero automaticamente e involontariamente e, senza guardare, sapevo che poteva vederli. Maledissi il fatto di aver scelto di indossare una sottile camicetta bianca.

Drake riportò lo sguardo sui miei occhi e questa volta il suo volto si aprì in un sorriso fanciullesco. «Sarà *divertente*.»

Incrociai strettamente e deliberatamente le braccia sopra il petto, coprendo il mio seno traditore. Cercai qualcosa di strafottente da dirgli, senza riuscirci.

«Mi dispiace di dover tagliar corto, ma ho una riunione d'affari. Possiamo lavorare sui dettagli finché saremo entrambi soddisfatti. Comunque potrà contattarmi per e-mail. O può messaggiarmi.»

Quasi mi ribaltai per il sollievo alla notizia che se ne stava andando. Non credevo di poter sopportare altri dieci minuti da sola in una stanza con lui. E non faceva presagire niente di buono per la nostra notte. Insieme. Soli. Nudi. In un letto.

Una goccia di sudore mi colò lungo il lato della tempia. Come faceva a sembrare così fresco e lindo in quel completo da chissà quante migliaia di dollari? Come faceva a sembrare così giovane eppure comportarsi come un uomo d'affari più che trentenne allo stesso tempo?

Mi schiarii la voce. «Il mio cellulare non funziona.»

Aggrottò la fronte per un attimo e aprì la bocca, scosse la testa e poi la chiuse come se avesse cambiato idea su quello che stava per dire. «Ho in mente solo il suo interesse, la sua salute e la sua sicurezza, Emilia. Sia fisicamente sia legalmente.»

Solo? Ne dubitavo. Il mio scetticismo dovette essere palese perché si tirò indietro, con le sopracciglia scure appena alzate. «Beh, ho anche le mie aspettative su come dovrebbe andare, ovviamente.»

Sogghignai, sperando questa volta di ottenere un qualche tipo di reazione da lui.

«Ovviamente.»

Ma si limitò a stringere gli occhi mentre si alzava. Lo imitai e lui aspettò che girassi intorno al tavolo prima di andare verso la porta di fianco a me. Era così vicino che la sua giacca mi sfiorò una volta la spalla e credetti che il mio cuore si sarebbe fermato per lo shock elettrico che mi attraversò. Aspettai mentre allungava la mano per aprire la porta. Non riuscivo a vedere nessuno oltre il vetro satinato della sala conferenze.

Ma lui non aprì la porta. Invece si voltò verso di me e m'inchiodò con quello sguardo scuro.

«C'era qualcos'altro?» Detestavo come suonasse vacillante la mia voce. Feci un passo indietro per mettere un po' di spazio tra di noi, ma sembrò non importargli. L'intensità non diminuì.

Poi, di nuovo quel sorriso condiscendente. «No. Meglio che non lo chieda» borbottò, quasi tra sé e sé e io mi chiesi che cosa avesse in mente. Ma non si spostò. La mano sulla maniglia cromata si strinse, con la pelle sulle nocche che impallidiva. Così vicino che potevo vedere ogni particolare dei suoi lineamenti, i capelli neri lucidi, gli occhi scuri, il lungo naso diritto e la mascella volitiva. Deglutii e distolsi lo sguardo.

«Signor Drake...»

«Adam» disse, con la voce tranquilla e ferma. Poi fece qualcosa che non mi aspettavo. Mi mise la mano libera sotto il mento, alzandomi la testa per potermi guardare in faccia. Il suo pollice accarezzò la linea della mia mascella ed io mi sforzai di non ritrarmi. Non detestavo il suo tocco, tutto il contrario. Anche se il mio nervosismo stava aumentando, dovevo rammentare a me stessa che lui avrebbe toccato molto più, e molto presto. Incrociai il suo sguardo, riuscendo a non trasalire.

«Chiamami Adam» disse, passandomi nuovamente il pollice sulla mascella. «Mi sembra giusto, visto che ci vedremo presto nudi.»

Restai a bocca aperta, con le guance che si arrossavano. Quella reazione sembrò divertirlo. Sapevo che doveva essere un qualche tipo di test per valutare la mia reazione. Non m'importava. Le cose stavano finalmente per diventare reali. Feci un passo indietro, staccandomi, e alzai la testa. «Non è ancora deciso. Potrei sempre cambiare idea.» Dissi, detestando il suono tremante della mia voce.

Annuì. «Sì, potresti. E se non riesci nemmeno a sentirne parlare, probabilmente *non dovresti* andare avanti.»

Non era il fatto che ne stesse parlando. Era il *modo* in cui ne stava parlando. Ma restai zitta, desiderando con tutta me stessa di essere fuori da quella stanza e lontana chilometri.

Si chinò verso di me tanto che le nostre facce furono a dieci centimetri di distanza. Colsi un soffio del suo odore pulito. I miei sensi vacillarono, il mio cuore tamburreggiò. «Alla fin fine, dopo tutte le discussioni legali, dopo tutti i termini latini che abbiamo usato, si tratterà di due persone. A letto… e probabilmente in altri posti. A scopare.»

Quel tipo aveva la grazia sociale di un cavernicolo. Mi aspettavo che da un minuto all'altro mi afferrasse per i capelli e mi trascinasse fuori da quel posto con una clava sulla spalla. Forse doveva pagare regolarmente per fare sesso. Dopotutto era un nerd informatico, un nerd informatico sexy, dovevo ammetterlo, ma comunque… quei tizi piantavano il culo di fronte al computer per ore, a macinare codici. Quando mai avevano tempo per uscire e trovare una ragazza?

Decisi di dargli un po' della sua stessa medicina, e gli diedi una lunga occhiata, soffermandomi sul suo torace, sull'inguine. Sfortunatamente non ebbe l'effetto desiderato.

Di nuovo quel sorriso fanciullesco. «Sì, sarà decisamente divertente» disse.

«Beh, pagherai abbastanza.»

Il divertimento sparì dai suoi occhi che divennero duri così di colpo che quasi ansimai vedendo il cambiamento. «Resteremo in contatto, Emilia.» Fece un passo indietro e spalancò bruscamente la porta, facendomi segno di passare davanti a lui. Il gesto cavalleresco arrivò troppo tardi per impressionarmi.

Raddrizzai la schiena e riuscii a non vacillare sui tacchi, ricordando di tenere diritte le spalle. In testa mi risuonava la voce di mia madre che brontolava sulla mia postura. Forse derivava da tutto il tempo che avevo passato china su una tastiera a giocare ai videogiochi.

Mi venne in mente che non avevo ancora idea di chi fosse questo tizio. Progettista di videogiochi? Multimilionario? Come fa un programmatore a diventare così ricco? Qual era la sua storia? Era veramente giovane. Avrei detto che aveva meno di ventisei anni, eppure era così arrogante, così sicuro di sé.

Beh, c'era sempre Internet, dove nessuna domanda restava senza risposta. Per fortuna ero riuscita a pagare la bolletta per quel mese. Non m'interessava veramente il cellulare, ma avrei fatto a meno dell'acqua e del gas prima di rinunciare a Internet. Mi aiutava a portare il cibo in tavola, come minimo.

Sarei andata a casa e lo avrei cercato su Google, ovviamente. Doveva esserci qualcosa, anche se era, come aveva dichiarato, "una persona molto riservata". Non poteva obbligare tutti a firmare un accordo di riservatezza.

Quando colsi lo sguardo di Heath, lui smise di parlare con l'avvocato di Drake. Il nodo di tensione tra le mie scapole era migrato nel mio stomaco che si stava attorcigliando e annodando mentre ci avvicinavamo a loro. Drake e Heath si strinsero di nuovo la mano e ce ne andammo per la nostra strada. Mi assicurai che non fosse più in vista prima di stringere i pugni e parlare a denti stretti con Heath.

«Mi stai prendendo per il culo?»

«Cosa?»

«Seriamente, *quello* è il tizio che hai scelto. Come diavolo potevi pensare che lo avrei sopportato?»

Heath mi diede un'occhiata sconcertata. «In effetti pensavo che avesse parecchio in comune con te.»

«Cosa? Perché lui fa i videogiochi e a me piace giocarci, *troppo*, sì, lo so, e li commento sul mio blog?»

«Guardala in questo modo, bambolina. Se non ti piace il tempo che passerete insieme, potrai scrivere critiche merdose su tutti i suoi prodotti.»

«Divertente. Hai detto al numero due di lasciar perdere o è ancora un'opzione?»

Heath strinse le labbra. «Datti una calmata, adesso. Dagli un giorno o due, okay? Ha detto che ti manderà un'e-mail. Magari sarà più educato.»

«Non mi paga per mandarmi e-mail. Dovrò stare con lui tutta la notte...»

Heath scosse la testa e mi lanciò un'occhiata che voleva dire, «Te l'avevo detto.» Sospirai e distolsi lo sguardo.

«È la natura della bestia, Mia. È quello per cui hai firmato quando hai deciso di andare fino in fondo con questo "Manifesto di una vergine" che gli ideali siano o meno veri. Hai dichiarato che ti stavi riprendendo il potere che era stato rubato alle donne per secoli. Trova un modo di riprenderti il potere da lui. Non permettergli di fare il lupo alfa con te e di cominciare a pisciare su tutti gli alberi. Tu non sei così debole.»

«E l'altro tizio? È anche lui un lupo alfa?»

«Dolcezza, sono milionari. Sono *tutti* lupi alfa. Per quel che vale, il suo comportamento con te è stato molto diverso da ciò che ho visto di lui quando ci siamo parlati, entrambe le volte. Forse è solo una facciata che usa con le donne. Spiegherebbe innanzitutto perché sta partecipando a questo... come l'hai chiamato... "nuovo paradigma".»

Il nodo nel mio stomaco si strinse ancora un po'. «È un brutto segno se non riesce a comportarsi bene con una donna. Come faccio a sapere che sarò al sicuro? E se gli piacesse tutta quella merda sadomaso?»

«Sì, è tutto nelle carte. Niente feticismo. Niente bondage. Niente d'insolito. Sei una vergine, per l'amor di Dio, non è che tu possa essere appassionata di quella roba. Lo sa. È stato lui a volerlo mettere nelle condizioni dell'accordo, continuava a ripetere che era importante proteggerti.»

Ricordavo ciò che aveva detto quando eravamo soli. Che il suo unico interesse era assicurarsi della mia sicurezza, fisica e legale. Era una specie di trappola? In realtà era un poliziotto sotto copertura? Heath sarebbe stato in grado di scoprirlo?

Avevamo stabilito che l'intera transazione avesse luogo all'estero, in nazioni dove il sesso in cambio di denaro era legale. Il server era in Brasile, l'asta per procura tramite un suo contatto in quel paese. L'atto in sé avrebbe avuto luogo in una nazione con una legislazione favorevole.

I soldi non sarebbero effettivamente passati di mano. Conti bancari all'esterno avrebbero effettuato il trasferimento. Heath aveva fatto aprire un conto nelle isole Cayman da un amico banchiere gay. Mi faceva sentire così clandestina e misteriosa. Drake ne aveva anche lui uno (probabilmente da molto prima di questa transazione). E il denaro sarebbe stato molto presto in un conto deposito prima del vero e proprio trasferimento.

L'unica cosa marginalmente illegale era il nostro incontro sul suolo americano per chiarire tutti i dettagli dell'accordo. Comunque, il mio orgoglio per l'ingegnosità di quest'affare stava cominciando a svanire davanti a Drake e alla sua personalità da lupo alfa coglione. Mentre Heath ed io salivamo in auto per tornare a casa, gli diedi un'occhiata velata, ma restai in silenzio per il resto del viaggio.

Avevo una decisione da prendere. Dovevo sapere di più su chi era veramente Adam Drake. Ma oltre a quello, la realtà dei miei ideali aveva finito per sbattermi sul muso e dovevo vedere se avrei avuto il coraggio di continuare con il piano. A giudicare da com'erano tesi i miei nervi, ne dubitavo.

CAPITOLO TRE

LO CERCAI SU GOOGLE APPENA RIENTRATA A CASA E acceso il computer. Lessi un breve articolo su di lui su Wikipedia e passai l'ora successiva con la bocca aperta per lo shock, mentre leggevo articolo dopo articolo. Adesso sapevo parecchio di più su di lui, ma mi restavano un milione di domande.

Da qualche parte, in fondo alla mente, avevo pensato che il nome Adam Drake facesse risuonare un campanello. Un campanello lontano, ma comunque un campanello. Adam Drake era il fondatore e AD della Draco Multimedia Entertainment, la società capofila di uno dei giochi di ruolo multiplayer online più popolari, Dragon Epoch. Ci giocavo tutti i giorni e ne parlavo in una colonna del mio blog. In effetti, avrei dovuto postare un aggiornamento su DE proprio quella settimana.

Sentii qualcosa pizzicarmi in gola. Vedevo fotografie, comunicati stampa, interviste, resoconti. Foto sue nei comitati al San Diego Comic-con. Era una specie di prodigio della programmazione e aveva sviluppato un motore unico d'intelligenza artificiale all'interno di un gioco che si chiamava Mission Accomplished prima di diplomarsi alle superiori. Aveva venduto il programma alla Sony a diciassette anni. Per 3,2 milioni di dollari.

Un milionario a diciassette anni, e si era fatto da solo.

Da lì in poi era ancora peggio. Aveva frequentato il California Institute of Technology ma si era ritirato dopo un anno e aveva fondato la Draco Multimedia in un magazzino a Irvine. Alla fine, la società aveva costruito un complesso nella stessa città. Producevano parecchi giochi, il cui culmine, attualmente, era Dragon Epoch, un ambiente fantasy, su abbonamento, in cui milioni di giocatori di tutto il mondo pagavano per il privilegio di giocare. Me inclusa.

Ora sapevo esattamente che cosa intendeva Heath dicendo che Drake ed io avevamo delle cose in comune. O forse era solo il suo fanatismo di giocatore che si era messo in mezzo. Se io ero una giocatrice accanita, Heath lo era mille volte di più. Era stato lui che mi aveva fatto entrare in quel mondo la prima volta.

Ora stavo cominciando ad avere dei dubbi sulla sua capacità di giudizio. Senza dubbio si era comportato come un fan durante quelle "interviste multiple" in cui lui e Drake avevano parlato per ore, sia di persona sia al telefono.

Mi preparai una tazza di tè e guardai l'orologio. Mancavano ancora alcune ore prima di andare al lavoro, non avevo nessuna voglia di studiare e una tonnellata di post da scrivere, almeno tre recensioni, un'intervista e un paio di notizie in primo piano.

E sì, il mio rapporto settimanale su Dragon Epoch. Ma mi chiedevo come avrei potuto restare completamente neutrale, come se non sapessi che lui mi stava osservando.

Sì, già, ma anche se il mio blog era piuttosto popolare nella comunità dei giocatori, dubitavo che l'AD geniale ed enfant prodige avesse il tempo di leggere regolarmente le bazzecole che scrivevo. Il suo gioco era molto più importante dei commenti banali che scrivevo io. Probabilmente era stato informato dell'asta da uno dei suoi subordinati. Forse aveva addirittura dato un'occhiata al blog una volta che aveva capito.

Avevo costantemente criticato il suo gioco nel mio blog. Mi piaceva giocarci e trovavo l'esperienza coinvolgente e divertente, ma, come praticamente tutti i giochi di ruolo sul mercato basati su un mondo di fantasia, era pieno di misoginia. Dopotutto, le società sapevano che i loro clienti principali erano giovani maschi arrapati, adolescenti o appena maggiorenni, che stavano faticosamente frequentando il college ed erano socialmente inetti. Perché non creare degli avatar femminili e personaggi non-giocatori snelli, sexy e poco vestiti? Tutto per vendere più abbonamenti.

Le mie obiezioni erano più che altro moderate e sarcastiche. Facevo dei commenti ironici tipo, "Forza, ragazzi, riuscite a immaginare la vostra guaritrice elfica che passeggia accanto allo stagno per raccogliere erbe nel suo bikini di maglia metallica? Spero che si sia fatta fare la ceretta brasiliana prima di infilarsi quell'affare, altrimenti, ahi, che dolore!"

A volte ricevevo mail minatorie, ma di solito i miei commenti sarcastici divertivano i lettori maschi e suscitavano un mucchio di "bene, brava!" dalle lettrici.

Mi chiedevo se Drake avesse mai letto la rubrica. Mi chiedevo se proprio Drake, non fosse un misogino. Il suo comportamento quel pomeriggio non mi aveva portato a pensare il contrario.

Turbata e distratta, potevo scegliere quale delle mie attività preferite intraprendere, quando avevo qualcosa in mente: correre o giocare online. Con un sospiro e un clic dell'interruttore del computer, scelsi la più facile, una volta che mi fossi tolta quell'orribile gonna e mi fossi infilata un paio di leggings. Dovevo distogliere la mente dallo strano incontro di quel pomeriggio e collegarmi a Dragon Epoch era il modo migliore per farlo.

Ero pronta ad andare a massacrare un'orda di mostri quando si accese la mia finestra di notifica.

Il tuo amico **FallenOne** *è in linea.*

Rimasi sorpresa, piacevolmente. Erano settimane che non si collegava. In petto mi risuonò una sensazione che non riuscivo a descrivere... gioia, eccitazione.

Prima di poter cominciare la chat, il mio schermo lampeggiò.

**FallenOne a te: "Ehi."*

**Tu a FallenOne: "Ehi, straniero! Dove sei stato?"*

**FallenOne a te: "È un po' che non mi collego. La scuola mi sta uccidendo."*

**Tu a FallenOne: "Dovrebbe finire presto, no? Sono così contenta di non avere lezioni questo semestre."*

**FallenOne a te: "Fortunata. Dovevo giocare per staccare un po' la spina. Vuoi andare ad ammazzare un po' di roba?"*

**Tu a FallenOne: "Sempre. Ci sarai per la nostra solita partita stasera? Manchi anche a Fragged."*

Fragged era il nome del Mercenario Barbaro di Heath. Aspettai. Fallen non rispose per qualche minuto e mi chiesi che cosa stava succedendo.

Fallen ed io eravamo amici da oltre un anno, come con Heath e una ragazza canadese che usava lo pseudonimo Persefone. Fallen non aveva mai voluto unirsi alla nostra corporazione, ma giocava con noi, anche se non usava mai la chat vocale e messaggiava solo durante il gioco. Sembrava fosse timido e non desiderasse uscire dal suo guscio. Comunque scherzavamo e passavamo ore a ridere delle cose più stupide. Per un po' avevo veramente pensato di avere una piccola cotta per lui. A volte sentivo ancora qualche fremito, anche se la ragione mi diceva che era ridicolo. Non sapevo quasi niente della sua vita reale, eccetto che viveva da qualche parte sulla costa est e che andava al college. Non ero in pericolo. Non potevo innamorarmi di qualcuno per un gioco online e lunghe chiacchierate a messaggi, no?

Ma poi avevo postato l'asta. Avevamo discusso e lui era praticamente sparito. E anche adesso era distante, esitante. Non avevo idea di che università frequentasse o come si chiamasse veramente, era veramente timido. Avrei potuto pensare che quei due avvenimenti, la mia asta e la sua scomparsa, fossero coincidenze, se non fosse stato per ciò che venne dopo.

FallenOne a te: "Stai ancora andando avanti con quell'asta?"

Feci una smorfia.

Tu a FallenOne: "Sì."
FallenOne a te: "So che non sono affari miei, ma è veramente una buona idea? Ne hai passate delle belle quest'anno con tua madre malata e quel grosso test. Forse non è il momento di fare qualcosa di così drastico."

Sospirai. Perché gli uomini non capivano che per una donna della mia età essere vergine era più un peso che altro? Volevo liberarmene e basta. Perché non trarne vantaggio?

Tu a FallenOne: "Tutte devono perderla prima o poi. Perché non farlo col botto?"

FallenOne a te: "Spero che non sia un gioco di parole."

Scoppiai a ridere. Quello "suonava" più il Fallen che conoscevo. Chattammo ancora per qualche minuto finché arrivammo nella stessa zona di gioco, il posto dove c'erano i nostri personaggi, le Caverne Nebbiose, per poter andare insieme a caccia di cattivi. Poi non si parlò quasi più dell'asta o delle nostre vite personali. Fallen non promise di collegarsi ancora per la nostra solita serata e, con una punta di tristezza, mi resi conto che quella poteva essere la fine delle nostre partite insieme.

La nostra comune amica, Persefone, se ne sarebbe rattristata. Aveva cercato di fare da Cupido per Fallen e me, per mesi, e non era stata molto discreta. Ed io, beh, non sapevo come mi sentivo. Più confusa che mai, immagino.

Dopo qualche ora, qualche centinaio di zombi purulenti e parecchie missioni riuscite, Fallen decise di scollegarsi. Io continuai, un modo per procrastinare ed evitare le cose cui avrei dovuto pensare o dovuto fare. Avevo ancora in testa la questione di Drake, il signor AD del gioco che mi piaceva tanto, e la sua arroganza. Uccidere mostri non mi aiutava a risolvere i dubbi, quindi decisi che, più tardi quella sera, sarei andata a fare una corsa.

Ma non ci riuscii perché meno di mezz'ora dopo che Fallen si era scollegato, bussarono talmente forte alla mia porta che quasi la scardinarono. Avrei riconosciuto quel modo di bussare, a mezzanotte e nel mezzo di un uragano. Con un sorriso mi alzai e spalancai la porta.

E lì, sulla porta c'erano le mie due migliori amiche, a parte Heath ovviamente, spalla a spalla. Sorrisi ad Alex, la figlia della mia padrona di casa, che aveva i lunghi capelli scuri tirati indietro in una coda di cavallo. Aveva una bella pelle olivastra e indossava una t-shirt aderente con un farfallino stampato e il motto *I farfallini sono fighi*, sul suo petto prosperoso.

Jenna, la sua miglior amica e coinquilina, con i capelli biondi più chiari che avessi mai visto in qualcuno dopo l'infanzia, più una ciocca viola scintillante, si agitava accanto a lei.

«Password?» chiesi.

Le due ragazze si scambiarono un'occhiata e intonarono all'unisono, «Ci piacciono tutti e sette i peccati capitali.» Sorrisi alla nostra citazione preferita del Capitano Mal Reynolds di *Firefly*.

Jenna s'intrufolò nella stanza, superando Alex. Scuoteva un contenitore e chiese, «Possiamo entrare?»

Dato che era già comunque praticamente nell'appartamento, mi feci da parte con un sospiro esagerato. Alex mi afferrò il braccio e mi scosse con fare melodrammatico, sgranando gli occhi marrone scuro. «Domani sera faremo una maratona di *Doctor Who* a casa nostra. Devi venire. Ci sarà una gara di bevute. Scoliamo una tequila tutte le volte che il Dottore usa il cacciavite sonico, e un "birra-bong" quando dice "Sono il dottore".»

Scoppiai a ridere. Adoravo il Doctor Who ma sapevo che non ero dell'umore, non quella settimana. «Ho il gruppo di studio...»

Alex batté il piede e il suono echeggiò sul pavimento, che poi era il soffitto del garage di sua madre. «Dai, Mia! Ci saranno ragazzi carini. Ragazzi carini a cui piace *Doctor Who*.»

Sbuffai. «Già e saranno ancora più carini dopo qualche birra.»

Jenna scosse nuovamente il contenitore che fece rumore quando lei si lasciò cadere sul mio divano mezzo rotto, il tessuto era strappato e riparato con il nastro adesivo. «Okay, allora non ti piace fare festa, lo capiamo. Te lo stiamo chiedendo da mesi. Ma almeno dimmi che verrai alla mia partita di Dungeons and Dragons sabato prossimo.»

Dentro di me gemetti. Non un'altra volta. «Mi dispiace, Jen, ho un doppio turno sabato.»

Jenna alzò le sue sopracciglia pallide, quasi invisibili, e tolse il coperchio al contenitore. «Pensi di essere una giocatrice, a picchiettare sulla tua tastiera, curva sul tuo monitor? Non hai *veramente* giocato se non hai usato *questi*» disse, alzando la mano a palmo in su per mostrarmi alcuni pezzetti tridimensionali di plastica, di tutte le dimensioni e colori. Alcuni erano a forma di piramide, altri di sfere sfaccettate. Alcuni brillavano come gemme al sole del tardo pomeriggio. Tutti erano coperti di semplici numeri bianchi.

«Quella piccola piramide sembra carina» ammisi.

Arricciò il naso. In qualche modo l'avevo offesa. «Questo è un D4, un dado a quattro facce. È perfettamente equilibrato per darmi tutte le volte la possibilità perfetta di ottenere un lancio completamente casuale ogni quattro.»

«Mhmm, Okay.»

Jenna prese una tela cerata e cominciò a lucidare i pezzi. «Non si può usare roba figa come questa nei videogiochi.»

Sospirai. «Mi dispiace. Prometto che verrò presto. Ma questo test mi sta stressando tanto che non riesco a pensare ad altro che a studiare e a lavorare per poter mangiare, per tenermi in vita in modo da continuare a stressarmi per questo maledetto test.»

Perché l'anno scorso avevo cannato. Avevo cannato così in malo modo che quel fallimento pendeva sul mio futuro come una spada di Damocle. Ero così pietrificata dalla paura che il pensiero di rifarlo, e sbagliare di nuovo, mi faceva star male fisicamente.

Invece, studiavo e studiavo e rimandavo il momento di rifarlo. Si poteva rifare il test ogni mese e tutto, *tutto*, ciò che avevo programmato per il mio futuro si basava su quel dannato test. Non avevo ancora trovato la fiducia in me stessa, o il coraggio, per tentarlo di nuovo.

Ma se non l'avessi fatto, non sarei mai diventata un medico.

Dato che la scuola e i test per me, di solito, erano risultati piuttosto facili, avevo pensato che il test di ammissione lo sarebbe stato altrettanto. Quanto mi sbagliavo. Ingoiai un nodo gelato di paura, cercando di non pensarci.

Alex crollò sul divano accanto a Jenna e giocherellò con alcuni dei dadi nella scatola, evitando di guardarmi negli occhi. «Lo capiamo» disse, ma era facile sentire che era ferita.

Sospirai, accasciandomi sulla sedia pieghevole di ferro davanti a loro, avevo dei mobili così chic. Erano orribili, perfino per un monolocale per studenti.

«Mi dispiace. Veramente.»

Alex alzò gli occhi, con lo sguardo duro. «Ho detto che capiamo.»

Jenna le mise una mano sul braccio. «Alejandra, calmati. Sono sicura che passerà un po' di tempo con noi dopo il test.»

Scossi la testa. «Voi due non avete gli esami di fine anno o roba simile? Perché *voi due* non state studiando?»

Frequentavano la California State University a Fullerton, che aveva un programma leggermente diverso dalla mia scuola, la Chapman University. Alex si schiarì la voce. «Perché io studio

Comunicazione e lei ha dei voti talmente alti che ha rinunciato alla maggior parte degli esami finali, perché è una fottuta cervellona» disse, agitando il pollice verso Jenna.

Jenna alzò gli occhi e, nonostante le cazzate che mi aveva appena detto, riuscii a vedere vera empatia nei suoi pallidi occhi azzurri. Era stupenda, veramente, come la figlia naturale di una dea nordica e Alexander Skarsgård. «Va tutto bene, Mia, davvero. Se hai bisogno di aiuto con lo studio o altro, fammelo sapere. Potrei farti le domande. Non so molto di biologia, ma so che ci sono delle domande sulla fisica nel test e dato che quella è la mia materia…»

Sospirai, passandomi le mani tra i capelli e appoggiando la fronte sui palmi. «Sono la peggiore amica al mondo.»

«No, sei solo stressata e se continui così, lo fallirai perché sarai troppo nervosa per concentrarti.»

Mi strofinai la fronte con i pollici, avvertendo l'inizio di un mal di testa da stress. Che giornata! Sembrava eterna, tra la mancanza di sonno dopo il turno di notte, i preparativi affrettati, l'incontro inaspettato con un coglione pomposo ma molto sexy, la strana sessione di gioco con Fallen e ora *questo*.

Alex si alzò e venne ad accucciarsi accanto alla mia sedia. «*Pobrecita*» mormorò in spagnolo, che voleva dire "poverina". Mi mise un braccio sulle spalle. «Mi dispiace.»

Sospirai di nuovo e le appoggiai la testa sulla spalla. Poi lei m'invitò a mangiare dabbasso con sua madre e ci strafogammo con le sue favolose enchilada.

«Lascia fare a me e a Jen» disse Alex. «Ti troveremo un nerd sexy e poi non potrai più dire di no alle nostre serate.»

Sorrisi e deglutii, con la gola di colpo stretta. Avevo incontrato un nerd sexy quel giorno e avevo scoperto che non mi piaceva granché.

Capitolo Quattro

NEI QUATTRO GIORNI SEGUENTI, CONTINUAI insistentemente a chiedermi se era una decisione giusta continuare come programmato. Trovavo strano persino sforzarmi di fare il mio solito resoconto settimanale su DE. Quella settimana era stato un commento blando, neutrale, su alcune delle missioni più noiose del gioco. Ma che fare la settimana successiva e quella dopo ancora? Che fare una volta che Drake ed io fossimo stati a letto insieme? Mi sarei sempre preoccupata che stesse spiando il mio blog?

Avrei potuto scegliere di togliere il resoconto su DE dal blog. I lettori avrebbero protestato. Quella rubrica riceveva un sacco di contatti, condivisioni e commenti. Il mio blog era il mio mezzo di sostentamento. Guadagnavo di più con la pubblicità che con il mio lavoro all'ospedale. Con un po' di fortuna, avrebbe continuato a pagarmi l'affitto anche durante gli studi di medicina.

Quindi, dopo averci rimuginato per giorni e giorni, arrivai a una decisione. E mentre cercavo di rimandare il momento di chiamare Heath, mi collegai e lo trovai nel gioco.

Tu a Fragged: "Ehi, ciccio, che stai facendo?"

Fragged a te: "Sto uccidendo troll nelle Montagne Dorate. Questa nuova catena di missioni nascoste mi sta facendo impazzire. Vieni ad aiutarmi, mi serve la tua incantatrice. Continuano a stordirmi."

Con un sospiro, gli ubbidii, facendo correre il mio personaggio fino al più vicino dei portali magici per portarlo dove Heath stava instancabilmente facendosi strada, a forza, tra pezzi di troll per trovare qualche indizio sul più recente mistero del gioco.

*Tu a Fragged: "Stanno facendo impazzire te e tutti gli altri che stanno giocando. Non hai tentato di farti rivelare il segreto da Drake, vero?"

*Fragged a te: "No. Dubito che mi avrebbe detto qualcosa."

*Tu a Fragged: "Sei sicuro? Hai chiacchierato con lui per un sacco di tempo."

Il mio personaggio aveva quasi raggiunto la posizione di Fragged, alla base delle Montagne Dorate, quando fu attaccato da un folletto di montagna aggressivo.

*Fragged a te: "Dove sei? Sono immerso fino al culo in budella di troll."

*Tu a Fragged: "Un contrattempo. Sono stata attaccata da un folletto. Arrivo tra un minuto. Oh, e, comunque, devi metterti in contatto con il tizio arrivato secondo all'asta. Con Drake non funziona."

Stavo finendo di liberarmi dal folletto di montagna, con il mio personaggio ridotto a metà vita, quando Heath rispose.

*Fragged a te: "Uhm, cosa?"

*Tu a Fragged: "Fallo e basta. Sono quasi arrivata... Merda! Un altro folletto. Vieni ad aiutarmi. Ha degli amici con sé e io ho solo metà vita."

Fissai la barra rossa che indicava la mia salute, l'indicatore della vita che restava al mio personaggio, che cominciava a diminuire. Pestai sui tasti a destra e a sinistra, aspettando che il suo Mercenario si facesse vivo con la sua possente spada per mettersi tra me e i cattivi. Noi maghi ci riferivamo ai guerrieri grandi e grossi come a "scudi di carne" perché si mettevano tra noi e i mostri mentre noi li bersagliavamo con gli incantesimi.

Fragged a te: "Sono per strada, comunque non sono d'accordo. Se vuoi continuare per questa strada, allora D. è la scelta migliore. E probabilmente non dovremmo parlarne proprio nel suo fottuto gioco."

Fragged arrivò a salvarmi le chiappe quando avevo solo una scheggia di vita. Arretrai, bevvi una pozione risanatrice e lanciai il mio incantesimo più potente, "Abbaglia", per stordire il folletto e i suoi amici. Loro barcollarono avanti e indietro con le stelline davanti agli occhi mentre il Mercenario Barbaro di Heath li abbatteva uno per volta.

"Prendi questo, sfigato" borbottai a voce alta.

Tornai alla tastiera, scrivendo in fretta un messaggio a Heath.

Tu a Fragged: "Allora, perché non sei d'accordo di annullare con lui e andare con l'altro tizio?"

Feci fuori il secondo folletto con un fulmine e poi inviai un incantesimo di guarigione a Fragged, che era arrivato a un terzo di vita.

Fragged a te: "Perché D. è la scelta migliore, senza paragoni."

Digrignai i denti, frustrata.

Tu a Fragged: "Lo stai dicendo nel mio interesse o perché hai le stelline DE negli occhi? Sei dipendente da questo gioco e so che è quello di cui hai parlato con lui per quattro ore, cercando di farti dire qualche segreto."

Fragged a te: "Che cazzo."

Il suo personaggio si voltò verso il mio e fece un gestaccio. In risposta, mostrai il dito medio allo schermo, anche se sapevo che non l'avrebbe visto.

Tu a Fragged: "Molto maturo."

Fragged a te: "Non sono molto maturo quando sono incazzato. Se pensi, per un solo minuto, che io stia mettendo i miei interessi davanti ai tuoi, allora come fai a dire che sono tuo amico, Mia?"

Tu a Fragged: "Non lo penso e mi dispiace. Ero arrabbiata. Drake mi ha veramente fatto incazzare e non funzionerà."

Fragged a te: "Smettila di usare il suo nome, accidenti. Abbrevialo o chiamami al telefono, e non insultarmi, cavolo!"

Con un profondo sospiro, afferrai il telefono e lo chiamai. Lui rispose e, senza salutarmi, disse, «Okay, capisco. Si è mostrato aggressivo come uno stallone selvaggio. Non so perché si sia comportato così, ma ti assicuro che è una scelta molto migliore di quello di New York e quindi metto il veto. Ora porta il culo da me. Mi ci vorrà una vita per far fuori questi troll senza il tuo aiuto.»

«Heath…»

«No, Mia. Se vuoi tirarti indietro con Drake, dovrai dirglielo tu stessa. Ti mando il suo indirizzo e-mail. Fagli sapere che cosa decidi.»

M'irrigidii. «Bene. Lo farò. Non posso parlare della sua società o dei suoi prodotti nel blog se ho una relazione personale con lui. Non sarebbe giusto.»

Heath sbuffò. «No. Almeno sii sincera con te stessa. Ti ha spaventato a morte perché non sei mai stata tanto attratta da un tizio che hai appena incontrato.»

«Coooosa?» E nonostante il fatto che fossi da sola, arrossii, mi venne caldo dappertutto e cominciai a sudare.

Meno male che dovevo concentrarmi per ammazzare i troll e salvare il culo puzzolente coperto da un perizoma del Mercenario Barbaro, altrimenti sarei morta di imbarazzo.

«Siamo amici fin dalla terza media. Quando eri ancora interessata ai ragazzi, prima che quel figlio di puttana mandasse tutto all'aria, sapevo sempre chi ti piaceva. Sono passati sei anni da quando uscivi con quella testa di cazzo e non hai più nemmeno dato un'occhiata a un uomo. Durante il nostro breve appuntamento, eri accaldata e respiravi come se avessi corso una maratona. Drake ti eccita e questo ti fa venire la tremarella.»

Strinsi il pugno sopra il tavolo e la mia maglietta cominciò ad appiccicarsi alle costole. Il suo personaggio stava esaurendo la vita. Preparai l'incantesimo per creare un portale che mi portasse via da quella zona, fuori pericolo. Gli avrei detto di aver premuto per errore il tasto sbagliato invece di guarirlo.

«Tu non hai idea di che cosa mi passi per la testa, quindi smettila di cercare di capirlo.»

«Bambolina, quando hai chiesto il mio aiuto per quest'asta, mi hai dato il diritto di dire la mia opinione. Ci sono io dappertutto in questa impresa. Smettila di squittire perché hai perso il controllo.»

Distrussi il penultimo troll con un incantesimo di morte. Poteva battere l'ultimo da solo, con quel soffio di vita che gli era rimasto. «*Non* sto perdendo il controllo.»

«Allora ammetti che vuoi Drake.»

Feci un respiro profondo. «Ci sarebbe un conflitto di interessi.»

«Mi guarisci, per piacere? E non è quello che ti avevo chiesto.»

Appoggiai il dito sul tasto della guarigione, ma non lo schiacciai. «Ti senti obbligato o deciso a umiliarmi? Sì. Penso che sia sexy. Okay? Ma non è mai stato un prerequisito. Ora, se gli mando un'e-mail dicendogli che ha perso la sua occasione, sistemerai le cose con quello di New York?»

Ci fu un lungo silenzio dall'altra parte del telefono. «Ci penserò. E una guarigione entro questo secolo sarebbe una *gran bella cosa*.»

«Bevi una pozione» gli risposi brontolando.

Poi ci ripensai, da pappamolla qual ero, e gli inviai un piccolo lampo di guarigione… sufficiente perché potesse farcela prima che me ne andassi.

«Mia, penso veramente che dovresti pensarci in lungo e in largo riguardo a Drake.» E poi rise, la sua tipica risata infantile. «Ehi, visto che cosa ho fatto? Ho detto "lungo e largo".»

«Non senti che sto morendo dalle risate?» Creai un portale e sparii.

Dieci secondi dopo, Fragged mi apparve accanto sotto forma di fantasma. Il troll lo aveva fatto fuori.

«Adesso chi ride, idiota?»

«Avevo dimenticato quanto diventi stronza quando io ho ragione e tu torto. Vai a scrivere la tua e-mail allora. Non ho intenzione di giocare con te quando sei di quest'umore. Ma, per la cronaca, penso che tu stia facendo un grosso errore.»

Ringoiai la mia frustrazione, lieta di averlo, finalmente, convinto. «Sì. Sì. Ho preso nota.»

Quindi, dopo aver riagganciato, mi sedetti e la scrissi.

Caro signor Drake,

Ho apprezzato il suo interesse per la mia asta e il suo desiderio di pagare una somma considerevole per concretizzare la cosa. Ma dopo il nostro incontro ho avuto un po' di tempo per riflettere sulla faccenda e ritengo che saremmo incompatibili per questo progetto. Durante il nostro incontro è stato chiaro che lei non ha nessun desiderio di mettermi a mio agio. Non è mai stato un prerequisito e so che me lo farà notare nella sua risposta, ma durante il consolidamento dei piani, ho deciso che mi serve qualcuno che abbia voglia di fare quello sforzo in più. Inoltre, non penso che funzioneremmo bene insieme e anche se è solo per un tempo breve, penso comunque che sia nel mio interesse scegliere un altro dei finalisti nella gara. Le auguro tutto il bene possibile e la ringrazio ancora per l'opportunità che mi ha dato di conoscerla.

Con i migliori saluti,
Mia Strong.

Trattenendo il fiato, premetti "invia" e poi rimasi seduta a fissare il cursore che lampeggiava sullo schermo vuoto. Dopo qualche minuto di tensione, espirai, rendendomi conto di essere una vigliacca. Heath aveva ragione. Non ero stata così colpita da un uomo da… beh, mai. Non sapevo perché fosse successo, ma in fondo alla sensazione di gelo che provavo, c'era un nocciolo di paura e di eccitazione, che mi faceva seccare la bocca e sudare le mani. Me le asciugai sui jeans e mi alzai; non volevo continuare a pensarci.

Poi continuai con la mia routine quotidiana, rassettai l'appartamento tra un post e l'altro sul blog, preparando ancora un po' di tè. Dopo aver passato l'aspirapolvere, un compito molto breve perché c'era una sola stanza, vidi l'indicatore "hai ricevuto un'e-mail" che lampeggiava richiamando la mia attenzione.

Cliccai e notai l'indirizzo del mittente: adrake@dracomultimedia.com. Non l'indirizzo al quale avevo mandato la mia, che era un generico account Google.

La aprii, era molto breve.

Salve, Mia,
Mi piacerebbe riparlarne con te. Appena possibile.
Adam.

Inviai immediatamente la mia risposta.

Signor Drake,
Ho già preso la mia decisione.
Mia Strong.

Poi lavai le finestre, un po' stupita per il mio improvviso desiderio di fare le pulizie. Non pulivo così da mesi. Detestavo fare le pulizie, ma avevo scoperto che, da quando avevo mandato quella prima e-mail, restare seduta senza fare niente, o anche a scrivere i post per il blog, mi faceva impazzire.

Finite le finestre, m'infilai i pantaloncini e le scarpe da corsa, raccolsi i capelli in una coda e decisi di bruciare le energie in eccesso con una corsa di 5 km.

Ero quasi arrivata alla porta quando sentii bussare, la aprii e restai di sasso.

Sulla soglia, in tutta la sua bellezza mascolina, c'era Adam Drake. In carne e ossa. Indossava jeans, una camicia button-down a maniche corte e occhiali da sole firmati. Era appoggiato allo stipite con una mano e non riuscivo a togliere gli occhi dal suo bicipite muscoloso. Sembrava ancora più seducente del giorno in cui lo avevo incontrato in albergo.

«Uhm» fu tutto ciò che dissi. Come diavolo faceva a sapere dove vivevo? Qualcosa mi tornò alla memoria: un indirizzo scarabocchiato sul retro dell'accordo di riservatezza che avevo firmato. Il mio cuore cominciò a battere a scatti furiosi. Lo sentivo in gola, ai polsi.

Non riuscivo a vedere i suoi occhi, ma sorrideva, un sorriso sincero questa volta, non quel ghigno sarcastico da stronzo. «Salve, posso entrare?»

Esitai. Il mio appartamento era pulito ma molto umile. Questo tipo probabilmente aveva una villa sul porto da qualche parte, forse Balboa Island, che valeva almeno cinque o sei milioni, forse di più. Probabilmente aveva la sua barca in una marina e viveva ad appena una strada di distanza dalla casa leggendaria di John Wayne. Il suo bagno padronale probabilmente era più grande di tutto il mio monolocale.

«Va tutto bene, Mia. Voglio solo parlare.»

Era ben diverso dal cavernicolo che avevo incontrato la settimana prima. Sostenni il suo sguardo attraverso gli occhiali e poi lui alzò la mano e se li tolse, richiudendoli e mettendoli nella tasca della camicia. L'orologio d'oro al polso lampeggiò alla luce del sole. Sbattei gli occhi e, senza credere a quello che stavo facendo, feci un passo indietro e lo lasciai entrare, incrociando le braccia sul petto.

«Mi ha colto in un brutto momento» mormorai.

«Sì, vedo che sta andando a correre.»

Aggrottai la fronte. Come faceva a saperlo? Certo, ero in tenuta sportiva, ma come faceva a sapere che non stavo andando in palestra? Poi ricordai di aver menzionato nel mio blog che mi piaceva correre. Forse l'aveva letto lì?

Entrò lentamente, muovendosi come se avesse paura di spaventarmi. Si guardò attorno, con il volto senza espressione, ma non potei fare a meno di sentirmi imbarazzata quando il suo sguardo si posò sul mio vecchio rottame di computer. Per lo meno ero riuscita a cambiare il vecchio, ingombrante CRT con un nuovo monitor a schermo piatto quando Heath aveva aggiornato il suo sistema e mi aveva passato il suo usato. Ma era comunque una fonte di vergogna, specialmente per una gioco-dipendente tecnica come me.

M'infilai le dita sotto le braccia che continuavo a tenere incrociate sul petto. Mi agitai a disagio. «Che cosa ci fa qui, signor Drake?»

Il suo sguardo incrociò il mio, e aveva nuovamente quell'espressione pensierosa. «Mi piacerebbe sapere perché ha cambiato idea, Mia.»

Strinsi le labbra. Raddrizzai le spalle, pronta a resistere ai suoi tentativi di convincermi. «Non credo di doverle dare una risposta, ma per bontà d'animo dirò che era stato Heath a sceglierla, non io. Sto cambiando la decisione di Heath, non la mia. *Io* andrò avanti. Solo con una persona diversa.»

Il suo volto rimase completamente impassibile, ma c'era un'espressione speculativa nei suoi occhi. «A causa della conversazione di giovedì scorso?»

Sbattei le palpebre. «No. Non sono rimasta particolarmente impressionata da quella conversazione, ma non è quello il motivo.»

Lui strinse gli occhi. «Non merito di sapere il perché, allora?»

Spostai il peso da un piede all'altro, guardando in basso. «Per via di chi è lei.»

Annuì, come se si fosse aspettato quella risposta. «Sì, mi chiedevo quando sarebbe saltato fuori. Sono rimasto sorpreso quando non se n'è discusso durante la riunione e non avevo pensato che Bowman non glielo avesse detto fin dopo che era finita. Non è stato per mia scelta che lei non lo sapesse.»

Mi schiarii la voce, di colpo a disagio. «Heath Bowman è l'amico più caro che ho. Non credo che intendesse fare niente di male. Pensa solo che i videogiochi siano una cosa che lei ed io abbiamo in comune. Ma c'è un conflitto di interesse.»

Drake annuì ma non disse niente e rimanemmo in silenzio per un po'. Il mio stomaco brontolò forte, ricordandomi che non avevo ancora mangiato. Sorrise. «Possiamo andare a mangiare qualcosa? Ho parecchia fame anch'io.»

Andammo alla tavola calda alla fine della strada. Era un negozietto con dei tavoli all'aperto sotto una tettoia di legno. In una giornata fresca d'inizio maggio era un posto perfetto per sedersi. Drake ed io ordinammo dei sandwich e ci sedemmo ad aspettare che ce li portassero.

Il mio cuore stava avendo la sua strana fibrillazione e quando deglutii, c'era una traccia di eccitazione nella mia gola. Cristo... solo perché ero seduta al tavolo con lui? Questo tizio era un vero pericolo per i miei sensi. Che cosa c'era in lui che mi metteva a disagio in quel modo?

Mi schiarii la gola e cominciai. «Non credo che lei se ne sia reso conto, ma il mio blog è il mio mezzo di sostentamento.»

«Conosco il suo blog, Emilia. Lo conosco da parecchio.»

Mi fece sedere di colpo diritta sulla sedia. Il freddo del metallo penetrò attraverso la mia maglietta. «Davvero?»

Drake sorrise. «Perché la sorprende? Visto il settore in cui sono e il fatto che il suo è uno dei migliori blog che recensiscono giochi.»

Lo guardai, scettica. «Grazie per il complimento, ma, semplicemente, non è vero. GameShopper. GeekWorld. Tutte quelle piattaforme multi-autore sono molto più avanti di me in fatto di contenuto e di contatti.»

«Ma citano il suo blog piuttosto spesso.»

Scossi la testa. «Non riesco nemmeno a credere che lei possa leggere il mio blog.»

Drake scoppiò a ridere. «Sono una persona normale, come tutte le altre.»

«Ma lei è occupato a fare l'AD, a progettare e roba simile.»

«Ero uno dei programmatori del gioco una volta e mi interessavo attivamente al mio prodotto. Sono sempre alla ricerca dei modi per migliorarlo. Da un po' ho in testa di includere un settore demografico che sembra facciamo fatica a raggiungere.»

Conoscevo la risposta prima di fare la domanda, ma dovevo comunque farla. «Che settore demografico?»

«Femminile, tra i sedici e i ventiquattro anni.»

Fu il mio turno di sorridere sarcastica. «Ah, vedo. Quindi per lei io faccio parte della *ricerca?*»

«No, ma il suo blog sì.»

Annuii. «È confortante sapere che tutte le mie critiche irriverenti sono state notate da quelli che contano. Forse un giorno lei potrebbe prendere a cuore qualcuno dei miei commenti.»

Drake piegò la testa, scrutandomi. «Penso che lei abbia delle opinioni interessanti da fornire alla comunità dei giocatori, dal punto di vista di una donna giovane. Ci servono più giocatrici che ci dicano che cosa vogliono.»

«Grande. Allora capisce perché mi fermo qui.»

Drake scosse la testa. «È una preoccupazione infondata.»

«Ma se recensisco il suo gioco e lei e io siamo… come fa a non vederlo come conflitto?»

«Perché ci sono dei modi di gestirlo a cui lei non ha pensato.»

Strinsi i denti. «Ah, davvero? Ad esempio?»

Guardò di lato, riflettendo. «Potrebbe sospendere temporaneamente la colonna su DE e trovare qualcos'altro da recensire per qualche mese. Oppure potrebbe invitare un blogger ospite che se ne occupi per lei.»

Scoppiai a ridere. «Sta veramente suggerendomi di lasciar perdere la pubblicità gratuita per il suo gioco? Non credo alle mie orecchie.»

Ma mi aveva messo in testa il germe di un'idea. Una delle mie amiche giocatrici, Katya, che giocava con lo pseudonimo di Persefone, mi chiedeva da un po' di postare sul mio blog come ospite. Non l'avevo mai conosciuta di persona ma Heath ed io giocavamo regolarmente con lei, come con FallenOne.

Probabilmente avrei potuto affidarle quel compito. Era una fan dura e pura di DE.

Eppure esitavo. E in quel momento ci portarono i sandwich. Affondai con gusto i denti nel mio, tacchino e avocado su pane di frumento. Non avevo fatto colazione e avevo quasi finito le vettovaglie, come al solito, e mancavano ancora alcuni giorni alla prossima paga.

«Continuo a non essere convinta che sia una buona idea.»

«Allora lasci che risolva gli altri suoi timori» disse, dando un morso al suo sandwich al pollo speziato, commentando quanto era buono.

«Non credo che sia possibile» dissi tra un morso e l'altro.

«Mi metta alla prova.»

«Non credo che siamo compatibili.»

«Quanto dovremmo essere compatibili, per una notte?»

Alzai le spalle. Non era proprio ciò che avrei voluto dire. Non era la compatibilità che mi preoccupava. Era questa bollente tensione sessuale che crepitava nell'aria quando eravamo vicini. O almeno così era per me. Non avevo idea di che cosa provasse lui. Sembrava calmo, freddo e sicuro di sé come il giorno in cui c'eravamo conosciuti.

Mi schiarii la voce e mi chinai in avanti, con i gomiti sul tavolo davanti a me. «Signor Drake, è molto importante per me che capisca che sono *io* che dirigo questa situazione. Era la *mia* asta, la *mia* iniziativa, il *mio* desiderio di mettere fine a un sistema arcaico di valori che per secoli ha funzionato contro le donne, e ribaltarlo.»

Quando mi guardò, i suoi occhi mi trapassarono, arrivando fino al cuore. «Suona tutto molto nobile e rivoluzionario quando la mette così. Ed io che ero convinto che lo facesse per i soldi.»

Mi tirai indietro, osservandolo. Quindi il Manifesto non l'aveva abbindolato. Finsi un'alzata di spalle indifferente. «Non le mentirò. I soldi mi farebbero comodo. Voglio frequentare la facoltà di medicina e non voglio soffocare sotto i debiti. Alcune donne fanno le cameriere in topless per pagarsi il college. Alcune ballano nei club di striptease o vendono sesso telefonico su Internet. La mia decisione è stata di usare una notte della mia vita per cambiare, se possibile, il corso delle cose.»

Non aveva bisogno di sapere delle spese ospedaliere di mia madre o dei suoi trattamenti contro il cancro o anche della minaccia di sequestro del ranch. Non aveva bisogno di sapere che mi veniva da vomitare ogni volta che pensavo a una di quelle cose, o del panico che permeava ogni mio pensiero che riguardasse i soldi. Gli avrei lasciato credere che lo stessi facendo solo per me. Non avevo mai preteso di essere una santa altruista.

Aggrottò la fronte e apparve di nuovo quell'espressione strana, fredda, che aveva quando mi aveva congedato alla fine della nostra prima intervista. «Ma alla fin fine, chiunque scelga per sottomettersi, finirà per cedere il controllo. Non sarà al comando dell'intera situazione per tutta la notte.»

Distolsi lo sguardo ma esitai a mordere il sandwich. «Mi piacerebbe sentire di avere tutto sotto controllo almeno *adesso*.»

«E il fatto che sia venuto qua per farle cambiare idea è una minaccia?»

Piegai la testa di lato, riflettendo. «Dipende da che cosa farà se non riuscirà a convincermi.»

Esitò un momento, poi strinse la mascella. «Mi farò da parte.»

Ci guardammo sopra i nostri piatti vuoti, o almeno il suo, perché lui aveva finito il suo sandwich e restava ancora metà del mio. Avevo ancora fame ma quell'altra metà era destinata a essere la mia cena. Era un altro dei metodi per economizzare che usavo regolarmente. Ogni volta che mangiavo fuori, conservavo esattamente metà del pasto per dopo. In quel modo, un pasto diventavano due.

Drake fissò il mio piatto. «Non ha mangiato molto. Non le piace il suo sandwich?»

«Era ottimo» dissi in tono allegro mentre chiedevo alla cameriera di portarmi una scatola da asporto.

Mi trafisse con lo sguardo.

«Mangi il resto del sandwich, Emilia.»

«Lo tengo per dopo» dissi arrossendo, rifiutando di ammettere che ero così in bolletta che quel mezzo sandwich, una scatola di cereali e un cartone di latte era tutto ciò che avrei mangiato fino al giorno di paga.

Quando la cameriera tornò, lui prese la scatola dalle sue mani prima che potesse darmela. Ordinò altri due sandwich, uno dei quali, come gli avevo detto mentre gli suggerivo che cosa ordinare, era il mio secondo preferito. «Da portar via, per favore. Ha deciso di finire questo.»

Poi si voltò e mi guardò. «*Ora*, lo finirà?»

Non ci voleva altro per convincermi. Anche se ero imbarazzata, mormorai un grazie masticando l'ultimo boccone. La sua perspicacia mi aveva impressionato. La maggior parte dei tizi non avrebbe colto il fatto che avevo ancora fame. Anche Heath probabilmente non se ne sarebbe accorto. Non aveva mai commentato il fatto che mi facessi inscatolare gli avanzi.

Drake portò i sandwich fino al mio appartamento, mentre camminavamo in silenzio per i tre isolati. Masticai rumorosamente la caramella alla menta che la cameriera aveva lasciato con il conto.

«Mastica sempre le caramelle dure in quel modo?»

Gli lanciai un'occhiata e alzai le sopracciglia. «Io non succhio, ricorda?»

E, con mia grande sorpresa, Drake scoppiò a ridere.

«Come potrei dimenticarlo?»

Entrò di nuovo, ma solo per appoggiare i sandwich sul ripiano della cucina, poi andò verso la porta.

Lo seguii da vicino per accompagnarlo. Prima di aprire la porta, però, si voltò verso di me. L'entrata era stretta, quindi eravamo molto vicini. Il mio cuore cominciò nuovamente a battermi in gola.

Mi guardò per un lungo momento. «Emilia, ti chiedo di ripensarci» disse ricominciando a darmi del tu. «La scelta, il controllo… sono nelle tue mani, ovviamente, ma non eliminare la possibilità solo per via di qualche inutile paura.»

Nonostante la mia forte reazione fisica nei suoi confronti, la mia collera aumentò a quella sfida. «Pensa che abbia paura?»

Lui s'interruppe e mi guardò in viso. «Penso che ci siano cose che non capisco. Come l'effetto che abbiamo l'uno sull'altro…» La mia gola si strinse. Allora lo *sentiva* anche lui. Il mio cuore accelerò ancora di qualche battito, come se fossi già a metà di una corsa.

Respirare era difficile. «Ne sono ben consapevole.»

Drake mi fissò, con gli occhi che bruciavano dentro i miei. «Ma lo capisci?»

«Sono perfettamente in grado di capire l'attrazione sessuale, signor Drake.»

«Adam» disse lui con calma, abbassando gli occhi e concentrandosi sulla mia bocca. Il mio cuore mancò un battito durante la sua corsa folle.

«Adam.»

«Perché ti mette a disagio darmi del tu e chiamarmi per nome?»

Lo fissai anch'io negli occhi, di colpo intensamente conscia di quanto fossimo vicini. Riuscivo a sentire il suo odore, una fragranza sottile, mascolina, pulita, come l'oceano, con una traccia di caramella alla menta nel suo alito. Quasi riuscivo a sentire il calore e la potenza che emetteva a ondate. Sentii la gola improvvisamente secca.

«Non lo so.»

«Voglio darti ancora un'altra cosa cui pensare.»

«Cioè?»

Si chinò, la sua testa si avvicinò alla mia. Non ebbi il tempo di tirarmi indietro, né, credo, la volontà di farlo se anche mi fosse venuto in mente. La sua bocca si unì alla mia per un bacio deciso e sicuro.

Non era prepotente. E fu la prima cosa che mi sorprese. Era un sottile dare e prendere, gentile all'inizio, una calda pressione delle sue labbra sulle mie. Poi si avvicinò di un passo e mi passò la mano intorno alla vita mentre l'altra si appoggiava alla mia schiena.

Si ritrasse, solo un pochino, solo abbastanza perché io lo cercassi. Mosse la bocca contro la mia, stuzzicandola, premendo per aprirla. Ora il suo corpo era premuto contro il mio, la testa china per raggiungermi, perché ero quasi quindici centimetri più piccola di lui.

Aprii la bocca per lui a quel punto e la sua lingua scivolò dentro facilmente. Niente d'incerto nel suo bacio. Sapeva esattamente ciò che stava facendo. Mi stava dicendo che avevo io il controllo, stava dichiarando che la decisione era mia... Per poi irrompere e non fare prigionieri.

Le sue mani restarono ferme. Ne ero lieta, anche se avrei voluto sentirle dappertutto, sui seni che dolevano, sul punto che palpitava tra le mie gambe. Avevo la pelle d'oca sulle braccia. La sua lingua esplorava la mia bocca con una possessività tranquilla e sicura. E, con mia suprema umiliazione, emisi un lieve gemito in fondo alla gola.

Il braccio intorno alla mia vita si strinse quando lo sentì. Ritirò la lingua, come invitandomi a seguirlo con la mia. E lo feci, esitando.

Mi avevano già baciata, al liceo quando ero normale e uscivo coi ragazzi. Ma erano passati anni, oramai, e non ero mai e poi mai stata baciata così. La mia lingua entrò nella sua bocca e lui fece un rumore in fondo alla gola, non proprio un gemito, più una specie di ansito. M'incoraggiò. La spinsi più in fondo, allacciando le mani intorno al collo. Le nostre teste si mossero insieme per lunghi minuti e mi sembrò di non respirare da una vita.

Tutto mi girava intorno ed io... io stavo vorticando, delirante di desiderio. Come una donna che stesse annegando in mezzo a un mare in tempesta, e cercasse disperatamente una zattera. Il mare era Adam Drake e lui mi stava trascinando alla deriva, per abbandonarmi in qualche angolo strano e dimenticato.

Quando alla fine interruppe il bacio, si tirò indietro così lentamente che non mi accorsi che le nostre labbra si erano divise finché sentii l'aria fresca tra di noi. Fu allora che vidi che era rimasto colpito come me, aveva le guance arrossate, respirava in fretta e aveva gli occhi scuri e ubriachi di desiderio.

Mi leccai le labbra e feci un passo indietro, ma non distolsi lo sguardo. Lui continuò a fissarmi per un lungo momento e poi prese gli occhiali da sole dalla tasca.

Prima di parlare, tossì coprendosi la bocca, come se stesse inconsciamente cercando di ritrovare un atteggiamento freddo e sapendo che non ci stava riuscendo. «È stato… È un'altra cosa da tenere in considerazione. Spero che tu prenda la decisione giusta.»

E con quelle parole, senza nemmeno aspettare che lo salutassi o rispondessi in qualche modo, se ne andò.

Ricaddi contro la parete, conscia del mio desiderio, dei miei sensi risvegliati. Ogni volta che pensavo al suo odore o alla sensazione della sua bocca su di me, mi sentivo travolgere da una nuova ondata di desiderio.

Grazie al cielo ero già vestita per andare a correre. Avevo in programma cinque chilometri, ma finii per correrne il doppio prima ancora di cominciare a bruciare l'energia sessuale. Quell'uomo mi aveva infiammato, intossicato. È perché? Per via della sua bella faccia? Il suo corpo solido, virile?

Per i suoi modi sicuri? Aveva una maturità eccezionale per i suoi anni. Sembrava molto più esperto dei ragazzi poco più che ventenni che avevo conosciuto al college. La vita lo aveva cambiato tanto dai giorni del college o era sempre stato così?

Domande simili mi girarono costantemente in testa per il resto della giornata, e anche durante tutta la notte mentre lavoravo. Mi tormentarono durante il mio giorno libero e non riuscii a smettere di pensare a lui o di desiderare di chiamarlo e chiedergli di venire a darmi un bacio della buona notte come quello che mi aveva dato il giorno prima.

Mi misi a ridere a quell'idea. Che stupida. Ma mi stupì rendermi conto di quanto in realtà lo desiderassi. Il terzo giorno dopo "Il Bacio", chiamai Heath e gli dissi di buttare i dati per contattare il tizio di New York. Saremmo andati avanti come programmato.

Ma i miei sentimenti erano ancora confusi. Avevo avuto tempo di conciliare il comportamento di Adam Drake nella sala conferenze dell'albergo, il giorno in cui c'eravamo incontrati, con l'uomo che era venuto a casa mia e mi aveva offerto il pranzo, *e*, grazie alla sua perspicacia, anche la cena. Lo avevo detto a Heath, ma aspettai ancora qualche giorno per dire ad Adam che avevo deciso di proseguire con lui. Non volevo apparire impaziente di cominciare come, in effetti, mi sentivo, dopotutto. Non *volevo* essere impaziente.

Era solo una faccenda d'affari. Dovevo rammentarmelo tutte le volte che rivivevo con la memoria il fuoco di quel bacio. *Affari, affari, Mia. Solo affari.* Niente di significativo sarebbe mai risultato dall'incontro tra di noi. Lo avevo progettato espressamente in quel modo. Una notte di anonimo abbandono dalla quale sarei emersa come una donna nuova, o forse la stessa vecchia me stessa, senza la verginità ma con un mucchio di soldi nel mio conto in banca.

Ma ora la storia era completamente diversa. Quest'uomo stava agitando un calderone di bisogno ed emozioni. Poteva essere troppo pericoloso, come fissare il sole o volare troppo vicino al fuoco o...

Signor Drake,

Ho deciso di proseguire con il nostro accordo come convenuto. Per favore, proceda con i passi successivi come delineati nei documenti che le ha fornito il signor Bowman. Se preferisce, può parlare con lui nel caso avesse qualche domanda. Dovrà fissare una data tra almeno due settimane da ora, ma non oltre tre mesi. Potremo discutere del luogo, scegliendolo dalla lista che le ho fornito.

Con i migliori saluti,
Mia Strong.

Avevo il cuore in gola quando premetti "invia". Mi sedetti e fissai lo schermo per almeno venti minuti, scorrendo distrattamente le notizie dei miei siti di videogiochi, annotando qualche spezzone per il mio blog. Fissai l'icona di quell'e-mail finché mi sembrò di impazzire aspettando la sua risposta. Aveva cambiato idea? Temevo che l'avesse fatto? O stavo solo morendo dalla voglia di sapere che cosa avrebbe risposto?

Forse era in riunione o in viaggio per affari o non c'era rete. Forse stava viaggiando a folle velocità sul suo jet privato con una bella hostess sulle ginocchia e un Martini in mano. Arricciai il naso a quell'immagine, come se lui fosse una specie di giovane James Bond americano, e risi della mia stessa idiozia.

Arrivata a casa dopo la corsa di quel pomeriggio, controllai di nuovo. Niente. Poi preparai la cena e mi sedetti a guardare una replica di *Friends*, mentre mangiavo. Sono fiera di dire che interruppi il pasto solo una volta per controllare il computer e assicurarmi che le notifiche funzionassero.

Forse lui *aveva* cambiato idea? Forse aveva. Dopotutto dovevo comunque chiedermi perché era interessato a quell'accordo. Era giovane, ricco e favoloso. Non c'erano donne a iosa che facevano la fila alla sua porta? Perché avrebbe dovuto offrire tanti soldi per una donna che non aveva mai conosciuto, prima di aver visto una fotografia del mio volto, per una notte? Perché poi doveva importargli? Perché significava tanto per lui togliere la verginità a un'estranea?

Dopo cena, mi tuffai nei miei libri per un paio d'ore finché finalmente mi appisolai verso le dieci. Sì, stavo vivendo la vita alla grande. Quando mi svegliai, *Gray's Anatomy* mi stava scavando un buco nella schiena. Spinsi il librone sul pavimento e il computer fece un blip.

Non credo di essermi mai svegliata così in fretta in tutta la mia vita. Aprii la mia e-mail e vidi il suo indirizzo con l'etichetta "nuova". Crollai sulla sedia e, con la mano che tremava sul mouse, la aprii.

Signorina Strong,

Il 18 maggio. Hotel Amstel, Amsterdam. Alle 15.00 ora locale. Vada alla reception, la prenotazione è a mio nome. Viaggi leggera. Il signor Bowman si occuperà dei voli secondo le mie istruzioni.

Ci vedremo tra due settimane.
Drake.

Sentivo il cuore pulsare in ogni centimetro di pelle. Gocce di sudore sulla fronte. Aveva pensato a tutto. Amsterdam era sulla mia lista, ovviamente, a causa dei problemi legali di quanto stavamo facendo. E segretamente avevo sperato che la scegliesse, dato che avevo sempre desiderato andarci, anche se era solo per una notte. Forse avrei potuto fare la turista per un po'. Avevo sempre sognato di vedere l'Europa. L'Olanda era un eccellente punto di partenza.

Aprii immediatamente un'altra finestra, cercai l'albergo e restai di sasso davanti alle fotografie. Cinque stelle almeno, oltre mille euro per notte. La mia deflorazione sarebbe avvenuta con stile.

Ma… aveva organizzato tutto senza consultarmi. E anche se era tutto splendido, m'irritava comunque l'idea che stesse assumendo il controllo, di nuovo. Aveva promesso che mi avrebbe permesso di prendere io le decisioni, che avrebbe lasciato a me il controllo. Era come se non ci avesse nemmeno pensato. Che fossero cose così semplici per lui da organizzare che non gli era nemmeno venuto in mente che mi stava togliendo qualcosa che non volevo cedere.

Dopo minuti passati a fissare il cursore lampeggiante nella videata di risposta, presi il telefono e chiamai Heath. Non rispose.

Sbuffando e sospirando insieme, chiusi il programma e andai stancamente a letto. Anche se ero esausta e dovevo presentarmi presto per un turno mattutino, alle cinque, per intenderci, non riuscii a dormire.

Continuavo a chiedermi se dovessi o no essere irritata, se dovessi dare tanto peso ai suoi gesti. C'era un secondo fine o era solo una seconda natura per lui?

Continuai a rimuginare su tutto e alla fine tornavo sempre alla sensazione che provavo quando mi guardava con quel suo sguardo intenso. Mi sentivo accaldata dappertutto pensandoci. E quel bacio. Riuscivo a ricordare ogni minimo dettaglio. Il sesso sarebbe stato così con lui... solo di più?

La sensazione della sua bocca sulla mia era stata così bella che non potevo fare a meno di pensare che cosa potevano fare quelle labbra, la sua lingua, sul mio corpo. I miei capezzoli si contrassero immediatamente al pensiero di quella lingua che scivolava sopra di loro. Immaginai la pressione del suo corpo duro, pesante sopra il mio, che mi premeva contro il materasso.

Portai la mano tra le gambe, accarezzando sempre più forte quel nodo di tensione che era nato quando ci eravamo baciati.

Chiusi forte gli occhi mentre la pressione cresceva. Le sue mani sul mio corpo, il suo corpo tra le mie gambe. La sua schiena sotto le mie mani che lo accarezzavano. *Sì.*

Ansimai mentre precipitavo nell'orgasmo, con il corpo che si scuoteva.

Mi addormentai finalmente alle due di notte, ma non prima di rendermi conto di un senso di disagio ai margini della mia stanca coscienza. Ero sì il capitano della mia nave. Ma dovevo comunque rendere conto al mare, al tempo, alla tempesta all'orizzonte. E Adam poteva essere una, o tutte quelle cose. E nella nebbia indotta dal sonno, non potevo fare a meno di temere che fosse così.

Capitolo Cinque

"Salvare una damigella in pericolo" – postato sul blog di *Girl Geek*.

Avete mai notato che quando i campioni s'imbarcano in epiche imprese fantasy c'è quasi sempre una donna di mezzo?

Il cavaliere errante parte per una crociata, per dimostrare il suo amore alla sua bella dama oppure, più comunemente, la dama è stata catturata e trascinata via da omoni grossi, brutti e cattivi e aspetta il suo eroe, rinchiusa in una torre oppure (brr) in un'umida segreta.

Prendete per esempio l'ultima di una serie di missioni misteriose nel nostro videogioco Dragon Epoch, spesso deplorato ma tanto amato. I giocatori sono stati chiamati all'azione dalla cattura dell'innocente principessa elfica Alloreah'ala, da parte della razza dei malvagi Troll di Pietra, che vivono sotto le Montagne Dorate.

Ogni missione, ogni motivazione ha qualcosa a che fare con la nostra principessa. Tutte le illustrazioni che si riferiscono alla nuova espansione del gioco la mostrano scarsamente vestita, solo per rinforzare l'idea che sia importante salvarla. Perché è CARINA e innocente. E inetta.

Oh, e anche perché il re ha promulgato un editto per salvare la sua beneamata figlia.

Okay, la borsa d'oro e la lunga lista di oggetti magici probabilmente sono una motivazione altrettanto importante.

La mia domanda è: perché questi giochi presuppongono che le donne non possano cavarsela da sole? La mia Incantatrice Spirituale ha un incantesimo abbagliatore piuttosto potente nel suo arsenale ed è capace di farsi valere.

Allora, perché un personaggio non giocatore così patetico, uno di una lunga lista di femmine? Perché non si può difendere da sola? Perché non può avere delle mosse cazzute, rubare le armi e le chiavi al suo carceriere, spaccare le teste a qualche cattivo e salvarsi da sola? Perché deve restare seduta ad aspettare, imprigionata, diventando semplicemente un oggetto da salvare?

È ora che la bella principessa di Yondareth si ribelli! Combatti le tue battaglie e smettila di aspettare che qualche tizio lo faccia per te!

QUALCHE GIORNO PRIMA DI PARTIRE PER AMSTERDAM con un volo notturno dall'aeroporto di Los Angeles, andai da Heath per rivedere i particolari del viaggio. Lui stampò il mio biglietto e fischiò, sventolandomelo sotto il naso. Glielo strappai di mano e lo infilai nella borsa.

Gli occhi verdi di Heath scintillavano mentre mi prendeva in giro. Aveva una testa di capelli biondo scuro disordinati e le guance ruvide con un paio di giorni di barba dorata.

«British Airways, prima classe. *Proprio* di alta classe, Mia. Da Los Angeles ad Amsterdam, con uno scalo a Heathrow.»

Mi sedetti sul suo divano morbido scuotendo la testa mentre lui continuava a schiacciare tasti sul suo PC. Avevo volato solo poche volte, e sempre voli interni. Il viaggio più lungo che avevo fatto era stato a Washington, D.C., in terza media. Non ero mai stata fuori dal paese e, in effetti, avevo fatto il passaporto solo il mese prima, in previsione dell'asta.

Premette qualche altro tasto. Heath scriveva in fretta, ma sempre solo con due dita, gli indici. Lo prendevo spesso in giro per il suo approccio "cerca e premi" che lo obbligava a guardare la tastiera, ma non si era mai nemmeno preso la briga di imparare a usare i tasti home. «Mi ha mandato un'email con il PDF del contratto firmato, che ho stampato. Quindi devi firmarne una copia anche tu. Non che quest'affare possa essere giuridicamente valido, in ogni caso. È un accordo illegale nel nostro paese, ma è formulato in termini legali. Ciascuno di voi potrebbe recedere. Lui non paga niente fintanto che gliel'hai data e tu non gliela darai finché non saprai che i soldi sono stati accantonati e al sicuro. Situazione bizzarra, con questi conti di deposito.»

Sospirai. «Sono così contenta di avere te e il tuo amico Joe a lavorare su questa roba. È il motivo per cui la facoltà di legge non mi ha mai attirato.»

«Ho fatto una bella chiacchierata con Drake quando ho ricevuto il contratto. È un tipo facile da conoscere. Non è malaccio, per uno che paga quasi un milione per deflorare una vergine, cioè.»

Sorrisi all'ironia della situazione. Che tipo di persona ero io, per vendermi? Respirai a fondo. Una persona pratica, ecco tutto.

«Mi sono assicurato di sottolineare alcune condizioni: una volta che il contratto sarà concluso, non ci saranno ulteriori contatti tra di voi; niente telefonate, niente e-mail. Essenzialmente un ordine restrittivo, anche se non dovremo arrivare a tanto, a meno che uno di voi due perda la testa.»

Distolsi lo sguardo, ignorando quella piccola stretta al cuore al pensiero che per uno dei due potesse diventare un'ossessione. «Mhmm.»

Heath chinò la testa verso di me, con la luce del monitor che si rifletteva sui suoi lineamenti severi. «Allora, pensi di farcela? Eri parecchio irritata con lui dopo quel primo incontro. Sapevo che eri attratta da lui, ma eri così decisa a scegliere un altro, finché qualcosa non ti ha fatto cambiare idea. Cos'è stato?»

Mi ha baciato e mi ha fatto perdere la testa, pensai. Che ridicolaggine. Una donna della mia età ridotta a un'idiota balbettante da un bacio di un maschio desiderabile... beh *follemente* desiderabile.

«Ci ho solo riflettuto... parecchio. È giovane. È attraente. Poteva andarmi molto peggio.»

Heath fece una risatina secca. «Attraente, eh. Io direi che è sexy da morire, ma forse sono solo io. Non è nemmeno il mio tipo, ma me lo farei.»

Soffocai una risata a quell'immagine mentale.

«Allora, penso che Amsterdam sia una buona scelta, viste le loro leggi sulla prostituzione.»

Sbuffai. «Possiamo smettere di usare quel termine?»

Heath sogghignò. «Bambolina, puoi chiamarlo un fottuto rodeo, se vuoi. Non cambia il fatto che farai sesso con un uomo che ti pagherà per avere quel privilegio.»

Distolsi lo sguardo, con le guance che si scaldavano. Giocherellai distrattamente con un buco nei miei jeans, sfilacciandolo per ingrandirlo. Scossi la testa. *Non* ero una prostituta e non *sarei stata* una prostituta una volta finita questa cosa. Era una notte della mia vita. Solo una. Mi stavo emancipando…

E avrei fatto sesso con un uomo. *Quell'uomo.* Avrei avuto le sue mani sul mio corpo, quella bocca sexy e magnifica su di me. Restai in silenzio, senza guardare Heath negli occhi.

«Abbiamo anche parlato di quello che può e non può fare. Volevo essere *molto* chiaro su questo punto. Niente roba strana, niente bondage. Solo convenzionale sesso vaniglia per la mia ragazza.»

«A mio parere la vaniglia è un sapore molto gradevole.»

Heath sospirò scuotendo la testa. «Non hai mai vissuto, mia cara. Ma aspetta e una volta che avrai avuto un assaggio, ho la sensazione che vorrai gustare tutti i tipi di sapori.»

Lasciai uscire il fiato che avevo trattenuto. Avevo forti dubbi. Era solo una questione d'affari e avrei tratto un beneficio da qualcosa che non solo significava ben poco per me, ma che, a questo punto, era diventato un peso. Volevo liberarmi dallo stigma di essere una vergine di ventidue anni, senza dovermi preoccupare di legami complicati. Erano parecchi anni che non volevo una relazione e non prevedevo che avrei cambiato idea in un futuro prossimo.

«E niente sesso orale, giusto?» chiese Heath.

Lo guardai come se fosse un idiota. Come se fosse il caso di chiedermelo. «Quello non è cambiato e non cambierà mai.»

Heath si appoggiò allo schienale della sedia da PC, che cigolò protestando. Il suo sguardo divenne intenso. «Dopotutto, quell'uomo potrebbe voler ottenere qualcosa in più per quello che paga...» disse. Cercò di dare il tono scherzoso che dava alla maggior parte delle sue parole, ma queste avevano una sfumatura di serietà.

Sentii una pulsazione gelida alla base della gola. «Non cominciare nemmeno Heath.»

Lui mi fissò. «Non credo che tu sia pronta. Non riesci nemmeno a parlarne.»

«Riesco a parlarne. Ne *ho* parlato. Tu sai tutto.»

Ma nonostante le sue parole, non riuscivo ancora a togliermi dalla mente quell'immagine... quella notte estiva buia, il vento secco che arrivava dalle colline. Fissavo le luci e singhiozzavo, in ginocchio, ai margini della città. Mani che mi tenevano per i capelli, così forte che lo scalpo aveva continuato a farmi male per giorni.

Scossi la testa, stringendo forte le mani. «Smettila, sto bene.»

Lui alzò le spalle, tornando indifferente. «Okay. Se lo dici tu. Vediamo... di che cos'altro abbiamo parlato? Ah, sì, una notte di sesso puramente convenzionale. Nelle posizioni che sceglierai tu.»

Sgranai gli occhi. «*Posizioni?* È solo una notte.»

Heath sembrò soffocare una risata. «Sì, una notte, ma chi lo sa quante volte significa? È giovane, in forma, probabilmente sarà in grado di farlo almeno due, forse tre volte. Anche di più se è passato tutto il tempo che dice lui. Otto mesi. Cristo.»

«*Cosa?*» strillai, inorridita.

«Bambolina, ti stai comportando come se ti stessi facendo fare la ceretta alle gambe, o roba simile. Beh, in effetti, è la tua prima volta quindi farà un po' male, ma posso garantirti che ti starai divertendo troppo per notarlo. Spera solo che non sia veramente grosso…»

Mi misi le mani sulle orecchie per bloccare il resto del suo vaniloquio.

«Mia» disse e aspettò che togliessi le mani dalle orecchie. «Mia, adesso non sto scherzando. Se non riesci nemmeno a parlarne, come diavolo farai a farlo?»

Lo fissai per un momento. Il mio miglior amico fin dalla terza media. C'eravamo confortati a vicenda durante alcuni degli anni peggiori della nostra vita, crescendo in una piccola comunità nell'altipiano desertico, due goffi disadattati. Quando aveva fatto outing, in prima superiore, ero stata la prima persona a cui l'aveva detto. Quando il mio boyfriend mi aveva aggredito sessualmente in seconda superiore, lui era stato la prima persona cui lo avevo detto.

Scossi la testa. «Pensavo che sarebbe stato semplice come bere una bottiglia di vino e poi restare sdraiata a pensare alla facoltà di medicina.»

Mi rivolse un sorrisino triste. «Non ti è mai passato per la mente che potrebbe piacerti, vero?»

Alzai le spalle. «Hai visto quel tipo. Dici che posso fidarmi di lui. Non mi farà del male, vero?»

Heath scosse la testa. «Non ci sono garanzie. Devi credere che non lo farà. Io ho fatto del mio meglio. Ho fatto fare delle indagini. Fedina penale pulita, nessun accenno a comportamenti deviati.»

Mi passai una mano tra i capelli e cominciai ad arrotolarmi nervosamente le punte castano scuro intorno al dito indice.

Heath si schiarì la voce. «Te lo devo chiedere e so che è veramente una domanda personale, ma... hai cominciato a prendere le pillole anticoncezionali?»

Annuii. Avevo avuto il ciclo quattro settimane prima e avevo cominciato allora a prendere la pillola.

«Lui è pulito. Ho controllato io stesso i referti.»

Mi agitai. Avrei voluto tirarmi indietro. Ma non lo avrei mai ammesso con lui, nemmeno in un milione di anni, perché si sarebbe lanciato su quell'esitazione come un'aquila reale su un crotalo.

«È nel Regno Unito, per il lancio europeo dell'ultima espansione del gioco. Ma non è troppo tardi per tirarti indietro.»

Strinsi forte gli occhi. «Per favore, Heath, non continuare a ripeterlo. In questo momento ho bisogno del tuo sostegno. Non ho bisogno che cerchi di dissuadermi.»

«Non sarei il tuo miglior amico se non cercassi di farti desistere.»

E poi si avvicinò, si lasciò cadere sul divano accanto a me e mi strinse tra le sue grandi braccia. Piantai la faccia contro il suo petto ampio. Lui mi lisciò i capelli e il panico si dissolse.

Quando me ne andai, un'ora dopo, ero calma. Posata. Rassegnata.

∗∗∗

Mi presi un'intera settimana di vacanza prima di partire, per poter scrivere, programmare e pianificare i blog da pubblicare durante la mia assenza. Speravo che avrebbe sviato i miei lettori da quello che stava succedendo nella mia vita privata. Avevo seminato dei diversivi, dicendo che ero occupata con il mio lavoro diurno. Che avrei dovuto fare i doppi turni per un po' di tempo. Piccole bugie innocenti per evitare i pettegolezzi.

Su altri siti, i pettegoli stavano già discutendo su quando e se la transazione avrebbe avuto luogo. Avevo menzionato, brevemente, che non avrei potuto discutere i risultati dell'asta, per molti buoni motivi. Non so quanti fossero veramente interessati. Dopotutto, il mio era un sito che parlava di videogiochi. La maggior parte di quei tizi avrebbe preferito lanciarsi in raid epici con il loro gruppo scelto invece di scopare, o sentir parlare di me che scopavo. Li capivo. Ero una di loro.

Mi occupai anche dell'ultima cosa in sospeso, dicendo a mia madre che mi sarei buttata a capofitto sui libri per i prossimi giorni e che quindi avrei staccato il telefono. Era vero che avrei portato il materiale di studio sull'aereo, ma meno sapeva, meglio era.

«Sembri stanca, Mia. Sei sicura di non studiare troppo?»

«Non esiste "studiare troppo", mamma. La gente che fa parte del mio gruppo di studio ha insegnanti privati e uno di loro ha partecipato a un ritiro speciale di preparazione al test.» Sospirai tra me e me, chiedendomi come avrei fatto a competere con la miriade di aspiranti studenti di medicina che arrivava fino a quel punto per passare l'esame di ammissione. Specialmente dopo aver fallito una volta. Mi si strinse lo stomaco pensando che se avessi ottenuto un buon punteggio l'anno prima, avrei già avuto in mano la mia lettera di accettazione e avrei cominciato a frequentare la facoltà di medicina in autunno.

«Mi preoccupa che tu ti stia esaurendo con tutto quello che hai in ballo, tra i tuoi lavori e gli studi.»

«Non ho nessun corso questo semestre. Credimi, visto che riuscivo a fare tutto mentre frequentavo, posso riuscirci anche adesso. Non preoccuparti, mamma. Ora posso chiederti *io* come stai?»

«Oh» rispose lei allegramente. «Benissimo. Le cose stanno andando bene.»

Rimasi sorpresa. Andando bene? Aveva imparato a mentire meglio mentre non guardavo, oppure le cose stavano veramente migliorando? «Che cosa c'è? È successo qualcosa?»

«Non... Non sono ancora pronta a parlarne.»

Restai immobile, confusa. La mamma aveva finalmente ripreso a uscire con qualcuno? Soffiai fuori il fiato. Non aveva mai avuto una relazione sentimentale mentre crescevo. Aveva degli amici maschi nella comunità dove vivevamo e sapevo che qualcuno avrebbe voluto avere una relazione con lei, ma mia madre non era mai stata interessata. Quand'ero un'adolescente le avevo chiesto perché non avesse mai avuto nessuno e lei aveva alzato le spalle e mi aveva risposto che stava aspettando che crescessi.

Beh, adesso ero cresciuta. Aveva finalmente deciso di riprendere a vivere?

«Me lo diresti, se si trattasse di qualcosa di serio... vero?»

«Certamente» mi rispose evasivamente.

Riappendemmo qualche minuto dopo e fissai a lungo il telefono. Era una delle telefonate più strane che avessi avuto con mia madre da parecchio tempo. Di solito era un libro aperto con me.

Ma chi ero io per parlare, poi? Le stavo nascondendo un diavolo di segreto. Uno che l'avrebbe ferita profondamente, se mai l'avesse scoperto. Non avevo il diritto di scavare nei suoi affari se non ero pronta ad aprirmi sui miei. Ma ero comunque preoccupata. Ero protettiva nei confronti di mia madre e vista la sua esperienza con il donatore biologico di sperma, non aveva scelto bene in passato.

Ma la mamma era intelligente e dovevo credere che avesse imparato dai suoi errori. Quindi, per distogliere la mente dalle mie preoccupazioni e anche perché non avevo molto da mettere in valigia, passai la maggior parte della giornata prima della partenza a far fuori mostri su Dragon Epoch. Continuai a controllare la lista dei giocatori per cercare FallenOne, senza successo. La mia lista di notifiche diceva che non si collegava da quel giorno in cui, settimane prima, avevamo giocato insieme.

***

Il giorno dopo ero su un volo per Amsterdam con uno zaino. Secondo le istruzioni di Adam, viaggiavo leggera. Aveva chiarito nelle ultime email che Heath gli aveva comunicato la mia taglia e che avrei trovato degli abiti in albergo. Credo che avesse indovinato, dopo cinque minuti nel mio buco d'appartamento, che non avrei avuto abiti all'altezza dell'Amstel Hotel di Amsterdam.

Viaggiai con i miei jeans più comodi, una t-shirt e sneakers e una piccola borsa con articoli da toilette e biancheria intima infilata sotto l'enorme poltrona reclinabile della prima classe.

All'aeroporto, avevo superato le brevi code e nessuno aveva battuto ciglio sui miei vestiti trasandati e lo zaino malconcio. Servizio completo e tutti quanti pronti a soddisfare ogni mio capriccio.

Nella sala d'attesa della prima classe mi avevano offerto un bicchiere di vino bianco fresco. Mi aveva tolto un po' dell'ansia che provavo perché viaggiavo da sola e per l'incertezza su ciò che avrei dovuto affrontare in Olanda. Mangiucchiai un po' di salmone e panna fresca per accompagnare il vino. La tremarella non sparì, ma si attenuò un pochino.

Ma il volo, ah, quello fu tutto un'altra storia. Avevo davanti a me quindici ore di viaggio prima di toccar terra ad Amsterdam. Quindi mi godetti la prima fila al piano superiore dell'immenso 747. Poco dopo il decollo del volo diretto su Londra mi servirono altro vino e mi consegnarono un menu completo. Il pasto arrivò con tanto di tovaglia candida, porcellane e posate d'argento. Approfittai sfacciatamente delle attenzioni e dell'adorabile, melodioso accento inglese intorno a me.

Non dormii nemmeno un attimo in aereo, e all'arrivo avevo gli occhi rossi e irritati.

Al nostro arrivo a Londra, mi accolse un'impiegata della compagnia aerea, con un cartello con il mio nome in mano. M'indicò dov'era la sala d'attesa della prima classe di Heathrow, con la spa, dandomi la lista degli appuntamenti che aveva preso a mio nome. Mi viziarono con una manicure, pedicure e un trattamento al viso prima di consegnarmi un asciugamano e un sacchetto verde e oro. Poi mi condussero in un bagno privato con la doccia.

Dopo il lungo volo in aereo, sembrava il paradiso. E avevo ancora qualche ora prima del volo per Amsterdam. Il sacchetto conteneva indumenti nuovi, ancora con le etichette del grande magazzino Harrods. Un bell'abito estivo, verde scuro e nero e anche della biancheria nuova: un completo con mutandine di seta e reggiseno. Arrossii vedendoli ma mi sentii così carina quando li indossai che non fui in grado di restare contrariata per l'implicita presunzione.

Non ero mai stata viziata. E riuscivo benissimo a capirne l'attrattiva. Mi truccai, asciugai e mi sistemai i capelli, sentendomi una persona nuova, fresca. Ero entrata in un mondo completamente nuovo, come una favola dei tempi moderni. Da lì, c'era solo il breve volo di un'ora per Amsterdam, e Adam, che mi stava aspettando.

Ad Amsterdam, un autista mi venne incontro e mi portò in albergo, parlando allegramente in un inglese quasi perfetto dall'accento britannico, anche se era chiaramente olandese. Aveva i capelli biondo platino e i pallidi occhi azzurri dei suoi antenati vichinghi.

Arrivai all'albergo proprio verso mezzogiorno e feci il check-in secondo le istruzioni di Adam. L'impiegato mi consegnò una busta che conteneva uno smartphone. Gli chiesi se avrebbe funzionato ad Amsterdam e lui mi diede un'occhiata confusa, annuendo. Guardai il telefono e notai un messaggio di Adam. Mi diceva di ordinare il pranzo nella suite e che mi avrebbe raggiunto verso le tre del pomeriggio, per fare un giro turistico.

Il fattorino mi guidò attraverso la lussuosa hall che sembrava scolpita nel marmo bianco e su un elegante scalone a forma di Y coperto da un tappeto, per andare agli ascensori. Avevo letto online che quell'edificio maestoso risaliva al diciannovesimo secolo e aveva tutte le meravigliose caratteristiche architettoniche di quell'era. Il fattorino mi fece salire su un piccolo ascensore, del tipo aggiunto in nome della comodità e che sembrava un corpo estraneo in quell'edificio elegante e demodé.

All'ultimo piano, mi guidò verso la suite nell'attico. E dentro mi trovai in uno spazio che avrebbe potuto accogliere quattro volte il mio monolocale. Era arredato con mobili antichi, con una camera e un bagno al piano inferiore oltre a un salotto con un divano e un bar. Una scala di legno scuro portava verso l'ignoto e la fissai per un momento, decisa ad andare in esplorazione appena fossi stata da sola. Non avrei incontrato Adam per un'altra ora, quindi non avevo idea di dove fosse, se fosse già arrivato.

«Il signor Drake...» dissi al fattorino.

«Mi dispiace, signorina. Non lo so. Può chiamare la reception e chiedere.»

Gli sorrisi. «Non importa. Posso mandargli un messaggio.»

Il fattorino, che aveva insistito a portare il mio pulcioso zaino per me, non esitò nemmeno un attimo né aspettò la mancia. Invece uscì dopo un inchino.

Cominciai a sentire un fremito di eccitazione alla base della spina dorsale. Scrissi un messaggio sul telefono.

Sono arrivata. Ti aspetto pazientemente.

Non lo vedevo da tre settimane e, nella mia testa, lui era costantemente diventato più seducente e delizioso. Diavolo, a questo punto, nella mia immaginazione, aveva quasi raggiunto proporzioni divine. Ero ansiosa di rivederlo. Sarebbe stata la seconda e ultima volta.

Non ricevetti risposta al mio messaggio. Probabilmente era ancora in riunione, o forse ancora in volo. Soffiai fuori il fiato e mi agitai nervosamente, decisa a soddisfare la mia curiosità.

Vagabondai al piano di sotto, dando un'occhiata al menu del servizio in camera prima di decidere che ero troppo nervosa per mangiare. Guardai in ogni angolo e intorno al bar e nell'unica stanza, dove avevo scaricato la mia roba. Mi chiesi, se la camera era al piano di sotto, che cosa c'era di sopra? Una terrazza?

Mi precipitai su per le scale per scoprirlo e arrivai in una camera ancora più grande. Era arredata elegantemente con un letto a baldacchino gigantesco, e mobili d'epoca nello stesso stile, in legno scuro. Le tende sulla parete laterale erano aperte e le finestre davano sui canali di Amsterdam.

Sul letto c'era un completo, che supposi fosse di Adam, ma non c'era nessuno nella stanza. Entrai e andai verso il letto, king-size, addobbato con un tessuto francese grigio chiaro, argento e blu. Studiai il letto, chiedendomi se sarebbe stato quello il posto dove tutto sarebbe successo quella notte. Sentivo il cuore battere forte e deglutii, ma non avevo modo di sapere se fosse per l'eccitazione o la paura.

Lui era già lì. Sentii un rumore e in quello stesso momento una maniglia si mosse, probabilmente quella del bagno. Sobbalzai, ma prima di riuscire a scappare dalla stanza, la porta si aprì e Adam restò immobile sulla soglia, di ghiaccio. Era appena uscito dalla doccia.

I nostri occhi s'incrociarono e mi si gelò il fiato. Aveva un asciugamano candido avvolto basso sui fianchi e un altro intorno al collo. Si era evidentemente appena asciugato la testa. I capelli corti sparavano in tutte le direzioni, come se fossero stati scompigliati ad arte.

E il suo petto, ogni incavo, ogni angolo muscoloso perfettamente cesellato, luccicava per il vapore. Risucchiai in fretta una boccata d'aria.

«Sa-salve» dissi finalmente, distogliendo gli occhi con riluttanza dal suo petto nudo.

«Emilia.» Adam sorrise apertamente, senza imbarazzo apparente. «Sei arrivata!»

«Mi-mi dispiace. Non sapevo che fossi già qui. Stavo solo esplorando.»

«Nessun problema. La mia riunione è finita prima di quanto mi aspettassi, quindi ti ho battuto sul tempo. Hai già pranzato?»

Lottai per impedire al mio sguardo di scendere ancora verso il basso, per non fissare quegli addominali perfetti, con una leggera spolverata di peli scuri, che sembravano scolpiti da Michelangelo in persona. «Io... non avevo fame.»

«Ordina qualcosa al servizio in camera. A me andrebbe bene un sandwich con il roast beef e qui li fanno deliziosi. Possiamo fare due chiacchiere mangiando.»

«Uhm» balbettai, distogliendo gli occhi e poi tornando a guardarlo. «Certo. Vado a farlo, allora.»

Adam scoppiò in una risata e tolse l'asciugamano dal collo gettandolo nel bagno dietro di lui. Fu allora che vidi il tatuaggio.

Inciso con una grafia elegante, in verde giada, appena sotto la clavicola sinistra, era facile da leggere e molto semplice. Solo una parola. Il nome di una donna. *Sabrina.*

Non riuscivo a distogliere gli occhi, il mio sguardo fisso su quel particolare interessante. Lui seguì con gli occhi il mio sguardo e poi li alzò di nuovo.

«Se vuoi darmi un momento... a meno che tu voglia restare e farlo adesso?» disse, con gli occhi che ridevano.

Restai a bocca aperta. «Vado a ordinare il pranzo, allora» ripetei fiaccamente, prima di scappare goffamente, quasi inciampando nei gradini.

Ordinai il suo sandwich con il roast beef con tutti i contorni, dopotutto non mi aveva detto che cosa voleva, e, per me, uno al formaggio grigliato, con brie affumicato e groviera.

Adam entrò nella stanza quando avevo appena finito di ordinare, grazie a Dio completamente vestito. Anche in jeans e camicia button-down era la quintessenza dell'eleganza. E anche nel mio bell'abito estivo mi sentivo a disagio accanto a lui.

Mi chiesi se il completo super elegante che aveva indossato durante il nostro primo incontro non fosse stato un caso. I nerd informatici di solito non si vestivano elegantemente. La maggioranza dei programmatori che conoscevo si vantava dell'abbigliamento casual permesso dal loro lavoro. Ma lui non assomigliava a un tipico smanettone.

Ma già, che ne sapevo io. Sapevo così poco di lui.

Ed era quello che volevo, no? Bum, bam, ecco i suoi soldi, madame. E di colpo mi venne in mente, non senza spaventarmi un bel po', una cosa di cui non mi ero mai preoccupata fino a quel momento. E se non gli fossi piaciuta? Che cosa sarebbe successo se mi avesse trovata indesiderabile, a letto? Dopotutto ero completamente inesperta. Si sarebbe sentito frodato? Come se non avesse ottenuto quello per cui aveva pagato? Scossi la testa, per liberarla da quello strano pensiero. Che cosa mi stava succedendo?

«Freddo?» mi chiese Adam, mal interpretando il mio gesto.

«No, sto bene. Grazie per il vestito» dissi, lisciandomi la gonna.

«Grazie a Heath, in effetti. Ha dovuto convincermi a non ordinare un bikini di maglia di ferro.» Quando gli rivolsi un'occhiata curiosa, si mise a ridere. «Sto scherzando. Gli ho chiesto di scegliere alcune cose carine per te sul sito web di Harrods e di farle consegnare nella sala d'attesa dell'aeroporto. Sembra che sia andato tutto bene.»

Feci un verso incredulo. «L'ha scelto *Heath*?»

Adam sembrò stupido. «Sì, perché ti sorprende?»

«Heath ha il senso estetico di una cozza.»

«Lui *è* gay, vero?»

«Sì, è gay. Ma non quel tipo di gay. Indosserebbe un sacco di patate al lavoro se glielo permettessero, o se i sacchi di patate fossero comodi.»

Gli occhi di Adam ispezionarono le mie forme con un'espressione di apprezzamento, ma non in modo lascivo. «Conosce i colori, questo è certo. Quello è perfetto per i tuoi capelli scuri e i tuoi occhi. Sembri radiosa. E, cosa ancora più importante, non sembra che abbia appena passato quindici ore in viaggio.»

Allargai le braccia davanti a me. «Meno male.»

«Sei stanca?»

«Ho ingurgitato una Dr. Pepper sul volo da Londra e ne ho comprata un'altra quando sono atterrata.»

«Bene. Mangiamo e poi andiamo a fare i turisti. Stavo pensando al palazzo reale e magari un giro sui canali?»

M'illuminai e lui sorrise alla mia palese eccitazione. «Sembra meraviglioso. Mi piacerebbe!»

Il servizio in camera arrivò in quel momento e il cameriere mise il cibo in tavola come se fosse un maître d'hotel di un ristorante stellato. E non stavamo semplicemente mangiando dei sandwich. La mia brioche con il formaggio fuso era da morire. Adam rise davanti al mio ovvio apprezzamento per il cibo, ma si capiva che stava avendo la stessa reazione al suo roast beef, «Se riuscissi a farmeli portare in volo tutti i giorni da Amsterdam a Irvine per pranzo, lo farei in un battibaleno.»

«Oh, probabilmente per te sarebbero spiccioli.»

«No. Non potrei mai farlo. Uno spreco pretenzioso. Mi sento già abbastanza in colpa per il mio impatto ambientale, e pago per compensarlo. Ma quando ho l'occasione di venire qua, mi assicuro di mangiare sempre il sandwich con il roast beef. Ne ho perfino portato uno nello spazio con me.»

«Davvero?» dissi, con gli occhi che praticamente mi uscivano dalle orbite. «Sei stato nello spazio?»

Lui annuì, finendo di masticare. «Ho passato dieci giorni nella stazione spaziale internazionale, l'anno scorso. Il momento più adrenalinico di tutta la mia vita.»

Quest'uomo riusciva a sorprendermi di più ogni minuto che passavo con lui. «Sei anche un astronauta?»

«Un turista spaziale, direi. I russi vendono alcuni posti sui loro lanci ai maggiori offerenti. Sono stato fortunato. Non succede spesso» disse, dandomi un'occhiata significativa.

Ma non riuscì a ottenere una reazione da parte mia. Stavo ancora abituandomi all'idea che fosse stato nello spazio. «Com'è stato?»

Il suo sguardo divenne sfuocato e i suoi occhi scintillarono, come onice lucidato. «È stato... indescrivibile.»

Sbuffai, incredula. «Dammi qualcosa su cui lavorare. Forza, solo qualche aggettivo.»

Fece una pausa. «Indimenticabile. Incredibile. Come... se il mondo intero fosse diventato silenzioso. Il più bianco dei punti bianchi contro il nero più nero e quell'enorme mondo azzurro sotto i miei piedi.»

Diedi un altro morso al mio sandwich delizioso, riflettendo sulle sue parole. «È molto poetico per un nerd. È una fortuna che non possa citarti perché potrebbero revocarti la tessera di nerd se si venisse a sapere.»

Mi sorrise. «Sono un nerd a vita. Non solo sono il presidente del club dei nerd, ma ne sono anche un membro.»

«Se non ti revocano la tessera per via della poesia, dovrebbero decisamente revocartela per via di tutti quei muscoli» dissi e poi arrossii, diventando scarlatta, rendendomi conto che stavo ancora ricordando la visione di Adam senza la camicia. I pettorali sodi, gli addominali chiaramente definiti e i bicipiti, come se fosse stato cesellato nel marmo. «I nerd non hanno i muscoli» dissi, cercando miseramente di nascondere il mio imbarazzo.

Era vero. Che razza di programmatore aveva un corpo simile? Adam sogghignò. «I nerd a cui non piaceva essere presi di mira a scuola e hanno deciso di mettere su un po' di muscoli come deterrente, sì.» Lo osservai mentre finivo il mio sandwich. Facevo fatica a immaginare un idiota che cercasse di prendersela con Adam. Ma non avevo idea di come fosse da giovane, quindi come potevo saperlo? Qualunque fosse stato l'incentivo, aveva funzionato. La sua mente brillante, il bel viso e l'aria da tenebroso formavano un insieme da sogno. Uno sul quale, ci avrei scommesso, parecchie donne avevano cercato di mettere le mani. Ponderai in silenzio mentre finivo il sandwich. Non avevo trovato informazioni online su eventuali precedenti relazioni. Forse aveva fatto firmare anche a quelle donne un accordo di riservatezza.

Passammo il pomeriggio al palazzo reale e poi in un tour guidato lungo i canali. La città era vibrante, pulita, una fusione stupefacente di vecchio stile e di modernità. Ora ero entrata in un mondo ancora più strano della prima classe all'aeroporto di Los Angeles. Questo mondo includeva solo un'altra persona ed era quella con cui stavo condividendo ogni esperienza e ogni conversazione, perché non restavamo mai senza argomenti. Per usare le sue parole, era come se tutto il mondo fosse diventato silenzioso e noi fossimo gli unici due rimasti.

Non potevo fare a meno di chiedermi come sarebbe stato il giorno dopo, quando sarebbe stata ora per me di riprendere l'aereo per tornare a casa. Come sarebbe stato tornare al mondo reale dopo aver danzato fino a mezzanotte come Cenerentola al ballo.

Almeno sapevo che non era il caso di aspettarmi che il principe azzurro si presentasse davanti alla mia porta il giorno dopo, pronto a infilarmi la scarpina di vetro sul piede.

Tornammo in albergo verso le sei e Adam mi comunicò che avremmo dovuto cambiarci per la cena. Mi disse che nel guardaroba della mia stanza c'era tutto quello di cui avrei avuto bisogno. Quindi lo aprii. C'erano tre abiti, uno rosso, uno nero e uno color avorio, tutti con le scarpe abbinate. Scelsi quello nero, chiedendomi se fosse stato Heath a scegliere anche quelli. Non era possibile. Erano tutti talmente belli.

Feci in fretta la doccia, rifeci il trucco e mi sistemai i capelli lasciandoli sciolti e diritti a ricadere dalle spalle fino a metà della schiena.

L'abito nero aveva una fila di strass in vita e intorno all'ampia scollatura del corpino, che riflettevano sottilmente la luce. Aveva le spalline sottili e, dietro, era scollato fino in vita, dove si raccoglieva in pieghe morbide. Visto il taglio, non avrei potuto mettere il reggiseno, ma il vestito sembrava sostenermi comunque perfettamente. Dal mucchietto di biancheria elegante scelsi un paio nuovo di mutandine di pizzo, trasparenti, che mi fecero sentire maliziosa solo indossandole. Mi sentivo come una principessa. O un'attrice sul punto di andare a ritirare un Oscar.

M'infilai le scarpe abbinate. Non ero abituata a portarle, ma quei sandali con i cinturini ricoperti di strass scintillanti erano un capolavoro. A ogni passo mandavo un lampo di luce brillante in ogni direzione.

Quando entrai nel salone, sentii un fischio. Adam era vicino al secchiello del ghiaccio con una bottiglia aperta di champagne in mano, pronto a versarlo. Mi voltai, con attenzione per non inciampare, e lui scosse la testa. «Stasera sarai la stella di Amsterdam, Emilia.»

La mia gioia evaporò di colpo. Sarei stata la stella solo di quella stanza. Del suo letto. E per molto meno di una notte intera. Ero entrata in un sogno e ora, nel bel mezzo, ero fin troppo conscia che sarebbe finito prima ancora che me ne rendessi conto.

«Ceneremo al Ciel Bleu, e, se lo desideri, lì accanto, in albergo dopo ci sarà un ballo.»

Lo guardai a bocca aperta. «Ballo? Che tipo di ballo? Vuoi dire tipo il valzer e roba simile?»

Adam mi rivolse una strana occhiata. Era adorabile quando aggrottava le sopracciglia in quel modo. Quasi come un ragazzino. Quasi.

Era splendido qualunque cosa indossasse, fossero jeans e una maglietta, un completo firmato o quel sontuoso abito da sera con la camicia bianca inamidata. Non riuscivo a dimenticare quello che c'era sotto l'abito elegante. Il corpo perfetto, quei muscoli duri, definiti. Quel nome di donna tatuato appena sopra il cuore.

Chi era? E perché non faceva più parte della sua vita? Mi chiedevo se avrei trovato il coraggio di chiederglielo prima che finisse la notte.

Adam mi tese una flûte spumeggiante. «Dai, bevi un sorso. Poi usciremo.»

Avrei dovuto dirgli che io non avevo una vita sociale. Avrei dovuto dirgli che sarebbe stato molto più facile se non fossimo nemmeno usciti dall'albergo. Se ci fossimo semplicemente tolti i vestiti e l'avessimo fatto subito. Ma non volevo. Non volevo che la magia sparisse così presto e in qualche modo sapevo che sarebbe stato così, nell'attimo in cui l'atto fosse stato compiuto.

****

«Nemmeno un piccolo indizio? Dai...» implorai sopra il mio bicchiere di acqua minerale ghiacciata.

I suoi occhi scuri scintillarono divertiti. «Non sono segreti che posso rivelare.»

Tutti quelli che giocavano a Dragon Epoch cercavano da mesi indizi su come cominciare la catena segreta di missioni che li aspettava nelle Montagne Dorate. Era una delle *Easter egg*, più famose che fossero mai state nascoste in un gioco online e io avevo l'AD e capo progettista del gioco a mia disposizione. Diavolo, ne avrei approfittato e avrei cercato di estorcergli qualche indizio.

«È la *tua* società. Il tuo gioco! E i giocatori lavorano su questa catena di missioni da mesi. Ci sono intere sezioni di wiki e database pieni d'indizi.»

Adam sorrise, distogliendo lo sguardo come se si fosse ricordato di qualcosa di divertente. «Già, e la metà di quella roba è stupidaggine pura. Qualcuno degli indizi è stato piazzato dai nostri sviluppatori.»

Mi appoggiai allo schienale e gemetti. «Per favore?»

«Emilia, puoi sbattere quei magnifici occhi castani per tutta la sera ma non te lo dirò. Ho giurato di mantenere il segreto.»

Sospirai, sorpresa per il calore che mi saliva alle guance. Mi avevano già detto che i miei occhi erano belli. Erano grandi, rotondi, scuri e le ciglia erano folte. Immagino che la gente li trovasse attraenti e di solito accettavo il complimento con un sorriso autoironico. Nessuno mi aveva mai detto che avevo un bel sedere o seni superbi. Grazie al cielo, perché probabilmente sarei morta d'imbarazzo. Ma c'era qualcosa nel *modo* in cui Adam mi aveva fatto il complimento sui miei occhi che mi aveva fatto reagire così forte. Era così disinvolto. Non aveva fatto il complimento cercando di ottenere qualcosa da me o per adularmi. Aveva detto che avevo dei begli occhi come se fosse un dato di fatto, e che per quanto li sbattessi (e, per la cronaca, io non sbattevo *mai* gli occhi!) non avrei ottenuto ciò che volevo.

Io volevo i suoi segreti. I segreti del gioco sarebbero stati un buon punto d'inizio, dopo il tempo passato con lui visitando Amsterdam, avevo scoperto di voler conoscere *tutti* i suoi segreti. Che cosa lo aveva spinto ad avere tanto successo nei suoi affari, a godere degli aspetti esteriori della sua ricchezza senza essere così pretenzioso da far venire in volo un sandwich per il pranzo. Com'era la sua vita famigliare? Perché non andava a letto con nessuno da otto mesi e perché non stava con qualcuno adesso?

E chi era Sabrina? Perché aveva il suo nome tatuato sopra il cuore, proprio lui, un uomo che sembrava incapace di un gesto così sentimentale? Forse se lo era fatto tatuare quando era molto giovane, o era ubriaco. Era l'amore giovanile che gli aveva spezzato il cuore quando lei era passata a qualcun altro una volta che era cominciata l'università. O forse era una compagna di studi di cui era stato innamorato.

Ricordavo di aver letto che aveva abbandonato l'università. A quel punto aveva già guadagnato i suoi primi milioni. Ma non potevo evitare di chiedermi perché non avesse completato gli studi, dopo averli iniziati, specialmente perché sembrava una persona così motivata.

Mentre riflettevo, mi chiese dei miei studi. «Allora, Heath mi ha detto che hai preso la laurea di primo livello in biologia e che stai prendendoti un semestre di vacanza.»

Bevvi un sorso di vino dall'altro bicchiere e gli diedi un'occhiata. «Io lo chiamo "anno sabbatico", senza l'esperienza europea, ma questo viaggio potrebbe sostituirla, anche se sono solo due giorni.» Bevvi ancora un sorso. Non c'era motivo di dirgli che ero un completo fallimento e che aspettavo di rifare il dannato test che era il flagello della mia esistenza. Alzai le spalle con finta indifferenza. «Mi sto prendendo un anno di vacanza e poi frequenterò la facoltà di medicina.»

Adam annuì. Ovviamente lo sapeva già. «Che tipo di medico vuoi essere?»

Esitai, come facevo spesso da quando avevo ottenuto un risultato così orribile al test l'anno prima. Dal pomeriggio in cui avevo fissato quei risultati, guardando i miei sogni svanire lentamente in un turbine di rimpianti. Feci un respiro profondo e raddrizzai le spalle. «Un'oncologa.»

Piegò la testa verso di me, concentrato. «Davvero. Roba difficile. Ci vuole una forza speciale per trattare ogni giorno con pazienti oncologici.»

«Il cancro è uno stronzo che ha bisogno che qualcuno lo prenda a botte. Ed io intendo stare in prima fila, con la mazza pronta.»

Vide il mio pugno stretto sul tavolo. «Sembra che sia una cosa personale per te.»

Bevvi un altro sorso di vino e studiai la sua mano forte appoggiata sul tavolo accanto al piatto. «Sì. L'ha avuto mia madre.»

«Sta bene ora?»

Annuii. Per il momento. Ma visto quanto ero andata vicino a perderla, c'era sempre lo spettro della ricaduta che aleggiava. Non fosse stato per la sua regolare terapia vaccinale, quello spettro sarebbe stato ben più di un vago fantasma. Ma erano mesi che mi diceva di non essere in grado di continuare a pagare i trattamenti. La possibilità che potesse decidere di rinunciarvi completamente quasi mi paralizzava per la paura.

Alzai gli occhi sui suoi, che mi trafissero come frecce.

«Deve essere stata dura per tutti voi.»

«Siamo solo noi due. Lei ed io. Sono figlia unica e non ho idea di chi sia mio padre, né m'interessa saperlo.»

La sua espressione non cambiò. Non si mosse nemmeno. «Quindi Strong è il cognome di tua madre?»

Un altro sorso. «Sì, lei è sia mia madre sia mio padre. E ha fatto un gran bel lavoro, direi.»

«Sono d'accordo.»

«Tu non sai niente di me.»

«Ho letto il tuo blog.» Distolse lo sguardo con un'alzata di spalle.

Lo fissai sospettosa. «Lo leggi regolarmente o cosa?»

Mi guardò con un sorriso enigmatico.

«Forza, sputa il rospo, Drake. Da quanto lo leggi?»

Alzò le spalle. «Non so, un anno circa.»

«Un *anno*?»

Lui annuì, fissando il soffitto. «Sì, qualcosa del genere.»

«Perché non me l'hai detto prima?»

«Perché eri già abbastanza sconvolta quando hai scoperto chi ero. Non volevo gettare benzina sul fuoco.»

«Accidenti, allora sai di me molto più di quanto io sappia di te. Mi hai fatto delle domande come se non mi conoscessi.»

«In che altro modo avrei potuto farti aprire?»

«E io che pensavo che fossi solo interessato ad aprirmi in un *altro* modo.»

In quel preciso momento apparve il sommelier per versarci altro vino. Arrossii, inorridita, sapendo che aveva sentito ciò che avevo detto. Adam unì le mani davanti alla faccia, nascondendo una risata. Gli lanciai un'occhiataccia, che servì solo ad aumentare il suo divertimento. Strinsi gli occhi.

«Molto divertente» gli dissi una volta che il sommelier se ne fu andato.

Adam si tolse le mani dalla bocca. «Sì, effettivamente sì. Non m'interessa un fico secco della sua reazione, ma la tua espressione mortificata era impagabile.»

«Adesso tocca a te. Sputa.»

Aggrottò la fronte. «Che cosa devo sputare?»

«La roba buona. Dai, forza. Ho firmato l'accordo di riservatezza. Non finirà in prima pagina.»

Adam bevve un lungo sorso di vino, lo stesso bicchiere che stava centellinando da tutta la sera. «Che cosa vuoi sapere?»

Gli chiesi quello che mi stavo domandando un po' prima. «Perché hai abbandonato l'università?»

Sembrò sorpreso che lo sapessi. Era sulla sua pagina di Wikipedia, dopotutto. Aveva lasciato dopo il primo anno al Caltech. «Non stavo imparando niente di nuovo.»

Bene, bene. Dopotutto era un ragazzo prodigio. Mi ero aspettata una risposta diversa? Si schiarì la voce e continuò. «La Sony mi aveva offerto una montagna di soldi per lavorare per loro.»

«Non potevano aspettare qualche anno?»

«A quanto pare no. Comunque non ho lavorato a lungo per loro. Ho capito in fretta che l'unico capo che volevo avere ero io.»

Lo fissai. Quindi aveva problemi con l'autorità... professori, capi. Ciò nonostante era un cittadino modello, nessun arresto, nessun crimine giovanile. Probabilmente aveva avuto una famiglia forte alle spalle.

«Dove sei nato? Dove sei cresciuto? Avevi una famiglia numerosa?»

Adam sorrise. «Sono un mucchio di domande.»

Gli rivolsi un sorriso dolce. «Non abbiamo molto tempo.»

«Vero. Sono nato a Pasadena. Ho vissuto nello stato di Washington fino all'inizio dell'adolescenza, poi sono tornato in California per vivere con mio zio nell'Orange County.»

La pagina di Wikipedia su di lui aveva fornito scarse informazioni sulla sua infanzia. Lui mi aveva già rivelato molto più di quanto avessi scoperto cercando su Google. E non mi era sfuggito che non aveva risposto riguardo alla sua famiglia.

Giusto, nemmeno io volevo veramente parlare della mia. Di tutte e due noi.

Tentai un altro approccio. «Che cosa fa tuo padre?»

«È morto quando avevo quattro anni. Era un professore al Caltech.»

«Oh, mi dispiace.»

Adam alzò le spalle. «Non ricordo niente di lui.»

Un'altra cosa che avevamo in comune, allora. Non avevamo mai conosciuto i nostri padri. Ma almeno suo padre l'aveva voluto. Non aveva messo in mano una manciata di soldi a sua madre con il brusco ordine di "liberarsi del problema."

Mi schiarii la voce e tossii. «Okay, ancora un po' di domande tipo speed-dating… Qual è il tuo colore preferito? Il tuo segno zodiacale? Dove comincia la catena di missioni delle montagne dorate? Qual è il tuo libro preferito?»

Strinse gli occhi, sospettoso, ma non riuscì a nascondere il sorriso che gli apparve sulla bocca. «Blu. Ariete. Non te lo dirò nemmeno in un milione di anni. *L'arte della guerra.*»

«Accidenti» brontolai e poi scoppiammo entrambi a ridere.

La cena continuò in quel modo. Seppi che gli piaceva il cibo messicano e cinese. Che quello tailandese non lo entusiasmava. Gli dissi della mia assoluta ossessione per la pizza perfetta, di Zito, in stile newyorkese, nell'Old Towne di Orange. Lui mi raccontò di aver mangiato quella originale e che si rifiutava di assaggiare quella in stile newyorkese fuori da New York.

Fu stupito di scoprire che preferivo effettivamente la versione rimasterizzata di *Star Wars* nell'edizione speciale, rispetto alla trilogia originale.

Scosse la testa, con gli occhi sgranati, fingendosi inorridito. «Non riesco nemmeno a…»

«Oh, dai. Tre parole: migliori effetti speciali.»

La sua espressione si fece assolutamente seria. «Quattro parole: Greedo spara per primo.»

«D'accordo. Qui hai ragione, ma non cambierò idea solo per quell'inezia...»

«Un'inezia?!» Restò a bocca aperta. «Quel singolo momento ha cambiato l'intero personaggio di Han Solo.»

Piegai la testa di lato. «Sai, penso di aver visto la versione originale solo una volta.»

Sbatté gli occhi. «La tua educazione è seriamente carente.»

«Ehi, l'ultima volta che ho controllato, ero io quella che avrà presto una laurea, non tu.»

I suoi occhi brillarono e il sorriso si allargò. «Touché.» Alzò il mento indicandomi. «Ora tocca a te. Dove sei cresciuta? Orange County?»

Scossi la testa. «Non mi sono trasferita qui fino all'università. Heath ed io veniamo dalla più minuscola e sperduta comunità dell'altopiano desertico della California, chiamata Anza. L'unico nostro motivo di vanto è che la Pacific Crest Trail passa praticamente nel mezzo della città. Da Anza vengono solo svitati e nerd.»

Parlammo a lungo, fin dopo il dessert. Avevamo diviso un flambé di ciliegie che aveva minacciato di dar fuoco al locale. A un certo punto avevamo usato i cucchiai per batterci per l'ultimo boccone. Aveva vinto lui e aveva raccolto l'ultimo bocconcino sul suo cucchiaio, poi, da vero gentiluomo, l'aveva teso verso di me perché lo mangiassi.

E proprio lì vicino, lo sapevo perché avevo sentito l'orchestra per quasi tutta la sera, si ballava. Mi offrì il braccio, come un gentiluomo in una miniserie sul diciannovesimo secolo. Lo presi, un po' goffa, e mi lasciai condurre sulla pista da ballo.

«Io non so ballare in questo modo. Dico solo che spero che le tue scarpe abbiano la punta d'acciaio per proteggere le tue dita.»

«Lasciati guidare. È un foxtrot. I passi sono semplici. Lento, lento, veloce, veloce. Ti guiderò io.»

«E tu come fai a saper ballare così? Hai fatto un viaggio nel tempo e provieni da Downtown Abbey?»

«Mia cugina è una ballerina professionista di balli da sala» rispose sorridendo. «Mi obbligava a farle da partner quando si allenava.»

«Ah.» Anche se facevo fatica a immaginare che qualcuno potesse obbligarlo a fare qualcosa.

«Vieni» disse Adam. «Segui i miei segnali. Ti guiderò con la mano sulla schiena.»

E dopo qualche minuto di confusione, finalmente afferrai il concetto, anche se ero piuttosto sicura che nessuno ci avrebbe mai presi per Johnny e Baby di *Dirty Dancing*.

Con quel vestito, con quei sandali luccicanti, tra le braccia di quell'uomo, continuavo ad avere la sensazione di essere fuori dal mio corpo, di vivere un sogno a occhi aperti.

Dopo un paio di balli in silenzio, Adam parlò sottovoce. «Hai freddo?»

«No.»

«Stai tremando.»

Beh, sì. Sì, stavo tremando. Il suo odore era fantastico e mi stava facendo sentire cose indescrivibili. Ed era così vicino. Una mano grande teneva la mia e l'altra era appoggiata appena sotto le mie scapole. Sulla schiena nuda. Il suo calore minacciava di scavarmi un buco nella pelle.

Avevo problemi a ricordarmi di respirare e lui voleva sapere perché stavo tremando.

«Sei nervosa per stanotte?» mi chiese finalmente, dopo una lunga pausa.

Alzai gli occhi, incrociando il suo sguardo indagatore. «Forse.»

Ma non era vero. Non ero nervosa. Temevo il tonfo nella realtà. Il ritorno alla normalità. E il fatto che non l'avrei più visto. Che follia. Non sapevo nemmeno se era qualcosa che mi sarebbe piaciuto. Per quanto ne sapevo, ne avrei odiato ogni minuto. Ma non era quello a cui riuscivo a pensare in quel momento. Invece tutto ciò a cui riuscivo a pensare era quanto mi piaceva stare in sua compagnia, a scambiarci battute, a sentire il suo odore.

E sapevo già che il mio piano di trangugiare un bel po' di vino, sdraiarmi e pensare alla facoltà di medicina era andato in fumo. Dubitavo che quell'uomo mi avrebbe permesso di restare distesa a pensare a qualcosa che non fosse lui.

Facemmo solo altri due balli prima che Adam raccogliesse le mie cose e arrivasse l'auto per riportarci in albergo.

Dopo tutto lo scherzare e le risate, l'atmosfera tra di noi era diventata cupa, tesa. Appesantita dalla prospettiva di quello che doveva arrivare. Sentivo le budella contratte, appena sotto l'ombelico. Mi stavo rendendo conto di un nuovo fuoco che mi bruciava dentro. Sembrava una candela dentro una lanterna, che bruciava brillante e calda. Era come se il mio corpo mi stesse già preparando.

Adam non mi toccò, né parlò con me durante tutto il viaggio di ritorno, meno di dieci minuti in effetti. Fissava fuori dal finestrino, con una mano appoggiata sul ginocchio. Era distante, teso e decisamente non presente in quella limousine.

Quando entrammo nella suite, mi mise una mano sulla schiena per guidarmi. Ogni terminazione nervosa nel mio corpo sussultò immediatamente a quel contatto, come se avessi ricevuto una scossa elettrica. I muscoli sotto la sua mano si contrassero e cominciai a respirare più in fretta.

Le luci erano state accese e abbassate per creare un'atmosfera ovattata. C'era una bottiglia di vino al posto dello champagne. Adam tolse la mano e andò a prenderla.

«Vino?»

Io mi schiarii la voce. «Niente di più forte?» Scherzai. In effetti, bevevo raramente superalcolici, ma fu la sua reazione alla mia battuta che mi stupì più di tutto. Aveva una smorfia cupa sul viso e la sua espressione ridivenne indecifrabile.

«Temo che non tengano niente di forte quando sono qui» disse con la voce piatta.

Quindi non approvava che si bevesse. «Ma bevi vino e champagne.»

«Sì, a volte. Nelle occasioni speciali. O un bicchiere di vino con la cena, quando ci vuole.»

Presi il bicchiere di Cabernet Sauvignon, dal colore intenso, che mi aveva versato. «Ha l'aria di essere una cosa molto personale per te» disse, echeggiando le parole che aveva usato lui.

Adam bevve un piccolo sorso e appoggiò il bicchiere sul bar, appoggiandosi alla mano. «È così. Mia madre è un'alcolista.»

Annuii, rimpiangendo immediatamente la domanda. Spiegava perché era finito a vivere con i suoi cugini in giovane età. «Mi dispiace.»

Alzò le spalle. «Non la vedo da anni. Lei vive la sua vita ed io la mia.»

«Temi che se bevessi roba forte capiterebbe anche a te la stessa cosa?»

Alzò gli occhi.

«È una malattia, una dipendenza che ha una componente genetica.»

Come il cancro. Annuii, in quegli ultimi minuti avevo capito molto più di lui che non durante l'intera giornata che avevamo passato insieme.

Prese il suo bicchiere e allungò una mano. La presi, esitando. «Vieni, c'è qualcosa che voglio mostrarti.»

Sbuffai, ridendo. «È la classica battuta per attirare una ragazza in camera da letto?»

«No, non è una delle mie battute» rispose scoppiando a ridere.

Mi condusse su per le scale, a una porta chiusa appena fuori dalla camera. Non l'avevo notata quando ero salita nel pomeriggio. L'aprì e ci trovammo su un terrazzo panoramico, che dava su uno dei canali. Lì, all'ultimo piano, riuscivamo a vedere i tetti di Amsterdam e le luci scintillanti che si estendevano davanti a noi. Le minuscole auto nella piazza lontana che cercavano di farsi strada in una rotatoria complessa, con le luci che brillavano gialle e bianche.

Nei nostri capelli e sulle nostre spalle danzava una fredda brezza primaverile. Mi avvicinai alla ringhiera e lui si spostò dietro di me, sistemandomi lo scialle sulle spalle. Le sue mani si attardarono lì per un lungo momento prima di scivolare lentamente lungo le braccia. Dimenticai di colpo la vista meravigliosa davanti a me.

Mi stava toccando. Come se fosse serio. Come se lo volesse. Ansimai e le sue mani ricaddero.

«Ricordo la prima volta che vidi questa città» mormorò, ancora dietro di me, mentre fissava la vista sopra la mia testa. «Avevo appena venduto il mio primo programma. Mi ero preso l'estate per viaggiare attraverso l'Europa e cominciai da qui. Mi mancava ancora quasi un anno prima dell'università. Sprecai un mucchio di tempo quell'anno, ma fu il più memorabile della mia vita.»

Lo spettacolo davanti a noi sembrava ultraterreno, tutto oro, argento e rosso, come Natale in una terra da fiaba. Ricordai il bicchiere di vino che avevo in mano e ingollai il resto, tremando. Adam mi prese il bicchiere di mano e lo appoggiò su un tavolo lì vicino. Quando tornò, rimase nuovamente dietro di me, così vicino che quasi mi toccava la schiena con il petto.

Dopo qualche momento di silenzio imbarazzato, mi chinai indietro verso di lui, cercando il contatto. Lui trasalì, sorpreso, ma non disse niente. Io tremavo, con ogni terminazione nervosa viva dove il mio corpo toccava il suo. E di colpo, volevo sentire le sue braccia intorno a me. «Avrei voluto studiare un anno all'estero prima della laurea, ma la mia borsa di studio non lo permetteva. Sono in Europa solo da un giorno, e me ne sono già innamorata.»

«È facile. E non hai ancora visto la Francia.»

Parigi. Oh Dio, quanto mi sarebbe piaciuto vedere Parigi. Chiusi gli occhi e lasciai ricadere la testa contro il suo petto. Questa volta non trasalì per la sorpresa. Le mie scapole premevano contro i suoi pettorali. Abbassò la testa, premendo le labbra contro i miei capelli. Sentivo l'elettricità percorrermi da capo a piedi. C'era anche la paura, in agguato, come una viscida nebbia.

Poi Adam alzò le mani e infilò le dita tra i miei capelli, premendoli sul cuoio capelluto. M'irrigidii e sobbalzai, ricordando immediatamente le mani di un altro uomo che mi avevano afferrato i capelli, tirandoli con forza, obbligandomi ad abbassare la testa.

Provai un immediato gelido terrore. Ansimai, con il cuore che cercava di uscirmi dalla gola, gelata per la paura. Mi dimenai, spingendolo via da me, senza riuscire a respirare abbastanza in fretta.

«Vai via! Non...» Il mondo si mise a roteare intorno a me e finii contro la ringhiera, alzando le mani per proteggermi da lui. Mi aveva colpito, tante volte, aveva afferrato i miei capelli lunghi avvolgendoseli intorno alle mani come fossero una fune e tirando così forte... così forte. Non riuscivo a respirare. Dovevo andarmene.

«Emilia... Mia!» La voce di Adam s'insinuò nella confusa nebbia di panico che mi avvolgeva. Si avvicinò a me lentamente, con gli occhi spalancati per la preoccupazione. Vidi delle macchie nere ai margini del campo visivo e mi sembrò di essere sul punto di svenire. Respira! Respira! Non riuscivo a inspirare abbastanza in fretta.

«Mia... Mio Dio, stai bene? Che cos'è stato?»

Mi nascosi il viso con le mani, tremando così forte che non credevo di riuscire a parlare. «Emilia... mi senti?»

Gli voltai la schiena e chiusi gli occhi. Ero al sicuro, cercava di dirmi una voce lontana. Non ero sul Ridge, da sola, pregando Zack di non colpirmi ancora. Ero con Adam. Ero al sicuro. Non riuscivo a smettere di tremare.

«Mia» ripeté mormorando. Ora era più vicino.

«Sto... bene...»

«Col cavolo! No!»

«Per favore» dissi, coprendomi la guancia con una mano gelata. Sentivo il cuore danzare in gola e non riuscivo a riprendere fiato. Mi lisciai i capelli. Erano ancora lì. Non c'era sangue. Ero al sicuro. Non c'era modo che Adam lo sapesse, diavolo, non c'era modo che *io* sapessi che avrei reagito in quel modo solo perché mi aveva infilato le mani tra i capelli.

«Emilia. Respira più piano. Se continui così, finirai per svenire.» Mi prese gentilmente per il braccio e mi voltò verso di lui. «Piano, trattieni il fiato. Chiudi la bocca. Guardami. Guardami negli occhi.» Il panico arretrò mentre fissavo i suoi occhi scuri. Ora mi teneva con le mani su entrambe le spalle. «Sei al sicuro, Emilia. Ecco, respira dal naso. Tieni la bocca chiusa.»

Scossi la testa, con gli occhi chiusi stretti. «Io...» La mia voce si affievolì, la gelida paura si stava dissipando lentamente, lasciando però dietro di sé una traccia untuosa. Feci un respiro profondo e continuai, quando ci riuscii. «È stato solo un brutto ricordo. Ecco tutto.»

«Sei bianca come un lenzuolo. Ho fatto qualcosa di sbagliato?»

Scossi nuovamente la testa e lui si avvicinò, calmandomi mentre tremavo tra le sue braccia. Mi tirò verso di sé ed io premetti la faccia contro la sua spalla. «Mi dispiace... mi dispiace.»

«Non c'è assolutamente niente per cui scusarsi» mormorò Adam.

«È solo che... non mi piace che mi tirino i capelli.»

Ci fu un lungo silenzio. «Okay. Mi dispiace.»

Feci spallucce, continuando a tremare. «Non lo sapevi.»

Adam si schiarì la voce. «Non dovremmo farlo.»

«No.» Mi staccai da lui e lo fissai nuovamente negli occhi. «Sto bene. Proprio bene.» Ma sul suo bel volto restava il dubbio.

«Ma se dovesse succedere di nuovo...»

«Non succederà. Mi sono curata di includere tutto quello che sono riuscita a pensare nei documenti. Solo non ho pensato alle dita nei capelli.» Rabbrividii al ricordo.

Adam restò in silenzio per qualche secondo. «Qualcuno ti ha fatto del male? Vuoi parlarne?»

Scossi la testa. Non volevo parlarne. Sperai che prendesse quel movimento a indicare che nessuno mi aveva fatto del male, che nessuno si era avvolto i miei capelli nelle mani, strappandone ciocche dal cuoio capelluto, mentre mi affondava la sua erezione in gola. Rabbrividii di nuovo.

Adam mi tirò nuovamente con dolcezza verso di lui, come se si aspettasse che da un momento all'altro saltassi oltre la ringhiera. «Chiunque sia stato merita di essere riempito di botte.»

Mi chinai verso di lui che mi prese tra le sue braccia, stringendomi forte. Mi sentii immediatamente più calma, ma il mio cuore continuò a battere a tutta birra, premuto contro il suo sterno. Il suo corpo era così duro e possente contro il mio. Il tessuto liscio della sua giacca mi accarezzava la guancia. Chiusi gli occhi.

«Stai bene?»

«Adesso sì. Grazie» dissi, con una voce che sembrava arrivare da molto lontano. Da quel mondo di sogno in cui mi ero persa per tutta la giornata. Poi sollevai la testa e lo guardai in volto chiedendogli l'unica cosa che desideravo chiedergli da tutta la sera. «Potresti baciarmi?» gli chiesi con la voce flebile.

La sua bocca scese lentamente, senza esitazioni, sulla mia e le nostre labbra s'incontrarono a metà strada, le due teste che premevano l'una contro l'altra, con il bisogno urgente di assaggiarsi. Dapprima il suo tocco fu lieve, le labbra decise ma chiuse. Ma volevo di più... Volevo un bacio come quello con cui mi aveva lasciato quel giorno nel mio appartamento.

Lo stuzzicai con la lingua per fargli aprire la bocca. Lui espirò forte, di colpo, e abbassò un braccio, agganciandomi in vita per stringermi a sé. Aprì la bocca alla mia lingua. Approfondii il bacio finché cominciò a rispondere. Un altro ansito che proveniva dal fondo del suo petto e mi strinse così forte che riuscivo a sentire ogni rilievo dei suoi muscoli sotto la camicia. Piegai indietro la testa, desiderando di più. Gli mise le mani sulle spalle, tenendolo stretto.

E, di colpo, non fui più io a decidere. Una mano si appoggiò dietro la nuca, attenta a non intrecciarsi nei miei capelli mentre mi faceva aprire a lui con nient'altro che le labbra e la lingua che mi esploravano, ed io non riuscivo a respirare, ebbra di desiderio. Avrei voluto sussurrare il suo nome, ma non riuscivo a dire niente con quel contatto così intimo, così profondo. E quella notte sarebbe diventato ancora più profondo. Sentivo la paura in fondo allo stomaco. Stavo veramente per andare a letto con un uomo. Quell'uomo magnifico.

La sua bocca lasciò la mia, scivolando lungo la mascella per prendere tra le labbra il lobo dell'orecchio. Le sue carezze erano fuoco e ghiaccio insieme. Tutto dentro di me s'irrigidì per la tensione che chiedeva di essere liberata.

I suoi denti mi sfiorarono il lobo e sussurrai il suo nome. La sua bocca e la lingua lasciavano una scia bruciante sul mio collo, sulla gola. Ogni tocco mi faceva trasalire. Arcuai il seno contro il suo torace. Adam emise un gemito dal profondo del suo petto, il primo segno vocale della sua eccitazione.

«Rientriamo» dissi, spavalda, come se dentro di me ci fosse il fuoco e Adam fosse l'unico nelle vicinanze con un estintore. L'audacia era solo una finta. Dentro di me stavo tremando, non poco terrorizzata al pensiero di come sarebbe stata la notte.

Adam si tirò indietro e mi prese la mano per condurmi dentro. Una ventata di aria calda mi circondò quando rientrammo nella stanza. Pensavo che mi avrebbe tirato verso il letto, ma lui si fermò di fianco al divano contro la parete. Mi tolse lo scialle dalle spalle, appoggiandolo sullo schienale. Poi si slacciò la giacca e fece la stessa cosa. Ma i suoi occhi non lasciarono mai i miei, e i miei non lasciarono mai i suoi, che bruciavano come brace dentro un falò.

Non avevo più dubbi, adesso, se mai ne avessi veramente avuti, che mi desiderava. Che era un desiderio altrettanto potente e feroce come quello che mi cantava nelle vene. Prima che dicesse un'altra parola, mi voltai verso il letto, intanto che ne avevo ancora il coraggio. «No» disse lui, fermandomi. «Non ancora.»

Mi voltai verso di lui e lui mi abbracciò, tirandomi giù con lui sul divano. Atterrai sulle sue ginocchia e lui mi stava di nuovo baciando, premendo affamato la sua bocca sulla mia, sul collo, la gola e poi più in basso. Quando allontanò il volto, alzò gli occhi, annebbiati dal desiderio, le guance arrossate. Alzò una mano verso la mia spalla, accarezzandomi dolcemente il braccio.

«La tua pelle è così morbida» disse, con le dita che mi sfioravano come se non avesse mai toccato una donna in vita sua.

«Vitamina E» dissi un po' stupidamente, quando non trovai niente di meglio da dire. Che cosa si dice quando un uomo con cui stavi per andare a letto ti riempiva di complimenti? "Grazie" sembrava un po' strano.

Non smise di fissarmi. La sua mano mi accarezzava dolcemente lungo la clavicola. «Anche qui.»

Lasciai uscire lentamente il fiato, con l'eccitazione che mi chiudeva la gola. Il suo tocco stava accendendo fuochi che non avevo mai saputo di avere nel mio corpo, tra le mie gambe, dappertutto. Chiusi gli occhi per concentrarmi sul suo tocco.

La sua mano scese ad accarezzare il solco tra i miei seni. «E qui» mormorò. E prima che passasse un altro momento, mi fece scendere dalle sue ginocchia per sedere accanto a lui sul divano, e fece scivolare una delle spalline dalla spalla. Sentii un soffio di aria fresca toccare il mio seno nudo.

Ci siamo, pensai. Non era diverso dal guardare l'abisso dall'alto di una montagna russa, dal vagoncino che si era appena fermato prima di gettarsi a capofitto lungo la discesa. Mi sentii stringere lo stomaco.

Aprii gli occhi. Adam mi stava guardando mentre la sua mano saliva a coprirmi il seno. Sibilai tra i denti e i suoi occhi, se possibile, sembrarono scurirsi ancora di più.

Non mi ero mai esposta a un uomo prima di quel momento. Non così. Ai tempi in cui ancora uscivo con qualcuno, c'erano stati i tipici palpeggiamenti al buio sotto i vestiti, fermi nel belvedere sul Ridge o in uno degli altri posti frequentati dagli adolescenti. Era fin dove ero mai arrivata, prima di chiudere con tutto e giurare di non uscire più con un ragazzo.

Fece scorrere il pollice sul mio capezzolo già eretto e il suo respiro divenne affrettato. Gli afferrai la cravatta, tirandolo verso di me. Il bacio divenne immediatamente più profondo, con la sua bocca che schiacciava la mia, prendendo il comando del bacio, come presumevo prendesse il comando di tutto ciò che stava intorno a lui, con sicurezza, senza incertezze.

Ma la sua bocca non restò a lungo sulla mia. Ben presto mi spinse indietro sul divano, stesa sulla schiena. Si stese su di me, sciolse in fretta il nodo della cravatta e si slacciò i primi tre bottoni della camicia.

A ogni movimento, quegli occhi neri m'inchiodavano, quasi sfidandomi a distogliere lo sguardo. E non ci riuscivo. Ero così eccitata da riuscire a malapena a respirare. La pressione tra le mie gambe pulsava in modo quasi doloroso.

Poi si sistemò contro di me, con la sua erezione che mi premeva sulla gamba. Quasi sussultai quando mi resi conto di che cos'era. Ero sotto di lui adesso, e mi chiedevo vagamente se si sarebbe preso la briga di spostarci sul letto per la vera e propria consumazione del nostro accordo. Immagino ci fossero posti peggiori dove perdere la propria verginità di un divano nella suite nell'attico di uno degli alberghi più lussuosi di Amsterdam.

La sua bocca era sulla mia e spingeva la lingua nella mia bocca con urgenza, con ferocia. Si sollevò appena a sufficienza per abbassare l'altra spallina, denudandomi fino in vita. Ero troppo persa nelle sensazioni che stava evocando in me per provare imbarazzo.

Poi la sua bocca fu sul mio collo, sulla gola e scivolò lungo la clavicola per fermarsi sul capezzolo, leccandolo e succhiandolo con tenerezza.

Nel mio seno fiorì un enorme fuoco e ansimai, arcuando la schiena. Lui sussultò contro la mia gamba. Se mi avesse sollevato la gonna e lo avesse fatto lì, subito, non mi sarei lamentata. Non potevo aspettare ancora per molto.

E non mi ero mai preoccupata di chiedere a Heath quanto sarebbe durato una volta cominciato.

Volevo che durasse per sempre.

Gli afferrai la nuca con le dita, cercando di spostare quella lingua talentuosa e quella bocca bollente sull'altro seno. La pressione pulsante dentro di me divenne insopportabile.

«Adam» sussurrai. «Voglio…»

E fu in quel momento che suonò il suo cellulare.

All'inizio lui rimase immobile, senza muovere la bocca, ancora premuta contro il mio capezzolo, con il corpo teso sotto le mie mani.

Il telefono smise di suonare. E nemmeno dieci secondi dopo, suonò ancora. Adam alzò la testa e si tirò indietro, togliendolo dalla tasca della giacca.

Quando vide chi lo stava chiamando, sospirò rumorosamente. «Cazzo.» E poi si portò il telefono all'orecchio.

«Che cosa c'è?» abbaiò e provai pietà per chiunque ci fosse dall'altra parte.

Mi misi seduta, sistemandomi le spalline, con il corpo che pulsava per la mancanza di uno sfogo. Adam mi guardò mentre ascoltava a lungo al telefono senza dire una parola. A ogni minuto che passava, la sua espressione diventava sempre più cupa. Gli misi una mano sulla gamba, per rassicurarlo, e lui si alzò immediatamente, andando verso la finestra.

«Quanto è grave?» chiese alla fine, con il corpo teso, le spalle rigide.

Mi venne freddo senza il suo corpo caldo accanto a me. Presi lo scialle dallo schienale del divano e me lo tirai sulle spalle.

«Walt, cazzo, è mezzanotte qui, la squadra è ancora al lavoro. Nei loro contratti c'è lo straordinario obbligatorio. Lavoreranno fino a tardi stasera.»

Si voltò verso di me e scosse la testa, scusandosi. Io alzai le spalle, sorridendo. Potevo pazientare. Lui poteva occuparsi del problema e tornare da me. Stranamente, non ero per niente stanca, nonostante non avessi dormito nelle precedenti ventiquattro ore.

«No» disse, e fu un suono duro, irritato. «Me ne occuperò io. Non… Ho detto che me ne occuperò io, cazzo, ma nessuno va a casa, chiaro? Chi lo fa può anche svuotare la scrivania e portare via la sua roba.»

Cominciò a camminare avanti e indietro davanti alla finestra, ed io restai a guardarlo, mi ricordava un puma. I suoi movimenti erano agili, aggraziati, avrei potuto osservarlo camminare per ore. Però sarebbe stato meglio se avesse indossato solo quell'asciugamano bianco intorno ai fianchi.

«Dammi un minuto per collegarmi. Sì. Richiamami tra dieci minuti.»

Appoggiò il telefono e si voltò a guardarmi. «Mi dispiace. Era il mio direttore operativo. Oggi avevamo spento i server, per installare una patch. Hanno trovato del software bacato e i server non possono tornare in linea finché non lo sistemano…»

«Oh, merda, già, non vuoi che un'orda di giocatori arrabbiata venga a bussare alla tua porta. Se non fossi qui, sarei uno di loro, a chiedere con insistenza di far ripartire il gioco.»

Adam sorrise, nonostante l'umore nero. «Vado a prendere il mio portatile per vedere che cosa sta succedendo. Perché non prendi qualcosa nel bar? Mi dispiace.»

Mi schiarii la voce. «Ci vorrà molto?»

Adam sospirò. «Sì, credo che la nostra serata sia andata a puttane.» E nonostante l'ovvia irritazione e la delusione sembrava la stesse prendendo piuttosto bene.

Io? Io ero furiosa. Tutte le mie speranze erano crollate. Alla faccia dell'asta. Alla faccia di venire ad Amsterdam come una ragazza e ripartire come una donna. Alla faccia…

Mi voltai e uscii dalla stanza. Lui mi raggiunse al piano di sotto qualche minuto dopo con una borsa per il notebook stilosa, di pelle, da cui tolse il portatile ultrasottile e dall'aspetto più costoso che avessi mai visto.

C'era il suo nome inciso nell'acciaio inox del coperchio: *Adam Drake, Draco Multimedia Entertainment*, con il logo della società: un campo stellare con la costellazione del dragone.

Alcune ragazze si eccitavano per i gioielli, altre per le borse firmate. Io, beh io impazzivo per l'hardware. E anche se l'impressione che avevo avuto prima dell'altro suo *hardware* aveva cominciato a interessarmi, il ragazzaccio che aveva appena tolto dalla borsa mi fece palpitare il cuore. Quella piccola macchina sexy era probabilmente dieci volte più veloce della mia.

Adam appoggiò il notebook sul tavolo, aprendolo, e poi mi guardò. Quando notò dov'era concentrata la mia attenzione, sorrise ironico. Se solo fossi riuscita a recuperare la sua password… chissà quanti segreti c'erano in quell'affare.

«Perché non ti metti comoda? Sarà un lavoro a intermittenza e se non sei stanca, mi farà piacere avere compagnia.»

Mi trascinai nella stanza, dove il fattorino aveva scaricato la mia borsa. M'infilai degli abiti che avevo portato, leggings e una canottiera. Poi andai al minibar e presi un bicchiere ghiacciato e una Dr. Pepper per me. Dopo avergli chiesto che cosa voleva bere (scelse il caffè) armeggiai con la caffettiera automatica e gliela portai, sistemandomi sul divano per guardarlo lavorare.

Ogni tanto mi dava un'occhiata. «Perché non guardi se c'è qualcosa in TV?» mi chiese, con le mani che si muovevano sulla tastiera alla velocità della luce mentre parlava. «Farò partire un programma tra un momento e posso venire a guardarla con te mentre aspetto.»

Quasi sorrisi chiedendomi se anche ad Amsterdam davano le repliche di Friends ventiquattro ore al giorno.

Nel salotto, feci zapping tra i programmi finché trovai un famoso film di serie B degli anni cinquanta, *Pianeta proibito*. L'avevo già visto parecchie volte e avrei potuto seguirlo facilmente anche se doppiato in olandese. Ma quella versione diffusa in tarda sera era nell'originale inglese con i sottotitoli in olandese.

Dopo altre due telefonate e circa dieci minuti, Adam mi raggiunse sul divano. Feci una smorfia, rendendomi conto che avevo un aspetto miserevole in leggings e canottiera, ben diversi dal favoloso abito nero e sandali luccicanti di prima.

Durante la pubblicità mi disse che sarebbe tornato subito e salì le scale. Quando tornò, indossava i pantaloni di un pigiama blu scuro e una t-shirt bianca. Si sistemò nuovamente sul divano accanto a me. Questa volta, mi appoggiai a lui, accoccolandomi nell'incavo del suo braccio. Lui mi mise il braccio intorno alla vita, all'inizio quasi esitante. Come se fosse riluttante a toccarmi.

Quando lo guardai, la sua espressione era a metà tra la paura e la confusione. Lo avevo sorpreso con quella dimostrazione improvvisa di affetto? Era asessuale eppure confortevole, almeno per me. E non sapevo se sarei riuscita a spiegargli perché.

Dopo un'ora tornò al computer ed io cominciai a sentire le palpebre pesanti mentre il comandante John Adams e Altaira, stretti in un abbraccio, guardavano l'esplosione di Altair IV dallo spazio. Poco dopo scivolai nel sonno.

Un po' di tempo dopo ebbi la sensazione di essere trasportata da braccia forti. Era quello il momento? Mi avrebbe stesa sul letto e svegliata per fare sesso con me?

Ma non successe e il breve attimo in cui rimasi sveglia svanì quasi subito. Mi riaddormentai beatamente. Sognai di Adam, di ballare su una nuvola al suono di un'orchestra che proveniva da una rete di computer sullo sfondo.

CAPITOLO SEI

ARTIMMO DA AMSTERDAM IL GIORNO SUCCESSIVO, DOPO un brunch; avevamo dormito entrambi fino alle dieci. Lasciammo l'albergo a mezzogiorno e l'auto di Adam ci portò all'aeroporto. Nonostante non fosse successo niente la notte prima, prendemmo il volo verso casa come programmato, dato che Adam aveva accennato al fatto di dover tornare a lavorare appena possibile.

Non sapevo che cosa dirgli. Avevamo parlato di tutto quello che ci veniva in mente ma non avevamo mai discusso il fatto che il nostro accordo non era ancora stato consumato. Che cosa voleva dire? Non avrei ricevuto il denaro finché non avessimo compiuto l'atto. Era ancora intenzionato ad arrivare in fondo? O il quasi disastro con il videogioco aveva raffreddato il suo ardore?

Adam rimase al telefono per quasi l'intero viaggio verso l'aeroporto ed io estrassi la mia guida al test, senza però riuscire a concentrarmi. La mia mente continuava a vagare verso la sua conversazione. Stava facendo dei piani per andare a visitare il mese successivo una proprietà nella quale aveva investito, in un posto chiamato St. Lucia, di cui non avevo nemmeno mai sentito parlare.

Gli diedi un'occhiata di sottecchi, curiosa. Era cresciuto senza un padre, allevato da una madre alcolista che, si poteva presumere, era un genitore talmente incapace, che, da adolescente, Adam era stato mandato a vivere con uno zio a due stati di distanza.

Com'era possibile che quella formula avesse dato come risultato un uomo brillante nel suo campo, unico, e di successo? Che motivazioni aveva avuto per elevarsi da un punto di partenza così infimo? E da dove veniva l'energia infinita che lo spingeva a continuare ad andare avanti, giorno dopo giorno?

Poco prima di arrivare all'aeroporto mi voltai verso di lui e lui mise da parte il tablet quando notò che lo guardavo.

«E ora?» gli chiesi.

Strinse visibilmente i denti e si voltò a guardarmi in volto. «Che cosa vuoi dire?»

Le sue maniere erano così fredde che mi sconvolsero e strinsi le labbra, irritata. Come se avesse avuto il diritto di essere brusco con me! Non era colpa *mia* se non eravamo arrivati in fondo all'accordo. Diedi un'occhiata all'autista e Adam, seguendo il mio sguardo, premette il pulsante per alzare il divisorio prima che io riprendessi a parlare.

Cominciai. «Beh, abbiamo avuto la nostra notte insieme. È quello che richiedeva il contratto. Suppongo che possiamo ritenerlo adempiuto e andarcene ciascuno per la sua strada?» Sapevo che cosa avrebbe risposto prima che le parole uscissero dalla mia bocca.

Mi guardò sospettoso. «E questo che cosa significa? Che ci separiamo secondo le clausole del contratto? Nessun contatto? Che ci comportiamo come se tra di noi ci fosse un ordine restrittivo?»

Alzai le spalle. Non era quello che avevamo concordato?

«E poi? Sei ancora vergine. Significa un'altra asta?»

Chinai la testa di lato. Diavolo, no. Non significava un'altra asta. Non avevo intenzione di riprovarci. Ed ero sicura al cento percento che Heath si sarebbe rifiutato di partecipare di nuovo. Ciò nonostante lo guardai come se stessi riflettendo a fondo. «È un'ottima idea. Potrei incassare due volte.»

Ma l'espressione negli occhi di Adam, quando divennero duri come il ghiaccio, mi mandò un brivido lungo la schiena. Infilò il tablet nella tasca posteriore del sedile davanti a lui. «Non credo proprio.»

Lo guardai aggrottando la fronte. «Aspetta… cosa?»

Si voltò verso di me, tranquillo, come se stessimo discutendo le previsioni del tempo. «Ho comprato un prodotto che non mi è stato consegnato.»

Ripiegai le braccia sul petto. «Io non sono un prodotto. Sono una persona. Hai comprato una notte con me ed è tutto. Abbiamo avuto la nostra notte insieme. Non è stata colpa mia se sono… rimasta intatta.»

«Non sono d'accordo. Ho comprato la tua verginità. Quindi mi appartiene. Non può essere rivenduta.»

Ora sentivo il calore salirmi alle guance. Non per l'imbarazzo, ma per la rabbia. «Questa non era una transazione per il commercio di carne, signor Drake.»

Un pugno si chiuse sul suo ginocchio. «Che cos'è la prostituzione, se non un commercio di carne? Io possiedo la tua verginità e posso rimuoverla quando voglio. Che sia adesso o tra dieci anni, quell'onore è *mio*.»

Sbattei gli occhi e scossi la testa, senza riuscire a credere alle mie orecchie. «Stai dicendo che io sono vincolata a te finché deciderai di farti avanti e incassare? Non credo proprio.»

«Proprio così. Continua a crederlo. Pensi sinceramente che il nostro accordo privilegi la tua posizione rispetto alla mia?»

Avevo il cervello in fiamme, mentre cercavo di ricordare le parole precise del nostro accordo. Il sangue cominciò a pompare e maledissi il fatto di essermi affidata completamente a Heath e al suo amico per la scelta delle parole, tanto che non riuscivo a ricordarle. «Non è comunque un documento legalmente valido.»

«Allora perché redigerlo?»

Digrignai i denti, con la faccia bollente e i muscoli tesi. «Per protezione, per chiarire che cosa supponeva l'accordo.»

«Per la protezione di chi? La tua o la mia?»

«Di *entrambi*.»

Mise anche lui le braccia conserte, appoggiandosi allo schienale. «Beh, allora resto della mia opinione. L'asta era per il diritto di toglierti la verginità. Non è successo. Ho ancora quel diritto.»

«Non a vita. C'è un limite di sei mesi indicato nel contratto.»

«Giusto. Allora ci sentiamo tra cinque mesi e mezzo?»

Sbattei gli occhi. Il termine per pagare l'ipoteca di mia madre era tra due mesi. «Sei pronto a pagarmi adesso?»

«Ovviamente no.»

Mi voltai a guardarlo. «Non ti fidi di me?»

«La mia politica è di non comprare mai ciò che non posso pagare e di non pagare mai ciò che non posso possedere immediatamente. È una buona pratica d'affari.»

Sospirai. «Allora dovremo arrivare a un compromesso, perché ho bisogno di quei soldi, molto prima.»

Adam chinò la testa di lato, studiandomi. «Pensavo si trattasse degli ideali femministi e del "nuovo paradigma".»

«Non ho mai detto che si trattasse *solo* di quegli ideali.»

Lui non disse niente, continuò solo a fissarmi con quello sguardo freddo.

Scossi la testa. «Non hai il diritto di giudicarmi. Almeno finché non sarai stato al mio posto.»

Sembrò irritato. «Che cosa ti fa pensare che non lo sia mai stato?»

Indicai l'interno lussuoso della limousine che ci stava portando all'aeroporto. Eravamo seduti distanti quanto era possibile sul sedile posteriore dell'auto, ma c'erano ancora scintille tra di noi. Per qualche ragione, avevo pensato che la notte precedente avesse abbattuto la tensione tra di noi, ma quella mattina sembrava solo più forte. Ero conscia di tutto ciò che lo riguardava: la sua postura, i suoi movimenti, il modo in cui picchiettava un dito sul ginocchio quando vi appoggiava la mano. Il modo in cui il suo corpo muscoloso riempiva i vestiti. Il suo odore fresco, mascolino. Il modo in cui i suoi occhi scuri mi scrutavano, calcolatori. Valutandomi.

«La prossima settimana, allora.»

Una settimana? Sentii il calore salirmi al volto, ma questa volta non per la frustrazione o la rabbia. Questa volta era per la trepidazione. Perché nonostante il suo discorso irritante sul fatto di "possedere" la mia verginità, le sensazioni che avevo cominciato a provare la notte precedente, i bisogni insoddisfatti che aveva risvegliato in me, stavano rifacendo capolino, gridando per essere sentiti. La sera prima ero triste perché sarebbe finito tutto. Ora avevo un'altra settimana. Sentimenti ambigui si confondevano e mi stringevano il petto, come un vortice sul punto di alzarsi da terra.

Guardai fuori dal finestrino per nascondere la mia reazione. Eravamo arrivati all'aeroporto. «Sarai in qualche altro posto incantevole la settimana prossima?»

«Sarò a casa. Avrò degli invitati a cena. Potresti venire. Poi, potremmo portare lo yacht oltre il limite delle acque internazionali.»

Mi voltai verso di lui, con l'irritazione che trasudava nel sarcasmo della mia voce. «Perché, ovviamente tu hai uno yacht.»

Adam sorrise. «Ovviamente.»

Non parlammo più durante tutte le procedure di check-in. Adam fu premuroso, portò per me il mio zaino durante i controlli di sicurezza, ma i suoi modi erano bruschi, efficienti, freddi e impersonali. Era come se fossimo degli estranei. Ed era ciò che eravamo, in effetti.

Quando ci sedemmo, l'uno accanto all'altro, ricominciammo a parlare. Scegliemmo un argomento neutro, sicuro: il gioco. Normalmente Adam era riluttante a discuterne, lo avevo notato. Probabilmente si preoccupava che tentassi di nuovo di sottrargli dei segreti. Ma aspettai finché una hostess bionda della British Airways ci ebbe servito un pasto delizioso, condito da attenzioni quasi esagerate nei confronti di Adam, unite a un flirtare non proprio sottile. Cominciai a chiedermi se avesse lo stesso effetto su tutte le donne nelle sue vicinanze.

Si voltò verso di me dopo il dessert. «Allora, so dal tuo blog che giochi con il ruolo di Incantatrice Spirituale. Ma non hai mai indicato il nome del tuo personaggio.»

Lo guardai diffidente. «Ovviamente no. Se i miei lettori conoscessero il nome del mio personaggio, il gioco potrebbe risentirne. Meglio tenere al sicuro i segreti sotto il cappello a punta di maga.»

Sorrise. «Allora, come si chiama il tuo personaggio?»

Ancora sospettosa, lo fissai un momento. «Perché vuoi sapere il nome del mio personaggio?»

«Sono solo curioso» rispose alzando le spalle.

«Hai intenzione di cercarmi o roba simile?»

«Okay, va bene. Su che server giochi?»

«Omni.»

Sembrò pensieroso. «Mhmm, giocatrice di potenza.»

Alzai le spalle. «Ti sorprende?»

«No. Sto cominciando a rendermi conto che ti piacciono il potere e il controllo.»

«Wow. Mi fai sembrare così… dominatrice. Forse è la classe di personaggi che dovresti inserire nel gioco, nella prossima espansione.»

Scoppiò in una risata.

Chinai la testa, guardandolo speranzosa. «*Tu* giochi?» gli chiesi.

«DE?»

«No, World of Warcraft» risposi sarcastica. «Dragon Epoch, ovviamente.»

«Ho un personaggio.»

«Un personaggio *segreto*? Oltre al tuo personaggio pubblico, Lord Sisyphus?»

Distolse gli occhi sogghignando. «Sì, ho un personaggio segreto.»

Restai a bocca aperta. «La verità viene a galla. Sei come il re Enrico V.»

«Cosa?»

«Ah, già. Hai abbandonato l'università dei nerd, quindi evidentemente non hai letto Shakespeare. Enrico V si vestiva da soldato comune e girava per gli accampamenti per scoprire chi parlava male di lui.»

Scoppiò a ridere. «Accidenti, se mi preoccupassi di chi parla male di me, avrei lasciato il mondo degli affari molto tempo fa.»

«Allora, giochi spesso? In gruppo con altri giocatori?»

«Una volta alla settimana e, sì, ovviamente. Sai che non è possibile fare niente di serio senza un bel gruppo.»

«Perché?» chiesi confusa. «Perché vuoi giocare quando conosci tutti i trucchi, tutte le catene di missioni, tutta la storia? Non è noioso?»

Adam alzò le spalle. «Io collaudo i miei prodotti giocando. Vuol dire essere scrupolosi, ed io sono sempre molto scrupoloso.»

Sembrava volermi dire qualcosa, un doppio senso ponderato, ma non riuscii a capirlo.

«Ti dirò il mio se mi dirai il tuo» disse all'improvviso.

«Il personaggio?»

«Sì, ma non puoi spifferarlo sul tuo blog.»

Scossi la testa. «Ovviamente no. Sono tenuta alla riservatezza, no? Senza data di scadenza. Se proprio vuoi saperlo, perché non controlli semplicemente il mio account? C'è indicato il mio nome vero.»

«Potrei. Ma preferirei che me lo dicessi tu.»

«Si chiama Eloisa.»

Annuì. «Okay. Magari ti aggiungerò alla mia lista di amici.»

«E tu sei...?» Aspettai, alzando le sopracciglia.

Lui mi guardò, esitò, poi si schiarì la voce. «Magnus.»

Ovvio, il magnifico. E certe sue parti erano veramente magnifiche. E altre parti sembravano cupe, misteriose e malinconiche. Non sapevo mai quale Adam avrei avuto davanti da un momento all'altro.

Durante l'ultima parte del volo, lui era riuscito a fare un sonnellino ed io lo guardai dormire, completamente ammaliata. Ma fu solo quando atterrammo che ricordai il cellulare che mi aveva dato ad Amsterdam. Frugai nella tasca della giacca e glielo porsi.

«Il tuo telefono.»

«In effetti è tuo. Io ho il mio… un affare irritante che tende a suonare nei momenti meno opportuni» disse con una smorfia.

«Ma…»

«Avevi detto che il tuo non funzionava. Voglio essere in grado di mettermi in contatto con te, quindi mi sono procurato quello e non mi serve. Tienilo e lascialo sempre in carica. Voglio essere in grado di raggiungerti.»

«Ah, capisco. Fa parte di tutta la faccenda? Mi terrai d'occhio finché la transazione non sarà completata?»

Adam alzò le spalle. «Se vuoi vederla in questo modo.»

Lo fissai irritata, tentata di infilargli in gola quel dannato affare, finché riprese a parlare. «Inoltre puoi usare Internet per rispondere ai commenti sul tuo blog, ovunque ti trovi.»

Oh, *questo* mi piaceva. «Mhmm. Bene, posso tenerlo finché… avremo finito. Ma poi te lo restituirò.»

L'espressione sul suo viso era enigmatica. «Se proprio devi.»

Quando mi portò a casa, mi accompagnò alla porta, insistendo per portare il mio zaino malconcio. Restammo sulla soglia a fissarci per un lungo, imbarazzante momento.

«Allora immagino che ti vedrò questo venerdì?» dissi.

«Sì, ti manderò un messaggio.»

«Non sono sicura che la mia vecchia auto sia autorizzata a circolare sulle strade di Newport Beach, tra le BMW e le Bentley luccicanti. Potrebbero fermarmi appena attraverso il confine della città.»

«Farò in modo che un'auto venga a prenderti» disse ridendo.

«Chic. Immagino che non riuscirò a convincerti a spegnere il telefono quella sera.»

«Potrei essere tentato.» Sorrise, quel suo sorriso fanciullesco che fece fare una piroetta al mio cuore.

«Ricorda che prima ci sarà la cena. Ho invitato alcuni amici, quindi porta con te le tue maniere migliori.»

Arricciai le labbra. «Cercherò di trovarle, prima di venerdì.»

Fece un passo verso di me. Alzò la mano per scostarmi i capelli dal volto. Io lo guardai negli occhi e sentii una vampata di calore invadermi, ricordando la sensazione della sua bocca, delle sue mani sul mio corpo in quella breve serata ad Amsterdam.

Ora la magia ci aveva seguito a casa e turbinava intorno a noi mentre stavamo lì, sullo zerbino di gomma consunto davanti alla mia porta, probabilmente con la mia padrona di casa che ci osservava attraverso le veneziane.

«A venerdì, Emilia» disse e abbassò la testa per darmi un bacio casto sulle labbra prima di allontanarsi, voltandosi per scendere i gradini e tornare alla limousine. Continuai a guardarlo, con la bocca aperta per la sorpresa. Speravo almeno in un po' di lingua.

Era domenica pomeriggio ed ero esausta, ovviamente, ma sapevo che dovevo chiamare Heath immediatamente, secondo i suoi ordini, e fargli sapere com'era andato il fine settimana.

«Cosa?!» strillò quando arrivai alla telefonata che Adam aveva ricevuto, ma per un minuto non riuscii a capire se si trattasse della preoccupazione riguardo alla crisi della patch del videogioco o se non riuscisse a credere che Adam avesse rimandato tutta la faccenda per il lavoro.

«Eri lì, sul divano, nuda fino in vita e stava giocando con le tue parti migliori e lui ha risposto al telefono? Deve essere gay.»

Io risi. «Continua a sognare. Era piuttosto evidente che era eccitato e molto riluttante a rispondere al telefono. A quanto pare, il tizio sapeva di non dover chiamare a meno che si trattasse di un'emergenza.»

«Merda. Allora, qual è la conclusione? Ti paga? Lui ha avuto la sua notte.»

Mi schiarii la voce, agitandomi e spostando il peso da un piede all'altro.

«Pronto? Ci sei ancora?»

«Sì.»

«Allora…?»

«Penso che sarebbe stato d'accordo, solo che io ho parlato a vanvera, dicendo, non sul serio, di voler raddoppiare i miei soldi facendo un'altra asta.»

«Non esiste proprio che io ne faccia un'altra, bambolina. Già mi devi un enorme favore.»

«Era uno scherzo. Stavo cercando di essere divertente, ah ah. Era un momento imbarazzante, lui si stava comportando freddamente, era distante, non come la sera prima.»

«Okay. Hai scherzato… e poi?»

«Beh, lui è diventato tutto strano e ha cominciato a dire che non avevo il diritto di andare a letto con nessuno eccetto lui finché il contratto non fosse stato onorato.»

«Mhmm.»

«È vero? Ha ragione?»

«Bambolina, puoi fare quello che vuoi... non è che possa denunciarti per rottura di contratto. Non ha ancora trasferito i soldi sul tuo conto.»

«E se ha intenzione di non pagarmi mai?»

«Oh, mi sono assicurato che il contratto stabilisca che l'accordo di riservatezza svanisca se non ti paga. Se arriva in fondo e non ti paga, tu puoi vendere la tua storia alla stampa e lui è fottuto.»

Feci un respiro profondo. «E l'altra parte? Che non posso stare con qualcun altro finché...»

«Avevi intenzione di farlo?»

«No.»

«Intende trascinare le cose per sei mesi e non pagarti?»

«È quello che gli ho chiesto. Ci siamo accordati di vederci venerdì sera e... farlo... in acque internazionali sul suo yacht.»

«Mhmm. Okay. Così va bene. Continuo a non capire perché non l'ha semplicemente fatto la mattina prima di tornare.»

Alzai le spalle. Forse voleva che fosse un po' più romantico? Ma non riuscivo a smettere di chiedermelo. Il giorno in cui stavamo visitando Amsterdam e Adam mi aveva chiesto della mia vita sociale, aveva ammesso di non essere un tipo romantico. Che non aveva mai avuto una relazione e che non gli interessava molto averne una. Un'altra cosa che avevamo in comune.

«Beh» disse Heath. «Purché abbia un piano di riserva... ma devi chiamarmi prima di uscire e quando torni. Non mi piace l'idea che ti strangoli in mare e ti scarichi fuoribordo.»

Sbuffai. «Oddio, questo mi rassicura veramente tanto.»

«Mia, non credo che sia una cattiva persona, ma ha avuto un'infanzia veramente di merda.»

Ora mi misi seduta, attentissima. «Che cosa sai?»

«Ho fatto qualche ricerca sul suo passato. Più che altro roba di dominio pubblico, in effetti. Sua madre era un'alcolista ed è finito nel sistema tutela minori a dieci anni.»

«Sì, lo so. Me ne ha parlato.»

«Già, beh, quando ha cominciato a frequentare la nuova scuola superiore, a quanto pare è rimasto vittima di uno dei casi più famigerati di bullismo nella contea.»

Cercai di immaginare un idiota con istinti suicidi che tentava di prendersela con Adam, un metro e ottanta di solidi muscoli. Lo avevo toccato, era forte, atletico. Sentii il cuore palpitare al ricordo del suo corpo sotto le mie mani tremanti. Poi ricordai quello che mi aveva detto quando lo stavo prendendo in giro per quei muscoli... che aveva deciso di mettere su un po' di muscoli come deterrente contro i bulli.

«Che cosa successe?»

«La squadra di atletica. Penso che fosse un corridore...» Era un corridore! «Uno dei migliori della squadra, ma era quello nuovo e alcuni dei ragazzi più grandi l'hanno preso di mira. Ho trovato parecchi articoli nell'archivio dell'*OC Register*. Un gruppo l'ha picchiato a sangue e poi gli ha legato mani, gambe e bocca con il nastro adesivo prima di ficcarlo in un armadietto per tutta la notte. È stato in ospedale in condizioni critiche per oltre una settimana. C'è stata una denuncia contro il distretto scolastico e i colpevoli sono stati arrestati e sono finiti in riformatorio.»

L'aria mi uscì dai polmoni con un sibilo. «È orribile.»

«Già.»

«Ma questo non significa che mi strangolerà e mi getterà nell'oceano.»

«Lo so. Ma solo per dire. Non importa quanto una persona sia ricca o potente, tutti quanti hanno i loro demoni.»

«Sai chi è Sabrina?»

«Eh?»

«Ha un tatuaggio, appena sopra il cuore. Dice "Sabrina". Era la sua ragazza?»

«Niente di ciò che ho visto scritto di lui ha mai menzionato una relazione o una ragazza. Non ho idea di che cosa significhi il tatuaggio.»

«Forse era il suo cane.»

«In effetti direi che è più tipo da gatto.»

Chiacchierammo ancora per qualche minuto prima che mi scusassi, dicendo che ero esausta, e andai a farmi una doccia. Nonostante tutto, riuscii a farci stare tre ore di studio, interrotti brevemente dal solito bussare alla porta.

«Parola d'ordine» gridai dal divano. Lei mi sentì attraverso la finestra aperta.

«Mi piacciono tutti e sette i peccati capitali» disse Alex e poi aprì la porta e si precipitò nella stanza come un diavolo della Tasmania dopo un'overdose di caffeina e atterrò proprio di fianco a me con un plop. Il mio vecchio divano scricchiolò protestando, fino nella sua anima di legno.

«Stai ancora studiando?»

Io alzai il mio *Gray's Anatomy* come tutta risposta.

Lei sbuffò. «Perché non ti limiti a guardare la serie in TV invece di leggere quel librone?»

Finsi di tirarglielo e lei si ritrasse, alzando le mani e ridendo. «La mamma vuole sapere se vuoi scendere a mangiare con noi e *io* voglio sapere chi era quel tipo sexy che ti ha scaricato questa mattina.»

Sì, sua madre stava decisamente spiando dalla finestra.

«Ah, stai facendo la *chismosa*?» le dissi, usando il termine spagnolo per pettegola.

«Sempre, forza, sputa il rospo» disse, chinandosi e inchiodandomi con i suoi grandi occhi scuri.

«Solo un tizio che conosco» dissi, in tono indifferente e voltandomi per appoggiare il pesante libro sul tavolino ricavato da una bobina di legno di filo telefonico.

Lei mi guardò sospettosa. «In una limousine con l'autista?»

Merda. Come avrei fatto a spiegare *quello*. Feci un respiro profondo, decidendo di andare all'attacco. «Alejandra Carmen Arias. Mi stai interrogando?»

«Se è quello che ci vuole. Stai uscendo con lui?»

Le diedi una rapida occhiata e poi distolsi gli occhi, alzando le spalle. Sapevo perfettamente di essere una delle peggiori bugiarde al mondo. Ma era meglio che pensasse che stavamo uscendo insieme piuttosto di sapere ciò che stava veramente succedendo. Alex andava a messa con sua madre tutte le settimane ed ero piuttosto sicura che non avrebbe approvato, nonostante gli ideali femministi. «In un certo senso.»

«La mamma ha detto che era veramente bello.»

Nascosi un sorriso. «Sono lieta che approvi.» Per quanto tempo era rimasta a spiarci da dietro le veneziane?

«Dai, Mia. Parla! Mi stai uccidendo.»

Mi alzai, spazzolandomi i jeans con le mani. «Non ancora. Ma presto, okay? Non voglio che mi porti sfortuna.» Speravo di distrarla. Alex era piuttosto superstiziosa. Prima che potesse farmi altre domande, andai alla porta e le feci segno di uscire con me. Chi ero io per rifiutare un pasto gratuito, sicuramente delizioso? «Potresti sistemarmi i capelli venerdì sera? Ho un appuntamento e li vorrei raccogliere.»

Gli occhi scuri brillarono maliziosi. «Lo farò se mi dici come si chiama.»

Le afferrai la mano e la strinsi. «Affare fatto. Adesso andiamo a mangiare. Sto morendo di fame.»

CAPITOLO SETTE

L A SETTIMANA SI TRASCINÒ, INTERMINABILE, MENTRE IO mi giostravo tra i turni all'ospedale, i post sul blog e lo studio, un po' più malvolentieri del solito. Il sogno di Amsterdam era un ricordo lontano, come lustrini che cadessero da un souvenir da poco prezzo riportato come ricordo di una vacanza irreale. Ero stata all'estero solo per quarantotto ore, inclusi i viaggi, ma sapevo che avrei voluto tornarci, e presto.

Continuai a prendere la pillola e comprai qualche copia arretrata di Cosmopolitan per leggere i loro articoli sul "sesso favoloso", anche se mi rendevo conto quanto fosse ridicolo usare la cultura pop come educazione sessuale. Fino al viaggio in Olanda, non mi ero mai preoccupata di dover soddisfare un partner. Ma ora ero decisa a farlo sentire bene come mi aveva fatto sentire lui in quei brevi momenti, mentre ci stavamo baciando e toccando.

Due giorni prima della cena, arrivò una scatola dall'Olanda. La aprii e trovai i tre vestiti che erano stati appesi nel guardaroba in albergo. Restai senza fiato. Il biglietto diceva semplicemente: *Indossa uno di questi venerdì.*

Dato che mi aveva già visto con quello nero mozzafiato, scelsi quello lungo color avorio. Aveva un corpino che si agganciava al collo e anche questo aveva una profonda scollatura sulla schiena. Quel vestito, anche se lungo, sembrava mi lasciasse più esposta e non riuscivo a spiegare il perché. Era un abito estremamente femminile, con una gonna ampia, plissettata, di tessuto diafano, assomigliava a quello che indossava Marilyn Monroe quando il soffio dell'aria della metropolitana le alzava il vestito nel famoso film *Quando la moglie è in vacanza*.

C'erano anche le scarpe adatte e un assortimento di biancheria. Dato che era impossibile indossare un reggiseno, scelsi un paio di minuscole mutandine di pizzo bianco e lasciai tutto il resto nella scatola.

La mia padrona di casa, Lupe, salì con Alex ed entrambe cercarono di estorcermi i miei segreti mentre mi acconciavano i capelli in un elegante chignon.

A un certo punto Alex mi sussurrò che anche sua sorella aveva visto il mio tipo misterioso e che lo aveva definito "da mangiare".

Ero d'accordo con lei. L'avevo assaggiato. Ed era assolutamente delizioso. Ma c'era un lato oscuro che non sapevo come descrivere. Come la polvere di cacao amaro che ricopre la superficie di un sontuoso tartufo di cioccolato. Forse aggiunge una certa nuance al suo sapore. O forse rischia solo di rovinare un dolce altrimenti squisito.

Man mano che la settimana passava, non riuscivo a smettere di pensare a quella storia di bullismo. Per meritare una causa, arresti multipli e un paio di articoli sul giornale doveva essere stata tremendamente grave e brutale. Provavo compassione per lui. Non riuscivo nemmeno a immaginare come doveva essere stato.

Solo che invece ci riuscivo, eccome. Dopo l'aggressione subita, avevo temuto che i bulli mi avrebbero preso di mira, se mi fossi armata di coraggio e lo avessi denunciato. Non avevo mai trovato il coraggio di farlo.

Mi esaminai allo specchio, evitando i miei occhi e quella parola che risuonava come un sussurro in fondo alla mente e che assomigliava molto a *vigliacca*.

Tra il vestito, lo chignon e il trucco accurato, avevo passato più tempo a prendermi cura del mio aspetto quella sera di quanto ne impiegassi di solito per prepararmi in tre giorni di fila. Mi guardai nello specchio incrinato a tutt'altezza sul retro della mia porta per avere una visione d'insieme. Sembravo una stella del cinema di altri tempi. Ruotai più volte su me stessa, guardando la gonna che si allargava intorno ai miei fianchi, ridacchiando come una ragazzina.

Quasi caddi quando bussarono. Sulla porta c'era l'autista di Adam, che mi accompagnò alla limousine, aprendomi la portiera. Erano le quattro e mezzo del pomeriggio e ciò nonostante, non c'era traffico verso sud sulla superstrada 55. Prendemmo la corsia riservata al carpooling mentre osservavo la continua parata di hotel costosi, cartelloni e palme alte un chilometro che scorrevano veloci di fianco a noi. La corsia verso nord, ovviamente, era tutta un'altra storia, come sempre a quell'ora. Le auto erano ammassate l'una contro l'altra e avanzavano di pochi centimetri per volta.

Ero grata che non fosse toccato a noi, perché non volevo essere in ritardo per la grande notte. Osservai con attenzione mentre l'autista percorreva la superstrada fino alla fine. Quindi la mia intuizione che Adam vivesse a Balboa era giusta, sull'isola stessa o sulla ugualmente impressionante penisola.

A Balboa, la sottile lingua di terra che si estendeva attraverso la baia, incapsulando l'opulenta Newport Bay, c'erano le case più lussuose della contea e i loro ricchi abitanti. Mi chiedevo perché l'autista si stesse dirigendo verso il sud della penisola invece di avvicinarsi all'isola da nord, dove c'era il ponte. Da questo lato, avrebbe dovuto prendere il minuscolo traghetto verso l'isola di Balboa e spesso c'erano lunghe code a quell'ora del giorno.

Ma a qualche isolato dalla deviazione per il traghetto, l'autista svoltò a sinistra e si diresse verso la baia. A quel punto era completamente confusa su dove fosse la casa di Adam, a meno che non vivesse in mezzo alla baia.

E poi l'autista parcheggiò in una viuzza accanto a un vialetto che portava a quella che sembrava l'isola più piccola che avessi mai visto.

«Dove siamo?»

«Attraverseremo il ponte per Bay Island, signorina. La accompagnerò io. Ma dobbiamo parcheggiare prima di attraversare il ponte. Le auto non sono consentite a Bay Island.»

Era un'isola minuscola, situata esattamente nel centro della baia di Newport Back. Ero stata parecchie volte in quella zona ma non l'avevo mai notata. Quell'area era una destinazione popolare per i turisti in estate e mia madre aveva guidato spesso per due ore per crogiolarsi al sole in quell'atmosfera lussuosa quando il caldo ad Anza diventava insopportabile per entrambe.

Chi sapeva che esistesse quel posto? Non c'erano aree più densamente popolate di Newport Bay in tutta l'Orange County, con le case strette l'una contro l'altra lungo le rive come soldatini allineati per l'ispezione. Ciò nonostante, nel bel mezzo di tutto c'era un'isola privata.

Quando scesi dalla limousine, l'odore salmastro e la brezza pulita dell'oceano furono i primi a colpirmi. Guardai verso il sole del tardo pomeriggio, cui mancavano ancora ore prima di tramontare, con il cuore che batteva sempre più forte a ogni passo che facevo su quel ponte.

Bay Island non assomigliava a nessun posto che potessi immaginare. C'erano una ventina di case lungo le rive sabbiose, campi da tennis al centro e un parco privato. L'isola aveva perfino il suo guardiano. L'autista inserì un codice al cancello e mi condusse verso una delle automobiline elettriche in attesa. Mi chiesi perché non potessimo andare a piedi. Quanto poteva essere lontana la casa di Adam, in quello scampolo di terra?

Ma, ovviamente, la sua era quella più lontana dal cancello, con il suo angolino di spiaggia e il prato privati. Ed era una delle case più grandi. Mentre ci avvicinavano, la valutai mentalmente, pensando a quanti fantastiliardi gli doveva essere costata.

E tutto per una persona sola. Pensai a ciò che Heath aveva scoperto durante le sue indagini. Adam non aveva relazioni sentimentali. Perché? D'accordo, era ambizioso e lavorava molto. Forse non aveva semplicemente trovato il tempo per nient'altro? Ma perché lavorare in quel modo senza avere il tempo per goderne veramente i frutti? E perché non trovare qualcuno con cui condividerli?

Forse non sentiva il bisogno di una relazione, o non la desiderava? Non era certo perché non ci fossero donne che lo volevano. Non solo era favolosamente ricco, ma era favolosamente sexy. Ed io non ero veramente in grado di giudicare, ma immaginavo che fosse bravo a letto, forse perfino fenomenale. O forse era solo quello che speravo. Ma comunque non avevo termini di paragone, quindi come avrei fatto a saperlo?

Adam mi accolse sulla porta, con una giacca color cammello, una sottile cravatta nera e pantaloni neri. Era bello da lasciare a bocca aperta e mi accolse con un bacio sulla guancia.

«Sei bellissima» mi sussurrò contro la tempia mentre l'autista tornava indietro con l'auto elettrica per andare a prendere gli altri ospiti.

«Non volevo fare cattiva impressione sui tuoi amici, visto che sono una zotica della contea nord. Meglio non far sapere che il mio prefisso telefonico è 714» gli dissi, rendendomi immediatamente conto di quanto sembravo idiota, perché che importanza aveva che impressione avrei fatto sui suoi amici? Non mi avrebbero più rivista una volta che Adam e io fossimo andati a letto insieme, più tardi quella sera.

Sentii un brivido di eccitazione, e mi venne la pelle d'oca sulle braccia solo pensandoci. Adam strinse gli occhi come se l'avesse notato, ma non fece commenti. Mi fece fare un giro, breve perché per vedere tutto ci sarebbe voluta almeno un'ora.

La casa era costruita intorno a un vasto salone centrale con le stanze che si aprivano ai lati e un mezzanino che girava intorno a tre dei quattro lati del piano superiore. In alto, un enorme lucernario lasciava entrare la luce del sole e la luminosità e l'ariosità della stanza erano enfatizzate dai mobili bianchi. Ero entrata in un altro sogno.

Se fossi vissuta lì, con la mia spiaggia privata e la vista sulla baia, non sarei mai salita su un aereo per andare ad Amsterdam o a St. Lucia o da nessun'altra parte. Sarei stata grata di avere quel mio piccolo angolo di paradiso, troppo timorosa che sparisse mentre io ero via.

Adam mi osservava con un sorriso divertito mentre mi guardavo intorno, commentando questo e quel particolare. Non riuscivo a superare l'idea che avesse una spiaggia privata e lui mormorò, visto che era molto vicino, che forse avremmo potuto andarci più tardi quella sera. Da soli.

Il mio polso accelerò. «Ma allora saremo sullo yacht.» E, poiché me ne ero appena ricordata, guardai verso la baia e vidi un attracco vuoto con una Duffy, una barchetta elettrica, che ballonzolava derelitta sulle onde.

«Già, appunto» disse, proprio mentre gli ospiti arrivavano alla porta. «Dovremo rimandare la nostra gita in barca. Lo yacht aveva bisogno di una piccola riparazione.»

Aprii la bocca, sul punto di fargli una domanda, quando lui andò a ricevere le altre coppie e salutarle. C'erano sei persone in tutto. Una coppia era parecchio più vecchia di Adam, sui trenta, e sui quarant'anni. Riconobbi in uno degli uomini l'avvocato di Adam, c'eravamo già conosciuti durante il nostro primo incontro.

Lui diede un'occhiata curiosa ad Adam e capii dai suoi occhi che mi aveva riconosciuto. Sentii il calore salirmi verso il collo. Sapevo che cosa gli stava passando nella testa. Perché hai portato qua la tua prostituta?

Mi chiedevo chi invitasse di solito Adam ad accompagnarlo alle feste. Se non aveva mai avuto una relazione a lungo termine, chi era la sua accompagnatrice?

Adam rimase al mio fianco mentre faceva le presentazioni. L'uomo biondo, Jordan Fawkes, era il direttore finanziario di Adam e apparentemente non sapeva del nostro accordo, oppure era riuscito a mascherare molto bene la sua reazione. Era accanto a una donna che avrebbe potuto essere una modella di Victoria's Secret. Era truccata dall'attaccatura dei capelli fino oltre la scollatura e aveva un corpo impeccabile. Il vestito era talmente stretto che lasciava ben poco all'immaginazione. Quasi mi aspettavo che cominciasse ad andare su e giù come su una passerella. Ma era molto gentile e mi salutò con un sorriso, facendomi i complimenti per il mio vestito.

Una delle altre donne presenti era una bionda carina che sembrava essere sui trentacinque. Suo marito sembrava molto più vecchio di lei. Rivolse un enorme sorriso ad Adam, baciandolo su entrambe le guance. Ed era inquietante come suo marito stesse guardando *me* in modo lascivo da sopra la sua spalla. Mi squadrò dalla testa ai piedi, soffermandosi sulla mia scollatura, come se fossi una bistecca e lui stesse facendo lo sciopero della fame da quattro settimane.

Avevo già ricevuto occhiate simili in passato e le avevo ignorate senza pensarci troppo. Mi ero sempre detta che era un modo per gli uomini di fare i loro giochetti, dimostrare il loro potere, senza dover nemmeno dire una parola o toccare qualcosa. Alzai altezzosamente la testa, voltandola. Non meritava un altro pensiero.

Notai anche che sua moglie si beveva ogni parola e ogni mossa di Adam. Me l'aveva presentata come Lindsay Walker, una vecchia amica. In effetti, le parole di Adam erano state "Siamo amici da molto tempo." Ma il modo in cui lei continuava a toccarlo suggeriva qualcosa di più. Lindsay mi rivolse un'occhiata frettolosa, quasi sdegnosa, quando ci presentarono e poi continuò a chiacchierare con lui, toccandogli ogni tanto la spalla, il gomito.

A dire il vero mi annoiai per tutta la serata. Non avevo niente in comune con quella gente che invece faceva parte della scena di Newport Beach. Io tutt'altro. Ed ero la più giovane, di parecchio, eccetto Miss Victoria's Secret. Anche Adam era tra i più giovani. Qualcuno mi chiese che cosa facevo e quando risposi che ero un'inserviente all'ospedale e che speravo di studiare medicina, continuarono a chiacchierare ancora per qualche secondo e poi se ne andarono.

Non mi preoccupava che mi snobbassero. In effetti, era un sollievo. In quel modo non mi sentivo obbligata a cercare argomenti di conversazione. Quando mangiammo, intorno a un magnifico tavolo di vetro nel portico che dava sulla baia, ero seduta dal lato opposto del tavolo rispetto ad Adam, visto che la sua "vecchia amica" Lindsay era entrata prima di quasi tutti gli altri e aveva velocemente scambiato i segnaposti per potersi sedere accanto ad Adam. L'avevo vista farlo ed ero rimasta sciaccata dalla sua audacia. Non era abbastanza vecchia da essere una panterona, ma aveva chiaramente parecchi anni più di lui. Cominciai a sospettare che avessero avuto una storia mentre li osservavo durante la cena.

Il tizio alla mia destra era un finanziere e passò tutto il tempo a parlare con l'avvocato davanti a me. Io restai in silenzio, mangiucchiando e chiedendomi come sarebbe finita quella sera. Senza lo yacht, non avremmo potuto oltrepassare il limite delle dodici miglia, entrare in acque internazionali, dove non saremmo più stati soggetti alla legge dello stato. Sicuramente non avremmo fatto quel viaggio sulla barchetta elettrica, progettata per piccoli trasferimenti nella baia.

E quindi? Eravamo di nuovo a un'impasse? Irritata, diedi un'occhiata ad Adam, che aveva la testa piegata verso Lindsay per ascoltare qualcosa che lei gli stava dicendo, ma con un'espressione di noia mortale sul volto. Guardò in fondo al tavolo e i nostri sguardi s'incrociarono. Io m'immobilizzai e lui sorrise e ammiccò, prima di distogliere gli occhi.

Gli ospiti restarono per un'ora dopo la cena, erano diretti a un concerto al Performing Arts Center di Costa Mesa. Lindsay e suo marito furono gli ultimi ad andar via e ricevetti di nuovo quell'occhiata sprezzante. Era più che bizzarro. Si comportava in modo possessivo. Avrei voluto dirle che non era il caso che si sentisse minacciata. Una scopata e sarebbe finito tutto con Adam. Non aveva niente di cui preoccuparsi. Ma, curiosamente, trovavo difficile superare l'irritazione che provavo, sia per come si comportava con lui sia perché lui lo accettava apertamente. Forse erano amici come lo eravamo Heath ed io, ma non era quella l'impressione che avevo ricevuto.

Lo toccava come se lo avesse fatto migliaia di volte. Come se lo conoscesse intimamente. Come un'amante.

E, sorprendentemente, mi fece uscire gli artigli. Era più che stupido sentirmi in quel modo ma diventavo come un cane da guardia con il pelo ritto tutte le volte che vedevo la sua bocca avvicinarsi all'orecchio di Adam per sussurrargli qualcosa di divertente.

Ma, con mio enorme sollievo, tutti se ne andarono prima delle otto. Adam mi chiese se volevo qualcosa da bere, e versò per sé un bicchiere di acqua minerale e un pinot grigio fresco per me.

«Scendiamo sulla spiaggia» mi disse con un sorriso.

Come potevo resistere? C'erano lettini da spiaggia imbottiti e un armadio con asciugamani e coperte. Adam appoggiò i bicchieri su un tavolino tra due lettini e prese due coperte. Aveva tutto il necessario, compreso un radiatore a propano, grande, di quelli che si mettono di solito all'esterno, o sulle terrazze, dei ristoranti. Quella sera non faceva ancora abbastanza freddo per accenderlo.

Dopo aver abbassato le luci nel cortile, ci sedemmo sui lettini. Io fissavo la baia, osservando le luci dorate danzare sulla superficie dell'acqua. Era appena dopo il tramonto e il cielo aveva un color lavanda ultraterreno che si rifletteva nelle acque della baia mentre scendeva in fretta l'oscurità, come sempre vicino alla costa. Le barche stavano tornando dall'oceano, con le luci che tremolavano sull'acqua. Da una delle case vicine sulla Bay Island provenivano i suoni lontani di una festa.

Guardai Adam, che aveva il telefono in mano e stava leggendo le email e ogni tanto rispondeva. Sorseggiavo il vino, avvolta nella coperta, continuando a osservarlo. Non si gelava ma, come sempre nelle notti di primavera nella California del Sud, anche se le giornate erano tiepide, le notti diventavano fredde dopo il tramonto, specialmente sulla spiaggia.

Senza alzare gli occhi dal telefono, mi chiese: «Hai abbastanza caldo? Vuoi che accenda il radiatore?»

«No» dissi, alzandomi. «Ho un'idea migliore per restare calda.»

Presi la coperta, mi avvicinai al suo lettino e mi lasciai cadere di fianco a lui. Alzò gli occhi, sorpreso, poi si spostò, si sedette a cavalcioni e mi fece segno di sedermi tra le sue gambe, cosa che feci, appoggiandomi a lui.

All'inizio ebbi la stessa sensazione di freddezza imbarazzata, come se non sapesse che cosa fare. Chiaramente non era naturalmente portato alle coccole. Ma io sì. Ero cresciuta in una famiglia affettuosa. E non sapevo perché provassi il bisogno di sentire un legame con lui. Diavolo, a volte mi accoccolavo contro Heath, quando lui lo tollerava. Era semplicemente com'ero fatta. Ma la vibrazione che ricevevo da Adam era che fosse più esitante che riluttante, come se non sapesse come comportarsi, non che provasse un senso di ripulsa.

Finì il suo ultimo messaggio e mise da parte il telefono. Io gli appoggiai la testa sulla spalla e lui mi mise le braccia intorno, lentamente, tirandomi contro di sé. Restammo seduti in silenzio a lungo mentre la notte diventava buia intorno a noi. Sentivo il cuore pulsarmi in gola e una pressione squisita che stava crescendo dentro di me. Era così bello, solo restare lì, seduti.

«Come va il lavoro? Scampato il disastro?»

«I vecchi disastri sono stati spazzati via da quelli nuovi, come al solito» mi disse.

«Uno dei tuoi ospiti, stasera ha detto qualcosa che ho trovato interessante.»

«Cioè?»

«Spero che stesse scherzando, ma ha detto che non crede che tu abbia la possibilità di goderti la tua meravigliosa casa mentre lavori le tue solite cento ore la settimana.»

«Cento ore? È un po' esagerato.» La sua voce sembrava divertita.

«Ma non di molto, scommetto, perché ha anche detto che dormi regolarmente in ufficio.»

Adam rifletté per un momento. «Non ho mai chiesto a un mio dipendente di lavorare più di me. Se loro lavorano settanta ore la settimana, allora io ne lavorerò novanta.»

Piegai la testa per guardarlo in faccia. «Perché avere tutto questo, allora, se non riesci a godertelo?»

«E chi dice che non lo faccio? Inoltre, signorina dottore, non credo che passerà molto tempo prima che tu ti debba abituare alle settimane di novanta ore lavorative.»

Alzai le spalle. «Mi sto preparando da molto. È probabilmente il motivo per cui non mi sono mai preoccupata di avere una vita sociale.»

«Allora, tu e io abbiamo quello in comune.»

Sospirai e mi sistemai di nuovo contro di lui. Il telefono cinguettò. Adam lo prese. Digitò con una mano sola mentre mi teneva con l'altra.

«Non spegni mai quell'affare?»

Potei quasi sentire il suo sorriso. «Mai.»

«Se ti chiedessi di spegnerlo adesso, lo faresti?»

Rifletté un momento e appoggiò il telefono. «Con l'incentivo giusto.»

Sorrisi. «Sono sicura che riuscirei a pensare a qualcosa.»

Mise la mano sui miei capelli. «Mi piacciono raccolti. Ma sono molto più belli sciolti.»

«Temo che se anche togliessi le forcine resterebbero esattamente come sono. Me li ha raccolti la mia padrona di casa che ha la mano pesante con la lacca.»

«Lacca o collante industriale?»

«Già, farà un male cane spazzolarli per toglierla.»

«Spero che non li abbia raccolti perché pensavi di doverlo fare.»

Alzai di nuovo le spalle, pronta a lasciargli pensare che fosse quello il motivo per cui li avevo raccolti, e non perché volevo che tenesse le mani lontane dai miei capelli. *Non* volevo una ripetizione della crisi del balcone ad Amsterdam. Respirai a fondo. «So che è stupido, ma volevo veramente far colpo sui tuoi amici. Non credo di aver avuto successo.»

«Al contrario, penso che parecchi di loro fossero piuttosto affascinati.»

Non riuscii a resistere. Dovevo dirlo. «Non Lindsay Walker, credo.»

Una pausa. «Non mi preoccuperei per lei.» Ma non riuscivo a capire che cosa significasse, se intendeva dire che non dovevo preoccuparmi perché sarei uscita molto presto dalla sua vita o che non valeva la pena di preoccuparsi dell'opinione di Lindsay. Decisi di non chiederlo.

«Allora…» disse, esitante. «Penso che la mancanza dello yacht abbia rovinato i nostri piani per la sera.»

Abbassò la testa, con la bocca vicinissima al mio collo. «Hai un profumo meraviglioso» disse. A quelle parole roche e sussurrate sentii nascere in me il desiderio. Voltai il viso verso di lui, piegando indietro la testa per poterlo guardare con la coda dell'occhio. Il suo sguardo mi trafisse e mi leccai le labbra. Volevo che mi baciasse ancora. Ma lui allontanò la testa appoggiandosi nuovamente allo schienale. Dopo un momento mi baciò i capelli, appena sotto la tempia, poi abbassò la bocca sul mio orecchio. Quando parlò, il suo fiato mi accarezzò, mandando fremiti di desiderio in ogni mio nervo. «Non possiamo stare insieme stanotte.»

Ma io lo volevo e, a giudicare dal rigonfio della sua eccitazione che mi premeva contro la schiena, lo desiderava anche lui. Piegai la testa per presentargli il collo nudo senza dire una parola. La sua bocca si abbassò sulla mia nuca, baciandomi lì. Ansimai per la fitta di piacere che evocò il suo tocco. Ogni cellula della mia pelle si risvegliò mentre il mio corpo si preparava per lui. Non sarebbe successo quella sera, ma il mio corpo non lo sapeva. Voleva quello che voleva. E quella sera anch'io ero d'accordo con lui.

E il telefono emise di nuovo un cinguettio. M'irrigidii. Adam non tolse la bocca dal mio collo ma accidenti se non prese quel maledetto coso per guardarlo. Inviò una breve risposta e, quando lo appoggiò, misi la mano sulla sua. «Spegni quel fottuto telefono» brontolai mentre mi succhiava il collo.

«Sei pronta a fare in modo che ne valga la pena per me?» sussurrò contro la mia pelle.

Le sue mani scivolarono dalle mie spalle, accarezzandomi il seno sopra il vestito, strofinando continuamente il palmo sui capezzoli già eretti, finché avrei voluto urlare per la frustrazione che si stava accumulando.

Gemetti, con gli occhi chiusi stretti, perdendomi nella sensazione. «Sì» mormorai. Adam infilò le mani dentro il corpino, sotto il vestito e fece rotolare i capezzoli tra i pollici e gli indici. Sentivo il mio corpo bruciare come se andasse a fuoco. Arcuai la schiena. Dio, le sue mani erano magiche.

Di nuovo un cinguettio. Esitai. Lo avrebbe preso di nuovo? Erano quasi le nove di un venerdì sera, santo cielo. Non potevano aspettare?

Allungò la mano verso il telefono ma, invece di rispondere al messaggio, premette il tasto rosso e il telefono si spense, obbediente.

«Dimmi che cosa vuoi» disse con la voce burbera, roca.

«Voglio *te.*»

Sembrò che quelle parole facessero scattare qualcosa in lui, perché mi fece voltare di colpo tra le sue braccia, e ci guardammo in faccia. Mi misi a cavalcioni mentre la sua bocca si premeva sulla mia in un bacio feroce. Le sue mani vagarono sotto la gonna. Tra un bacio e l'altro, i suoi occhi scintillavano nella luce bassa. «Oh, Emilia, ti voglio anch'io.»

Le nostre bocche si unirono con abbandono e la sua mano mi accarezzò l'interno della coscia, sempre più in alto, finché si fermò sopra le mutandine. Quando mi accarezzò lì, il mio cervello sembrò scollegarsi per un momento e tutto mi girò intorno.

«Completamente bagnata» disse con la voce rauca e, senza un'altra parola, agganciò con un dito le mutandine sopra un fianco e tirò forte. Il pizzo delicato si strappò e le mutandine sparirono. Il mio livello di eccitazione salì alle stelle. Di colpo lo immaginai che mi strappava il vestito nello stesso modo, mi stendeva sotto di lui sulla sabbia...

«Accidenti, mi stai rendendo impossibile resisterti» disse.

Abbassò la testa e la sua bocca atterrò sul mio capezzolo, e lo succhiò attraverso il tessuto sottile del vestito, prima di scostarlo con un ringhio e svelare la pelle nuda. Mi arcuai nuovamente contro di lui. Il rigonfio della sua erezione mi premeva contro la coscia e la sua mano cominciava a farmi provare sensazioni sconosciute.

Accarezzò dolcemente con il pollice le mie parti più sensibili. Per un lungo momento non riuscii a respirare, tesa come una corda di violino.

«Respira a fondo, Emilia, goditelo.»

Ed io respirai veramente a fondo quando lui aumentò la pressione sul nodo di nervi. Ogni tocco inviava fitte di puro piacere in tutto il mio essere. La mia testa ricadde contro la sua spalla ed emisi un lungo, basso gemito. La sua bocca scese sul mio collo. «Voglio farti venire.»

«Sì» accettai. E non ci sarebbe voluto molto, da quanto potevo capire.

Smise di accarezzarmi solo per infilare un dito dentro di me. Prima esitando, poi più in profondità. E poi lo fece scivolare dentro e fuori, mentre io ansimavo al ritmo della sua mano.

Ero così vicina. Così vicina. E delirante com'ero di piacere, quasi non ebbi il tempo di rendermi conto di dov'era la sua mano o se dovessi o meno essere imbarazzata. «Sto per venire» dissi infine.

Adam non rispose, aumentando il ritmo delle sue carezze. Abbastanza da spingermi oltre il precipizio. Gettai indietro la testa, senza fiato, sentendo le convulsioni dell'orgasmo che m'invadevano come gocce di pioggia in una tempesta del deserto.

Ma lui continuò ad accarezzare la mia carne troppo sensibile. «Lo farò di nuovo, e tu griderai il mio nome. E se non lo farai, continuerò finché lo farai.»

Il piacere era così intenso da fare quasi male. Cercai di spingerlo via. «No. È troppo.»

«Godrai ancora e ci sarà il mio nome sulle tue labbra» dichiarò ferocemente Adam contro il mio orecchio. «Forza, Emilia.»

E la sensazione stava montando ancora e, Dio, non riuscivo a crederci, ma lo volevo così disperatamente, di nuovo. Non sapevo che potesse succedere di nuovo così in fretta.

Ma stavo resistendo a lui e alla sua mano, con il corpo che si irrigidiva. Adam mi premette la bocca sull'orecchio. «Lasciati andare» mi ordinò mentre mi penetrava un'altra volta, con il dito che scivolava dentro, e poi erano due le dita ed io ricaddi molle contro di lui, decidendo, alla fine, di lasciare che mi portasse dove voleva.

«Sei così stretta» mormorò. «Così innocente.»

Ed ero vicina un'altra volta, e mordevo la sua giacca sulla spalla per impedirmi di urlare. «Vieni per me, Emilia.»

E fu così intenso, tanto più intenso. L'orgasmo precedente, per buono che fosse stato, non era niente a confronto di quello che si stava avvicinando come un'onda mostruosa che arrivasse dal largo e stesse per infrangersi sulle rocce. Riuscivo a malapena a ricordare il mio nome, figurarsi il suo, mentre mi spingeva verso il piacere più forte che avessi mai conosciuto.

«Oh, Dio» dissi.

«Sono bravo, ma non fino a quel punto.»

«Adam…» ansimai.

«Meglio» sussurrò. «Dillo ancora»

«Per favore.»

«Di nuovo, Emilia.»

«Adam. Adam. Adam.» E proprio mentre sentivo l'orgasmo che mi travolgeva, lui abbassò la testa e affondò i denti nel lobo del mio orecchio, con il piacere e il piccolo, acuto dolore che si scontravano.

Ricaddi contro il suo petto, ansimando. Ci vollero parecchi minuti perché ricordassi dov'ero o perfino chi ero. Non c'era altro che una beatitudine dolorosa e inquietante e la sensazione del suo petto che si alzava e si abbassava sotto di me, molto in fretta a ogni suo respiro affrettato. Era eccitato e mi chiedevo perché lo avesse fatto. Perché avesse cominciato quando sapeva che non avrebbe potuto finire anche lui, almeno non quella sera.

O forse sì. Strofinai la mano sulla rigida protuberanza della sua erezione, facilmente percepibile dalla base alla punta. Lui mi fermò la mano, esitante.

Dalle labbra gli sfuggì un gemito quasi involontario. «No» mormorò. «Domani mattina riconsegneranno lo yacht. Passeremo il pomeriggio al largo, pranzeremo, nuoteremo, passeremo tutta la giornata insieme. Potrai passare lì la notte.»

Lo guardai con una domanda negli occhi.

«Posso aspettare, Emilia. Per te ne vale la pena.»

La gentilezza di quelle semplici parole mi tolse il fiato. *Per te ne vale la pena.* Era l'opposto di quanto avevo sperimentato durante la mia unica relazione seria, se un boyfriend egoista del liceo si poteva considerare serio. Zack non aveva voluto aspettare. Aveva deciso di forzare le cose quando gli avevo detto di non essere pronta. Non era la risposta che desiderava, quindi aveva comunque preso ciò che voleva.

Rabbrividii contro Adam che mi tirò contro di sé. «Grazie» gli dissi, con la voce che tremava per un'emozione che non riuscivo a spiegare completamente.

Quando, poco dopo, riaccese il telefono, c'erano quattro messaggi e una chiamata persa. Adam imprecò sottovoce, ma rispose a ciascun messaggio mentre restavo seduta accanto a lui, rintanata sotto la coperta.

La sua auto mi riportò a casa poco dopo. Irrequieta eppure esausta, mi appoggiai allo schienale del sedile di pelle, con la mente che ritornava agli avvenimenti di quella sera. Fortunatamente le cose si sarebbero concluse il giorno dopo. Ma quel frammento di desiderio era una lama a doppio taglio, perché significava che la notte successiva sarebbe stata la nostra ultima insieme. E per quanto le sue mani su di me mi stessero portando a nuovi e ancora sconosciuti livelli di piacere, mi resi improvvisamente conto quanto mi sarebbe mancato *lui*, non solo le sue mani magiche. La sua conversazione, il sorriso fanciullesco, i suoi modi gentili, la sua sensibilità, il suo profumo pulito, come l'oceano. Feci del mio meglio per ignorare la costrizione al centro del mio petto che non se n'era andata da quando aveva pronunciato quella semplice frase: *per te ne vale la pena.*

Ma dovevo ricordarmi che una relazione con qualcuno come Adam sarebbe stata impossibile. Non mi sarei permessa di prenderla in considerazione. Visto da fuori, lui sembrava perfetto. Ma dentro, lui era un uomo, proprio come tutti gli altri. E degli uomini non ci si poteva fidare.

Una volta a casa controllai i messaggi. Alex ne aveva lasciati due, chiedendo che le riferissi i *chisme*, i pettegolezzi, subito. Aveva chiamato anche Heath, ordinandomi di richiamarlo appena avessi messo piede in casa. Guardai l'orologio. Era appena passata mezzanotte, quindi preferii non chiamare.

Invece vagai per l'appartamento, lavai qualche piatto, presi il manuale e lo riappoggiai in fretta. Non mi passò nemmeno per la mente di andare a letto. Sapevo che avrei solo trascorso ore e ore a girarmi e rigirarmi.

Ero troppo agitata al pensiero delle mani di Adam e delle sensazioni meravigliose che avevano risvegliato in me. Al ricordo della sua voce che mi ordinava di venire ancora una volta, di dire il suo nome. Mi vennero i brividi a quel ricordo.

Così feci quello che facevo sempre quando non riuscivo a dormire. Mi collegai per giocare e passare così qualche ora. Heath non era collegato e nemmeno i miei altri due compagni di gioco, Persephone o FallenOne. Fallen non si collegava dall'ultima volta che avevamo giocato insieme, tre settimane prima. Un'ora dopo, quando stavo quasi per scollegarmi, la schermata dei messaggi del gioco s'illuminò.

Magnus a te: "Perché sei ancora sveglia?"

Magnus. L'unico e il solo. Premetti il comando per scoprirne la classe e il livello.

/who is Magnus

Il gioco, obbediente, mi disse: *Magnus è un Mago di Fuoco di livello 75.* Già, ovviamente era un Mago di Fuoco. Erano i personaggi più potenti nel gioco. Comandavano l'elemento fuoco, potevano lanciare palle di fuoco e ordinare alle fiamme di danzare sulla testa dei loro nemici, o bruciarli lentamente con il calore. Mi morsi il labbro, cercando di non ridere davanti all'ironia, il pensiero delle sue mani bollenti mi bruciava ancora nei pensieri. Proprio giusto.

Tu a Magnus: "Un Mago di fuoco? Davvero? Non mi meraviglia che le tue mani siano magiche.

Magnus a te: "Al tuo servizio."

*Tu a Magnus: "Ti faccio la stessa domanda... che cosa ci fai *tu* sveglio a quest'ora? Stai ancora lavorando?"*

Magnus a te: "Accendi le cuffie."

Tu a Magnus: "Non funzionano bene. Il gioco rallenta se accendo l'audio."

Magnus a te: "Come fai a giocare su quel vecchio rottame?"

Tu a Magnus: "Non parlar male del mio Franken-puter, il mio piccolo, fedele scatolotto."

Magnus a te: "Cerca di dormire un po', altrimenti domani sarai esausta. Ti voglio bella riposata."

Sentii una fitta di trepidazione. Domani sarebbe finalmente stata la notte.

Tu a Magnus: "Prepotente. Stavo giusto per scollegarmi. È già troppo tardi stanotte."

Magnus a te: "Passerò a prenderti alle undici in punto."

Mi sdraiai con un bel libro di studio noioso per conciliarmi il sonno, cercando disperatamente di distogliere la mente da tutto ciò che sarebbe successo il giorno dopo. Ci volle un'ora, ma alla fine funzionò.

Capitolo Otto

ADAM APPARVE ALLA MIA PORTA ESATTAMENTE ALLE undici. In qualche modo sapevo che sarebbe stato il tipo ultra-puntuale, nonostante fosse arrivato in ritardo al nostro primo incontro. Indossava un paio di bermuda, scarpe da barca bianche e una camicia sportiva a maniche corte. E, ovviamente, gli stessi sexy occhiali firmati.

Aveva l'onnipresente telefono in una mano e una scatola di cartone sotto il braccio. Spalancai bruscamente la porta. «Vengo subito. Aspetta qui» dissi, lasciando la porta semiaperta per prendere il beauty case dal bagno.

Quando tornai, era nel mio monolocale e stava aprendo la scatola. Ovviamente.

«Amico, che cosa stai facendo? Quest'appartamento è un disastro. Ti avevo detto di aspettare fuori.»

«Davvero?» disse, fingendosi preoccupato. «Non lo avevo notato.»

Schiaffeggiai il braccio muscoloso con il dorso della mano, stupita che mi sembrasse di colpire una roccia con le nocche. «Molto divertente. Che cavolo stai facendo?»

«La tua macchina è un pezzo di merda.»

«Grazie» gli risposi piccata.

«Avevo questo in giro. Ho pensato che potevo prestartelo.»

Tolse dalla scatola un laptop nuovo ed elegante che mi fece immediatamente palpitare il cuore. Era sottile, di metallo nero opaco.

«Cosa…? Che cosa significa prestarmelo?»

Mi parlò lentamente, come se fossi una bambinetta. «Significa che te lo presto e tu lo usi per un po' e poi me lo restituisci quando non ne hai più bisogno.»

Gli feci una boccaccia. Restituire quella meraviglia… Un giorno… Mai. Lo aveva aperto e acceso. Aveva già tutto il necessario. Le palpitazioni si trasformarono in completo sfarfallio. Mio Dio. Era un'opera d'arte. Era una macchina da videogiochi, con tutti i trucchi e uno schermo da diciassette pollici ad alta definizione, nitido come se stessi guardando fuori dalla finestra.

«Assomiglia proprio al notebook che stavi usando in Olanda.»

«Quasi. Non è altrettanto potente. È quello di riserva, ma non lo uso mai.»

Ciò nonostante, notai che Adam non era indicato come utente. Aveva già riconfigurato tutto per me, creando perfino un account. «Che password hai usato?»

Alzò le spalle. «*Magnus comanda*. Potrai cambiarla, se proprio devi.»

Sogghignai. «Oh, credo proprio che sarà necessario.»

La macchina era favolosa, e costava parecchie migliaia di dollari. Sapevo che avrei dovuto rifiutarla. Dopotutto, se non ci fossimo mai visti dopo quella notte, come avrei fatto a restituirgliela?

Quindi gli chiesi: «Come faccio a restituirtelo?»

Rimase in silenzio per un momento e non riuscii a capire se non sapesse o non volesse rispondere alla mia domanda, se pure l'aveva sentita. Le sue dita stavano volando sulla tastiera retroilluminata.

Stavo per ripetere la domanda quando, senza alzare gli occhi, rispose. «Dallo a Bowman. Può portarmelo al complesso. Gli ho comunque promesso di fargli fare un giro.»

Merda, un giro nella sede della Draco Multimedia? Fortunato bastardo. «Quello stronzo non me l'ha nemmeno detto» brontolai.

Mi lanciò un'occhiata. «Puoi fare un giro anche tu.»

Continuammo a fissarci e il mio cuore accelerò. Non era possibile. Se quella notte avessimo… allora non avrei dovuto nemmeno avvicinarmi al suo posto di lavoro, dopo.

Doveva sapere che cosa stavo pensando. Credo che stesse aspettando che io dicessi qualcosa, forse aspettandosi che mi tirassi indietro per quella sera. Mi raddrizzai. Non avevo intenzione di tirarmi indietro. Non potevo. Quindi scossi solo la testa.

Lui distolse gli occhi, con l'espressione velata, ma non capivo se fosse turbato o solo preoccupato. Io cominciavo a sentirmi in tutte e due i modi, turbata per l'inevitabile addio dopo quella sera e preoccupata per come sarebbero andate, finalmente, le cose quella notte.

Se tutto fosse andato secondo i piani, tutto sarebbe finito già una settimana prima e ora saremmo stati di nuovo degli estranei. E, prima, avevo pensato che fosse la cosa giusta da fare, ma adesso… Sembrava stranamente illogico. Volevo sapere tutto di lui prima che non ci rivedessimo più.

Alex arrivò proprio mentre scendevamo le scale per uscire, meno di un'ora dopo. Quando alzò gli occhi e vide Adam, restò a bocca aperta e mi guardò di colpo, con gli occhi sgranati. Beh, non si poteva dire che fosse discreta. Mi stavo chiedendo come avesse fatto ad arrivare così in fretta dal suo appartamento a Fullerton, quando sua madre l'aveva chiamata per informarla che Adam era lì.

Sospirai e feci le presentazioni. «È un piacere conoscerti» disse Alex sorridendo e chinandosi per stringergli la mano, sbattendo i suoi grandi occhi. «Mia mi ha parlato tanto di te!»

Strinsi le labbra. Che piccola bugiarda. Adam sorrise, dandomi un'occhiata di traverso. Alzai le mani in segno di resa. «Dobbiamo andare.»

Alex restò a guardarci mentre ce ne andavamo e, quando guardai indietro, agitò la mano davanti alla faccia, come per sventolarsi, chiara indicazione che lo trovava sexy. Poi si portò la mano all'orecchio, come se tenesse un telefono e mimò *Chiamami.*

Partimmo e sospirai di sollievo. L'avevo scampata bella. Più tenevo Adam lontano dai miei amici, meno avrei dovuto rispondere a domande imbarazzanti dopo. Quando lo guardai, Adam aveva un sorriso malizioso in faccia.

«Che cosa c'è?» gli chiesi.

«Le hai detto tutto di me, eh?»

Distolsi lo sguardo, con le guance che scottavano. «È una bugiarda senza speranze» borbottai.

La giornata era veramente bella. Ero convinta che non esistesse un clima migliore su questo pianeta di quello che avevamo noi nella California del Sud a maggio. Il profumo dei cespugli di gelsomino bianco piantati dappertutto si univa a quello dei fiori d'arancio e inondava l'aria di un sentore di miele. Era troppo presto per il "June Gloom" la malinconia di giugno, il fenomeno atmosferico che causava mattine col cielo coperto da nubi che poi svanivano lasciando il posto a pomeriggi caldissimi. A maggio, ogni giornata era fresca, limpida come il cristallo e soleggiata.

E nella sua decappottabile, una Porsche degli anni '50 blu scuro, sfrecciavamo lungo la superstrada, nella corsia riservata al carpooling, oltrepassando il traffico del sabato diretto alla spiaggia.

Avevo raccolto i miei capelli lunghi con un elastico, come meglio potevo, facendomi uno chignon disordinato. Ma alcune ciocche ribelli mi sbattevano sul viso e negli occhi mentre li strizzavo guardando attraverso i miei occhiali da sole a buon mercato, battendo il piede al ritmo di "Pleasure Little Treasure" dei Depeche Mode che proveniva dallo stereo. Quindi anche a lui piacevano i classici, sia nella musica sia nelle auto. Cominciavo a rendermi conto che Adam era la rock star dei geek informatici. E a quanto pareva molte riviste del settore erano d'accordo con me.

Adam parcheggiò in un piccolo garage sotterraneo a qualche isolato dal ponte e camminammo per il resto della strada. Lui insistette a portare il mio zaino, che non pesava poi tanto. All'inizio resistetti, ma poi lui praticamente me lo strappò dalle mani.

«La tua mamma ha cresciuto veramente un bravo ragazzo» dissi, rimpiangendo poi immediatamente le mie parole quando lo vidi stringere i denti. Come avevo potuto dimenticarlo? Mi fermai, mettendogli una mano sul bicipite duro come il ferro. «Mi dispiace.»

Lui scosse la testa. «Non preoccuparti, Emilia.» Ma quelle sopracciglia scure si aggrottarono sopra gli occhi nascosti dagli occhiali da sole.

Mi schiarii la voce, sentendomi ancora malissimo. Feci un respiro profondo e ricominciai a camminare. Decisi di alleviare l'imbarazzo parlando di una cosa che odiavo anch'io. «No, so come mi sento quando qualcuno tira in ballo mio padre o mi chiede di lui. Non ho mai avuto un padre. Non so nemmeno come si chiama, quindi lo chiamo il "donatore biologico di sperma" perché per me è tutto ciò che è.»

Adam mi diede un'occhiata. «Non sei mai stata curiosa? Non hai mai voluto conoscerlo?»

Alzai le spalle. «Lui non mi voleva, quindi perché dovrei volerlo io?» E continuammo a camminare, oltrepassando il parco di Bay Island, con i suoi rosa brillanti e i gialli vividi, tutta la primavera in un'aiuola. «Era sposato, aveva una famiglia e non si era mai preoccupato di rivelare quel piccolo particolare a mia madre prima di metterla incinta. Quando lei gli disse che avrebbe avuto un bambino, lui le pagò una bella somma di denaro perché stesse zitta e "si occupasse del problema".»

«Ah, un vero bastardo, allora.»

«Già. Quindi non mi frega assolutamente niente di sapere chi sia.»

Mi diede un'altra occhiata. «Ma è benestante. Sai, avresti potuto cercare di ottenere da lui i soldi che ti servono.»

Fu il mio turno di stringere le labbra. «Perché chiedergli quello che posso fare da sola?»

E si capiva che avrebbe voluto dire qualcosa di più, ma si frenò, scuotendo leggermente la testa e stringendo più forte il mio zaino. Era veramente arrabbiato?

Mi fermai e lo guardai attentamente. Non era la prima volta che avevo l'impressione che fosse combattuto riguardo all'asta, all'intera faccenda. Ricordai gli insulti che mi aveva lanciato la prima volta che c'eravamo incontrati, e alcuni dei commenti disinvolti che aveva fatto durante il nostro breve soggiorno in Olanda, mettendo sempre in dubbio la mia capacità di giudizio e i motivi per cui avevo lanciato l'asta.

Se non approvava, perché aveva fatto un'offerta?

Anche se non avevo intenzione di chiederglielo in quel momento. In realtà ero felice che avesse partecipato. Ma sentivo quella strana sensazione in fondo allo stomaco. Era come se ci fosse un blocco di ghiaccio, che non si spostava mai. Aveva qualcosa a vedere con il fatto che stavo permettendo ai sentimenti di mettersi in mezzo. Già, per quanto volessi i soldi. Per quanto volessi *lui.* Stavo scoprendo che non volevo che finisse.

C'era troppo da scoprire prima che finisse. Volevo sapere che cosa lo motivava. Di che cosa aveva paura. Quali erano i suoi obiettivi. Era già arrivato, alla bella età di ventisei anni, o aspirava a qualcosa di più e se era così, fin dove poteva arrivare? E la sua vita personale? Perché era ancora così deciso, dopo tutto quel successo, tanto da passare novanta ore la settimana in ufficio e metà della sua vita sugli aerei o negli alberghi?

Poi c'erano i dettagli personali. Era mai stato innamorato? Chi era Sabrina? Perché aveva il suo nome inciso in permanenza sopra il cuore?

Erano quelle le cose che non avrei mai saputo se fossimo andati a letto insieme quella notte.

Ma c'era un'altra voce che mi rimbombava in testa, insieme alla curiosità di conoscerlo meglio. Quella della logica. Quella che diceva che un uomo come Adam mi avrebbe solo ferito, alla fine, se mi fossi aperta a lui. Proprio come il donatore biologico di sperma aveva fatto con mia madre. L'aveva schiacciata, e lei non era mai stata capace di superarlo. E se mi fossi permessa di mostrare anche una sola crepa nella mia fortezza, Adam avrebbe fatto lo stesso.

Con questa nuova determinazione, giurai di rispettare i termini originali del nostro accordo, a prescindere da come mi sentissi dentro.

****

La barca era favolosa, ovviamente, come tutte le altre cose di cui si circondava. Uno yacht di trenta metri, con tutti gli accessori più lussuosi, tutto cromo e ripiani di marmo, rivestimenti di legno e luci incassate. Era più bello della casa più bella in cui fossi mai stata, eccetto quella di Adam. C'era una grande cucina, chiamata "cambusa" dove lavorava la cuoca/governante di Adam. Era venuta insieme al capitano ed erano le uniche due persone a bordo a parte noi, il che ci lasciava parecchio spazio per muoverci.

Adam m'informò che dava spesso feste sullo yacht per i suoi impiegati e che lo usava anche per altri affari, sui quali restò vago. Mentre parlavamo, ebbi l'impressione che i suoi interessi economici fossero diversificati, aveva investimenti nell'industria alberghiera e in tecnologia, oltre ad avere la sua ditta. La Draco Multimedia e in particolare Dragon Epoch, erano la sua maggior fonte d'introiti, ma stava cominciando ad allargarsi.

Mangiammo subito un pranzo da gourmet: salmone su un letto di verdure croccanti. Poi Adam mi mostrò il resto della barca. E non so se fosse voluto o per caso, l'ultima stanza che mi mostrò fu la sua. Una stanza grande quasi come il mio monolocale, con un grande letto king-size.

Restammo sulla porta a fissarci, lui più imbarazzato di me. «Non avevo veramente intenzione di finire qui. Non ancora, comunque.»

Scoppiai a ridere. «Scommetto che lo dici a tutte le ragazze che porti sul tuo yacht.»

«In effetti sei la prima.»

Gli rivolsi un'occhiata scherzosa. «Yacht nuovo?»

Lui alzò le spalle, imbarazzato. «Beh, non è *vecchio*.»

«Quindi non ci hai mai portato Lindsay?»

Mi guardò, serio. «Lindsay? No... no. No.»

Risi davanti alla sua veemente protesta. «Va tutto bene. Mi rendo conto che voi due avete un passato di cui non so niente.»

Adam spostò il peso da un piede all'altro, chiaramente a disagio. «Lindsay e io ci conosciamo da molto tempo.»

Non riuscii a resistere. Non con l'imbeccata che mi aveva dato. «Da quanto tempo? E c'era di mezzo una camera da letto?»

Mi guardò con la coda dell'occhio e finse indifferenza, mettendosi una mano in tasca. «Abbiamo avuto una storia come partner sessuali.»

«Interessante.» Incrociai le braccia, appoggiandomi allo stipite. «Non hai usato il termine "amanti".»

Sbuffò. «L'amore non c'entrava assolutamente.»

«Allora era sposata?»

L'espressione di Adam era così inorridita che quasi mi misi a ridere. «Dio, no. È stato una decina di anni fa.» E questo significava che lui era solo un adolescente.

Arricciai il naso. Ero come un cane con un osso, e non volevo lasciar perdere. «Posso chiederti se è stata la tua prima?»

Adam arrossì e fu tutta la risposta di cui avevo bisogno. Alzò un'altra volta le spalle con finta indifferenza. «Tu puoi sempre *chiedere*.»

Ignorai il suo tentativo di evitare una risposta perché l'avevo già avuta. Lindsay aveva sverginato Adam. «Allora, si comporta sempre in quel modo con te?»

Mi guardò stupito. «In che modo?»

«Come se foste ancora una coppia?»

Mi guardò come se fossi un'aliena. «Prima di tutto non siamo *mai* stati una coppia. Ci trovavamo e scopavamo, ed era tutto. Non siamo mai stati insieme. Lei era troppo occupata con la sua carriera e a me non interessavano proprio le relazioni. Ero troppo giovane. Adesso siamo amici. Lei è una socia di mio zio.»

Non ero convinta, non del tutto, del fatto che non se ne rendesse conto. Era troppo perspicace per non aver notato che Lindsay flirtava con lui. E, oltre tutto, ero un po' scossa da quanto la cosa mi colpisse. Perché mai mi doveva interessare con chi era andato a letto Adam in passato?

Lui conosceva la mia storia sessuale, beh, la maggior parte, almeno. Non avevo anch'io il diritto di conoscere la sua?

Sulla sua bella bocca apparve un sorriso. «Allora, perché tutte queste domande. Non sarai gelosa, vero?»

Spalancai gli occhi. «Oh, no. No, no. Mio Dio, no.» Blaterai, agitata. *Ora* chi stava esagerando? «Che motivo c'è per essere gelosi? Tu ed io abbiamo solo un accordo d'affari, niente di più.»

Ma mentre parlavo, la mia voce era un po' troppo tremante e il suo bel volto completamente privo di emozioni. Si voltò, spostandosi verso una porta interna. «Qui c'è il bagno, se vuoi metterti il costume. Una volta fermi, ho intenzione di andare a fare una nuotata.»

«Fuori… In mezzo all'oceano?»

Mi rivolse un'occhiata confusa, come se avessi parlato cinese. «Sì.»

«Ma non ti gelerai il sedere? L'acqua è freddissima.»

Alzò le spalle. «A bordo c'è una jacuzzi. Se ci raffreddiamo troppo, usciamo e saltiamo nell'acqua calda.»

Mi morsi il labbro. «Magari ti guarderò dal bordo.»

Prese il mio zaino dal tavolo e me lo gettò. «Mettiti il costume.»

La presi e andai in bagno, dove m'infilai il mio fido costume intero. Non era il bikini costoso con cui avevo posato per l'asta, ma restava comunque un bel costume. Ed era del suo colore preferito: blu.

Quando andai ad aprire la porta, lo sentii muoversi per la stanza e mi resi conto che lui si stava cambiando lì. Non volendo rischiare la ripetizione di quel primo, imbarazzante, pomeriggio ad Amsterdam, bussai sulla porta e lui mi disse di entrare.

Era a torso nudo e costume, boxer lunghi bassi sui fianchi. Sorrisi, entrai nella stanza e lui mi percorse con gli occhi con un fischio di apprezzamento. Non potei fare a meno di divorarlo con gli occhi. Aveva la vita sottile e spalle larghe, ogni muscolo chiaramente definito: dai pettorali sodi agli addominali scolpiti. Non era abbronzato come mi sarei aspettata da un abitante di Newport Beach, ma, ovviamente, Adam passava la maggior parte del suo tempo sotto le luci artificiali in un ufficio a Irvine, quindi era comprensibile. Il suo petto finemente cesellato era coperto da una leggera spolverata di peli scuri, con una linea sottile che scendeva verso l'ombelico e più giù.

Guardai di nuovo il tatuaggio. Non cercò di nasconderlo, ma non disse nemmeno niente quando lo studiai.

«Pronta?»

«Per quanto possibile.»

Mi condusse verso la scaletta che scendeva in acqua. Mi lanciò un sorriso fanciullesco e poi si tuffò a capofitto. Io mi sedetti e misi i piedi in acqua. Lo choc dell'acqua fredda mi risalì lungo le gambe. Strillai quando mi schizzò.

«Dai. Salta dentro in fretta. Non pensarci. Tra un attimo sarà favoloso.»

«Io non mi tuffo. Come fai a sapere che non ci sono squali lì fuori?»

Adam rise, guardandomi mentre si teneva a galla. «Non lo so. Dai, forza.»

E nuotammo per un'ora o giù di lì, e ci divertimmo da matti. Adam m'indicò gli sbuffi lontani delle megattere. Vidi in lontananza un branco di delfini che saltava fuori dall'acqua. Quando cominciò a fare troppo freddo per restare in acqua, e cominciai a tremare senza riuscire a smettere, Adam si precipitò per primo sulla scaletta, ancora gocciolante e prese un asciugamano da un armadietto riscaldato, tenendolo in modo che potessi avvolgermi appena salita la scaletta.

Era una sensazione meravigliosa e lo ringraziai mentre si chinava per prenderne uno per sé. «Andiamo a scaldarci nella jacuzzi.»

Sul retro del ponte centrale, all'aperto, ci crogiolammo nel calore delle bolle massaggianti mentre la cuoca ci serviva champagne e stuzzichini. Il capitano virò in modo che potessimo osservare il tramonto sull'oceano.

Chiacchierammo mentre ci abbuffavamo con i favolosi stuzzichini della cuoca: capesante avvolte nella pancetta, brie al forno e tutta una serie di altre leccornie. Tanto che ci rovinammo l'appetito per la cena. Gentilmente, la cuoca ci disse che avrebbe preparato un picnic freddo da portare con noi sul ponte superiore per quando avessimo avuto fame.

E poi restammo da soli a guardare il sole al tramonto dipingere il cielo con rossi profondi e pennellate di arancio che si riflettevano sull'acqua. «Così è questo che fai durante il tuo tantissimo tempo libero?»

Adam sorrise. «Mi piacerebbe uscire con la barca almeno una volta al mese. Magari arrivare a Catalina, o in Messico, oppure anche solo al largo.»

«Portando il lavoro con te, ovviamente.»

Adam mantenne lo sguardo fisso sull'orizzonte. «Forse.»

Io strinsi gli occhi. «Uh, uh. Con Internet via satellite. Ho visto quell'enorme vecchio ufficio che hai sottocoperta. Quello non serve per portarci le donne.»

«Ti ho già detto che non porto qui le donne.»

«Hai portato me.»

«Sì, ma tu sei un'eccezione.»

«Hai mai avuto una relazione di lunga durata?» gli chiesi.

I suoi occhi scuri andarono nuovamente all'oceano. «No. Non ne ho mai avuto il tempo.»

«Ah, quindi hai solo avuto… delle *scopamiche*.»

Lo fece ridere. «Se è così che vuoi chiamarle. E tu? Niente *scopamici*, ovviamente, ma non esci mai nemmeno con qualcuno.»

Scossi la testa. «No. Ho tentato. Non mi è piaciuto» risposi alzando le spalle.

Mi guardò con attenzione. «Quanti anni avevi quando hai preso quella decisione?»

«Sedici.»

Adam imprecò sottovoce.

«Parliamo d'altro!» dissi allegramente.

Adam scosse la testa. «No, voglio parlarne ancora per un momento.» Io scossi nuovamente la testa. Il suo sguardo si fece duro. «Non fare così, Emilia. Penso che sia importante che io sappia se ti è successo qualcosa di doloroso. Voglio fare tutto il possibile per metterti a tuo agio. Quello che è successo ad Amsterdam...»

«Non succederà più... Non c'è bisogno che ti preoccupi. Ho fatto un mucchio di terapia.»

«Non sono d'accordo. Io *dovrei* preoccuparmi.»

Sospirai e distolsi lo sguardo. «Avevo un ragazzo, alle superiori. Era una stella del football, all'ultimo anno ed io ero una piccola stupida al secondo anno con le stelle negli occhi. Mi trattava come una merda. Una sera si è ubriacato e mi ha aggredito. Ho rotto con lui. Ecco tutto.»

Ora aveva la faccia scura. «Ti ha aggredito... sessualmente?»

Mi si fermò il fiato in gola. Non ne avevo parlato con molta gente. Heath sapeva tutto. E anche la mia terapista. La mamma sapeva qualcosa ma mi ero rifiutata di dirle di più quando aveva cominciato a parlare di andare alla polizia. Avevamo lasciato perdere e mi aveva invece portato da una terapista per parlare.

Feci un respiro profondo, pronta a fare il salto. Per qualche motivo, quegli occhi scuri m'incoraggiavano a farlo. A volte ero una vigliacca, la maggior parte del tempo, direi. Ma quel giorno potevo essere coraggiosa. Solo per un giorno. E per parlarne ci voleva tutto il coraggio che avevo.

«Voleva fare sesso e gli dissi di no. Si arrabbiò e mi sbatté la testa contro il volante, eravamo parcheggiati sul Ridge, su nelle colline. Guidavo io perché lui era sbronzo, dopo la festa cui eravamo stati. Io scesi dall'auto e cercai di scappare. Lui mi raggiunse e...»

La mia voce tremava e smisi di parlare. Adam mi osservava, con l'espressione cupa, ma non si mosse, non disse niente, aspettando pazientemente che mi riprendessi. Io feci un respiro profondo e tremolante.

«Mi afferrò per i capelli, spingendomi in ginocchio e obbligandomi a succhiarlo.» *Mangialo, stronza*, aveva biascicato mentre io singhiozzavo. Il ricordo della paura mi chiuse la gola. Non menzionai le cicatrici sul cuoio capelluto, dove aveva tirato così forte i capelli da strapparne alcune ciocche. In quei punti non erano ricresciuti per anni.

«Spero che si sia fatto un bel po' d'anni di galera» disse Adam e a me si strinse lo stomaco.

Evitai di guardarlo. Era quello il punto in cui Mia dimostrava di essere la smidollata che era. Deglutii. «Non è andato in prigione.»

Adam mi guardò incredulo. «*Cosa?*»

Deglutii di nuovo. «Non l'ho denunciato.»

Silenzio. Adam non disse niente e non si mosse neppure. Sapevo che cosa stava pensando. Perché l'avevo pensato io, di me stessa, ogni giorno. *Codarda. Mia è una codarda."*

«So che ti stai chiedendo il perché...»

Lui scosse lentamente la testa. «Non sei obbligata a dirmelo.»

Ma io non riuscii a fermarmi. Era come se si fosse aperta una diga. «Ero troppo spaventata. Lui era popolare, era il quarterback della squadra di football. Tutti lo veneravano. Non pensavo che mi avrebbero creduto.» Smisi di parlare, disgustata dal suono lamentoso della mia stessa voce. Mi raddrizzai.

Adam guardò di lato per un momento, come se stesse cercando di riprendersi. «Capisco.»

E sapevo che era vero, vista la sua storia di vittima di bullismo.

Lasciai andare il fiato che stavo trattenendo. «Grazie per non avermi giudicato.»

I suoi occhi fissarono di nuovo i miei, sostenendo il mio sguardo quasi fosse un contatto fisico. «Non ho il diritto di giudicarti.»

Restammo seduti in silenzio per parecchi lunghi minuti. Poi mi schiarii la voce, raccogliendo il coraggio. «Ora mi diresti una cosa?»

Lui fece un respiro profondo, quasi si stesse facendo forza. Ebbi il desiderio improvviso di avvicinarmi a lui. Ma resistetti.

«Chi è Sabrina?»

Lui deglutì e distolse lo sguardo. «Mia sorella.»

Restai a bocca aperta. Non era la risposta che mi ero aspettata. E non saprei descrivere quello che stavo provando. Sorpresa, sollievo, stupore. Che si tatua il nome di sua sorella sul petto? «Oh, carino. Non sapevo che avessi una sorella.»

«Avevo.» Si voltò nuovamente verso di me, con il volto e la voce completamente impassibili. «*Avevo* una sorella. È morta.»

Mi tirai indietro, senza fiato, scioccata sia dalla notizia sia dal modo distaccato in cui l'aveva detto. Prima che potessi rispondere, Adam si chinò in avanti, preparandosi a uscire dalla vasca. «Andiamo a fare una doccia e a guardare le stelle dal ponte. E la vista della riva è meravigliosa ora che è buio.»

C'era solo una doccia nel bagno padronale e noi eravamo in due. Adam afferrò due accappatoi di spugna con il monogramma, porgendomene uno. «Io andrò a fare la doccia nel bagno degli ospiti.»

«Non sei obbligato» gli dissi con la voce che tremava.

Lui restò immobile per un attimo poi si voltò a guardarmi.

«Potresti fare la doccia con me. L'ho vista. È enorme.»

I suoi occhi s'illuminarono, ma si capiva che pensava che stessi scherzando. L'idea stava eccitando anche me. L'immagine di me che insaponavo i suoi addominali con le mani nude mi stava facendo battere il cuore un po' più forte.

«Emilia, se faccio la doccia con te non riusciremo mai a salire sul ponte superiore.»

Senza rispondere, lasciai cadere l'accappatoio e poi mi tolsi in fretta e furia il costume bagnato. Poi gli rivolsi un sorriso ed entrai in bagno. «Comunque mi devi insegnare come diavolo funziona questa cosa.»

Mi sentii eccitata e gelata insieme quando i suoi occhi famelici mi percorsero il corpo nudo. Mi sentivo audace, coraggiosa, sfrontata, *desiderata*.

Il tempo di togliersi il costume e Adam era completamente eccitato. Cercai di non guardare… molto… ma devo ammettere che la curiosità ebbe la meglio. Il suo corpo era bello, magnifico e, beh… cercai di non farmi terrorizzare delle sue dimensioni.

Mi misi sotto l'acqua calda. La doccia aveva due soffioni, uno per lato, quindi avevamo ciascuno il nostro. E per i primi minuti, restammo ai lati opposti della doccia, ciascuno sotto il suo getto, a scaldarci mentre ci guardavamo cauti.

Mi lavai i capelli prima di offrirgli lo shampoo. Quando si avvicinò, mi versai lo shampoo sul palmo e poi glielo misi sui capelli, appoggiando il flacone per massaggiargli la testa. Lui mi guardava con un'espressione paziente, tollerante, ma i suoi occhi erano scuri di desiderio. Il suo corpo nudo, sexy e bagnato era a pochi centimetri dal mio ed io tremavo, trepidante, con il sangue che scorreva nelle mie vene cinque volte più veloce del solito.

Avvicinandomi, deglutii con la gola stretta. Mi alzai sulla punta dei piedi per raggiungere la cima della sua testa e lui mi tenne in equilibrio mettendomi le mani intorno alla vita. Poi abbassò la testa per aiutarmi. Le sue mani, dove mi teneva, all'inizio erano appena appoggiate, ma mentre continuavo a massaggiargli il cuoio capelluto, mi strinse più forte, con la punta delle dita che mi entrava nella carne. Sentii una fitta di eccitazione. Avrei voluto premere il mio corpo contro il suo. Ma ricordai il suo avvertimento, che non saremmo arrivati sul ponte superiore. Volevo veramente che la nostra prima volta fosse lì?

Mi staccai e tornai dal mio lato della doccia per sciacquarmi i capelli, con gli occhi chiusi. Ma lui si avvicinò dietro di me.

Prese il flacone di gel e se ne versò un po' nel palmo della mano, ed io girai la testa per guardarlo, pronta a godere la visione di quell'uomo meraviglioso che si insaponava gli addominali.

Lui mi disse. «Stai ferma. Ti lavo la schiena.»

Feci un respiro profondo e ubbidii. Le sue mani calde scivolarono dalle spalle, sopra i muscoli deltoidi e trapezi, fino in vita. Ogni centimetro di pelle che toccava prendeva vita ed io tremavo. Il sapone permetteva alle mani di scivolare con la quantità perfetta di attrito e la sensazione delle sue mani calde che scorrevano sulla mia pelle mi stava mandando a fuoco. Poi lui allungò le mani e mi passò la schiuma sulla pancia e sui fianchi. Le sue mani schivarono la mia regione pubica prima di arrivare al seno, e a quanto pare doveva aver pensato che avesse bisogno di un lavaggio extra, perché si soffermò lì per parecchio tempo. Avevo i capezzoli eretti e sensibili sotto il suo tocco e ogni carezza delle sue mani mi trafiggeva con fitte di desiderio.

Ansimavo, appoggiata a lui. La sua erezione mi premeva in vita, calda e dura. Abbassò la testa per prendermi in bocca un orecchio. Lo spruzzo della doccia continuava a bombardarci. «Emilia, se non fossi un gentiluomo, ti inchioderei alla parete e ti scoperei subito.»

Restai senza fiato. «Chi dice che devi essere un gentiluomo?» La sua bocca era sul mio collo, ma mi divincolai dalle sue braccia, versandomi un po' di gel sulle mani. «Quella boccaccia dimostra che sei un uomo sporco, molto sporco...» dissi, allusiva. Adam rise e si voltò. Io cominciai dalle spalle e dalla schiena e la sua postura si fece rigida. Le mie mani scivolavano sui suoi muscoli perfettamente definiti. Abbassai le mani fino in vita e poi sul sedere sodo.

Mi voltai, riempii nuovamente le mani di gel e mi spostai davanti a lui. Il suo corpo sembrava perfetto sotto le mie mani. Gli sfuggì un gemito leggero e chiuse gli occhi, assaporando il mio tocco. Piegai la testa per baciarlo, ma mi fermai. Ero pronta a cominciare, lì, nonostante ciò che mi aveva appena detto? Feci un passo indietro, in modo che potesse sciacquarsi da solo.

Uscii dalla doccia, con il corpo che cantava ancora per le sue carezze. Rabbrividii, pensando a ciò che sarebbe successo più tardi quella notte, forse perfino sul ponte superiore, sotto le stelle. Ci asciugammo e ci vestimmo casual per salire.

Tutta l'Orange County abbracciava una costa volta a sud, la curva della California del Sud che serpeggiava verso il Messico. A quella distanza dalla costa, le tante luci di OC e Los Angeles erano solo un bagliore lontano lungo l'orizzonte.

La luna crescente era solo una falce sottile sul punto di tramontare, e non faceva una gran concorrenza alle stelle. C'erano però le luci della costa che impedivano una visione perfetta. Era comunque molto più bello che non tentare di vederle da terra. L'inquinamento luminoso sopra l'area metropolitana di Los Angeles era considerevole e anche nelle notti migliori era difficile scorgere più di una dozzina di stelle. Non era come il cielo sopra Anza, così buio e limpido che vedevamo i satelliti passare attraverso il tranquillo cielo notturno. Ma qui si poteva vedere quasi altrettanto.

Adam si era fermato nel suo ufficio per controllare le email ed io ero salita sul ponte da sola, cercando di frenare l'irritazione. Mi meravigliava, in effetti, che le avesse ignorate così a lungo. E non potevo aspettarmi un miracolo. Quindi lo aspettai per quasi un'ora. Lui salì sul ponte con due grandi coperte e, ovviamente, il cellulare infilato nella tasca.

Dopo aver trovato le costellazioni più riconoscibili, restammo sdraiati su una grande panca imbottita, uno accanto all'altro, a guardare la cupola nera sopra di noi.

«Non riesco ancora a credere che tu sia stato lassù.»

«Già. Per dieci giorni. E se ci riesco, ci andrò di nuovo.»

«Come hai fatto a smettere di lavorare per tanto tempo?»

Alzò le spalle. «Non è stato necessario. Lavoravo via satellite per qualche ora al giorno. Ma dovevo anche partecipare agli esperimenti scientifici. E quello mi è piaciuto un sacco.»

Dal ponte, il mare nero si estendeva intorno a noi, calmo, cullandoci dolcemente.

Sospirai. «Deve essere una grande soddisfazione vedere i tuoi sogni più folli diventare realtà.»

Adam rimase in silenzio a lungo. «Quali sono i tuoi sogni, Emilia?»

Io alzai le spalle. «Sai, non saprei risponderti, a parte "diventare il miglior medico che sia mai esistito".» Aggrottai la fronte, lieta che il buio nascondesse il mio viso. Lui non poteva vedere la profonda ruga di preoccupazione che mi segnava la fronte. Anche se avevo finito gli anni preparatori, ero ancora molto lontana dal realizzare quel sogno. Era sconfortante pensare che la cosa che volevo di più al mondo era appena fuori dalla mia portata. L'unica barriera era la cosa che temevo di più al mondo, fallire, di nuovo. Mi paralizzava, impedendomi di rifare più volte il test fino a superarlo con un buon punteggio. No. Non l'avrei rifatto finché non ne avessi pagato il prezzo con sangue, sudore e lacrime, studiando ore e ore finché le materie non si fossero impresse nel mio cervello.

«È un bel sogno» mormorò Adam. «Ma ci deve essere qualcos'altro dentro di te. Qualcosa che hai sempre desiderato fare o vedere.»

«Grazie a te penso di poter cancellare un paio di cose dalla lista che non sapevo nemmeno di avere.»

Adam voltò la testa per guardarmi. «Quel viaggio in Europa non dovrebbe nemmeno contare. Meriti di tornare, e godertelo come si deve.»

Sospirai. «Magari, un giorno.»

«Allora, in che cos'altro ti ho aiutato?»

«Mhmm. Volare in prima classe. Nuotare con i delfini. Passare una giornata su uno yacht da un fantastiliardo di metri...» Feci un respiro profondo. «Sperimentare il bacio più stupefacente di sempre.»

Mi stava ancora guardando e alla luce scarsa riuscivo a vedere che stava sorridendo. Ma se in quel momento avesse fatto un commento sarcastico, sarei morta per l'umiliazione. Ero ancora sotto choc per averlo detto. Adam si schiarì la voce. «Che coincidenza» mormorò. «Lo avevo anch'io sulla mia lista.»

Voltai la testa verso di lui. «Avevo?»

«Sì. Ma posso cancellarlo anch'io, adesso.» Si voltò sul fianco, verso di me, continuando a guardarmi. «Ma non significa che non abbia intenzione di fare quello che faccio sempre.»

«Oh? E che cosa sarebbe?»

Mi passò il dito lungo la guancia prima di tracciare il contorno della mia bocca. Il suo tocco bruciava caldo e freddo e mi tremarono le labbra.

«Cerco sempre di migliorare il mio record personale» disse sottovoce.

Quando si chinò e mi baciò, fu con la forza di tutta la tensione repressa tra di noi per l'intera giornata. Quel discorso nella jacuzzi ci aveva avvicinato e la doccia insieme aveva assicurato che avessimo entrambi i motori al massimo e pronti a partire nell'attimo in cui mi baciò.

Rotolò sopra di me, premendomi contro il cuscino. Le sue mani, la bocca, erano dappertutto. E stava andando in fretta, mi stava slacciando la camicia per infilare la mano. Rabbrividii e lui si fermò, solo il tempo di prendere una coperta.

Andò immediatamente alla cintura dei pantaloni e slacciò il bottone, allungando la mano all'interno. Piegai la testa all'indietro, ansimando per l'invasione improvvisa ma benvenuta. Aveva capito quanto ero calda e bagnata e mormorò parole appassionate, su com'ero pronta. Mi abbassò i jeans dai fianchi ed io mi alzai mentre li sfilava, gettandoli da parte insieme alle mie mutandine.

«Emilia, mi stai facendo impazzire» disse, premendo di nuovo il corpo sul mio. Le mie mani volarono a slacciargli la camicia e aprirla. Lui premette il petto nudo contro il mio e sospirammo all'unisono. La sensazione era meravigliosa, il suo corpo, duro, virile, che premeva contro il mio seno, il bisogno disperato tra le mie gambe.

«Adam, ti voglio.»

E lui mi baciò con i movimenti che si facevano più frenetici, se possibile.

Abbassò la testa verso i miei capezzoli, e li succhiò a turno mentre io arcuavo la schiena per andargli incontro, con il corpo che bruciava più caldo ogni minuto che passava. Poi continuò a baciarmi, scendendo verso la pancia, l'ombelico e più giù.

Aveva la testa tra le mie gambe e le allargò, mentre mi passava la lingua bollente e la bocca sull'interno delle cosce. Ogni parte di me cominciò a pulsare a tempo con il mio battito frenetico. Sapevo che cosa sarebbe arrivato dopo.

Adam stava per leccarmi, lì. Di colpo divenni tesa al pensiero che fosse così vicino al mio posto più intimo. Non sapevo di avere delle remore a quel riguardo, dato che non aveva niente a che vedere con quello che mi era successo, ma la mia paura che potesse succedere qualcosa mi bloccò.

Adam se ne accorse immediatamente e alzò la testa. «Va tutto bene?»

Io respirai a fondo, cercando di rilassarmi, e allargai completamente le ginocchia. «Sto bene.»

A quel punto lui affondò la testa sul mio sesso, con il fiato bollente che mi bagnava l'interno delle cosce. Chiusi gli occhi, ordinandomi di restare calma, rilassarmi e godermi quello che stava per succedere, ma l'ansia e la trepidazione non mi aiutavano. Sentii prima il suo dito, che separava le mie pieghe mentre mi baciava le cosce. Lo spinse dentro di me, curvandolo lentamente perché premesse contro un punto preciso, un punto che apparentemente conosceva bene, e io mi arcuai immediatamente, ansimando.

Adam alzò la testa. «Bingo, l'ho trovato.»

Riuscii solo a ridere. Aveva trovato l'elusivo punto-g.

«Dovrebbero dare delle medaglie per una cosa simile» disse.

Ansimai di nuovo quando il dito si mosse. «Ti darò una medaglia d'oro, se vuoi, solo, non fermarti.»

«Emilia, non ho nemmeno cominciato» disse e la sua bocca affondò sul mio sesso, leccando la carne pronta prima di trovare il punto più sensibile, il mio clitoride, e succhiarlo.

La sensazione era indescrivibile. Come se la sua bocca fosse fuoco e mi stesse bruciando con il dolore e il piacere più squisiti allo stesso tempo. Smisi di respirare e poi lanciai un urletto che, ne ero certa, aveva sentito ogni essere umano nel raggio di un chilometro.

Stavo venendo prima ancora di capire che cosa stava succedendo. Gli spasmi arrivarono in raffiche intense e durarono minuti. E quando pensavo che smettessero, lui premeva più forte o spostava la testa. La mia schiena si alzò dalla panca e strillai, con mio sommo ed eterno imbarazzo.

Non ero riuscita a farne a meno. Era troppo bello.

Ma anche se mi sentivo uno straccio lavato e strizzato, mi resi conto, quando Adam si sistemò di nuovo di fianco a me, che aveva ragione. Avevamo appena cominciato. E ora, era il suo turno di godere.

«Ti è piaciuto, vero?» mi chiese, con un'aria estremamente fiera.

Io sorrisi. «No. Ho odiato ogni minuto.»

Lui si chinò e mi baciò. Un bacio profondo, pieno di sentimento. Durò lunghi momenti e a ogni secondo che passava, sentivo la frenesia che cresceva in lui. Gli passai le mani sui rilievi del petto, sulla schiena, afferrandogli le spalle e tirandolo sopra di me.

Lui non smise di baciarmi mentre si slacciava i bermuda. C'era tanto silenzio lì fuori, con solo il rumore della barca e lo sciabordio delle onde intorno a noi. Sentii il rumore della cerniera e provai una gelida fitta di paura. Era insignificante, piccola, ma cercai di non pensare a ciò che stava per succedere. Sapevo che la mia paura era stupida, infondata. Sapevo che, dopo, sarei stata contenta che fosse finito.

Respirai e allargai le gambe in modo che potesse sistemarsi. Adam stava lottando con se stesso per impedirsi di mettermi le mani tra i capelli, lo capivo. Una mano si avvicinava alla mia testa e poi si abbassava sulla spalla, o sulla schiena. Lo apprezzavo, anche se costringersi a ricordarlo probabilmente gli faceva perdere il momento. Aprii gli occhi e lo vidi che mi osservava. Quando i nostri sguardi s'incrociarono, si tirò indietro e interruppe il bacio.

Respirava affannosamente. «Emilia» disse, e poi mi baciò di nuovo, tirandomi vicino. La sua erezione premeva contro l'interno della mia coscia e lui gemette, con le braccia che si stringevano intorno a me. Sistemai i fianchi sotto di lui, chiedendomi perché stesse esitando.

«Scopami, Adam» dissi, a denti stretti.

Un altro grugnito e si spostò. Stava per entrare in me. La punta del suo sesso sfiorò il mio calore, ma poi lui s'irrigidì, strappandosi dalle mie braccia.

Io mi misi seduta, guardandolo scioccata mentre afferrava i boxer e i bermuda e se li metteva con la faccia impietrita in un'espressione che sembrava di disgusto.

«Che diavolo succede?» dissi, ancora completamente nuda sotto la coperta.

Lui scosse la testa, afferrando le scarpe e alzandosi, con la camicia completamente aperta che mostrava il suo torace perfetto.

«No!» disse con la voce distaccata. «Vestiti. Puoi stare nella stanza degli ospiti.»

E senza aspettare che rispondessi, si voltò e scese la scala verso il ponte inferiore, lasciandomi a bocca aperta per lo shock. Lo guardai andar via, completamente persa. Tremavo tutta e una fitta bollente di rabbia mi bruciò lo stomaco. Come cazzo *osava*?

Mi rivestii con movimenti bruschi, cercando di ignorare la sensazione che mi faceva desiderare che il mare si scatenasse e m'ingoiasse.

Avevo fatto qualcosa di sbagliato? Non avevo reagito come voleva? Cercai di ripensare a tutto quello che aveva portato al momento in cui si era irrigidito e si era tirato indietro. Lo avevo toccato in un punto che non gli piaceva, oppure, mio Dio, lui aveva fantasticato su qualcosa di diverso? Le mie mani tremavano di rabbia mentre mi vestivo.

***

Cosa diavolo era successo? Non riuscivo a smettere di pensarci. Non erano nemmeno le dieci quando avevo controllato sull'orologio della mia camera, la camera degli ospiti davanti alla sua. La sua porta era aperta, le luci spente, quindi supposi che non fosse nella sua stanza.

Che cosa lo aveva fatto reagire in quel modo? Perché quell'espressione di disgusto sul suo volto? Aveva dei problemi col sesso? Forse avevano abusato di lui da bambino o da adolescente. Il pensiero mi diede la nausea, ma attenuò un po' la mia rabbia. E se non poteva farci niente? Ma aveva ovviamente avuto delle relazioni sessuali con altre donne, e ne avevo incontrata almeno una, Lindsay. Ma forse era il fatto che fossi vergine? Ma se la cosa gli ripugnava, perché partecipare all'asta?

Camminai avanti e indietro per un po' prima di decidere che non c'era modo che restassi ferma. M'infilai i pantaloncini e le scarpe da corsa e mi diressi verso la piccola palestra della barca. Adam me l'aveva mostrata quando mi aveva fatto visitare lo yacht quel pomeriggio, una stanza con un tapis roulant, un'ellittica, pesi. Una bella corsa mi avrebbe schiarito le idee.

Con il mio fedele lettore MP3 e le cuffie, scesi di un ponte e, dopo un paio di svolte sbagliate, trovai finalmente la stanza che stavo cercando, grazie alla luce che usciva dalla porta. Così era lì che era scappato.

Imperterrita, accesi il lettore sulla playlist "da corsa" e mi diressi al tapis roulant, che era libero. Intravidi Adam in un angolo, in calzoncini da corsa e una canottiera nera, alla barra per trazioni. Quindi non ero l'unica che aveva deciso di sfogare le frustrazioni sessuali con l'esercizio fisico.

Voltò di colpo la testa verso di me proprio mentre gli voltavo le spalle e salivo sul tapis roulant.

Lo accesi e aumentai velocemente il passo, alzando la velocità probabilmente più in fretta di quanto avrei dovuto. Volevo bruciare l'energia più in fretta possibile. Forse, se fossi stata esausta, avrei trovato il coraggio di parlargli.

Stavo sprintando, con "Keeps getting better" di Christina Aguilera che batteva al ritmo del mio polso, quando Adam entrò nel mio campo visivo, mettendosi proprio davanti a me, scuotendo la testa e mimando qualcosa con la bocca. Scossi la testa e guardai in basso.

Adesso voleva parlare?

Diavolo no! Poteva aspettare. Proprio come io avevo aspettato sul ponte superiore mentre lui controllava il suo lavoro.

Non si spostò quando mi rifiutai di smettere di correre o di guardarlo. Poi allungò la mano e spense il tapis roulant. Entrò in funzione il meccanismo di sicurezza e rallentò lentamente. Se l'avessi riacceso sarei solo riuscita a cadere, perché sarebbe ripartito a una velocità molto inferiore a quella a cui stavo correndo.

Quando si fermò, mi tolsi gli auricolari. «Che diavolo significa?»

Mi guardò furioso. «Stavi andando troppo forte. E non avevi nemmeno fatto il riscaldamento.»

«Ti sarò grata se terrai il tuo maledetto naso fuori dalla mia routine di allenamento.»

«Non ho intenzione di starmene qui a guardarti mentre ti fai male. Ti puoi veramente incasinare in quel modo.»

«Beh, forse ero incazzata e avevo bisogno di fare una bella corsa.»

«Allora almeno falla bene.»

Heath mi aveva detto che Adam una volta era un corridore, probabilmente lo era ancora, ma questo non gli dava il diritto di intromettersi.

Scesi dal tapis roulant e stavo per andarmene, desiderando di avere il mio computer e Internet per potermi collegare al gioco e andare a massacrare qualche centinaia di orchi. «Emilia.»

Mi voltai di colpo, con il volto in fiamme. *«Che cosa c'è?»*

«Non eri pronta.»

Sapevo che non stava più parlando della corsa. M'irrigidii. «E chi sei *tu* per deciderlo? È una *mia* decisione. Il mio corpo. Ho ventidue anni, per l'amor del cielo. Potrei uscire domani con chiunque e...»

«No, non puoi» disse seccamente chiudendo i pugni.

Scossi la testa. «Non esiste un contratto, se *tu* ti rifiuti di portarlo a termine.»

«Ah sì? Allora hai appena deciso di fare a meno del trasferimento bancario?»

Deglutii con la gola chiusa. *Avevo bisogno* di quei soldi, dannazione. Alzai le spalle. «E comunque, chi mi dice che avevi intenzione di pagarmi?»

Strinse le labbra. «Io non mi tiro mai indietro da un accordo.»

Scossi la testa. «Non riesco ad accettarlo. Io mi sono aperta con te. Mi hai chiesto di essere sincera e lo sono stata e ora...» Agitai nervosamente le mani. «È come se volessi punirmi perché ti ho parlato del mio passato.»

Adam si avvicinò, allungò una mano e mi toccò la guancia. Io chiusi gli occhi e scostai bruscamente la testa. «Emilia, guardami.»

Aprii gli occhi.

«Se non mi importasse di te come persona, non me ne fregherebbe niente. Lo farei e basta. Ma non sono convinto che non ti danneggerebbe in qualche modo. Non me lo perdonerei mai.»

Misi le braccia conserte. «Allora, se non adesso, quando? Mai? Adam, ho bisogno di quei soldi.»

Piegò di lato la testa, studiandomi. «Non ti sei ancora nemmeno iscritta a medicina.»

Io distolsi gli occhi. Potevo permettermi di dirgli il vero motivo? Il ranch era letteralmente nei guai. Sembrava la trama di un film strappalacrime degli anni ottanta, ma se mia madre avesse perso il ranch e il B&B, avrebbe perso il suo mezzo di sostentamento. E se fosse successo, non ci sarebbe più stata la terapia contro il cancro. Mi ero appena aperta con lui riguardo la mia vita personale e lui mi aveva tolto la capacità di decidere. Non potevo fidarmi che non facesse la stessa cosa se gli avessi detto il motivo vero per cui avevo bisogno dei soldi e subito.

«È ovvio che non conosco tutta la storia, lo capisco. Perché ti servono i soldi?»

«Perché te lo dovrei dire? In modo che tu possa usarlo contro di me?»

Quegli occhi del colore della notte erano duri. Severi. Alzai il mento, fissandolo. Avevo qualche alternativa, oltre ad accettare le sue decisioni? Lasciai andare lentamente il fiato.

Il suo sguardo non vacillò mentre mi guardava fisso. «Pensavi di essere tu a reggere le fila. Ora ti stai rendendo conto che non è più così.»

Espirai di colpo, come se mi avesse appena dato un pugno. «Non ho mai avuto il controllo, vero? Mi hai solo lasciato pensare che fosse così. Mi sono sempre considerata una persona intelligente, abbastanza intelligente da ottenere una borsa di studio e avere i voti per entrare alla facoltà di medicina, ma non sono un genio, e non ho intenzione di stancarmi tentando di batterti in astuzia. Sono solo un giocattolino con cui divertirti finché ti sarai annoiato?»

Adam sbatté gli occhi, tendendo i muscoli delle braccia. «No.»

«Perché, vedi, è quello il tuo problema. Sei annoiato. Sei *vuoto*. Tutto ciò che fai è lavorare. Ti circondi di tutti i giocattoli costosi immaginabili e tieni la gente a distanza. C'è qualcuno che ti vuole bene? E tu vuoi bene a qualcuno?»

Non so se fosse la mia immaginazione, ma sembrò impallidire. Spostò il peso da un piede all'altro e si passò la mano nei capelli scuri. Ma io mi voltai e scappai nella mia stanza. Non volevo continuare.

Mi raggiunse appena fuori dalla porta della mia camera, mi prese per le braccia e mi tirò verso di sé, faccia a faccia.

La sua bocca trovò la mia e, anche se ero ancora arrabbiata, lasciai che mi baciasse. Mi avvolse le braccia intorno e mi strinse forte a sé. Quando ci dividemmo, Adam respirava affannosamente e la sua voce era cupa, roca. «Ancora una notte, Emilia.»

Non dissi niente, guardandolo negli occhi. Alzai le mani per allontanarmi da lui, che invece mi strinse più forte. «Per favore.»

Feci un respiro profondo. «Ho bisogno di qualcosa... qualche... non possiamo andare avanti così.»

Adam abbassò la testa per appoggiare la fronte alla mia. Strinse forte gli occhi e poi li riaprì. Mi si strinse la gola vedendo la determinazione nei suoi occhi. «Ancora una notte. Lunedì trasferirò metà dei soldi sul tuo conto.»

Rabbrividii. Quando parlai, lo feci con la voce che tremava. «Okay…» Poi esitai. «Se mi vuoi ancora.»

Mi lasciò andare lentamente, facendo un passo indietro. Fece anche lui un respiro profondo, con la mano destra che si chiudeva in un pugno. «Avevi qualche dubbio, prima che mi fermassi?»

Io scossi la testa.

«Allora non cominciare nemmeno a pensarla diversamente. Io ti desidero. Moltissimo.»

Sentivo il cuore in gola. Mi voleva, per una notte. E poi? Per la prima volta da che avevo messo in piedi tutto quel sordido schema, stavo pensando di aver preso una pessima decisione. Veramente pessima. Con le mie regole ferree, i miei frenetici tentativi di mantenere il controllo, mi ero intrappolata da sola in una situazione impossibile, dato che i miei sentimenti per lui stavano cominciando a diventare troppo profondi per una sola notte. Solo un'altra notte.

Adam fece un passo avanti per posarmi un bacio casto sulla guancia. «Buona notte.» Poi tornò in corridoio e sparì nella sua stanza.

Respirare faceva male. E, spossata, mi lasciai cadere sul letto, mi raggomitolai e dormii.

***

La mattina seguente, quando mi svegliai, eravamo attraccati a Bay Island, accanto alla casa di Adam. Facemmo una breve, cobria solazione seduti nella sua cucina: frutta fresca e crêpe calde preparate dalla cuoca.

Adam ogni tanto mi guardava, ma io restai perlopiù in silenzio, sentendomi ancora imbarazzata e completamente confusa su quello che era successo tra di noi la sera prima.

«Hai qualche programma per dopo?» mi chiese dopo un po'.

Io alzai le spalle. «A quanto pare sono a tua disposizione.»

«No, intendevo per cena. Solo per cena.»

«Stasera?» Riflettei un momento. Non dovevo essere al lavoro fino al turno serale del giorno dopo. Non avevo ancora avuto la possibilità di richiamare Heath, ma avrei potuto farlo quel pomeriggio.

«Devo lavorare sui post per il mio blog di questa settimana.»

«È solo per qualche ora.»

Sospirai. «No, se devo metterci un'ora o due per prepararmi.»

«Oh, no, non è quel tipo di cena. È un affare di famiglia a casa di mio zio. Barbecue.» Gli diedi un'occhiata con la coda dell'occhio. Un affare di famiglia? Avevo capito bene? Di colpo quella vecchia bestia, la curiosità, mi afferrò alla gola e non voleva lasciarmi andare.

«Va bene.»

Mi portò a casa e, come sempre, mi accompagnò fino alla porta, portando il mio zaino. Entrai e notai un movimento improvviso accanto al mio divano. Sorpresa, urlai.

Adam si precipitò dentro, spingendomi dietro di lui.

«Che...» Heath si alzò di colpo dal divano, mettendosi in piedi. «Cazzo. Bel modo di spaventarmi a morte.»

Tirai un sospiro di sollievo e cominciai a ridere. «Heath, che cosa ci fai qui?»

«Sei sparita. Sono venuto qua per cercare di rintracciarti.»

Heath e Adam si scambiarono virili cenni di saluto. «Drake.»

«Bowman.»

Heath si voltò a guardarmi con un'espressione stranissima in volto. «Sei stata via per tutto il fine settimana?»

Io diedi un'occhiata ad Adam. «Più o meno.»

«Ah. Okay.»

Adam si agitò, ovviamente percependo il momento imbarazzante. «Allora vado.» Si voltò e mi diede un bacio sulla guancia, porgendomi lo zaino. «Ci vediamo alle sei.»

Heath fissò la porta, occhi stretti e bocca aperta, per quasi un minuto dopo che Adam ebbe chiuso la porta.

«Mi dispiace di non aver risposto al tuo messaggio» cominciai a dire. «Quando sono rientrata venerdì sera era troppo tardi per chiamarti, poi sabato mattina me ne sono completamente dimenticata perché mi sono svegliata tardi ed ero affannata perché dovevo prepararmi di corsa.»

Heath, che continuava a fissare la porta, scosse la testa e sbatté gli occhi. «Ti dispiace dirmi che diavolo sta succedendo?»

Lasciai cadere lo zaino su una sedia e mi spostai verso il frigorifero nell'angolo del monolocale che serviva come cucinino. «Vuoi dell'acqua? Penso di avere una Dr. Pepper.»

«Sto bene così. Ho preso un caffè mentre venivo qua. So benissimo che non è il caso di aspettarmi che ci sia qualcosa nel tuo frigorifero.»

«Perché sei qui?»

Rimase a bocca aperta. «Perché ero preoccupato, cazzo. Tua madre continua a chiamarmi perché non riesce a mettersi in contatto con te e mi sta facendo impazzire e che cosa cazzo sta succedendo tra te e Drake?»

Mi girava la testa. Era riuscito a dire tutto in meno di dieci secondi e stavo ancora cercando di capire. «Ho un cellulare nuovo. Non ho ancora inserito i numeri.» Lo estrassi e glielo consegnai. «Puoi inserire tu i numeri? E poi ti chiamerò, così avrai...»

«Dove l'hai preso? Questo è il nuovissimo Galaxy. C'è gente in lista d'attesa per averlo.»

«Me l'ha dato Adam.»

Heath mi rivolse un'occhiata significativa, poi si concentrò per inserire il suo numero nel mio telefono. Poi chiamò il suo telefono, lo lasciò suonare una volta e riappese.

«Allora voi due state già trombando o cosa?»

Gli presi il telefono, stringendo le labbra. «O cosa.»

«Che cosa succede? Non riesce a farlo rizzare? Hai passato tutto il fine settimana con lui e non si è dato da fare?»

Feci un profondo respiro. «Venerdì non potevamo. Non c'era la barca. Quindi siamo andati al largo ieri notte e...»

«E?»

«E niente.»

«Merda. *Sapevo* che era gay.»

«Cosa? No... no, non è gay.»

«Come fai a saperlo?»

«Non ho intenzione di scendere nei dettagli. Lo so e basta.»

«E poi?»

«Continuavano a esserci contrattempi e poi ieri sera...» Svitai il tappo della bottiglia d'acqua e bevvi un lungo sorso.

«Che cos'è successo ieri sera?»

«Abbiamo passato la giornata insieme, è stato bellissimo. E ieri, prima di cena, stavamo chiacchierando nella jacuzzi. Mi ha chiesto che cosa mi era successo alle superiori.»

Heath aggrottò la fronte. «Quanto gli hai raccontato?»

Alzai le spalle. «Tutto. È stato più facile di quanto pensassi. È semplicemente uscito tutto.»

«Okay, allora che cosa c'entra con il fatto di non...» Poi arrossì e fece una smorfia. «Oh, capisco. Non vuole toccarti perché sei merce guasta?»

«Cosa? No. No. Penso che si sia spaventato proprio per il motivo opposto. Ha detto che non era sicuro che fossi pronta. Che non si sarebbe mai perdonato se io fossi uscita di testa.»

«Sei sicura che non stia solo procrastinando? Forse è una scusa per non pagarti.»

Alzai un'altra volta le spalle. «No, non penso proprio che sia per quello. Solo non so...»

Heath scosse la testa. «Ma voi due state uscendo insieme o roba simile? Viene a prenderti alle sei?»

«È un barbecue di famiglia.»

Heath imprecò.

«Che cosa c'è?» gli chiesi.

«Ti sta manipolando, Mia. Doveva essere l'affare di una notte. Ora ti sta trattando come la sua squillo personale.»

Scossi la testa. «Non è vero. Non abbiamo...»

«Non avete scopato. Ma avete fatto dell'altro» disse Heath. «Non hai nemmeno bisogno di dirmelo. Lo so.»

Continuai a scuotere la testa. «Non ha senso. Non ha nemmeno...»

Heath fece spallucce. «Ce ne sono di tutti i tipi. Magari gode privandosi dell'orgasmo.»

«Chiudi il becco, Heath. Smettila di far sembrare tutto così sordido.»

«Ragazza mia, questa storia è nata sordida. Ora sta solo peggiorando.»

Mi sedetti pesantemente al tavolo della cucina e gli occhi di Heath si fiondarono sul laptop nuovo di zecca. Lo indicò agitando una mano. «Telefono nuovo, computer nuovo. Una notte di lusso in barca. E poi? Un'auto? Che cosa sta comprando con questi regali costosi? Lui vuole qualcosa. Vuole più di una notte.»

Mi strofinai la fronte. Mi sentivo così stupida in quel momento, non riuscivo a capire che cosa significassero le cose più semplici. Adam mi stava usando? Per che cosa? Non riuscivo a togliermi dalla mente la visione della sua faccia, subito dopo essersi fermato e tirato indietro. Era sembrato così disgustato.

«L'hai scelto *tu*, Heath. Hai detto *tu* che era la scelta migliore.»

«Non stavo mentendo. Era così. Ma tutta questa faccenda è cominciata nel mondo delle bizzarrie ed è sfociata in fretta nella terra delle cazzate.»

Scossi la testa. Non mi veniva in mente nemmeno una risposta sarcastica. Dovevo proprio essere fuori forma.

Dopo avermi fissato per qualche minuto come se fossi trasparente, Heath finalmente soffiò fuori il fiato. «Ascolta, sei un'adulta. Io ti voglio bene, ma non posso stare a guardare mentre ti lasci fottere da questo tipo, in più modi di quello che intendevi.»

Non riuscivo a respirare, di colpo vicina alle lacrime. «Heath, perché sei così offensivo?» Le sue parole stavano solo confermando le mie peggiori paure. Adam mi stava usando. Adam voleva qualcosa da me. Adam mi avrebbe scartato come spazzatura una volta finito con me. Proprio come aveva fatto il donatore biologico di sperma con mia madre. Perché erano tutti uguali.

«Perché mi preoccupo per te. Non starai cominciando a provare dei sentimenti per lui, vero? Un tipo come quello ti mangerebbe in un sol boccone.»

Lo guardai negli occhi e scossi la testa. «Devo correre il rischio, Heath.»

Heath allargò le braccia. «Bene. Non sei obbligata ad ascoltarmi. Ma non ho intenzione di continuare a gestire le telefonate di tua madre. Pensaci tu, occupati tu di tutto. Io mi tiro fuori.»

Si voltò, salutandomi disgustato con una mano, e uscì, sbattendo la porta.

Avrei potuto appoggiare la testa sul tavolo e piangere. Era quello che avevo voglia di fare. Ma non lo feci. Mi collegai al gioco e feci fuori due dozzine di orchi, controllando almeno una dozzina di volte per vedere se i miei amici, FallenOne o Persephone erano collegati. Fallen non si collegava dal giorno in cui avevamo chattato, parecchie settimane prima. Gli mandai un'e-mail, chiedendogli come stava e quando sarebbe tornato, poi cominciai a lavorare su un articolo per il mio blog.

Le parole di Heath continuavano a risuonarmi nella mente e riuscivo a malapena a concentrarmi su tutto quello che dovevo fare. Adam stava giocando con me? Per che motivo? Quello che stavamo facendo era veramente una cosa malata? Non riuscivo a darmi una risposta. Ogni volta che pensavo ad Adam, sentivo delle strane sensazioni in petto, che minacciavano di togliere spazio a tutto il resto. Rendevano difficile pensare, respirare.

Con un sospiro tremante, mi mossi per l'appartamento come uno stupido robot, prendendo le cose che mi servivano, prima di indossare un paio di pantaloni a pinocchietto e una t-shirt azzurra per andare al barbecue.

***

Ancora una volta Adam fu puntuale quando venne a prendermi per portarmi a casa di suo zio. Mi aprì la portiera ed io mi sistemai sui sedili di pelle della sua Porsche d'annata.

Suo zio abitava nella città dopo la mia, Tustin, vicino a dolci colline che si allargavano verso i canyon nell'entroterra di OC. Lì le case erano carine. Non grandi ville come a Newport, ma case del ceto medio-alto con abitanti benestanti ma non ricchi. E fu nel lungo viale sterrato di una di queste case che Adam parcheggiò l'auto.

Eravamo appena scesi dall'auto quando due ragazzini, di non più di sei e otto anni, uscirono correndo dalla casa. «Adam!» urlano, chiaramente eccitati.

Adam si abbassò e li afferrò con le braccia muscolose, uno per parte, sollevandoli. «Per la miseria!» disse, grugnendo in modo esagerato, «voi due state diventando troppo pesanti.»

«Mettimi giù!» disse uno dei due. Ritenni che avesse qualche anno più del fratello, dato che era leggermente più grande. A parte quello era difficile distinguerli. Avevano lineamenti simili e i capelli esattamente dello stesso colore. «DJ, guido io per primo!»

Ma il più giovane mi aveva visto e cercò di divincolarsi dalle braccia di Adam, con gli occhi sgranati e la bocca aperta. «Adam ha portato una *ragazza*» disse, chiaramente incredulo.

Scoppiai a ridere, non potei farne a meno, specialmente quando Adam alzò gli occhi al cielo, lasciando cadere entrambi i ragazzi e mettendo le mani sulle loro teste. «Questi due testoni sono Gareth e Dylan, chiamato DJ. Sono i figli di mia cugina Britt.»

DJ mi stava ancora fissando meravigliato e si avvicinò mentre suo fratello Gareth saltava sull'auto di Adam e cominciava a fare il rumore del motore, giocando con il volante. «Salve» disse, con un sorriso malizioso. «Sei carina.»

«Oh, grazie» gli dissi ridendo.

«Sei la ragazza di Adam?»

«Uh» dissi, dando un'occhiata ad Adam, che sembrava più divertito che imbarazzato.

«Smettila di provarci con Emilia, DJ.»

DJ si rivolse al cugino. «Perché hai portato una ragazza? Tu non porti mai le ragazze.»

«Scusa? Pensi che le ragazze puzzino?» gli chiese Adam.

Poi Adam mi accompagnò in casa, lasciando i cuginetti nel viale a fingere di guidare la sua auto, dopo aver dato loro istruzioni precise di non toccare le marce o il freno a mano. Chiaramente si fidava di loro e quella era tutta la supervisione di cui avevano bisogno. Non riuscivo quasi a credere che lasciasse quei ragazzini a giocare con quell'auto, che valeva ovviamente una montagna di soldi.

«Non preoccuparti. Si stancano dopo dieci minuti al massimo» disse.

Mi presentò altre tre persone, una dopo l'altra, tutti adulti. I primi due erano Britt, la cugina di Adam, e Rik, suo marito, i genitori dei due di fuori.

Dopo le presentazioni, ringraziai Britt per aver insegnato a ballare ad Adam. «Mi ha insegnato il foxtrot e ha dato la colpa a te» dissi con un sorriso e Britt diede un'occhiata divertita ad Adam.

«Tutto quel lamentarsi eppure si ricorda ancora i passi, e li usa per far colpo sulle donne. Perché non mi stupisce?»

«Ehi, io mi lamentavo perché facevi pressione, e intendo dire letteralmente.» Adam si voltò verso di me. «Si sedeva sopra di me e mi torceva il braccio, facendo pressione finché accettavo di farle da partner.»

Britt sbuffò. «Diciamo solo che pesavo un po' più di Adam a quei tempi.»

Non riuscii a evitare di ridacchiare a quell'immagine mentale.

Poi Adam mi presentò suo zio, Peter Drake, un uomo alto, magro, dai modi gentili. Indossava un grembiule con una scritta buffa. Doveva aver saputo che sarei venuta perché non si mostrò sorpreso.

«Benvenuta» disse. «Come ti piace la carne?»

«Cottura media» dissi. E lui tornò fuori con un vassoio di carne cruda.

Chiamarono Adam al telefono, nessuna sorpresa. Lavorava perfino la domenica durante una cena in famiglia. Non avevo idea di quanto ci avrebbe messo, quindi andai a vedere in che guai sarei riuscita a mettermi.

Sapevo che Adam aveva un altro cugino più o meno della sua età ma non lo vidi finché non percorsi un corridoio cercando un bagno. Tornando indietro, vidi del movimento in una delle stanze e infilai la testa.

«Salve» dissi.

Un uomo alto, sui venticinque anni era seduto a un tavolo a L con due computer super accessoriati. Era curvo su qualcosa di piccolo e aveva un pennello in mano. Alzò gli occhi su di me e li distolse in fretta. Aveva un bell'aspetto, chiaramente un tratto di famiglia, ma era vestito in modo curioso, con un gilè che non andava d'accordo con la camicia a quadri.

«Salve, tu sei Emilia» disse con voce monocorde, tornando al suo minuzioso lavoro di pittura.

Annuii. «Sì, come fai a saperlo?»

«Adam mi ha parlato di te.»

Rimasi sorpresa. Lo aveva detto come se fosse un dato di fatto. Mi chiesi quando Adam mi avesse menzionato a suo cugino e in quale contesto.

«Come ti chiami?» gli chiesi, entrando nella stanza. Sembrava essere la sua camera da letto, ma chiaramente lui non viveva lì. Quel posto era immacolato e non c'era un letto.

«Sono William Drake, il figlio di Peter Drake» disse in tono formale.

«Lieta di conoscerti» trillai. Adam mi aveva accennato di avere un cugino con disturbi di tipo autistico. Come parte dei requisiti per la facoltà di medicina, avevo lavorato come volontaria con adolescenti e adulti con bisogni speciali, la maggior parte dei quali aveva la sindrome di Asperger, o qualche altra forma di autismo. Mi avvicinai per vedere meglio il suo lavoro.

«Posso chiederti che cosa stai facendo?»

«Dipingendo statuine» disse, come se fosse la cosa più ovvia al mondo. Guardai gli scaffali sopra la sua testa, pieni zeppi di statuine di peltro dipinte. Erano tutti eroi di fantasia, stregoni, ladri, maghi, guerrieri, elfi e nani.

«Wow, sono bellissime» gli dissi, spostandomi per vederle meglio. Le statuine erano alte poco più di due centimetri, erano fatte di peltro e ciascuna era dipinta con dettagli minutissimi, a volte addirittura con uno stemma sullo scudo e lineamenti ben definiti, che dovevano aver richiesto ore e ore di lavoro certosino. «Devi averne a centinaia.»

«Non le usiamo più. Adam non gioca più a Dungeons & Dragons come faceva quando era alle superiori.»

«Ah, servono per giocare a D&D? Io non ci ho mai giocato.»

«Una volta giocavamo sempre. Eravamo un gruppo numeroso. Adam era il GM.» Uh, Adam era stato il Game Master, il maestro dei giochi. Perché non ne ero sorpresa? Il GM era quello che controllava la storia e l'ambiente di gioco per gli altri giocatori, spostando i loro personaggi all'interno di quel mondo. Con la sua mania di controllo, non mi sorprendeva che Adam rivestisse quel ruolo nel suo gruppo di amici.

«E tu dipingevi tutte le statuine?»

«Dipingo anche per il mio lavoro nella sezione artistica di Dragon Epoch.»

Mi sedetti davanti a lui, seguendo i suoi movimenti delicati. Stava dipingendo una maga con una lunga veste viola fluttuante coperta di simboli dorati. «Quindi vedi sempre Adam, se lavori con lui.»

Mi guardò con la coda dell'occhio ma continuò a lavorare, con la testa bassa. «No, quasi mai. Oramai non lo vedo quasi più.»

Mi fermai a riflettere. Specialmente perché questa era la prima volta nella nostra intera conversazione che William mostrava un'emozione, il rimpianto. Lo osservai mentre continuava a lavorare in silenzio. Sembrava triste, solo. Gli mancava il cugino, che probabilmente era stato l'amico più caro, eppure lavoravano ogni giorno nello stesso edificio! Che cosa diceva di Adam? Perché dare un lavoro a suo cugino, una persona che una volta era un buon amico, e poi non passare mai del tempo con lui?

Era vero che il lavoro di Adam lo impegnava moltissimo, ma avrebbe sicuramente potuto trovare mezz'ora per pranzare con William, una volta la settimana.

Decisi di cambiare argomento. «Io gioco a DE. Hai disegnato qualcosa che conosco?»

«Io sono un colorista. Coloro i disegni degli altri.»

«Quindi hai lavorato su disegni che conosco?»

«È probabile» disse ed io non riuscii a non sorridere.

«Non rivelarle segreti sul gioco, Liam. Lei cercherà di tirarti fuori tutto quello che può.»

William non alzò nemmeno gli occhi quando parlò suo cugino. Alzò solo le spalle. «Non conosco segreti.»

Adam entrò nella stanza e arrivò alle spalle del cugino per vedere che cosa stava facendo. «Oh, la ricordo. Non l'avevi vestita di giallo una volta?»

«Altra statuina» grugnì William.

«Allora, Adam, ho sentito che una volta eri il GM per Dungeons & Dragons.»

Lui guardò lo scaffale sopra la testa di William. «Sì, molto tempo fa. A Liam piace dipingere le statuine, anche se non giochiamo più da dieci anni.»

«Fa un lavoro eccezionale. Forse voi ragazzi potreste giocare di nuovo, qualche volta.» Adam mi diede un'occhiata curiosa ma non disse niente. Però non riuscii a interpretare la sua espressione. Era qualcosa come: *come se avessi il tempo per farlo.*

Ci chiamarono a tavola e cenammo nel patio sul retro della casa, intorno a una meravigliosa piscina. Britt mi divertì con altri aneddoti sull'adolescenza di Adam mentre lui sopportava stoicamente la solita umiliazione familiare.

DJ, però, fece arrossire entrambi quando chiese ad Adam se mi aveva già baciato. Britt lo mandò via prima che Adam potesse rispondere.

Mi offrii di aiutare con i piatti e Adam li raccolse per me, restando alle mie spalle per sciacquarli e asciugarli dopo che li avevo lavati. Non parlammo molto. Io non sapevo che cosa dire.

Le domande mi turbinavano nella mente e si annodavano alla base della gola, confuse. Perché mi aveva portato lì? Perché rischiare di presentarmi all'intera famiglia quando sapeva dannatamente bene che non avrei mai fatto parte della sua vita una volta concluso il contratto? Erano una famiglia meravigliosa ed ero lieta di sapere che aveva conosciuto un po' di felicità dopo i crepacuore della sua infanzia.

Mentre stavamo salutando, sul punto di uscire. William mi fermò e mi mise in mano un piccolo oggetto. Era una delle statuine che avevo ammirato nella sua stanza. «Adam dice che il tuo personaggio in DE è un'Incantatrice Spirituale. Pensavo che questa potesse piacerti» disse, senza mai guardarmi negli occhi.

Guardai la statuina alla luce scarsa ed eccola, una maga *non* scarsamente vestita, che agitava un lungo bastone sopra la testa, preparandosi a lanciare un incantesimo. Aveva lunghi capelli neri e un mantello rosso che svolazzava dietro di lei. Era resa in modo realistico, una piccola opera d'arte.

«Grazie, William. È perfetta.»

Adam mi prese la mano e salutammo tutti mentre mi tirava verso la sua auto.

Arrivati a casa mia, dopo un viaggio quasi tutto in silenzio, Adam mi accompagnò alla porta. Restammo fermi sulla soglia e lui mi guardò negli occhi. «Grazie per essere venuta con me stasera, Emilia» disse.

«Mi sono divertita. Ma…» Scossi la testa. Lui piegò la sua verso di me, chiedendo senza parlare, quindi risposi. «Perché mi hai presentato alla tua famiglia? Non si chiederanno che cos'è successo quando finalmente noi…»

Mi fissò negli occhi, serio, sincero. «Perché me l'hai chiesto e volevo mostrartelo.»

«Chiesto cosa?»

«Mi hai chiesto a chi volevo bene. Sono loro.»

Chinò la testa, mi baciò sulla guancia e rimase sulla porta mentre entravo e accendevo le luci, poi svanì nell'oscurità. Quella pressione alla base della gola stava aumentando di nuovo. Temevo e contemporaneamente attendevo con ansia una sua chiamata. Perché sapevo che tra adesso e quel momento lui non sarebbe mai stato lontano dai miei pensieri. Avrei pensato a lui eseguendo i miei compiti da inserviente. Avrei pensato a lui scrivendo il mio blog. Avrei pensato a lui mentre facevo le commissioni, mentre pulivo la casa. E mi sarei preoccupata. Come avrei fatto a raccogliere i pezzi una volta che fosse finito tutto?

CAPITOLO NOVE

UNEDÌ SERA C'ERA SESSIONE DI STUDIO DI GRUPPO A CASA di Jon. Dopo il weekend che avevo avuto, ero miseramente impreparata per la materia di quella settimana: i derivati acidi. Fui sul punto di chiamare lamentando un mal di gola, ma dovevo comunque andare a lavorare a mezzanotte e pensai che tanto valeva usare l'umiliazione di essere impreparata come motivazione per studiare di più per la prossima volta. Come se fallire il test la prima volta non fosse stato abbastanza mortificante. C'è chi è masochista.

Quando arrivai, però, ebbi una sorpresa. C'era solo Jon. Gli altri tre avevano cancellato, per una ragione o l'altra, e lui aveva deciso di studiare comunque insieme perché aveva veramente bisogno di mettersi alla pari. Aprimmo i libri e ci mettemmo al lavoro.

Avrei dovuto capire che le cose sarebbero diventate strane quando Jon aprì una bottiglia di vino e si sedette un po' troppo vicino a me sul divano invece che di fronte. Stavo compilando delle schede con i termini più importanti e lui sembrava irrequieto e nervoso.

«Sei nervoso per l'esame?» gli chiesi, senza alzare gli occhi dalle schede.

Jon alzò le spalle. «No, credo di averlo in tasca.»

Feci un respiro profondo e poi esalai, ricordando la sensazione di completa sicurezza dell'anno prima, quando avevo fatto il test la prima volta. Da allora, avrei potuto ripeterlo una dozzina di volte, per migliorare il mio punteggio, ma avevo continuato a rimandare, sicura di non essere preparata e non volendo affrontare nuovamente il fallimento, nel caso avessi avuto ragione.

Mormorai. «Vorrei essere altrettanto sicura.»

«Tu andrai benissimo. Sei così intelligente.»

Non risposi. Jon non sapeva del mio precedente disastro, dato che ne avevo parlato solo con gente che non frequentava la mia scuola, i miei amici veri come Heath, Alex e Jenna, e i miei migliori amici online, Fallen e Persephone. Non potevo pensarci quella sera. Non potevo continuare a rimuginarci sopra. Presi il bicchiere di vino che mi aveva versato e lo sorseggia, distratta.

Come sempre, i miei pensieri erano un caos, una baraonda di preoccupazioni. Tutte le volte che li rimettevo in riga, qualche fuggevole pensiero di Adam o un ricordo del fine settimana mi portava nuovamente fuori strada.

Continuavo anche a ripensare alle parole di Heath del giorno prima, le sue accuse sugli scopi nefasti di Adam. Aveva ragione? Adam mi stava veramente manipolando? Continuavo a tornarci sopra, chiedendomi che cosa avrebbe mai potuto ricavarne. Adam si stava comportando come se stessimo uscendo insieme, ma sapeva maledettamente bene che io non avevo relazioni sentimentali, e nemmeno lui. Si gasava sapendo di tenermi in pugno? Era quella la sua particolare perversione?

Il nostro accordo era ancora in alto mare. Quella prima notte ad Amsterdam non era stata colpa di Adam. Il suo lavoro aveva interferito. Venerdì lo yacht era in riparazione, o così mi aveva detto.

Più ci pensavo, più vino bevevo. E quel piccolo verme di Jon doveva aver continuato a riempirmi in silenzio il bicchiere perché, quando alzai gli occhi, la bottiglia era vuota. Ed io non avevo mai chiesto che mi riempisse di nuovo il bicchiere. Le schede sembravano nuotare davanti ai miei occhi.

«Accidenti… non è stata una buona idea» dissi.

«Cosa?» disse Jon, alzando gli occhi dal manuale.

«Il vino.»

Diede un'occhiata alla bottiglia. «Merda, abbiamo già fatto fuori la seconda bottiglia.»

Controllai l'ora sul telefono. «Già e ora mi sento piuttosto sottosopra. È inutile tentare di studiare. Devo andare a lavorare fra tre ore.»

Jon mise da parte il libro. «Non sei in grado di guidare per tornare a casa. Dovresti restare qui.»

«Tu quanto hai bevuto? Non potresti portarmi a casa tu? Verrò domani mattina a riprendere l'auto.»

«Io non posso andare da nessuna parte per un paio d'ore. Perché non fai semplicemente un sonnellino sul divano? Vado a prenderti un cuscino.»

Non c'era la benché minima possibilità che restassi lì, specialmente in quelle condizioni. Jon sembrava un tipo perbene, ma non lo conoscevo abbastanza ed erano mesi che cercava di convincermi a uscire con lui. E adesso era brillo. Sembrava una brava persona, ma un mucchio di gente era così, finché non beveva troppo. Sospettavo una trappola, nonostante fossi annebbiata dal vino.

«Penso sia meglio che vada.»

Jon mi prese la mano mentre cercavo di ficcare le schede nello zaino. «Resta, Mia. Davvero. Va tutto bene. Chiama al lavoro dicendo che non stai bene. Puoi dormire sul mio divano.»

Scossi la testa. «No, mi sentirei a disagio.» Ficcai il resto delle mie cose nello zaino e mi alzai barcollando.

Mi girava la testa e Jon mi prese per il braccio per fermarmi. «Dai, non puoi guidare.»

«Chiamerò Heath e mi farò venire a prendere. Sto bene. Grazie, Jon.»

Liberai a forza il braccio e uscii vacillando, percorsi il marciapiede e salii in macchina mentre lui mi guardava dalla porta del suo appartamento.

Armeggiai con il telefono, aprii i contatti e premetti il numero di Heath, grata che avesse inserito le informazioni il giorno prima. Si sarebbe ovviamente arrabbiato, ma sapevo che sarebbe venuto. Era a quello che servivano gli amici.

Il telefono squillò due volte prima che rispondesse. «Heath, ho bisogno del tuo aiuto.»

«Emilia? Stai bene?» *Adam.* Merda. Avevo fatto il numero sbagliato. Due contatti su quel telefono... solo due maledetti contatti e avevo scelto quello sbagliato! Ero più ubriaca di quanto pensassi.

«Uh. Salve...»

«Cosa c'è che non va?»

«Pensavo di aver chiamato Heath e ho chiamato te per errore.»

Un attimo di pausa. «Sei sbronza?»

Merda. «No. Ovviamente no. Stavo solo studiando... lui aveva il vino e quindi ne ho bevuto un po' e non mi sono resa conto di averne bevuto così tanto perché continuava a riempirmi il bicchiere.» Rendendomi conto che stavo parlando a vanvera, mi misi comoda e sospirai. «Verrà a prendermi e mi porterà a casa. Heath, cioè.»

«Dove sei? Verrò io a prenderti.»

«No.»

«Emilia, dimmi dove sei.»

«Sono ad Orange. È troppo lontano per te.»

«Ho un'auto veloce. Apri l'app GPS e inviami la tua posizione. Riesci a farlo?»

Non avevo ancora mai usato quell'app. «È facile da usare?»

«Ti guiderò io.» E mi spiegò che cosa fare.

«Non osare accendere quell'auto, Mia» disse, chiudendo la chiamata. Fissai il telefono, chiedendomi com'ero finita in quella situazione, quando sentii bussare forte sul finestrino e sobbalzai.

Era Jon, che mi faceva segno di aprire la portiera. Invece abbassai il finestrino. «Mi dispiace, Mia. Non avevo idea che avessi bevuto tanto.»

Sbattei gli occhi, con il mondo che mi girava un po' attorno. «Sei tu quello che ha continuato a riempirmi il bicchiere.»

«Vieni dentro. Davvero. Puoi farti passare la sbornia sul divano.»

«Uh, uh, mi dispiace.» Poi deglutii. «Sto per vomitare.»

«Mia, smettila di fare la sciocca e vieni dentro. Mi dispiace. Vieni dentro.»

«Ho detto no, Jon. No significa no.» Rialzai il finestrino.

Sparì e poi riapparve qualche minuto dopo, cercando di parlami attraverso il finestrino chiuso, ma lo ignorai. Battei il piede sul pavimento e controllai l'orologio sul cruscotto, chiedendomi quanto tempo ci avrebbero messo Adam e la sua macchina veloce ad arrivare.

Sentii lo stomaco contrarsi, inviandomi il segnale, vecchio come il tempo, che stava per ribellarsi. La nausea mi bruciava nell'esofago. Non ero poi così ubriaca, ma non avevo mangiato niente per tutto il giorno e il vino mi stava irritando da matti lo stomaco. Scesi barcollando dall'auto, piegandomi in due. Ebbi un paio di conati di vomito, ma riuscii a tenere il contenuto dello stomaco al suo posto, anche se, a quel punto, forse mi sarei sentita meglio liberandomene.

Appena mi raddrizzai, Jon mi fu accanto. Aveva un paio di libri in mano e me li tese. «Mi dispiace moltissimo, mia. Mi sento da schifo. Vuoi prendere in prestito qualcuno dei miei libri per aiutarti a metterti alla pari?»

Adocchiai i libri. Erano manuali costosi che non mi ero potuta permettere. Sarebbero stati utili. Sembravano galleggiare e muoversi davanti ai miei occhi e allungai la mano per prenderli, e riuscii ad afferrarne uno, ma Jon tirò indietro gli altri. «Lascia che te li metta in macchina, e poi entra e ti preparerò un po' di caffè.»

«No... sto bene. Sto aspettando che vengano a prendermi.»

Mi prese per il braccio. «Dai, non voglio che tenti di guidare.»

Mi tirai indietro. «Non ho intenzione di farlo. Mi stanno venendo a prendere. Smettila di sballottarmi o ti vomiterò addosso.»

Mi strinse più forte il braccio, mostrando i denti e tirandomi. «Mia, smettila di essere così testarda. Lascia che mi prenda cura di te.» La sua stretta divenne dolorosa.

«Mi stai facendo male... Lasciami andare.» Sentivo il cuore battermi nelle orecchie e mi sentii stordita e impaurita. Che cosa stava cercando di fare quello stronzo? Che cosa voleva da me?

Lo colpii sulla testa con il libro che avevo in mano. Lui si voltò verso di me con un sibilo. «E che cazzo, stronza!» Alzò la mano libera come per colpirmi ed io mi tirai indietro, cercando con tutte le mie forze di liberarmi, e caddi sul sedere, alzando una mano per proteggermi la faccia. La mia caduta lo portò a incombere su di me, visto che non mi aveva lasciato il braccio.

Le immagini di quella notte sul Ridge con Zack sostituirono la minaccia di violenza di Jon. Avevo avuto il sangue sulla faccia, ma non m'importava. Mi scorreva sul mento, in bocca… quel gusto amaro, metallico si mischiava con le lacrime salate. *No!*

Mi tirai indietro, cercando di allontanarmi da lui. «Lasciami andare!»

Mi voltai per correre, per urlare, per chiedere aiuto. Si stavano di nuovo formando quelle macchie scure ai margini del mio campo visivo e capivo che il panico sarebbe stato molto peggiore se non fossi stata rallentata dal vino. Una cosa di cui essere grata.

Proprio in quel momento, Adam parcheggiò dietro la mia auto. Fissò me e poi Jon. Aveva visto tutto.

Uscì dall'auto in un secondo netto e si mosse così in fretta da sembrare sfuocato. Vedevo l'ex corridore in tutta la sua gloria. Pochi attimi e si mise tra di noi.

«Stai indietro e lasciala andare!» gli ordinò Adam.

«La sto aiutando. Stava per guidare ubriaca» disse Jon, biascicando. Cercai di liberare il braccio dalla sua mano, che continuava a stringerlo come prima. Adam afferrò il braccio libero di Jon e glielo torse dietro la schiena. Jon si piegò in due, guaendo per il dolore. «Ho. Detto. Di. Lasciarla. Andare.»

«Chi cazzo sei tu?» strillò Jon, strappando via la mano dal mio braccio come se si fosse scottato. Io ricaddi sull'asfalto, massaggiando il punto dove mi aveva afferrato.

«Tu stai bene?» mi chiese Adam. Io non dissi niente, dondolandomi, cercando di calmarmi, di far cessare il panico. «Emilia...»

«Sto bene» dissi infine, alzando gli occhi. Il suo sguardo divenne intenso e spostò la presa su Jon.

«Chiedile scusa, coglione.»

«Che ca... ahi!» Jon strillò di dolore quando Adam rafforzò la presa sul suo braccio. «Mi dispiace... Mi dispiace!»

Adam lasciò andare Jon e fece un passo indietro. Jon si voltò di colpo, comportandosi come se intendesse cominciare qualcosa. Adam mantenne la sua posizione, fissandolo negli occhi, con l'espressione da "cane pazzo", come la chiamavamo a scuola.

«Che cosa cazzo cercavi di fare, facendola ubriacare?» ringhiò a denti stretti.

«Ehi, le stavo solo riempiendo il bicchiere.»

«Adam, andiamo» dissi, preoccupata che non volesse lasciar perdere.

Lui chiuse i pugni lungo i fianchi. Era almeno dieci centimetri più alto di Jon e pesava una quindicina di chili in più. «Riprovaci e ti spacco il culo.»

Sul volto di Jon apparve un'espressione impaurita. Cominciò a sembrare insicuro.

Adam fece un passo avanti. «Non la toccherai *mai più*, capito?»

Jon arrossì, una sfumatura violenta di rosso. Tornò ad assumere una posa minacciosa. «Chi cazzo sei tu, il suo fottuto ragazzo? A lei non *piacciono* gli uomini, sai.»

Adam non si lasciò intimidire da quella dimostrazione. Si avvicinò a Jon, faccia a faccia. «A lei piacciono eccome *gli uomini*. Forse non le piaci tu perché sei un coglione.»

Jon cercò di dargli un pugno. Ma Adam gli diede uno spintone prima che il pugno lo colpisse. E quell'idiota cadde sulla schiena, fissando Adam stupito, a bocca aperta.

Adam fece un passo avanti. «E anche un bullo. Ed io odio veramente i bulli» disse con gli occhi che scintillavano pericolosamente.

Mi alzai in piedi, riuscendo ad afferrargli il braccio, «Adam, per favore, andiamo.»

Non mi rispose, con il braccio ancora rigido per la rabbia. Mi tirò avanti con lui. «Adam» ripetei, mettendomi di fronte a lui. L'espressione sul suo volto, quel luccichio freddo nei suoi occhi mi gelò dentro, facendomi domandare di che cosa fosse capace. Lo spinsi con le mani sul petto. «Per favore. È finita.»

Ma poi si lanciò ancora in avanti e io inciampai mentre facevo un passo indietro. Adam mi afferrò, mettendomi un braccio intorno. Jon si affrettò ad alzarsi, approfittando della distrazione di Adam per filarsela verso la sua porta, sbattendola e chiudendola rumorosamente a chiave.

Adam fissò la porta come se stesse decidendo che cosa fare. «Adam, per favore. È finita. Grazie per avermi aiutato.» Mi alzai sulla punta dei piedi e lo baciai sulla guancia, dopo avergli appoggiato le mani sulle spalle forti per tenermi in equilibrio.

Lui rilassò le braccia e finalmente mi guardò, turbato. «Ti ha fatto male?» disse.

«Non molto. Va tutto bene.»

Lui scosse la testa. «*Non* va tutto bene.»

«Beh, l'hai spaventato così tanto che sono sicura che se la farà addosso la prossima volta che mi vede.»

«Non ti vedrà più, perché non ti avvicinerai più a lui» mi rispose a denti stretti.

Feci un passo indietro, decidendo di non parlare del gruppo di studio. Era vero. Non sarei più andata a casa di Jon. Decisi di parlare con gli altri del gruppo per trovare un altro posto dove studiare.

Adam imprecò quando tremai tra le sue braccia. «Non stai bene, Emilia.» Mi accompagnò alla sua auto. Capivo quanto fosse teso dal modo in cui mi teneva, con un pugno stretto lungo il fianco.

«Mi dispiace di averti fatto venire fin qua da Newport» dissi, cercando di cambiare argomento, perché non si facesse venire in mente di andare a picchiare sulla porta di Jon e finire il lavoro.

«Ero a Irvine.»

«Sono le nove passate. Perché non mi sorprende che fossi ancora al lavoro?»

Mi aiutò a salire in macchina. «Stai bene? Hai la nausea?»

«No. Starò bene.»

«Perché se vomiterai all'interno della mia auto, te la farò pulire con un cotton fioc.»

Sbuffai.

«Devo prenderti qualcosa dall'auto?»

«Sì. Lo zaino e i libri, per favore. Sono così indietro con lo studio.» Gli diedi le chiavi perché potesse chiudere la macchina.

Nella sua auto, mi appoggiai al poggiatesta, grata che la capotta fosse abbassata e potessi respirare grandi boccate di aria fresca. Mi aiutava a vincere la nausea.

«Non hai ancora rifatto il test?» borbottò appoggiando i libri sul pavimento accanto ai miei piedi. «Se continui a rimandare non ce la farai mai.» Gli diedi un'occhiataccia, chiedendomi come facesse a sapere che era la seconda volta che lo tentavo. Nessuno lo sapeva, a parte la mia cerchia più intima. Nemmeno mia madre. Se l'era lasciato sfuggire Heath? Tenni la testa appoggiata, con i pensieri che turbinavano. Giurai che avrei fatto il culo a Heath per quell'errore, la prossima volta che lo avessi visto.

Adam rimase zitto per tutto il viaggio fino a casa. Ascoltammo Alison Moyet degli Yaz che pregava il suo amante di non rinunciare all'amore. Sentii di colpo un'ondata di malinconia invadermi mentre le luci dorate dei vecchi lampioni di Orange ci passavano accanto. Non mi piaceva farmi salvare. Di solito mi salvavo da sola, ma eccomi qui, a permettere ad Adam di intromettersi e occuparsi di tutto, e la parte peggiore? Avevo scoperto che mi piaceva.

Quando parcheggiò, in distanza si sentì il rombo dei fuochi d'artificio di Disneyland, come tutte le notti, a indicare che erano appena passate le nove e mezzo. Adam mi aiutò a scendere dall'auto, prendendo la mia borsa e le altre cose con l'altra mano. «Posso camminare da sola.»

Mi accompagnò comunque sulle scale e quando entrammo nel mio appartamento, la prima cosa che vidi fu l'orologio, erano quasi le dieci e dovevo essere al lavoro a mezzanotte.

Sospirai e mi sedetti, prendendo la testa tra le mani. «Che cosa c'è che non va?» mi chiese.

«Devo essere al lavoro tra due ore.»

«Non puoi andare.»

«Farò il caffè. Andrà tutto bene.»

«No, non vai. Chiama e di' che non stai bene.»

Scossi la testa. «Non posso rinunciare a un turno. Mi servono i soldi.»

Andò a prendere il mio telefono, fece scorrere la lista dei contatti importanti. Non era difficile da trovare. Dopotutto era sotto "lavoro". Compose il numero senza dire un'altra parola. «Sì, salve, sono Adam Drake, un amico di Mia. Volevo informarvi che questa sera non si sente bene e non riuscirà a coprire il turno. Sì. Sì. Certo. Grazie.»

Riappese e si voltò a guardarmi. «Visto? Semplice.»

«Già. E sono sicura che *tu* ti dia malato al *tuo* posto di lavoro senza avere una crisi di astinenza.»

Alzò le spalle. «È un po' diverso.»

Mi massaggiai le tempie. La testa cominciava a pulsare. «Sì, facile per te dirlo con il tuo bel conto in banca.»

«Se tutto è andato come doveva, anche il tuo conto in banca dovrebbe essere parecchio più pesante.»

Alzai gli occhi per guardarlo, nonostante i bulbi oculari doloranti. «Mi hai mandato dei soldi?»

«Ti avevo detto che l'avrei fatto.»

Lo guardai stupita. «Ma non ho nemmeno... non abbiamo nemmeno...»

«Ho detto che non mi tiro mai indietro. Ora... dove tieni il caffè?»

Ci pensai un momento. «Oh, accidenti, l'ho usato tutto venerdì e non l'ho più comprato.»

«Acqua, allora. E aspirina? Altrimenti ti sentirai di merda.»

«Da quando sei un esperto di doposbornia? Pensavo che non bevessi.»

«Ho avuto un mal di testa da doposbornia una volta o due, e non è divertente.»

Mi coprii gli occhi con le mani, con la mente che andava all'argomento su cui era rimasta fissa dopo la mia discussione con Heath il giorno prima. «Adam, mi stai usando?»

Lui aveva aperto gli sportelli dell'armadietto e controllava il contenuto con gli occhi stretti, chiaramente disapprovando quello che vedeva, probabilmente vecchi pacchetti di preparati a base di riso e un gregge di bioccoli di polvere, se ricordavo bene. E con tutto quel vino che mi annebbiava il cervello, dubitavo fortemente della mia memoria.

«Usando? Che cosa vuoi dire?»

«Heath ha detto che mi stai manipolando. Pensa che stia rimandando per qualche scopo.»

Adam si bloccò, solo per un istante, ma me ne accorsi nonostante il mio stato meno che lucido.

«È così?» ripetei.

«Qui c'è una bottiglia d'acqua... l'aspirina è in bagno?»

Fissai furente la sua schiena mentre spariva in bagno. Presi l'aspirina e bevvi l'acqua. Poi mi alzai e andai verso di lui. «Possiamo sempre occuparcene adesso.»

Adam strinse le labbra. «Sei ubriaca, Emilia.»

«Beh... era quello il mio piano originale. Bere un bel po' di vino e poi mettermi sulla schiena e pensare alla facoltà di medicina.» Feci un verso, una specie di grugnito, anche se in fondo alla mente ero vagamente conscia che non avrei dovuto dirlo. Probabilmente non avrei nemmeno dovuto grugnire.

I suoi occhi scuri scintillarono nella luce bassa. «Fare che cosa, adesso? Sdraiarti sulla schiena e pensare alla facoltà di medicina? Era quella la tua idea di come sarebbe andata?»

Alzai le spalle e feci un altro passo avanti, finché ci toccammo. «Forse. Hai intenzione di dimostrarmi che potrebbe essere diverso?»

Adam non si mosse, si limitò a fissarmi. «Quando sarà il momento, vedrai che è molto diverso.»

Alzai la testa, guardandolo civettuola. «Dimostramelo.» E premetti le labbra sulle sue in un bacio a bocca aperta. Lui mi restituì il bacio, infilandomi la lingua in bocca, prima di tirarsi indietro.

«Te lo dimostrerò, ma non quando mi sembra di essere nella cantina di Ernest e Julio Gallo.»

Gli misi le braccia intorno al collo con abbandono appassionato. «Dai, il mio letto è proprio lì.»

«Hai ragione. Andiamo.» Si abbassò e mi prese in braccio. Lanciai uno strillo, sorpresa. Mi portò al mio lettino e mi fece stendere.

«È ora di dormire, Emilia.»

Restai lì, strizzando gli occhi. «Perché continui a rimandare?» gli chiesi sottovoce.

Lui mi tolse i capelli dalla faccia, sedendosi accanto a me sul bordo del letto e non parlò per un po'.

«Ne parleremo quando ti sentirai meglio.»

Chiusi lentamente gli occhi. Dovevo ammettere che la testa pulsava e tutto quello a cui riuscivo a pensare era quanto fossi stanca. «Mi dispiace» sussurrai alla fine.

«Per che cosa?»

Il sonno stava per raggiungermi. «Per aver detto che sei vuoto.»

Non ricordo molto dopo quello, eccetto la vaga impressione che, qualche minuto dopo, Adam si era chinato a baciarmi sulla guancia, mormorando contro la mia pelle: «Avevi ragione.»

Capitolo Dieci

MI SVEGLIAI ABBASTANZA PRESTO, VERSO LE SETTE, E mi ci volle qualche minuto per togliermi le ragnatele dal cervello ma grazie al cielo non avevo il mal di testa. Ricordai di colpo tutto quello che era successo la sera prima. Maledicendo la mia stupidità per aver bevuto tanto vino durante un incontro di studio, scesi dal letto, cercando di sciogliere i muscoli irrigiditi del collo e delle spalle e poi seguii la mia solita routine mattutina: doccia, vestiti, colazione.

Accesi il computer e andai alla pagina web del conto alle Cayman per verificare il saldo. Non che non mi fidassi di Adam, ma ero curiosa. Ed era esattamente come aveva detto. Trasferimento dal suo conto al mio, il giorno prima. Lo aveva fatto subito lunedì mattina. Scossi la testa, cercando di capire che cosa diavolo stesse succedendo, con la strana sensazione di star precipitando sempre più velocemente in una situazione che non sapevo se mi piacesse o no.

Avevo metà dei soldi. Non avrei dovuto essere contenta? Ma per qualche insondabile ragione, non lo ero. Quel pagamento rappresentava una barriera tra di noi, come un muro costruito a metà. Il saldo della nostra transazione avrebbe solo completato quella barricata, dividendoci per sempre. Dopo la sua gentilezza della sera prima, dovevo ammettere di avere dei rimpianti, anche se mi permisi di crogiolarmi in quel pensiero solo per qualche momento, prima di rafforzare la mia determinazione che le cose dovevano andare così. Che serviva a proteggere sia lui sia me. Avevamo il potere di farci del male a vicenda. Con quella salvaguardia non sarebbe mai successo. Sapevamo entrambi che sarebbe finita ed esattamente *quando* sarebbe finita. O almeno lo speravo. C'era ancora quella faccenda che continuava a tormentarmi: perché continuasse a rimandare.

Piegai la testa, appoggiando la fronte sul palmo della mano per un lungo momento e quando aprii gli occhi, vidi la chiave appoggiata sul tavolo accanto al computer. Non era la mia. C'era un post-it attaccato, con una scritta in uno stampatello nitido, che non riconobbi. Era un indirizzo, da qualche parte lì nei pressi, vicino alla zona della città vecchia al centro di Orange. Lo fissai, confusa, cominciando a capire la descrizione di Heath di dove eravamo, che *quella faccenda era cominciata nel mondo delle bizzarrie ed era sfociata in fretta nella terra delle cazzate.* Quando inspirai il torace mi sembrò contratto, il polso affrettato. Era la chiave di casa sua? Perché l'indirizzo di Orange?

Proprio in quel momento suonò il telefono. Controllai chi era, soffiai fuori il fiato e alzai il telefono. «Ciao, mamma!»

«Mia, dove sei stata per tutto il fine settimana? Ero terribilmente preoccupata.»

Rimasi un attimo in silenzio, schiarendomi la voce. «Mi dispiace, sono stata super occupata. Turni extra.»

«Ho chiamato il tuo posto di lavoro» le tremò la voce dicendolo.

Cazzo. Silenzio. Beccata a mentire a lei. Non le dicevo mai bugie. Strinsi forte gli occhi, tremando. «Mi dispiace.»

«Che cosa sta succedendo? Perché mi stai mentendo?»

Deglutii. «Sto... Sto bene. Okay. Non ti devi preoccupare.»

«Sono una madre. Mi preoccupo. Se non riesco a contattarti, allora cerco di scoprire che diavolo sta succedendo. Heath...»

«Mamma, per favore, non chiamare più Heath. In questo momento non siamo in buoni rapporti.»

«Okay. Adesso sono *veramente* preoccupata. Posso venire lì?»

Tirai il fiato, tremante. «Mi dispiace, mamma. Solo... Non sono pronta a parlarne.»

«Stai... stai vedendo qualcuno? È questo?»

Mi morsi il labbro. «Mhmm.»

«Mia, hai un ragazzo?»

«No.»

«Allora che cosa c'è?»

«C'è qualcuno. Ma non sono pronta a parlarne, okay?» E comunque lui sarebbe stato fuori dalla mia vita da un pezzo nel momento in cui sarei stata pronta a parlarne, e quindi non importava.

Una lunga pausa. «È una cosa seria?»

Mi schiarii la voce. «No. Nemmeno abbastanza seria da menzionarla, ed è il motivo per cui non l'ho fatto. Mi dispiace di averti mentito.»

«Mia, è una buona cosa, sono lieta che tu stia con qualcuno.»

Che stia con qualcuno. Sentii un nodo allo stomaco, ma non avrei saputo dire se fosse per l'idea di *stare* veramente con qualcuno o per aver mentito a mia madre.

«Mamma, ti prometto che se ci sarà qualcosa di cui parlare, lo farò. Solo... solo devi lasciare che faccia a modo mio, okay? Per favore?»

«A una sola condizione. Che tu mi faccia sapere dove sei.»

«Certo. Ho un telefono nuovo. Ti manderò il numero, va bene?»

Ci salutammo quasi subito. Lei aveva ancora quel tono di voce distante e addolorato e io mi sentii un'enorme stronza per averlo causato. Ma la notizia che "stavo con qualcuno" forse era già in sé e per sé uno shock abbastanza grosso. Erano anni che mi assillava, anche se non sembrava mai seguire il suo stesso consiglio.

Dopo essermi vestita, misi da parte la chiave e tornai al computer. Con tutto quell'inaspettato tempo libero (normalmente in quel momento sarei appena tornata dal turno di lavoro, pronta a crollare, esausta, sul letto) decisi di passare qualche ora giocando.

Katya, il quarto membro del nostro regolare gruppo di gioco, che era la nostra guaritrice abituale, mi mandò un messaggio sulla chat.

Persephone a te: "Ehi Mia."

Tu a Persephone: "Kat! Andiamo a far fuori un po' di roba."

Persephone a te: "Non posso, stavo giusto per scollegarmi. Ho dovuto fare da babysitter ai miei mainframe nel turno di notte."

Tu a Persephone: "Dove sei stata? Avevo cominciato a preoccuparmi che fossi sparita come FallenOne.

Persephone a te: "Che succede con Fallen? Non hai chattato con lui di recente?"

Tu a Persephone: "No, è diventato un po' strano. Penso che abbia a che fare con la mia asta."

Persephone a te: "Beh, già... mhmm. Probabilmente è geloso come Otello."

Tu a Persephone: "Davvero?"

Persephone a te: "Dai, Mia. Gli piaci, e parecchio. Ti regala continuamente attrezzature e roba magica. Voi due chattate e vi scambiate battute che io nemmeno capisco. Dato che sei così decisa a perdere la tua tessera da vergine, probabilmente è distrutto perché non l'hai invitato a venire lì e fare lui il lavoro."

Sospirai, con un grosso peso sul petto. Fallen mi piaceva. Parecchio. E sì, ogni tanto avevo sentito di avere una specie di cotta per lui, ma non c'era un futuro possibile per noi. Era solo un amico. E, in effetti, sapevo così poco di lui. Magari aveva cinquant'anni, era sposato ed era nonno, da quanto ne sapevo io. Mi resi conto che mi piaceva l'idea di che cosa potesse essere Fallen per me, invece della persona vera, visto che sapevo così poco di lui.

Gli uomini andavano meglio come amici. Una forza della natura sotto forma di un uomo che minacciava di distruggere le mie ideologie fino alle fondamenta non era un'alternativa possibile. Spinsi in un angolo il pensiero di Adam e risposi a Katya.

**Tu a Persephone: "È stato lui a dirtelo?"*

**Persephone a te: "Si rifiuta di parlare dell'asta tutte le volte che accenno all'argomento. Il che, per la cronaca, non succede spesso. Ma tu continua, ragazza. Potere a te! Spero che ottenga un mucchio di \$\$\$."*

**Tu a Persephone: "Ehi, passiamo a un altro argomento, sai che ti avevo chiesto di postare come ospite sul mio blog riguardo a Dragon Epoch? Avrò bisogno della prima colonna per venerdì. Ce la farai?"*

**Persephone a te: "Sì. Certo. Ehi, ti manderò i miei appunti su quello che sono riuscita a fare questa mattina nella missione. Penso di essere vicina a scoprire un altro indizio sulla catena di missioni delle Montagne Dorate."*

Feci un versaccio, cercando di non ridere e parlando a voce alta invece di scrivere, di modo che non potesse vedere la mia risposta sarcastica. "Già, auguri, Kat." Secondo Adam, quel compito era praticamente impossibile.

Quando si scollegò, cominciai a giocare, ma non riuscivo a concentrarmi e il mio personaggio continuava a farsi uccidere. Mi scollegai e controllai il mio blog, rispondendo ai commenti. C'erano dei reclami sul fatto che erano già due settimane che non postavo l'aggiornamento settimanale su DE.

Un po' più tardi, il telefonò segnalò l'arrivo di un nuovo messaggio di testo. Era Adam.

Buongiorno. Come ti senti?

Non male, e tu?

Hai trovato la chiave e l'indirizzo?

Sì, a che cosa serve?

Possiamo vederci a quell'indirizzo a mezzogiorno? Poi potremo mangiare qualcosa insieme.

Devo ancora andare a prendere la mia auto.

Guarda fuori dalla finestra.

Andai a guardare. E lì, parcheggiata accanto al marciapiede, nel suo solito posto, c'era la mia Honda Civic del 1993, verde chiaro e un po' malandata. Era tornato a piedi a casa di Jon e mi aveva riportato l'auto?

Oh, mio Dio, non riesco a credere che tu me l'abbia riportata.

Non volevo che avessi di nuovo a che fare con quel coglione.

Grazie.

Ci vediamo a mezzogiorno, ok?

Ok.

L'indirizzo, quando lo controllai, era effettivamente raggiungibile a piedi dal mio monolocale, e proprio nel bel mezzo del distretto della storica città vecchia, che serviva da attrazione per praticamente tutta la contea. Ci giravano dei film e tutto quel posto era come una capsula del tempo, uno sguardo all'inizio del ventesimo secolo, con tanto di Watson's, un bar-drogheria in stile anni '50, che non era cambiato in oltre sessant'anni.

La città si sviluppava intorno alla Plaza, una delle ultime grandi rotatorie in California, con un parco circolare in centro con tanto di fontana e alberi secolari.

Nei vecchi edifici di mattoni rossi, sopra tutti i negozi di anticaglie e ristorantini alla moda, c'erano degli appartamenti vintage. Ed io ero in uno stretto vicolo, alla base di una rampa di scale che mi avrebbe portato a uno di quelli.

Ero confusa. Ovviamente la chiave era quella dell'appartamento, ma che cosa diavolo significava lasciarmela e dirmi di incontrarlo lì? Forse era un'altra delle sue residenze? Ma non riuscivo a immaginare che ne avesse un'altra, specialmente a soli 20 chilometri dalla sua casa di Newport, dove passava ben poco tempo.

Salii i gradini e aprii la porta. Dato che ero leggermente in ritardo, ovviamente lui era già lì, davanti alla finestra, con il cellulare all'orecchio. Da quanto stava dicendo, sembrava stesse parlando con il suo assistente. Si voltò e sorrise.

Come sempre, quel sorriso mi tolse il fiato. Portava i pantaloni di un completo, una camicia bianca e una sottile cravatta blu. Chiaramente aveva abbandonato delle riunioni o altre importanti faccende d'affari per essere lì. Espirai bruscamente e gli restituii il sorriso. Avrei solo voluto lanciarmi tra le sue braccia e premere quella bocca meravigliosa sulla mia. Era come se avessi sviluppato una dipendenza dal suo sapore e dal suo odore.

Ma mi frenai... a malapena.

Adam snocciolò qualche altro ordine e chiuse la telefonata. «Come ti senti questa mattina?» mi chiese.

«Bene. Okay. Niente mal di testa da dopo-sbornia, grazie al cielo.»

«Mi fa piacere.»

«Grazie. Non intendevo davvero chiamare te ieri sera.»

La sua espressione si fece seria. «Sono comunque contento che l'abbia fatto.»

«Grazie anche per avermi riportato l'auto.» Lui si limitò a sorridere in risposta.

Entrai nella stanza, guardandomi attorno. La facciata esterna dell'edificio poteva anche essere vintage, del 1920, ma l'interno era completamente moderno, elettrodomestici in acciaio inox, ripiani di granito scuro e luci incassate. Modanature favolose. Oltre la cucina e il soggiorno c'era una porta che si apriva in quella che sembrava una camera piuttosto grande. Che però era completamente vuota.

Il suo telefono emise un trillo. Lui lo controllò ma se lo rimise in tasca. Alzai un sopracciglio, fissandolo. «Non dovresti essere rintanato nel tuo ufficio, dietro la scrivania, a ripetere i dodici passi degli stacanovisti anonimi in questo momento?»

Lui sorrise. «Anche gli stacanovisti fanno la pausa pranzo, una volta ogni tanto.»

Mi spostai accanto a lui e condivisi la sua vista dalla finestra. «Bel posto» dissi. «Tuo?»

«Sì.» Perché, *ovviamente* era così. «Acquisizione recente. Investimento immobiliare.»

«E l'appartamento è vacante perché…?»

«Al momento è sfitto.» Mi diede un'occhiata e poi guardò fuori dalla finestra, alzando le spalle con indifferenza. «Ho un'agenzia che si occupa di gestire le mie proprietà immobiliari. Ma ho qualcuno in mente per questo posto.»

Si voltò verso di me, dandomi un'occhiata significativa, sottintendendo che ero io quel "qualcuno". Mi colpì come un pugno nello stomaco. Tirai il fiato, tremante, e mi voltai perché non vedesse l'espressione del mio viso.

Ma non riuscii a nascondere a lungo la mia reazione, perché Adam era troppo acuto.

«Che cosa c'è che non va, Emilia?»

Avevo i denti stretti, ma non mi voltai. «Spero che non ti stessi riferendo a me.»

Aspettò un attimo a rispondere. «E se fosse così?»

Mi voltai a guardarlo. «Non posso permettermi l'affitto che sicuramente chiedi per questo posto.»

«Adesso sì.»

Inspirai ed esalai lentamente. Una vocina in fondo alla mia testa, la voce della calma razionalità, mi diceva che stava facendo un gesto gentile. Mi stava aiutando. Era…

No. *No e basta.*

Raddrizzai la schiena e la tensione tra di noi divenne palpabile. «È il punto in cui tu mi passi un rotolo di centoni e mi dici di andare a comprarmi qualcosa di carino?»

Cambiò espressione, in modo quasi impercettibile. «Avevo intenzione di offrirtelo allo stesso affitto che paghi adesso per il monolocale. Questo posto è più sicuro di dove vivi adesso. Sarei più tranquillo.»

«È impossibile. Ci perderesti troppi soldi.»

Distolse gli occhi. «Non mi interessa il profitto in questo momento.» Il suo telefono trillò di nuovo. Mise la mano in tasca e poi si bloccò quando vide l'espressione sul mio viso. Aveva la faccia cupa quando afferrò quel dannato arnese e lo guardò. Questa volta, si prese il tempo di rispondere con un messaggio.

Misi le braccia conserte e cominciai a camminare avanti e indietro.

«Emilia... pensa solo...»

Mi voltai, con la schiena e le spalle così rigide che quasi mi strappai un muscolo muovendomi. «Non posso vivere qui. Lo sai esattamente come lo so io.»

«Davvero?»

«Non posso vivere nel tuo appartamento per via di quello che succederà dopo che noi...» E la mia voce svanì quando i nostri sguardi si scontrarono. Il suo volto divenne di ghiaccio. S'infilò un pugno in tasca e fissò nuovamente la finestra.

Non potei fare a meno di risentire le parole che mi aveva detto Heath qualche giorno prima. *Che cosa sta comprando con quei regali costosi? Lui vuole più di una notte...*

«Adam, che cosa stai facendo?»

«Che cosa pensi che stia facendo?»

«Direi che stai cercando di installarmi in uno scannatoio ma non stiamo scopando. Quindi non è quello.»

«E se dicessi che volevo aiutarti, mi crederesti o cercheresti di farlo diventare qualcosa che non è?»

Scossi la testa, stringendo i pugni. «Non ho bisogno di essere salvata. Posso salvarmi da sola.»

«Ah, giusto» disse sottovoce, camminando verso di me e guardandomi con occhi di ghiaccio. «È questo il motivo dell'asta. Tu che ti *salvi*.»

Lo fissai in volto quando si fermò a pochi centimetri da me. Riuscivo a sentire il suo odore. Quel suo corpo caldo e virile che odorava di brezza oceanica. Deglutii, desiderando di poter chiudere le narici. Riusciva ad avere un impatto su di me come nessun altro, anche quando ero irritata con lui.

«Se mai intendi prendere l'asta sul serio...»

Adam scosse la testa. «E quei trecentosettantacinquemila dollari sul tuo conto in banca che cosa significano? Che ho pagato il piacere della tua compagnia per queste ultime tre settimane?»

Alzai le spalle. «Non ne ho idea. Solo tu conosci la risposta. E non sembra che abbia voglia di dirmela.»

Ora sembrava decisamente irritato. «Quindi dovremmo semplicemente metterci sul pavimento e scopare, adesso?»

Alzai la testa e lo guardai diritto negli occhi. «Certo, diamoci da fare. Facciamola finita.»

«È questo che vuoi? Farla finita?»

Aprii la bocca, con una risposta brusca sulla punta della lingua, ma non uscì niente. Strinsi le labbra. Mi tremavano le spalle, quindi incrociai le braccia sul petto, stringendole con le mani. Confusa dalla mia stessa esitazione. Perché non dire semplicemente sì? Sbattei gli occhi. Perché non volevo che finisse. Non ancora.

«Perché stai tirando in lungo?» gli chiesi alla fine, con la voce che era poco più di un sussurro. Sapevo di volere una risposta certa da lui. Non sapevo esattamente quale fosse quella risposta. Ma mi avrebbe detto che cosa stava passando in quel suo cervello ultra brillante? O si sarebbe ritirato dietro quella sua solita gelida facciata?

«Non sono obbligato a dirti le mie ragioni. In questo accordo io sono il portafogli, ricordi?»

Già. Non era la risposta che cercavo. Decisamente no. Sentii il calore salirmi dal collo e le guance che scottavano.

«Non sono una squillo. Non sono la tua mantenuta. Quindi smettila di trattarmi come se lo fossi.»

«Vedi, lo stai facendo di nuovo. Stai cercando di trasformarlo in qualcosa che non è.»

Strinsi i denti. «Non ho intenzione di trasferirmi nel tuo fottuto appartamento.»

La sua espressione non cambiò, non si mosse nemmeno. «Dimmi perché no.»

«Non sono obbligata a dirti le mie ragioni» dissi, scimmiottando le sue parole.

«Perché pensi che signifhi che ti sto trattando come una mantenuta?»

M'irrigidii, pensando alla storia di mia madre. Una storia con un finale triste per la persona che amavo di più al mondo. Era giovane, fresca, ingenua. Pensava di aver trovato l'uomo dei suoi sogni. Per scoprire che lui l'aveva solo usata e poi scartata, lasciandola a cavarsela da sola, per giunta con una bambina. Mi strinsi le braccia con le mani e sbattei gli occhi.

«Il donatore biologico di sperma ha fatto esattamente la stessa cosa. Ed è esattamente ciò che significava. Per assicurarsi di averla in suo potere finché si fosse stancato di lei.»

La sua espressione cambiò, solo leggermente, come se avesse finalmente capito. Poi scosse la testa. «Io non sono lui.»

«Lo so.»

«No. Non credo che tu lo capisca veramente.» Poi alzò la mano verso la mia faccia, toccandomi la guancia, poi l'orecchio, e poi facendo scorrere il dito fino alla clavicola. Il suo tocco era ghiaccio e fuoco. Emozionante. Tremai sotto la sua mano.

Lui lo sentì e i suoi occhi si scurirono. Piegò la testa finché i nostri volti furono a pochi centimetri di distanza. «Io non rinuncerò mai, lo sai.»

Piegai la testa verso la sua, con le labbra a un centimetro di distanza. Lo fissai negli occhi. «Nemmeno io.» Poi gli afferrai la cravatta e lo tirai verso di me.

Quando le nostre labbra s'incontrarono, fu un'esplosione, uno scontro di volontà, di aspettative insoddisfatte. Le sue mani si spostarono verso le mie spalle e mi spinse verso la parete più vicina, inchiodandomi lì con il suo corpo duro, senza mai togliere la bocca dalla mia.

Le sue labbra, la sua lingua mi stavano divorando. Il suo corpo, ogni stupendo, solido contorno, mi imprigionava. Fece scivolare le mani dalle spalle lungo le mie braccia, fino a circondarmi i polsi. Con quella presa m'inchiodò le mani contro la parete ai lati della testa.

Premetti contro l'invasione, non cercando di liberarmi, ma per saggiare la sua forza. Le sue mani si spinsero contro le mie, poi intrecciò le dita, fondendo i nostri palmi, piatti l'uno contro l'altro e tenendomi le mani, come mi teneva il corpo, contro il muro. La sua lingua esplorava la mia bocca, con la testa che si muoveva contro la mia.

Quando finalmente ci separammo, entrambi respiravamo affannosamente, ansimando. Si tirò indietro solo a sufficienza per inchiodarmi con lo sguardo. «Comando io, Emilia, non dimenticarlo» disse con la voce dura come l'acciaio.

Stavo per rispondergli quando m'interruppe, sigillandomi la bocca con la sua. Cercai senza molta convinzione di liberarmi le mani e lui le tenne forte, con le dita che si stringevano sulle mie. Il calore m'invase, come un incendio che si diffondesse in un lampo nell'erba secca, dopo una calda estate californiana.

Si staccò di nuovo. «Dirò *io* quando sarà finita. E non devo dirti le mie ragioni.»

«Mi hai chiesto un'altra notte. Te la darò. Ma dopo quella…» Mi interruppe di nuovo, baciandomi a forza. Sentivo l'eccitazione che montava come un'ondata bollente e la sua erezione che prendeva vita contro il mio addome.

Si staccò con un gesto brusco, allentando la stretta sulle mie mani. Avrei potuto liberarle, se avessi voluto, ma non lo feci. Non avevo voglia di parlare. Di pensare. Volevo arrendermi alle sensazioni che stavo provando, quelle che stavano urlando per avere la meglio. Ma come insisteva a dire Adam, tirandosi indietro, anche se solo per quel momento era *lui* che controllava la situazione. Privandomi della sua bocca succulenta.

«La settimana prossima andrò nei Caraibi per lavoro. Voglio che tu venga con me.»

Mi ricordai finalmente di ricominciare a respirare. «Per qualche casto giro turistico, una divertente conversazione a cena e un *coitus interruptus*?»

I suoi occhi scuri scintillarono, ma non sapevo se fosse per l'irritazione o perché era divertito. «Mi hai promesso un'altra notte.»

Sapevo che aveva qualcosa in mente. Stava architettando qualcosa. Sentivo il cuore battere forte sul polso, alla gola.

«È più di una notte» sussurrai.

Mi guardò con aria di sfida. «Sì.»

«E che cosa succederà dopo?» riuscii appena a sussurrare.

Fece una lunga pausa, continuando a guardarmi. Mi lasciò andare le mani ma non si mosse. Io le abbassai lentamente. «Immagino che staremo a vedere.» E poi aspettò, passandosi una mano tra i capelli, facendo un passo indietro.

Come sempre, aveva completamente ribaltato le dinamiche tra di noi. Lo avevo affrontato pensando di avere io tutto il potere. E così era. Finché lui non aveva deciso che bastava, e me lo aveva strappato come se fossi una bambina con un giocattolo che non aveva il diritto di avere.

Ci guardammo per un lungo momento. «Non puoi continuare a fare così» gli dissi.

«In effetti sì, posso. Di' che verrai, Emilia.»

Oh, sapevo che Heath avrebbe dato in escandescenze una volta saputo. Se avessi accettato di andare sarei rimasta via praticamente per una settimana. E mia madre… che cosa le avrei detto? Avrebbe chiamato e avrebbe voluto sapere perché non la richiamavo. E il blog. E il mio lavoro all'ospedale.

Ma sarebbe stata la nostra ultima volta insieme. Non poteva più tirare in lungo. E i sentimenti che stava suscitando in me, francamente mi terrorizzavano. Prima che avessimo chiuso e fossi tornata alla mia vita normale, sicura, meglio sarebbe stato.

La mia risposta uscì come un sussurro tremante. «Verrò.»

«Ora dimmi che ti trasferirai qui» disse, impassibile.

«Neanche per idea» mormorai.

Fece un mezzo sorriso. «Valeva la pena di tentare.»

Gli mostrai la lingua e lui rise.

Controllò l'orologio e si tirò indietro di colpo. «Dobbiamo andare a mangiare qualcosa qui sotto. Ti piace la cucina cubana?»

«Floriano? Sicuro.» Heath mi portava al Floriano Café quando aveva voglia di mangiare cubano. Non so se lo facesse per via della sua cotta persistente per uno dei camerieri o la voglia costante di un piatto di maiale alla habanera.

Seguii Adam lungo la stretta scala antica, attraverso una porta di vetro e in un vicolo. Tenne aperta la porta per me, camminandomi di fianco, con una mano sulla schiena. Ogni mio muscolo si contrasse, reagendo al suo tocco.

Percorremmo lo stretto vicolo, oltre un negozio di sigari, dove i vecchi stavano seduti all'aperto soffiando il fumo dolciastro nella Plaza, e ci sedemmo a uno dei tavoli di ferro sul marciapiede.

«Allora, dimmi, di chi è stata l'idea di vestire i personaggi femminili di Dragon Epoch con lingerie di maglia di ferro?» dissi, affrontando finalmente un argomento che avevo evitato fino a quel momento... i miei commenti scherzosi riguardo al gioco sul mio blog.

Mi diede un'occhiata di traverso mentre studiava il menu. «Io ho ideato la storia e l'architettura del gioco. Non ho disegnato io i vestiti delle donne.»

«Ma avevi l'ultima parola. Perché non mettere quelle poverette in qualcosa che coprisse lo stomaco nudo? E mi dici a che cosa serve quel tipo di armatura?»

«Io mi inchino al risultato delle ricerche fatte dal settore marketing e alle insistenze degli sviluppatori. Se fosse per me, quelle povere ragazze elfiche sarebbero coperte da capo a piedi.»

Sogghignai. «E sarebbero pettorute come adesso? E poi, chi fa i reggiseni a Yondareth?» dissi, riferendomi al mondo immaginario nel quale era situato il gioco.

Trattenne una risata. «Non mi crederesti se te lo dicessi.»

Mi venne in mente di colpo. Tutte le statuine che stava pitturando William, la maggior parte erano donne! «Nooo, non dirmi che è stato tuo cugino!» Restai a bocca aperta per lo choc.

«Già. Puoi incolpare Liam. Io sono completamente innocente.»

Gli diedi un'occhiata. «Potrei chiamarti in molti modi, e "innocente" non è uno di quelli.»

Mentre parlavamo, un gruppo di persone uscì dallo Starbucks all'angolo e una di loro si fermò quando ci vide al nostro tavolino.

«Adam» disse. Alzammo gli occhi. Era Lindsay, tra tutti quelli che potevano capitare, e quando mi vide, spalancò gli occhi.

«Linds» disse vagamente Adam. «Com'è la pausa caffè?»

Senza essere invitata, Lindsay prese una sedia da un altro tavolo e si sedette di fronte a noi. Guardai Adam, che sembrava a disagio, probabilmente perché adesso conoscevo la loro storia. Oh, potevo ricavarne qualcosa di bello. Farlo soffrire un po' e farla pagare a quella donna, con i suoi sorrisini ironici diretti ai miei jeans sbiaditi e la mia t-shirt.

Avvicinai la sedia a quella di Adam, finché fummo appiccicati. Adam si schiarì la voce. «Lindsay, ricordi la mia amica Emilia?»

«In effetti, mi chiamano tutti Mia» dissi, chinandomi in avanti per stringerle la mano con il sorriso più falso che fossi mai riuscita a simulare. «Adam mi stava proprio parlando di te» dissi dolcemente.

Lindsay si rivolse ad Adam con un sorrisino. «Tutte cose belle, spero.»

Adam si spostò sulla sedia ed io gli appoggiai la mano sulla coscia, con le dita che si curvavano verso l'interno, come avevo visto fare a molte coppie che erano palesemente intime. Lo strofinai lì, affettuosamente, e mi appoggiai alla sua spalla.

«Oh, *certo*! Lui *stravede* per te» aggiunsi, rivolgendo un sorriso adorante ad Adam. La mia mano continuava a salire verso nord.

Adam mi bloccò la mano, fingendo di tenerla, allontanandola dalla sua gamba e intrecciando le dita con le mie. Si portò la mano alle labbra e la baciò. Lo choc mi risalì lungo il braccio. «Sei così paziente con me, tesoro.»

A Lindsay quasi uscirono gli occhi dalle orbite guardando lo spettacolo di Adam, anche se era una messa in scena, come ben sapevo. Supposi che Adam, che si comportava con imbarazzo ed era rigido ogni volta che mi appoggiavo a lui in privato, non fosse incline a manifestazioni di affetto come quella. Vista la reazione di Lindsay che era rimasta a bocca aperta, era assolutamente insolito per lui. Forse avremmo veramente potuto mettere su uno show e farlo saltare sopra le sedie come Tom Cruise da Oprah.

Proprio allora arrivò il cameriere a prendere il nostro ordine. «Prenderò quello che prende lui» cinguettai sognante, sperando che non ordinasse qualcosa di orribile. Lui ordinò il piatto unico di Floriano, troppo cibo per me. Ma, ehi, non mi lamentavo mai degli avanzi.

«Che cosa ci fai da queste parti, Adam?» chiese Lindsay.

Lui guardò me e poi Lindsay come per dire, *Non è ovvio?* Ed io ebbi di colpo il germe dell'idea che quell'incontro non fosse casuale. Diedi un'occhiata ad Adam, che teneva ancora la mia mano stretta nella sua.

Dopo qualche altro minuto di banale conversazione, Lindsay spinse indietro la sedia. «Scusate, non intendevo interrompere e devo andare. Verrai alla festa venerdì, Adam?»

Lui sorrise. «Sì, certamente, con Emilia. Grazie per l'invito.» Mi accigliai. Che cosa stava succedendo? Una festa. A Newport Beach, data da Lindsay? Uh, no, grazie.

A Lindsay caddero visibilmente le spalle e si voltò, sistemandosi gli occhiali firmati e dirigendosi verso uno degli edifici nella piazza.

«Beh, è stata una fortuna» disse Adam. Notai che non mi aveva ancora lasciato andare la mano, ma non glielo dissi.

«No, non è vero, avevi programmato tutto.»

Adam si mise la mano libera in tasca e ne tolse gli occhiali. «Forse.»

Lo studiai. «Perché?» Lui esitò e io aggiunsi. «Se mi dici che non sei obbligato a dirmi le tue ragioni, ti darò un calcio dove fa male.»

«Quanta violenza!» disse con una smorfia. «È venuta al complesso l'altro giorno, a pranzo. Mi ha informato di aver chiesto il divorzio da Jerome.»

Gli sorrisi maliziosa. «Ci ha provato con te?»

Lui mi diede un'altra occhiata e poi distolse gli occhi, chiaramente imbarazzato.

«L'ha fatto, vero? Lo sapevo. Lei ti vuole.»

Adam sorrise, quasi involontariamente. «Lindsay è un'amica. Niente di più. E questo non cambierà.»

«Perché non dirglielo semplicemente, invece di sbatterglielo in faccia?»

Strinse più forte la mano sulla mia. «È quello che pensi stessi facendo? Stai nuovamente distorcendo i fatti.»

«Baciarmi la mano e chiamarmi "tesoro" non è proprio un comportamento tipico per te.»

Non riuscivo a leggere la sua espressione, nascosta dagli occhiali da sole. «Forse no.»

Arrivò il nostro pranzo e Adam mi lasciò andare la mano perché potessimo mangiare. Ci buttammo sul cibo, in silenzio, per qualche minuto. Gli lanciai qualche occhiata sospettosa, che lui finse di non notare. Quindi ero il suo diversivo. E spiegava parecchie cose. Mi stava tenendo intorno per impedire a Lindsay, o forse ad altre, di farsi delle idee. Con il divorzio in corso, Lindsay sarebbe stata vulnerabile e in cerca di una preda. Forse questo era il modo di Adam di rifiutarla in maniera gentile. O per evitarla in questo periodo in cui lei poteva farsi un'idea sbagliata, perché anche se *lui* fingeva di non accorgersene, per me era chiaro che Lindsay voleva Adam.

«Non puoi evitarlo per sempre, sai» dissi, mangiucchiando i miei *maduros.*

Lui ingoiò una forchettata di riso alla spagnola. «Cosa?»

«Il matrimonio. Un giorno non avrai uno schermo dietro il quale nasconderti.»

Sembrò intuire immediatamente quello che volevo dire. In risposta, si limitò ad alzare le spalle.

Insistetti perché avevo dimenticato come tendesse a rovesciare le nostre posizioni, riprendendosi il controllo. Anche quando si trattava solo di conversazioni. «Non desideri trovare la persona giusta, sistemarti, fare dei piccoli bambini prodigio?»

Sbuffò. «Forse ci penserò quando avrò quarant'anni.» Mangiò per un momento in silenzio prima di guardarmi. «E tu, che piani hai?»

Masticai un boccone di pollo e peperoni. Era speziato, saporito e tenero. Alzai le spalle. «Te l'ho detto, io non ho una vita sociale. E se non esco con nessuno, non troverò mai quell'uomo speciale… specialmente perché non credo che esista, innanzi tutto. Vivrò la mia vita beatamente single e a modo mio. È bastato a mia madre.»

«Ma tua madre aveva te.»

Ci pensai per un attimo. «Certo. Andiamo d'accordo, per la maggior parte del tempo. A volte più come sorelle che madre e figlia. E se mai avrò il desiderio di diventare madre, ci sono alternative che non richiedono un uomo.»

Non disse niente e finimmo il pranzo poco dopo. Accettò una chiamata, occupandosi di qualche nuova crisi durante il tragitto per tornare a casa mia. Camminai accanto a lui, in silenzio eccetto lo stridio della scatola di polistirolo che conteneva i miei avanzi.

Finì la chiamata davanti alla mia porta, mettendosi il telefono in tasca. «Emilia, verrai alla festa con me venerdì?»

Alzai un sopracciglio. «Mi stavo chiedendo quando me lo avresti chiesto, visto che hai già annunciato che sarò la tua accompagnatrice.»

«Te lo sto chiedendo adesso.»

Feci un respiro profondo, sapendo che probabilmente non avrei dovuto. «Non penso…»

«Stavo aspettando di vederti con quello rosso.» Si riferiva al vestito rosso, quello che non avevo ancora indossato. Mi ero chiesta anch'io come mi sarebbe stato.

Forse me la sarei cavata non dicendolo a Heath. Sapevo che cosa avrebbe detto lui. Avrebbe detto esattamente le stesse cose che stava mormorando la vocina razionale in fondo alla mia testa. *Digli di no. Gli stai già dando molto più di una notte.*

«Okay.» Accidenti. A volte sembravo veramente decisa a fare tutto il contrario di quanto mi diceva il buonsenso. E, ultimamente, ognuna di quelle decisioni riguardava quell'uomo.

«Ci vediamo venerdì» disse, andandosene in fretta, come temendo che potessi cambiare idea se si fosse attardato sulla porta.

Lo guardai andare via, diretto alla città vecchia a prendere la sua auto. Sentivo un nodo stringermi lo stomaco. Era pericoloso. Ero troppo coinvolta. Ed era lui a tirare le fila del gioco, proprio come aveva detto. Invece di un'altra notte, come gli avevo promesso, ora era un cocktail party e una settimana nei Caraibi. Poi ci sarebbe stato di più. E trovavo sempre più difficile dirgli di no.

La mia testa avrebbe voluto resistere, ma il mio cuore non glielo permetteva.

Capitolo Undici

IL GIORNO SUCCESSIVO, DOPO IL LAVORO, INCONTRAI HEATH a casa sua. Avevo portato gli ingredienti per un'insalata Caesar e lui aveva comprato la carne macinata e altra roba per fare gli hamburger.

All'inizio, l'atmosfera fu d'imbarazzo. Si capiva che Heath stava studiatamente evitando di parlare sia di Adam sia dell'asta. Se n'era tirato fuori, a quanto pareva.

Ma mentre eravamo a metà dei nostri hamburger, gli posi la domanda che mi stava bruciando nel cervello. «Come si fa a fare un lavoretto di mano?»

Heath si soffocò con l'hamburger, con gli occhi spalancati. «Accidenti. Almeno dammi un attimo di preavviso per svuotare la bocca prima di uscirtene con roba simile.»

Ridacchiai. «Mi dispiace, ma stavo leggendo un articolo di Cosmopolitan e mi ha confuso perché…»

«Fermati lì. Se cerchi l'educazione sessuale su Cosmopolitan, soffrirai le pene dell'inferno, o forse le soffrirà lui. Quegli articoli sono folli.»

«Okay. Allora, ti imbarazzerebbe se ti chiedessi di spiegarmi come funziona?»

Scoppiò a ridere. «Imbarazzato? Bambolina, sono gay. Il pene è il mio argomento preferito, merda, probabilmente lo sarebbe anche se fossi etero, e le tette subito dopo.»

Durante il dessert (avevo comprato delle fragole fresche al mercato locale e le avevo servite sopra un semplice angel cake), lui usò una banana per dimostrare l'arte di soddisfare un uomo con la mano. Probabilmente avevo delle scottature da radiazioni sul viso per quanto ero arrossita, ma, a casa, seguii il suo consiglio e buttai nel secchio del riciclaggio tutte quelle riviste arretrate.

***

Il cocktail party di Lindsay fu un fiasco assoluto. Quando ci vide arrivare insieme, spalancò gli occhi con sorpresa esagerata, o finto orrore, non riuscii esattamente a capire quale dei due. Poi finse che qualcuno l'avesse chiamata per fare qualcosa d'importante. Penso che avesse avuto in programma di essere lei la compagna di Adam al party. Per il resto della serata, finse che io non esistessi. Gli altri ospiti si sarebbero probabilmente comportati allo stesso modo, eccetto il fatto che Adam mi restò incollato come il velcro per tutta la sera.

Avevo indossato il vestito rosso. In alto era modesto, con una scollatura a cuore, maniche corte, ma era aderente e piuttosto corto per mettere in mostra le mie gambe che, in effetti, non erano male. Ero stata più attenta del solito nel radermi, per non avere tagli o graffi da nascondere. Indossavo le scarpe luccicanti che avevo portato ad Amsterdam con l'abito nero. Non avevo nemmeno tentato di mettermi i miei gioielli. Qualunque cosa avessi indossato sarebbe sembrato falso in confronto a tutti i luccicanti gioielli *veri* che ero sicura di vedere alla festa. Avevo scelto gli unici gioielli veri che possedessi, orecchini di perle coltivate. Ed era tutto. Niente anelli, collane o braccialetti.

Continuammo con la nostra routine affettuosa. Adam mi tenne la mano per tutta la sera e sembrava molto attento. Mi restava vicino e parlava solo con me, mi sussurrava all'orecchio, mettendomi un braccio intorno alla vita. Capivo che stavano parlando di noi perché c'erano un mucchio di occhiate curiose. A quanto pare, non vedevano mai Adam comportarsi affettuosamente in pubblico con le donne. Serviva tutto solo per scoraggiare Lindsay e i suoi piani o anche per allertare gli altri, un piano elaborato per tenere la gente a distanza. Se c'era qualcuno in grado di formulare piani elaborati, quello era proprio Adam.

Dopo la festa mi riportò a casa sua, che era a pochi chilometri da dove viveva Lindsay, a Laguna Beach. Mi chiedevo che cosa avesse in mente per il resto della serata. Un'altra gita al largo sullo yacht?

Con mia somma sorpresa, il suo programma era di restare nella sua sala di proiezione, guardare *Il signore degli anelli* e mangiare popcorn. Mi piacevano sia il popcorn sia Tolkien, quindi mi andava bene. Tuttavia, a un certo punto, Adam sparì e riapparve indossando i pantaloni del pigiama e una t-shirt.

Borbottai qualcosa sul fatto che non era giusto che io dovessi restare vestita e lui sparì di nuovo, tornando con una t-shirt. Andai in bagno e me la misi. Dato che era una delle sue, copriva le mutandine e mi lasciava le gambe nude. Quando tornai nella stanza, i suoi occhi mi seguirono mentre mi sedevo sulla mia poltrona accanto a lui. Avevamo la nostra piccola sala di proiezione, con uno schermo ad alta definizione e un sistema audio di prim'ordine; come detto, andavo pazza per la roba tecnologica. E potevamo vedere il film in pigiama.

Quando finì il primo film, Adam fece per far cominciare il secondo. A quel punto erano le dieci passate e dissi che probabilmente sarei dovuta andare a casa. «Perché non resti? Ho una mezza dozzina di stanze per gli ospiti tra cui scegliere. E altri due film.» Eccola, la sua richiesta per qualcosa di più.

Io esitai. «Non conterebbe come un'altra notte?» dissi.

Mi guardò con aria di sfida, ma il sorriso non svanì. «No.»

«Che cosa ti fa credere che sia disposta a farti un omaggio?»

Adam alzò il telecomando. «Dai… sai che lo vuoi…»

Sospirai. «Se potessi avere un altro cartoccio di popcorn e uno spazzolino da denti… e tu spegnessi il telefono fino alla fine dei film… allora potrei pensarci.»

«Fatto, fatto e…» fece un sospiro esagerato, togliendo il telefono dal portabicchieri dove l'aveva appoggiato. «Oh, che diavolo. Fatto.»

Riaccese il telefono due volte per controllarlo durante le parti lente dei film, il sogno di Arwen e quella stupida ridicola scena dove Aragon viene buttato giù da un dirupo da un mannaro.

Dopo la seconda volta; saltai nella sua poltrona, afferrai il telefono e me lo infilai sotto la maglietta. Guardammo il resto del film appiccicati l'uno all'altro, con le gambe intrecciate e le sue braccia forti avvolte intorno alla mia vita.

Durante il prologo del terzo film cominciammo a baciarci. E da lì in poi, praticamente ignorammo *Il ritorno del re*. Le sue mani erano dappertutto, anche se sospettavo che fosse in parte un tentativo di trovare il telefono. E anche le mie mani stavano facendo festa.

Passammo tutte le due ore e mezza pomiciando come adolescenti sul sedile posteriore del minivan preso in prestito dai genitori. E non credo di essere mai stata così eccitata in vita mia.

E, ovviamente, non significava molto, dato che le tre settimane in compagnia di quest'uomo rappresentavano il 98,5% delle mie esperienze in fatto di eccitazione sessuale. Erano stupefacenti le sensazioni che si stavano risvegliando in me, come se stessero risuscitando parti del mio corpo che non sapevo esistessero.

Aragon fu incoronato re e passarono i titoli di coda, e noi eravamo al buio e stavamo continuando a pomiciare. Adam aveva le mani sul mio seno da un'ora, e mi faceva impazzire con la continua stimolazione, stuzzicando i capezzoli contratti, appoggiandoci la bocca calda. Perché, già, la mia t-shirt (o meglio, la sua t-shirt) era finita sul pavimento un bel po' prima, insieme al telefono, quasi subito raggiunta da quella che indossava lui.

Poi la mia mano scese e cominciai ad accarezzarlo attraverso i pantaloni del pigiama e lui emise un gemito profondo. Oh, gli piaceva, eccome. Non avremmo fatto sesso quella notte, ma era ora che si divertisse un po' anche lui. Dopotutto era stato così premuroso con me, e dovevo ammettere in fondo alla mente mi girava l'accusa di Heath, che Adam avesse uno strano piccolo feticcio. *Magari gode privandosi dell'orgasmo.*

Ma non protestò quando la mia mano si infilò dentro il pigiama. Avvolsi la mano sulla sua erezione, muovendola dolcemente su e giù, proprio come mi aveva istruito Heath. Il suo organo era duro, lungo e grosso. Mi piaceva la sensazione della pelle morbida che scivolava sotto le mie mani, la rigidità, il suono dei suoi gemiti rauchi mentre si arrendeva alle mie carezze.

Mossi più in fretta la mano e le sue braccia si strinsero più forte intorno a me. Mi affondò i denti nel collo, succhiando e sapevo che probabilmente sarei stata coperta di succhiotti per qualche giorno. Ma non mi fermai perché mi stava veramente eccitando sapere di avere quel potere sul suo corpo. Abbassai la testa e gli baciai il torace duro, muscoloso, leccando e succhiandogli i capezzoli, come aveva fatto lui con me.

Poi gli avvicinai la bocca all'orecchio. «Ti farò venire.»

La sua risposta, roca fu solo un "sì."

«Ti voglio dentro di me, Adam. Voglio sapere com'è averti in me.» Dissi quelle parole, ed erano vere. Era ora. Ero stufa di aspettare. Non sarebbe successo quella sera, ma doveva succedere presto, altrimenti sarei esplosa per la tensione.

Lo accarezzai sempre più velocemente finché il suo corpo s'irrigidì e sentii le contrazioni del suo orgasmo. Seme caldo gocciolò sugli addominali piatti e sulla mia mano e quando finalmente tornò da dove lo avevo portato, mi guardò, togliendomi la mano dalla sua carne ora troppo sensibile. «Guarda che disastro hai fatto, ragazzaccia.»

La mia bocca trovò la sua e ci baciammo, a lungo, languidamente. «Forse dovrai punirmi...»

«Sì, forse.»

C'era un bagno accanto alla sala di proiezione e ci trasferimmo lì per fare una doccia. Un'altra doccia calda e sexy insieme. Dopo essersi lavato, spostò le sue attenzioni su di me, insistendo per insaponarmi da capo a piedi. Da dietro, mi massaggiò le spalle, dimostrando ancora quell'interessante abitudine di prestare particolare attenzione a insaponarmi il seno.

«*Sarò* dentro di te, Emilia» mormorò contro il mio orecchio una volta finito.

Poi la sua mano fu tra le mie gambe. Mi chinai indietro, con la schiena contro di lui.

«Entrerò lentamente, guardando la tua faccia mentre lo accetti dentro di te. Ti scoperò fino a farti urlare. E poi farò in modo che mi preghi per rifarlo. Ancora e ancora.»

Le sue dita scivolavano sulla mia carne sensibile e avida, mentre con l'altra mano mi pizzicava i capezzoli. Mi restituì in un attimo il favore che gli avevo fatto. Il mio orgasmo arrivò intenso e in fretta. M'irrigidii tra le sue braccia e lui mi tenne contro di sé. Il suo fiato caldo mi bruciava la nuca. Si premette contro di me, di nuovo eretto.

E nonostante la conversazione che avevo avuto con Heath, non sapevo che un uomo potesse essere pronto di nuovo così in fretta. Ovviamente non avevamo veramente fatto sesso, quindi forse era quello il motivo. Per quanto avessi cercato di documentarmi, erano pensieri come questo che mi dimostravano quando poco sapessi veramente in materia. Adam era stato un insegnante paziente e meticoloso finora. Fin troppo paziente per i miei gusti. Ero pronta per la lezione seguente e lui me la negava come un maestro inflessibile.

Forse era ora che la studentessa si ribellasse.

***

Dovevano essere le due o le tre del mattino a quel punto, ma nessuno dei due era stanco.

Adam prese un cambio d'abiti e una maglietta per me, questa volta una divisa da rugby che mi scendeva un po' più sulle gambe ma che aveva anche le maniche molto più lunghe delle mie braccia. Finii per arrotolarle oltre i polsi. Andammo in cucina, entrambi affamati, e facemmo uno spuntino con affettati e formaggio.

Cercai di approfittare del rilassamento post-orgasmico per estorcergli qualcuno dei suoi segreti, senza successo. «Okay, che ne dici di un'infima frazione di un minuscolo indizio?»

Arricciò le labbra, divertito e cercando di nasconderlo. Erano dieci minuti che tentavo. «Niente indizi.»

«E se cercassi di corromperti?»

Rise di nuovo. «Con che cosa?»

Lo guardai maliziosamente.

«Okay, un indizio.»

«Oh, bene!»

«Giallo.»

Lo guardai storto. «Aspetta, cosa?»

Adam alzò le spalle. «Quello è il mio indizio. Prendere o lasciare.»

«Lo lascerò proprio dove lascerò tutte quelle cose che avevo intenzione di farti in cambio di un buon indizio.»

«È un po' tardi con i tuoi tentativi di corruzione. Avresti dovuto tentare mentre stavamo guardando il film.»

«O, penso che potrei farti ripartire, con l'offerta giusta.»

Il suo sguardo mi percorse nuovamente le gambe nude. «Potresti avere ragione» disse. «Sei stanca? Devo controllare un paio di cose, ma vorrei chiudere gli occhi per un po' prima che si alzi il sole.»

Mi diede lo spazzolino da denti promesso e mi mostrò una stanza per gli ospiti non lontana dalla sua. Ma dopo essermi lavata i denti, andai in camera sua. Dovunque fosse andato a fare il suo lavoro, non era lì. Ne approfittai per ispezionare la stanza, colpita da quanto sembrasse impersonale. Era arredata in modo elegante e sembrava un capanno da spiaggia, con il soffitto inclinato rivestito di bambù e travi scure. Tende di lino pesante, beige, coprivano le finestre a tutta altezza e il pavimento era un parquet con intarsi di legno di diversi colori con un disegno intricato.

Ma c'erano pochi tocchi personali che dessero un indizio su chi era, eccetto la scrivania. Mi avvicinai, studiando la superficie lucida. C'erano foto di suo zio Peter con un braccio intorno alle spalle di entrambi i suoi cugini e Britt con i suoi adorabili ragazzi. C'era una foto di Adam con i ragazzi a Disneyland, accanto a Topolino. Sorrisi a ogni foto, lieta di aver trovato almeno qualche traccia della persona dietro alla facciata che mostrava al mondo, perfino a me. Notai che non c'erano fotografie dei suoi genitori e non mi sorprese, visto quello che sapevo della sua situazione da ragazzo. Ma fu l'ultima foto che mi fece riflettere. Era un'istantanea, in una cornice 10 x 15 e la presi, esaminando i due bambini ritratti.

Il colore era sbiadito, ma il bambino più piccolo, dai capelli scuri, era ovviamente Adam. Gli mancavano i denti davanti, ma aveva comunque un enorme sorriso. Teneva il braccio intorno al collo di una ragazzina un po' più grande, bionda con gli occhi verdi. Lei sembrava essere una preadolescente. Guardava la macchina fotografica di traverso, come se la irritasse che la stessero fotografando, ma aveva il braccio stretto intorno ad Adam. Era carina e immaginai che fosse Sabrina, sua sorella.

Mentre studiavo la fotografia, sentii una presenza dietro di me, prima di sentire qualcosa. Mi voltai e vidi Adam. Quando lui si accorse della fotografia che avevo in mano, la sua espressione divenne seria.

«Era una ragazza molto carina» dissi, non molto brillantemente.

Lui mi diede un'occhiata furtiva, poi appoggiò sulla scrivania il laptop che aveva sotto il braccio, evitando di guardarmi. Avevo indovinato. «Sì» fu tutto quello che disse.

«Non vi assomigliavate molto.»

«Avevamo padri diversi.»

Guardai di nuovo la fotografia e la rimisi a posto delicatamente. «Mi dispiace per la tua perdita. Le volevi molto bene.»

Lui fece un profondo respiro, continuando a fissare la fotografia. «Sì. Le volevo bene più che a chiunque altro su questo pianeta.»

Mi avvicinai e gli avvolsi le mani intorno al torace. «Allora era molto fortunata. Ad avere il tuo amore.»

Adam non si mosse, non reagì alla mia dimostrazione di affetto. Alzai lo sguardo e lui stava ancora guardando fisso la foto sbiadita. «È l'unica fotografia che ho di lei eppure non riesco a ricordare come fosse allora. O dopo, prima che morisse.»

«Quanti anni aveva?»

«Venti.»

«E tu avevi...?»

«Tredici anni. È successo più o meno quando sono tornato in California.»

Nonostante non avesse reagito, spostai una mano per accarezzargli la schiena. «Mi sarebbe piaciuto avere una sorella, anche se per un tempo breve.»

Strinse le labbra e finalmente sembrò accorgersi di me, e abbassò gli occhi. «Io avrei preferito non avere una sorella, piuttosto di vederla morire in quel modo.»

Mi staccai da lui e mi sedetti sulla sponda del letto. Lui mi osservò per qualche momento, con il volto teso e rigido. Battei la mano sul posto accanto a me.

Lui lo guardò ma non si mosse.

Quindi gli feci la domanda rimasta in sospeso. Perché capivo che, nonostante il suo atteggiamento riluttante, lui aveva voglia di parlarne.

«Com'è morta?»

Chiuse lentamente gli occhi e poi li riaprì. «Overdose.»

Dipendenza. C'era di nuovo quel tema familiare. Una volta mi aveva detto che era quello di cui aveva più paura, che credeva fermamente nell'origine genetica delle dipendenze. Sembrava che la sua convinzione avesse un'ampia base nelle vite delle persone a lui più vicine.

«Mi dispiace» dissi, senza sapere che cos'altro dire.

«Non è il caso. Sono passati tredici anni. Avevo cercato di salvarla, ma lei si era rifiutata di lasciarmelo fare.» Alzò le spalle, ma era un'affettazione piuttosto di una dimostrazione di indifferenza. Stava fingendo una nonchalance che non provava.

«Per quanto tentiamo, alcune cose restano sempre al di fuori del nostro controllo» gli dissi.

«Non posso accettarlo.»

Ovvio che non potesse accettarlo. Era una parte importante di ciò che lo definiva. Ma forse era proprio quello il nocciolo del suo problema.

«Forse dovresti.»

Si passò una mano tra i capelli e mi guardò. «Emilia, si sta facendo tardi.»

Io tirai il fiato, conscia che stava cercando di mandarmi via. *Era* tardi, ma non avevo intenzione di lasciar perdere così facilmente.

«Hai ragione. È troppo tardi per lavorare.»

Mi rivolse un sorrisino triste. «Non è mai troppo tardi…»

Lanciai un'occhiata significativa al laptop sulla scrivania. «Se me ne vado, lo porterai a letto con te. Quindi decidi, quello o me?»

Mi guardò con gli occhi socchiusi, restando in silenzio. Stava veramente pensando di scegliere il laptop al mio posto! Sentii il calore salirmi alle guance. «Okay. Ho capito come vanno le cose.» Mi stavo avvicinando troppo. Lo facevo sentire a disagio, quindi si liberava di me per lavorare al suo computer. Mi chiesi se portasse quella dannata cosa con sé a letto tutte le sere. Forse si sbarazzava in fretta di qualunque compagna di scopate avesse in quel momento, subito dopo il sesso, per tornare di corsa al suo laptop.

Mi voltai per andarmene.

«Emilia» disse, prendendomi il braccio e chiudendo la sua mano forte intorno al polso. «Resta.»

Strinsi i denti. «Solo se quell'affare resta sulla scrivania.»

Adam fece un lungo sospiro rassegnato. «È tardi… o presto. Cerchiamo di dormire un po'.»

Senza dire un'altra parola, andai a capo del letto, tirai indietro le coperte e mi sdraiai. Lui mi guardava, con il bel volto impassibile, ma la luce nei suoi occhi mi diceva che non era indifferente al mio gesto. Mi girai su un fianco, con la schiena rivolta verso la sua parte del letto.

Lui andò dall'altra parte e spense la luce e, dopo un momento, sentii il materasso muoversi sotto il suo peso. Eravamo ancora abbastanza lontani, dato che il letto era un enorme king-size. Ancora una lunga pausa prima che allungasse un braccio, me lo passasse intorno alla vita e mi tirasse indietro contro di sé. Le sue gambe si curvarono dietro le mie. Eravamo accoccolati l'uno contro l'altro. Non avrei mai preso Adam come un tipo da coccole. E lì, quella dimostrazione di affetto era solo per me. Non c'erano potenziali ragazze o ex da allontanare. Eravamo solo lui ed io. *Noi.* Accoccolati insieme.

In quell'ambiente sicuro, nell'ora più buia prima dell'alba, voltai la testa verso di lui. «Vuoi parlarne?»

Rimase in silenzio così a lungo che pensai che non avrebbe parlato. O che forse si era addormentato e non me ne ero accorta. «Era tutto quello che avevo. Era una sorella e una madre quando la nostra non era in grado di occuparsi di noi, e succedeva la maggior parte del tempo.»

Fece scivolare la mano sotto la maglietta per appoggiarla alla mia pancia. Nonostante la stanchezza, sentii una leggera fitta di eccitazione al suo tocco. Misi la mano sopra la sua, intrecciando le dita. Lui curvò le sue verso l'interno, racchiudendomi le dita in uno stretto abbraccio.

«Ma le cose tra lei e mia madre divennero brutte, veramente brutte. Mia madre non sopportava la sua vista e la scacciò di casa quando aveva quindici anni. Poco dopo restammo senza una casa, e cominciammo a passare da un rifugio all'altro.»

«Merda, è orribile.»

«C'è di peggio. Lei scappò, viveva per strada, lo stesso vecchio cliché. Divenne quasi subito dipendente dalla droga e si vendeva per pagarsi il vizio.»

Mi si gelò il sangue. Quella frase restò in sospeso tra di noi per parecchi momenti prima che Adam respirasse profondamente, con l'aria fresca che mi passava sul collo. Sua sorella si era venduta per soldi, per la droga, fino alla sua distruzione finale. L'intuito mi diceva che aveva tracciato un parallelo. Anch'io mi ero venduta, per soldi. Una sensazione sinistra mi avvolse come un sudario. Era quello il motivo per cui Adam stava tirando in lungo le cose tra di noi?

Parlò di nuovo, con la voce bassa e un po' assonnata. «L'ultima volta che la vidi, fu quando saltai su un autobus, a dodici anni, e andai a Seattle a cercarla. Aveva un aspetto orribile. La pregai di tornare con me, ma non volle farlo. Mi ributtò sull'autobus, urlandomi di andarmene dalla città. Non la rividi più.»

Mi voltai tra le sue braccia, per guardarlo in viso. La luce acquosa che annunciava l'alba stava cominciando appena a penetrare nella stanza. Non riuscivo a vedere i suoi occhi, ma li fissai comunque, con il suo volto a pochi centimetri dal mio.

«Non c'era niente che tu potessi fare di diverso.»

Lui rimase in silenzio.

«Adam...» dissi e, d'impulso, gli misi una mano sulla guancia ruvida di barba. Il mio coraggio svanì con la mia voce. Stavo per dirgli che i miei sentimenti per lui stavano crescendo a un livello inappropriato. Ma dire quelle parole significava credere che quei sentimenti fossero veri e giusti e proprio non potevo fidarmi. Non mi sarei mai fidata abbastanza da essere ancora vulnerabile. In passato, ogni volta che lo avevo fatto, mi avevano calpestato. Questa era una faccenda d'affari. Sentivo il cuore pulsarmi alla base della gola.

«Che cosa c'è?» disse, con la voce densa di emozione e il fiato che mi scaldava le guance.

«Mi dispiace tanto per ciò che le è successo, è una cosa terribile, tragica. Non puoi prendertene la colpa.»

«Non me la prendo, infatti.»

Respirai a fondo. Faceva male inspirare. «Bene. E penso anche che non dovresti paragonare la sua situazione alla mia.»

Una lunga pausa. «Come potrei non farlo? Nel momento in cui verrò a letto con te, tu diventerai una prostituta e io il tuo cliente.»

Dentro di me tremai. «È questo il motivo, allora? Il motivo per cui non abbiamo… perché continui a fermarti?»

Adam non rispose. Anche adesso non rispondeva. Ma non eravamo già entrati in quel territorio proibito oramai, avessimo o no fatto sesso?

«E allora non lo faremo. Davvero. A me sta bene. Possiamo finirla qui» dissi.

Restò immobile, perfino trattenendo il fiato. «Non è una decisione che puoi prendere tu, Emilia. Sei troppo coinvolta.»

«Ma perché…»

Adam m'interruppe premendomi dolcemente un dito sulle labbra.

«Ricorda chi comanda» disse, con la voce velata di stanchezza. E sapevo che non era il momento di discuterne. Non quando lui si era appena messo a nudo con me.

Quindi non parlai. Invece mi accoccolai vicino a lui, rannicchiandomi contro il suo petto. Lui mi abbracciò, appoggiò il mento sulla mia testa e si addormentò.

Ma io non ci riuscii. Nonostante fossi completamente esausta, il mio cervello continuava a rimuginare su ciò che era appena successo, su quello che avevo saputo. Adam ed io non avremmo mai fatto sesso, perché lui credeva che nell'attimo in cui l'avessimo fatto, lui sarebbe diventato come gli uomini che avevano distrutto sua sorella.

Ma io sarei riuscita ad arrivare fino in fondo, dopo aver sentito la storia di Sabrina? Dopo aver sentito di un'innocente che era stata obbligata a lasciarsi usare? Usata e gettata via, come spazzatura. Mi ero rifiutata di pensare che ciò che stavo facendo equivalesse alla prostituzione ma Heath, e poi Adam, mi avevano giustamente tolto quell'illusione. E ora le implicazioni mi stavano finalmente entrando in testa.

CAPITOLO DODICI

DORMIMMO FINO QUASI A MEZZOGIORNO E MANGIAMMO qualcosa al tavolo in cucina. Poi mi accompagnò a casa, perché potessi lavorare un po' al mio povero, trascurato blog.

«Vieni alla cena di famiglia domani sera» disse Adam, sul punto di andarsene.

Io strinsi i denti. «Abbiamo intenzione di continuare a ignorarlo?»

Diede una breve occhiata alla strada e poi riportò lo sguardo su di me. «Sì o no, Emilia?» e, non rispondendo, mi diede la risposta. *Sì, continueremo a ignorarlo.*

Deglutii con la gola stretta. «Verrò.» Perché era quasi finita e parte di me non voleva che finisse. Sapevo che era necessario, ma volevo aggrapparmi a quei pochi momenti che restavano.

«Passo a prenderti alle sei.» Come sempre mi baciò sulla guancia e scese i gradini a due per volta per andare alla macchina.

Chiusi la porta e mi appoggiai contro, cercando di ignorare il vuoto doloroso che sentivo tutte le volte che se ne andava.

Controllando i messaggi, vidi che sia mia madre sia Heath avevano cercato di contattarmi. Feci per primo il numero di mia madre e notai immediatamente che sembrava insolitamente allegra.

«Mia! Come stai?»

Sentendomi ancora in colpa per com'era andata la nostra ultima telefonata, quando le avevo mentito, fui contenta del suo buonumore. Era innamorata? Certo sembrava che fosse capitato qualcosa di grosso. Me lo avrebbe detto o era solo una recita per coprire le difficoltà finanziarie?

«Ehi, mamma. Va tutto bene.»

«Come vanno le cose con il tuo ragazzo?»

«Non è il mio ragazzo» dissi sbuffando.

«Potrò essere ottimista, no?»

Mi agitai a disagio, avvolgendomi una ciocca di capelli sul dito indice. «Immagino di sì, ma questo significa che posso fare anch'io la stessa cosa con te. Non hai nessuno di speciale nella tua vita, vero?»

«Chi vuoi che incontri qui nella vecchia, derelitta Anza? Qui non ci sono uomini disponibili con ancora le facoltà mentali intatte.»

Giusto, aveva ragione. «È ora che trovi qualcuno. Oramai sono fuori di casa da quattro anni.»

«Non preoccuparti per me, tesoro. Sto bene e mi sento meglio di quanto sia stata da parecchio tempo. Preoccupati per te.»

Riflettei un momento. O stava fingendo dannatamente bene o era veramente successo qualcosa. Com'era possibile, se il ranch stava per essere pignorato? Tentare di indovinare non mi avrebbe dato una risposta, quindi decisi che era il momento di mettere fine al silenzio su quell'argomento. «Mamma, posso chiederti una cosa?»

«Certo, purché non si tratti di uomini» rispose.

Respirai a fondo e mi tuffai. «Quando ero a casa a gennaio, ho visto della posta…»

Una lunga pausa. «Mhmm.»

«Ho visto i solleciti per le rate del mutuo.» Mi schiarii la voce e continuai. «Dicevano che avrebbero pignorato il ranch entro luglio. Stavo aspettando che m'informassi tu, ma per qualche motivo devi aver pensato che non era il caso che lo sapessi.»

«Prima di tutto, non è un problema tuo, okay? Non te l'ho detto perché me ne stavo occupando io. E non volevo che te ne preoccupassi, con il test imminente e con tutto quello che avevi in ballo. Stai per laurearti! Dovrebbe essere un momento felice per te. E grazie al cielo è possibile.»

Spostai il peso da un piede all'altro, mettendomi una mano sul fianco. «Che cosa significa?»

«Significa che è tutto a posto. Non posso ancora darti i particolari, ma lo farò quando verrai a casa in giugno. È tutto a posto. Il ranch va bene, e meglio ancora, sto iniziando i lavori per ricominciare ad avere ospiti. Spero per luglio di riuscire ad avere un po' di clienti.»

Scossi la testa. «Cosa… davvero? Non stai mentendo per non farmi preoccupare o altre stronzate del genere?»

«Modera il linguaggio, Mia. Spero che non parli in quel modo con il tuo ragazzo.»

Sospirai. «Mamma.»

«Okay, okay. Non è il tuo ragazzo. Ma forse potrò incontrarlo alla cerimonia di laurea?»

Digrignai i denti. «Mamma, stavamo parlando del mutuo.»

«Sì, e ora l'argomento è chiuso. Me ne sono occupata e ti dico che è la pura e semplice verità. Okay? Quindi smettila di preoccuparti e di tentare di occuparti di me. Non sto più facendo la chemio. Mi sento meglio di quanto stessi da molto tempo. Per un mucchio di motivi.»

Decidi si crederle. «Okay. Grazie a Dio. Sono così contenta.»

«Ti stavi crucciando da gennaio?»

Crucciando. Era un eufemismo che le avrei concesso. «Sì, beh, sì.»

«Bene, smettila. Non vedo l'ora che torni a casa tra qualche settimana. La mia piccola laureata. Sarai splendida con il tocco e la toga.»

«Già. Fino ad allora staccherò il telefono fisso per una settimana e mi metterò a studiare. Se hai bisogno di me, mandami un'email o un messaggio, okay?» Okay, così mia madre aveva vuotato il sacco e io le avevo mentito senza vergogna, di nuovo! O, almeno, non le avevo detto tutta la verità, che avrei staccato il telefono perché sarei stata all'estero.

Mia madre sospirò pesantemente. «Okay, ma se non risponderai puntualmente, dovrò vessare Heath e sai quanto gli piace.»

«Ti voglio bene, mamma. Ci sentiremo presto.» E chiusi, e mi parve che mi avessero appena tolto un peso da venticinque chili dal petto.

Il problema del mutuo era risolto. Non avrebbe dovuto rinunciare al ranch. Si stava perfino preparando a ricevere nuovi ospiti! Aveva ottenuto un prestito? Una sovvenzione? Sembrava tutto così improbabile, ma era evidente che stava dicendo la verità. Mia madre non era una brava bugiarda, cosa che apparentemente stavo diventando io. Fissai il soffitto, semisdraiata sulla sedia senza riuscire a smettere di sorridere. Non ero nemmeno irritata al pensiero che probabilmente mi avrebbe messo al lavoro come aiutante non pagata nel suo ranch durante l'estate.

Poi, ovviamente, cominciai a pensare all'asta. Il dilemma in cui mi trovavo. Il fatto che Adam non avrebbe mai portato a termine il nostro contratto. Pensai a quei quasi quattrocentomila dollari fermi sul mio conto alle Cayman, soldi che non avevo, in effetti, mai guadagnato.

E arrivai a una decisione, facendo in fretta il numero di Heath. Qualche minuto dopo avergli parlato del viaggio a St. Lucia, sganciai la seconda bomba. Heath rimase così sbalordito che dovetti ripeterlo.

«Ho detto che voglio che rifiuti il trasferimento bancario.»

«Cosa? Perché gli stai restituendo i soldi? Pensavo che il contratto fosse stato soddisfatto, si fa per dire.»

«No.»

«Non capisco? *Ancora no?*»

«È veramente una lunga storia.»

«Forse dovresti mettermi al corrente.»

«Rinuncio. Non ci riesco.»

«Maledizione, è un vero sollievo. Drake l'ha presa bene?»

Mi strinsi il ponte del naso tra pollice e indice e mi preparai a dire altre bugie. «Sì, pensa anche lui che sia una buona idea.»

E a dire il vero, forse era quello che aveva voluto dire la sera prima. Quella mattina mi aveva detto appena due parole. Non sapevo se fosse per la stanchezza o il rimpianto per aver rivelato tanto di sé. Avevo fatto del mio meglio per fingere che le cose fossero rimaste le stesse tra di noi, anche se sapevo che avevano preso una piega inaspettata ed eravamo finiti in un territorio inesplorato.

«E i tuoi problemi di soldi? L'università?»

La metà dei miei problemi di soldi era svanita. «Troverò un altro modo» sospirai. Forse avrei potuto imparare la pole dance. Tossii. «Prestiti o qualcosa.»

«Cazzo. Non riesco a starvi dietro. Voi due mi fate girare la testa.»

«Per favore, Heath. Prometto che ti dirò tutto quando potrò. Ma sai, l'accordo di riservatezza.» La buttai lì, la scusa più stupida che potessi trovare, sperando che abboccasse.

Ovviamente no. «Già. Va bene. Ascolta, te l'ho già detto e lo ripeto. Non mi piace quello che questa storia ti sta facendo. Penso ancora che Drake ti stia prendendo in giro e non mi piace. Ora è riuscito a farti pensare di essere la sua ragazza, invece della sua squillo.»

Mi si strinse il petto e mi schiarii la voce. «Per niente. Non stiamo insieme e non si è parlato di relazioni. E ho già deciso che quando torneremo dai Caraibi non ci vedremo più.» Una forza sconosciuta mi si avvolse intorno al torace e strinse quando diedi finalmente voce ai pensieri che mi avevano occupato la mente per le ore precedenti.

Heath rimase zitto per un momento. «E lui lo sa?»

Strinsi forte gli occhi e pronunciai la bugia con un tono di voce perfettamente normale. «Sì, certo. È d'accordo con me.»

«E non hai intenzione di andare a letto con lui?»

«No.»

«Quindi non lo vedrai più. Non andrai a letto con lui. Mi dici perché vuoi andare a St. Lucia con lui?»

«Perché gliel'ho promesso.»

«Continuo a non capire. Ma se finirai per permettergli di portarti a letto, ricorda il vecchio adagio, sul comprare la mucca quando il latte è gratis?»

«Stai zitto! Io non sono una mucca.» Scoppiai a ridere, ma la risata aveva una strana qualità maniacale, come se fossi sull'orlo di una strana crisi di panico.

***

Arrivammo presto a casa dello zio di Adam per la cena in famiglia di domenica. Britt e la sua famiglia non c'erano ancora. Lo zio Peter aveva preparato l'occorrente per gli spiedini di manzo e pollo ed io lo aiutai a infilzarli, pronti da cuocere. Passarono solo pochi minuti prima che Adam se ne andasse per occuparsi di "un problemino di lavoro" al computer.

Mi stavo concentrando a spingere scivolosi pezzi di pollo crudo sugli spiedini di legno senza vomitare. Il pollo crudo mi aveva sempre fatto schifo.

«Allora, come va lo studio per il test?» Peter mi sorprese interrompendo il suo solito silenzio per fare conversazione.

«Oh, non troppo bene. Continuano a distrarmi.»

«Devi dirgli di lasciarti in pace per studiare.»

Sorrisi, infilando un pomodoro ciliegino sul bastoncino. «Oh, non è *tutta* colpa sua.»

«Adam è un ragazzo meraviglioso e gli voglio bene come se fosse mio figlio. Lui *è* mio figlio, per tanti versi. Ma a volte può essere un po' prepotente.»

Quello era un eufemismo. Presi un pezzetto di cipolla e continuai a lavorare. «Non si discute.»

«È molto determinato. Lo è sempre stato. È così che è arrivato dov'è. Ma dovrai puntare i piedi quando lo fa con te. Ti rispetterà di più.»

Nascosi un sorriso. Da quanto potevo capire, il fatto che gli tenessi testa lo irritava molto più di quanto generasse rispetto.

«Spero che tu resista» disse Peter dopo una lunga pausa. «Adam è più felice di quanto lo sia da molto tempo.»

Sentii il viso che bruciava e di colpo desiderai che cambiasse argomento. «Buono a sapersi» dissi piano.

«Allora, quanti spiedini di pollo devo preparare?»

Con mio enorme sollievo, lasciò cadere il discorso. E fu meglio così perché suonò il campanello e Adam gridò che ci avrebbe pensato lui. Qualche minuto dopo entrò in cucina con Lindsay e un giovanotto che non avevo mai incontrato.

Non sapevo che Peter avesse invitato i suoi colleghi di lavoro, altrimenti mi sarei preparata per le occhiate letali che Lindsay m'inviava di solito. Mi stampai in viso un sorriso fasullo. Lindsay non tentò nemmeno, andò da Peter, gli diede un bacio sulla guancia e gli porse una bottiglia di vino. «Grazie per averci invitato. È passato un mucchio di tempo dall'ultima volta.»

Era impeccabile, come sempre. Trucco perfetto, bei vestiti. Indossava tacchi a spillo e un abito firmato... per un barbecue in famiglia. Era posata, elegante. Mi sentii goffa, un maschiaccio accanto a lei. E anche se non era mai stata apertamente ostile nei miei confronti, mi sentivo sempre sulla difensiva quando era intorno, e decisamente aggressiva quando si avvicinava a meno di un metro da Adam. E, sfortunatamente, succedeva spesso. E quella dannata abitudine di toccarlo. Mi faceva alzare la pressione.

Dopo gli spiedini accanto alla piscina, Adam si scusò in fretta per prendere un'altra telefonata. Tornata in casa, andai a guardare di nuovo le statuine di William. Lui non era nella stanza, ma speravo che non gli sarebbe dispiaciuto che dessi un'occhiata da vicino.

Non restai a lungo da sola però, perché Lindsay infilò la testa nella stanza e rimase di sasso quando voltai la testa. Con mio sommo stupore, entrò nella stanza, invece di andarsene.

«Ehi» dissi, a disagio.

Lindsay si guardò attorno. «Questa è la stanza di Liam, sai, non quella di Adam.»

Annuii. «Sì, lo so. Ero venuta a dare un'altra occhiata alle statuine.»

«Ah, sì, le sue statuine. Ha passato ore su quelle cose, per anni, poveretto.»

La guardai sorpresa. «A me sembra abbastanza contento.»

Lindsay alzò le spalle. Avevo notato ben poca comunicazione tra lei e William. In effetti, sembrava che William la evitasse accuratamente.

«Conosco questa famiglia da molto, molto tempo» disse, lasciando cadere quella piccola informazione con apparente nonchalance, ma dicendo qualcosa di completamente diverso con il suo tono di voce. Come se conoscere Adam da più tempo le desse una strana superiorità su di me. Non risposi. Rimettendo la minuscola cacciatrice sullo scaffale e prendendo un moschettiere.

Lindsay si schiarì la voce. «Allora, da quanto state insieme tu e Adam?» chiese con quello stesso tono blasé mentre si spostava verso uno scaffale che conteneva alcuni trofei. Li guardai di sottecchi. Sembravano trofei di corsa, ma non riuscii a vedere le targhette. Dovevano essere di Adam.

E non avevo veramente idea di come rispondere alla sua domanda. «Non da molto» dissi.

«Davvero» aggiunse lei e mi chiesi quando avrebbe menzionato la sua precedente relazione con Adam. Quasi sbadigliai. Com'era prevedibile.

Sorprendentemente, non lo fece.

«Ti ha già dato buca per colpa del lavoro?»

Alzai le spalle. «Una volta o due» mentii, chiedendomi che cosa avrebbe fatto con quell'informazione.

Lindsay sembrò spiazzata. «È ancora tutto nuovo. Non devi ancora preoccuparti molto.»

«Preoccuparmi? Di che cosa?»

«Adam è un uomo sposato» disse Lindsay e prese un trofeo dallo scaffale, studiandolo. La luce si rifletté sulla targhetta di metallo e riuscii a leggere il nome di Adam e il tipo di evento: cento metri piani, primo posto.

Sentii un nodo allo stomaco. Adam? *Sposato? "Cosa?"*

Si voltò verso di me con un sorriso enigmatico, quasi condiscendente. «È sposato al suo primo amore: il lavoro. Temo che nessuna donna possa competere e arriverà sempre al secondo posto.»

Che cosa di merda da dire a qualcuno con cui pensava che il suo "amico" stesse uscendo. Aveva intenzione di spaventarmi?

«Sono sempre pronta a una bella sfida.»

Fummo interrotte quando Adam apparve sulla soglia. Lindsay rimise a posto il trofeo e si voltò a guardarlo con un sorriso. Adam si rivolse a me. «Dobbiamo andare. È successo qualcosa in ufficio. Devo passare per un momento.»

Vorrei non aver guardato Lindsay quando lo disse. Il sorrisino che mi rivolse mi fece ribollire il sangue. Adam aveva appena confermato ogni singola merdosa cosa che aveva detto lei.

Adam mi aspettò sulla porta, poi mi prese la mano e salutò Lindsay.

Okay, lei era irritante ma non terribile. In effetti, sarebbe potuto andare peggio. Aveva detto alcune cose brutali ma niente che non fosse vero. Tutti quelli che conoscevano Adam da un po', nel mio caso solo un mese, sarebbero stati idioti a non rendersi conto che aveva un problema serio con il lavoro.

Ma a me non importava. Non *poteva* importare. Era il problema di qualche altra donna. Una donna, in un lontano futuro, forse a quarant'anni, come aveva detto. Mentre andavamo a casa e questi pensieri mi frullavano in testa, sentii delle fitte al petto, che mi rendevano difficile respirare a fondo.

Strinsi i pugni con decisione. Non c'era un futuro per noi. Non poteva esserci. Le nostre vite stavano prendendo direzioni completamente diverse e il nostro inizio aveva predeterminato un certo finale.

Ma non riuscivo a rassegnarmi completamente. Qualcosa mi stava trattenendo. Qualcosa dentro di me non voleva vedere la fine. Quando ci fermammo davanti a casa mia, Adam non si mosse per scendere.

Si voltò e mi guardò ansioso. «Che succede?» mi chiese.

Mi voltai a guardarlo. «Perché hai partecipato all'asta?»

Lui espirò a lungo, si passò la mano tra i capelli e guardò fuori dal parabrezza. La domanda lo aveva chiaramente sorpreso.

Quando non rispose, continuai. «So, adesso, come ti devi sentire riguardo all'intera faccenda, a causa di ciò che... a causa di tua sorella. E lo capisco, davvero. Ma quello che non capisco, innanzitutto, è perché hai scelto di partecipare.»

Alzò le spalle, dandomi un'occhiata di traverso. «Devi proprio? Il punto è che ho partecipato.»

Scossi la testa. «Adam...»

Lui guardò significativamente il suo orologio. «Hai un turno presto domani mattina, se non sbaglio. Ed io devo andare in ufficio.» Aprì la portiera, la sbatté e venne ad aprire la mia. Scesi lentamente, guardandolo furiosa, ma lui evitò attentamente il mio sguardo.

Sulla porta, quando si abbassò per baciarmi, voltai via la testa. Non ero ancora pronta a rinunciare. «È un gioco per te, vero?» sussurrai a denti stretti.

Lui aggrottò la fronte. «Stai nuovamente rigirando le cose.»

«Perché devo venire con te nei Caraibi?»

«Perché voglio che venga» rispose lui senza esitare.

«Ma perché? Non stiamo...» Adam si abbassò e mi interruppe quando la sua bocca coprì la mia. Avvolse la mano grande intorno alla mia guancia, tenendomi ferma mentre mi esplorava la bocca con la sua. Quando si staccò, mi fissò negli occhi, ipnotico. Mi vedevo riflessa nei suoi, come fissare in due minuscoli specchi scuri.

«Non ho intenzione di discuterne con te adesso.»

«Ne discuterai con me dopo?»

Adam assunse un'espressione pensierosa. «Sì, assolutamente. Dopo il viaggio.»

Aprii la bocca per protestare. Non ci saremmo più visti dopo il viaggio. Ma all'ultimo momento mi ricordai che non glielo avevo detto esplicitamente. Era una decisione unilaterale. E non gli avevo parlato, né di quello né del fatto di avergli restituito i soldi. Quindi tenni la bocca chiusa.

Lui aveva dei segreti. E anch'io.

CAPITOLO TREDICI

"I vantaggi di essere una strafiga" – postato sul blog *Girl Geek*.

Secondo le statistiche, i giocatori di MMORPG, ovvero i giochi di ruolo multigiocatore in rete, sono molto più mirati verso la popolazione maschile che a quella femminile. Ma vi siete mai chiesti perché, ciò nonostante, ci sono così tanti personaggi femminili in bikini che percorrono le pianure di Yondareth in cerca di avventure?

C'è un ragazzo, nella mia gilda, che gioca solo con personaggi femminili. Tutte le volte che gli chiedono il perché nella chat della gilda, dà una risposta diversa. A volte è perché voleva giocare con un'amica che aveva un ragazzo geloso e non voleva metterla nei guai. A volte dice che è perché se deve guardare il suo avatar tutto il giorno, preferisce fissare una svelta e sexy elfa degli alberi con un bikini di maglia di ferro che non un tizio idiota, con una latta di stagno in testa a mo' di armatura.

Ma, cari lettori, penso di essere arrivata in fondo al vero motivo per il quale gioca nei ruoli femminili invece che maschili. Ho condotto un "esperimento scientifico" e i risultati sono inconfutabili. I personaggi femminili ottengono più roba gratis, quando iniziano, rispetto alla controparte maschile.

Per dimostrarlo, ho preso in prestito il laptop di un amico. Ho creato due diversi personaggi sullo stesso server, esattamente uguali eccetto un piccolo particolare. Uno di loro era un'elfa del mondo di sotto, sexy, scarsamente vestita, di nome SmokinHawt e l'altro un elfo degli alberi, allampanato, dall'aspetto quasi adolescenziale che portava un ramo come scudo, chiamato Poindexter. Li ho messi nella stessa area dei principianti, a far fuori pipistrelli, ragni e scheletri. Li ho fatti correre in giro entrambi, a chiedere roba gratis.

"Incantesimo, per favore" chiedevo una benedizione ai guaritori di alto livello. Nove volte su dieci, SmokinHawt riceveva il loro aiuto. Sette volte su dieci, il povero Poindexter veniva ignorato.

"Avete roba gratis?" chiedevo, con gesti sottomessi, inchinandomi, facendo salamelecchi e salutando. SmokinHawt era completamente rivestita con un'armatura adeguata entro un'ora. Al povero Poindexter avevano dato una spada arrugginita e uno scudo ammaccato dopo ore di preghiere.

Non mi sono fermata lì. SmokinHawt aveva ricevuto oro, punti e pacche sulla schiena, tentativi di flirt e messaggi nel gioco. Poindexter era stato ignorato ed era morto circa tredici volte.

Quindi, dopo aver condotto questo empirico studio in doppio cieco, sono arrivata alla conclusione che i maschi che preferiscono i personaggi femminili lo fanno per ragioni puramente venali. Perché il loro conto in banca si riempie molto più in fretta in quel modo.

Cercatori d'oro di Yondareth, state attenti: vi tengo d'occhio.

NDAMMO IN AEREO A ST. LUCIA, IN PRIMA CLASSE, qualche giorno dopo. E ne fui lieta perché era un viaggio lungo. Solo per andare da LAX a Miami ci volevano quasi sei ore, poi una sosta e altre otto ore per arrivare all'aeroporto internazionale Hewanorra di St. Lucia.

Mentre il nostro aereo si avvicinava alla lussureggiante isola caraibica, la prima cosa che notai furono i colori favolosi dell'acqua: azzurri e verdi brillanti, e poi le montagne frastagliate, chiamate *Piton*, tutte coperte di vegetazione. E finalmente i tetti, tutti di colore diverso, turchese, arancio, verde rame, rosso. Guardai fuori dal finestrino, eccitata, a bocca aperta. Avevo sempre sognato di vedere i Caraibi. Ed ero lì, e stavo entrando, ancora una volta, in un sogno.

Adam notò la mia eccitazione, guardando la mia faccia premuta contro il finestrino come un cagnolino al suo primo viaggio in auto. «Eccitata?»

«Sì. Ho perfino comprato un costume nuovo.»

«Bene.»

Avevo anche portato con me tutti e tre gli abiti eleganti che mi aveva regalato e l'adorabile abito estivo che Heath aveva scelto per me sul catalogo di Harrods.

«Aspetta di vedere dove abiteremo.»

Mi voltai verso di lui, sorridendo. «Sarà difficile superare quel posto ad Amsterdam.»

Adam sorrise. «Sono d'accordo che non sia facile, ma questo posto ci riesce. Ovviamente potrei essere un po' fazioso, perché sono uno dei proprietari, ma è un favoloso resort di lusso. Lascerò che ti faccia un'opinione personale.»

Resort di lusso.

E non stava scherzando. Emerald Sky, si chiamava, e si arrampicava su una delle isole verdeggianti che avevo visto dall'alto, progettato per sembrare che emergesse direttamente dalla montagna.

Ogni stanza era più di una stanza... era un'intera suite di lusso con tre pareti. Il lato che si affacciava sulla baia era completamente aperto. Con il tempo caldo per tutto l'anno, non era necessario chiuderle, anche se avevo notato delle staffe per installare le pareti in caso di tempeste. Posizionate l'una sopra l'altra su per la collina, le suite erano anche completamente private. E la caratteristica più meravigliosa di tutte: ogni suite aveva la sua piscina infinity.

Essendo uno dei proprietari, ad Adam era stata assegnata una delle due stanze Universo che, come mi dissero, erano le migliori dell'albergo. Quando ci arrivammo, andai in giro con la bocca aperta. La piscina infinity, con le piastrelle di vetro nei colori delle gemme, sporgeva dal ciglio della quarta parete ed era più grande del mio appartamento. Accanto c'erano un tavolo da pranzo e un salottino. Dietro, riparato in un angolo c'era un letto king-size con una rete antizanzare chiara legata ai quattro montanti di legno scuro del letto.

C'era una cucinetta sul retro della suite e ogni lusso possibile. Nonostante le acque di un azzurro favoloso e spiagge di sabbia bianca che sembrava fatta di talco, non ero sicura di voler mai lasciare quella suite.

«È... è... meraviglioso» riuscii finalmente a dire con Adam che mi guardava apertamente divertito mentre giravo per la stanza, ispezionando ogni cosa.

«Sei stanca? Vuoi fare un sonnellino?»

«Voglio nuotare!» gli dissi.

E lui sorrise. «Ci sono una cena e un ricevimento con il direttore dell'albergo, ma fino ad allora sono libero e poi sarò in riunione per quasi tutta la giornata domani, quindi ho preso accordi con il maggiordomo per farti fare un tour della zona, magari un po' di snorkeling se è una cosa che ti interessa.»

Guardai i toni arcobaleno delle piastrelle di vetro sotto l'acqua azzurra scintillante. «Voglio provare questa piscina.»

Mi lanciò un sorriso mozzafiato. «Questa è una cosa che potrebbe interessarmi.»

Trovai il bagno, in fondo, dietro al letto, qualche gradino più su. Anche quello era aperto verso l'esterno, ma completamente privato anche per qualcuno che fosse in piedi di sotto. Mi cambiai in fretta, indossando il mio bikini bianco e nero, era favoloso e mi faceva sentire sexy e non era stato troppo costoso. E grazie a un'altra spesa folle, una ceretta alle gambe e una manicure e pedicure, mi sentivo splendente, favolosa, piena di energia ed eccitazione e non la solita sciatta Mia. Ero di nuovo la principessa del sogno.

Ero già nella piscina e lui, ovviamente, aveva aperto il laptop per controllare il lavoro… per timore che il mondo fosse crollato mentre era in volo. All'inizio m'irritai ma fui anche sollevata che non ci volesse molto per attirarlo nella piscina. Si cambiò ed entrò con me. Nuotammo, parlammo, flirtammo.

Parlammo del gioco, ovviamente. Era ancora muto come un pesce riguardo agli indizi che volevo, anche se non si peritava di lanciarmi altre false piste con un luccichio scherzoso negli occhi.

Gli chiesi del suo passato. «Allora, quando è cominciato tutto? Quando hai scoperto di avere un dono per la programmazione?»

Lui guardò la baia, con le braccia agganciate al bordo. «Non eravamo benestanti, specialmente dopo la morte di mio padre. E ci spostavamo spesso. A un certo punto entrai in possesso di un Game boy di seconda mano.» Sorrise. «Quell'affare era il mio bene più prezioso, ma avevo solo pochi giochi. E dopo un po' mi annoiai. Quindi lo hackerai e cominciai a scrivere i miei giochi.»

Restai di stucco. «È impressionante. Quanti anni avevi?»

Fece una smorfia. «Non te lo dirò perché altrimenti comincerai a dire che sono un nerd, peggio di prima.»

Scossi la testa, ridendo. «Non è possibile, la tua secchionaggine è già enorme così com'è.» E poi arrossii, rendendomi conto che le mie parole potevano essere interpretate in un altro modo.

Adam scoppiò a ridere. «Grazie.»

Lo schizzai. Lui schizzò me.

«Allora, quanti anni avevi?» gli chiesi di nuovo.

«Dieci, o giù di lì» disse semplicemente, senza tentare di vantarsi. Comunque quella risposta mi lasciò a bocca aperta. Lui reagì al mio ovvio shock. «Ma avevo poco altro da fare. In quei giorni perdevo un sacco di giorni di scuola perché… beh, per via della situazione a casa. Avevo ore e ore per lavorarci. Ed ero piuttosto determinato.»

«Ah, allora è cominciato presto.»

«Che cosa?»

«Il tuo bisogno incessante di lavorare.»

Fece una smorfia. «Non è *così* orribile.»

Lo guardai con aperto scetticismo. «Davvero? Quindi la tua famiglia non si lamenta che non ti vede mai… Che le due volte in cui sono stata a una cena in famiglia erano le prime in cui ti vedevano da mesi, anche se vivi vicino. Le tue settimane lavorative di cento ore hanno un prezzo. Solo che non te ne accorgi.»

Tornò serio. «Sono migliorato ultimamente. Nelle ultime settimane ho lavorato solo una sessantina di ore.»

Scossi la testa con finta meraviglia. «Solo sessanta. Che lazzarone.» Le mie parole erano serie ma volevo alleggerire l'atmosfera, quindi lo schizzai di nuovo. Adam sputacchiò, sorpreso e poi sorrise, tuffandosi sott'acqua, diretto alle mie gambe. Cercai di tirarmi da parte ma lui ne afferrò una e poi mi tirò di colpo verso di sé. Quando emergemmo per respirare, stavamo entrambi ridendo e lui mi strinse al petto.

Quando smettemmo di ridere, mi tenne lì con il mio cuore che sbatteva contro lo sterno. Non importava quanto tempo passassimo insieme o quanto ci divertissimo, lui aveva ancora su di me lo stesso effetto che aveva avuto quel primo giorno in cui ci eravamo incontrati. Sentii una fitta di eccitazione pervadermi, come una calda pioggia tropicale. Qualcosa scintillò nei suoi occhi scuri e mi tirò a sé, piegando la testa, per un bacio bollente e io gli misi le mani dietro la nuca, stringendolo, con la stessa passione.

Ci baciammo per lunghi minuti e le mie mani scivolarono sul suo petto bagnato. Lui mi teneva per le braccia e il suo corpo s'indurì sotto il costume. Mi staccai. «Allora non possiamo saltare la cena, giusto?»

Adam scosse la testa, ma sembrava addolorato.

«Beh, allora credo che dovremmo prepararci.»

Sorrise. «Buona idea.»

****

Il ricevimento fu una cosa tranquilla ma elegante, con ospiti dell'albergo selezionati, parte dello staff e altri proprietari. Era un affare formale, quindi potei vedere Adam in smoking per la prima volta. Ed era stupendo. Avrei voluto afferrarlo per i sottili risvolti di satin e baciarlo.

Avevamo quella notte e le due successive da passare insieme e intendevo godermele. Forse ci sarei riuscita, se fossi riuscita a distoglierlo dal lavoro facilmente come quel pomeriggio.

Poco prima, ero uscita con i capelli raccolti (era venuta un'estetista ad aiutarmi con i capelli e il trucco), le mie scarpe favolose con i tacchi alti e quel magnifico abito nero. La sua occhiata di apprezzamento mi aveva fatto fremere dalla testa ai piedi.

«Emilia, mi togli il fiato.»

Passammo qualche ora al ricevimento. Adam mi presentò a parecchie persone che non avrei più rivisto, quindi non mi preoccupai di cercare di ricordare i loro nomi.

Poi mi lasciò, per parlare di affari con parecchi degli altri proprietari. Altri uomini cercarono di avvicinarmi, ma ero esperta nel respingere le avance. Se anni di esilio sociale autoimposto in un elegante college universitario mi avevano insegnato qualcosa, era l'arte di rifiutare elegantemente.

Quando tornammo nella suite, le candele erano accese, la zanzariera era stesa intorno al letto e le coperte risvoltate. Ci demmo un'occhiata imbarazzata. La tensione sessuale irrisolta era densa come una nebbia intorno a noi e si appiccicava alla pelle come la balsamica aria tropicale. Fortunatamente eravamo entrambi esausti. Ma i giorni seguenti? Dubitavo che l'uno o l'altro avesse pensato alle conseguenze del dover condividere un letto quando non poteva portare a niente.

Per andare a letto, mi misi una t-shirt sopra le mutandine e lui rimase con solo i boxer aderenti. C'erano dei ventilatori a soffitto nella nostra suite, che giravano giorno e notte e dalla baia arrivava una brezza leggera, ma era una notte calda e avremmo dormito senza coperte.

Ci mettemmo a letto a disagio e, stranamente, ciascuno dalla stessa parte che avevamo scelto la notte che avevamo passato insieme. Restammo separati per parecchio tempo, ma nonostante la stanchezza, ci volle un po' perché ci addormentassimo.

Ore dopo, mi svegliai tra le sue braccia e Adam mi stava baciando il collo. Rotolai sopra di lui e alla luce fioca vidi che spalancava gli occhi. «Ciao.»

«Ciao. Non intendevo svegliarti, ma non sono riuscito a resistere a un piccolo assaggio.»

Sorrisi. «Un piccolo assaggio mi sembra carino» dissi, abbassando la testa e baciando il suo torace nudo. Lui mi baciò i capelli ed io voltai la testa, guardando verso la baia. La luce era grigio ferro, mancavano un'ora, forse due all'alba e tutto era fermo e silenzioso.

«Mi dispiace. Ero del tutto sveglio» sussurrò.

«Ti annoi?»

Adam sospirò. «Non capisco. Sono solo le due a casa, ma non riesco a dormire.»

«A che cosa stai pensando? Al lavoro?»

I suoi occhi scuri erano enigmatici. «No. Stavo chiedendomi che cosa succederà quando torneremo a casa.»

Esitai. Sapeva che avevo in programma di farla finita dopo questo viaggio? O forse era arrivato alla mia stessa decisione? Il mio cuore accelerò. «Intendi a noi due?»

«Sì.»

Mi schiarii la voce. Non volevo che sapesse che gli avevo restituito i soldi finché non fossimo tornati a casa. Non volevo che sapesse che avevo deciso che così non andava bene per nessuno dei due. Che sarebbe stato meglio per entrambi tornare alle nostre vite precedenti. Che avrei trovato un altro sistema per frequentare medicina.

«Non pensiamoci adesso. Ci sarà tempo più tardi.»

«Non riesco a non pensarci.»

«Pensa a qualcos'altro, ad esempio… com'è bello quando bacio tutto il tuo delizioso torace.» E lo feci, con la bocca che scivolava sopra i suoi muscoli duri, assaporandolo dappertutto.

Adam sospirò, era chiaro che gli piaceva ed io prestai attenzione a ogni minuto particolare, ogni solido rilievo e ogni piega della pelle. Tossì. «Questa è una gran bella cosa cui pensare.»

Cercò di sedersi, tentando di riprendere il controllo della situazione, ma lo respinsi sul letto e lui sorrise. «Hai intenzione di abusare di me?»

Scesi, continuando a baciare i suoi addominali perfetti. «Si può abusare di chi è consenziente?»

«Giusto» disse con una risata un po' acuta.

I boxer si sollevavano con la sua erezione ed io accarezzai quella protuberanza rigida prima di infilare la mano nelle sue mutande.

«Sembra che ci sia un problema grosso qui.»

Adam aveva la bocca sul mio seno quando cominciò a ridere.

Massaggiai di nuovo. «Sì. Un problema *davvero* grosso.»

«Che cosa prescrive il medico?»

«Frizione. Tanta frizione per ridurre il gonfiore.»

I suoi occhi si scurirono. «Approvo il trattamento.»

Risi anch'io. «Ne ero certa.» Diedi uno strattone alle sue mutande e lui si prese un momento per togliersele.

«Via anche le tue» disse.

Mi sedetti, togliendomi la t-shirt e le mutandine. Le sue mani mi afferrarono i fianchi, poi salirono in vita, puntando diritte al loro posto preferito.

Gli tirai via le mani. «Ero sul punto di prescrivere un trattamento.»

Adam sorrise e si sdraiò. «Come ordina il medico.»

Mi chinai in avanti e lo baciai di nuovo sul petto, in fretta questa volta e poi scesi, sullo stomaco piatto e muscoloso. E poi, raccogliendo tutto il mio coraggio, scesi ancora.

Circondai con la mano la base del suo membro e in fretta, furtivamente, appoggiai la bocca sulla pelle morbida.

Adam risucchiò abbastanza aria da riempirsi i polmoni e si sedette immediatamente. Io non mi tirai indietro.

«Non farlo.»

Abbassai la bocca con aria di sfida, prendendo l'intera punta della sua erezione tra le labbra.

«Emilia…» disse con voce tremante. «Non sei obbligata a farlo.»

Staccai la testa. «So che non sono obbligata a farlo. *Voglio* farlo. Solo, per favore, qualunque cosa tu faccia, non mettermi le mani nei capelli.»

Adam non si mosse per un momento ed io continuai a tenerlo stretto alla base. Lui si rilassò lentamente, sdraiandosi ed io dissi: «Goditelo e basta.»

«Oh, non hai proprio bisogno di dirmelo» mormorò.

E, esitando, abbassai di nuovo la bocca, cercando di ignorare il battito affrettato del mio cuore. Questa paura era una barriera, un ostacolo che dovevo superare. Avevo bisogno di perdermi in quel momento e liberarmi del passato, rendermi conto che stavo procurando piacere a qualcuno di cui m'importava molto e che non dovevo avere paura.

Ma il terrore gelido era lì, quando frammenti della scena del passato apparvero come lampi nella memoria, ricordi di conati di vomito e singhiozzi. Chiusi gli occhi, rimuovendoli, mi concentrai, respirai per annullare il panico che minacciava di invadere il mio subcosciente. La mia terapista mi aveva insegnato delle tecniche che oramai dovevo usare solo di rado, eccetto nelle situazioni scatenanti. E quella poteva esserlo.

La paura era un ostacolo, un ostacolo il cui potere era di tenermi rinchiusa in un posto, in un momento nel tempo. Mi concentrai sui lati positivi di questa particolare situazione, sui gemiti rochi del mio partner, cui ovviamente piaceva quello che stavo facendo. Sul senso di potere che provavo, sapendo che ero io che lo facevo sentire così. Che ero sopra e che controllavo io la situazione. Avrei potuto staccarmi in qualunque momento se l'avessi voluto.

Poi la mia bocca affondò di più, accettandone una parte maggiore, percorrendolo con la lingua. Le mani di Adam afferrarono le lenzuola, le gambe s'irrigidirono. Strinsi più forte, esitai, chiedendomi come sarebbe stato il finale... mi avrebbe avvertito? Sarei stata in grado di tirarmi indietro in tempo... lo avrei voluto? Non avevo ancora deciso.

Invece di preoccuparmi di rispondere a quelle domande, mi concentrai sull'immediato, perdendomi in quel momento, tanto da non avere idea del passare del tempo, di quanto tempo ci era voluto per portarlo a questo punto. Tutto ciò che sapevo era che i suoi respiri profondi e il mio nome che mormorava roco, scatenavano torrenti di desiderio, ogni sospiro un sassolino gettato in acque profonde, con la mia anima che fluttuava increspandosi dal loro centro.

Mossi la bocca su e giù finché di colpo lui si tese, sedendosi. Mi spostò la testa e si afferrò da solo. Venne sul mio seno e sul mio stomaco invece che nella mia bocca. La sua attenzione mi scaldò il cuore. E ripensai al suo comportamento fin dall'inizio, da quello strano momento sulla terrazza dell'attico ad Amsterdam. Era sempre stato così, anche quando non mi conosceva bene.

Qualche minuto dopo, sotto la doccia, gli dissi: «Sei un uomo molto speciale, Adam Drake».

Lui mi guardò per un attimo, esitando mentre si lavava i capelli. «Che cos'ho fatto di sbagliato adesso?»

Scoppiai a ridere. «No, volevo dire, solo, grazie perché sei come sei. So che sembra sdolcinato, ma è esattamente quello che volevo dire.» Mi avvicinai a lui, gli diedi un bacio e poi mi staccai. Lui riprese a lavarsi la testa, osservandomi, con un sorriso sulle labbra sexy.

***

Ci baciammo per salutarci, io con il costume da bagno e il copricostume, pronta per il mio tour, lui con un completo, senza la giacca. Prima che uscisse, gli asciugai il sudore dalla fronte.

«Grazie cara» borbottò, prendendomi in giro e mi baciò prima di andarsene.

Ed io mi godetti la giornata, la sabbia bianca come la neve e feci anche un po' di snorkeling. La mia guida mi portò alle belle Cascate di Diamante, una meravigliosa cataratta che ricadeva su rocce multicolori e scintillava nel sole del primo pomeriggio. Assaporai lo scenario meraviglioso dell'incontaminata isola caraibica, anche se il caldo era notevole.

Tornai alla suite verso le quattro. Volevo essere pronta, sapendo che Adam sarebbe tornato per vestirsi per la cena. Misi l'abitino estivo carino e le scarpe in tinta, spazzolai i capelli e li tirai indietro, poi mi truccai un po', giusto per mettere in evidenza la mia nuovissima abbronzatura.

Ero in bagno e stavo finendo quando Adam arrivò. Mi affrettai a darmi l'ultima passata di lucidalabbra e scesi di corsa le scale per salutarlo.

La prima cosa che mi fece capire che qualcosa non andava fu la rigidità delle sue spalle, i movimenti bruschi mentre appoggiava la custodia del laptop sulla scrivania, si slacciava il gilè e la cravatta. Esitai dietro di lui, sicura che mi avesse sentito. Ma non disse nulla.

«Giornata dura?» gli chiesi.

Lui non mi guardò, ma la sua mano si fermò un istante prima di ricominciare. «Sono state riunioni facili e piacevoli. È stata una bella giornata, in effetti.» Ma il tono della sua voce lo smentiva. Non andava d'accordo con le parole. «Le cose andavano bene, finché ho controllato le mie email.»

Restai confusa. «Cattive notizie da casa?»

Adam continuò a evitare il mio sguardo, arrotolando la cravatta per non stropicciarla e poi mettendola da parte con cura. «Era un'e-mail da Heath Bowman, in effetti.»

Deglutii con la gola stretta e il cuore che si mise a battere forte per la preoccupazione improvvisa. «Sta bene? Stava cercando di mettersi in contatto con me?» Adam slacciò i polsini e i primi bottoni della camicia. Quando si voltò, aveva un'espressione dura, e assomigliava moltissimo allo stronzo che avevo incontrato in quell'albergo di Costa Mesa più di un mese prima.

«Sta benissimo. Ma aveva *parecchio* da dirmi… sbraitando di cose che non avevo idea stessero succedendo, e non sono un tipo a cui piace essere lasciato all'oscuro.»

Cercai di pensare a che cosa poteva avergli scritto Heath per farlo incazzare in quel modo. Poi, con un brutto presentimento, ricordai la mia ultima conversazione con Heath, quando gli avevo chiesto di rifiutare il trasferimento. *Dannazione Heath, il tuo tempismo fa schifo.*

Misi le braccia conserte, sulla difensiva. «Che cos'ha detto per farti infuriare così?»

Alzò le spalle, rigido. «Dimmelo tu. *Tu* sembri sapere molto più di me quello che sta succedendo qui tra di noi.»

Il brutto presentimento divenne più cupo, avvolgendomi come una coperta. Cambiai posizione. «Già, c'è, probabilmente, più di una cosa per cui potresti essere incazzato.»

Il suo sguardo si fece più acido. «Grazie, Emilia» disse in tono teso prima di allontanarsi e scomparire in bagno.

Merda. Corsi a prendere la borsa, cercando il telefono, ansiosa di leggere le mie email prima che tornasse. Forse Heath mi aveva messo in copia, o almeno si era degnato di dirmi che cosa aveva voluto fare mandando l'email ad Adam. Era la prima volta da quando eravamo arrivati che controllavo il dannato telefono. Ma la ricezione in questa parte dell'albergo era scadente e il simbolino continuò a ruotare e ruotare, senza mai aggiornare la posta. Quando lo sentii dietro di me, sobbalzai e lasciai cadere il telefono su una sedia lì vicino.

Mi voltai, infilandomi una ciocca di capelli dietro l'orecchio. Si era tolto il gilè e lo spettacolo del collo forte e del torace, dove la camicia era aperta, attirò il mio sguardo. Non volevo quello scontro. Non in quel momento. Maledizione. Non lo avrei mai voluto. Volevo solo svanire nell'ombra, lasciare che la mia favola evaporasse e tornare alla mia vita normale senza mai dover affrontare tutta quella situazione spiacevole.

Mi schiarii la voce. «Okay, riguardo ai soldi…»

Mi guardò senza dire niente, aspettando che continuassi.

«Dopo la conversazione che abbiamo avuto la notte che sono rimasta a casa tua, ho deciso, cioè ho capito che non saremmo mai andati fino in fondo, giusto? Quindi… quindi ho pensato che fosse meglio ritrasferire i soldi sul tuo conto. Ho chiesto a Heath di farlo. Niente servizi resi, niente pagamento. E tutta questa fottuta faccenda può semplicemente svanire e non dobbiamo…»

Adam serrò la mascella. «Non rivoglio quei soldi.»

Strinsi un pugno. Adam lo fissò. «Beh, peggio per te. Li riavrai.»

Adam sospirò e distolse gli occhi, guardando la baia. «Non è prostituzione se non facciamo sesso.»

Scossi la testa. «Ehm, no. Sbagliato. Mi hai mandato dei soldi. Abbiamo fatto cose, è prostituzione. Io ovviamente non ho lo stesso tuo problema, quindi non ribaltarlo su di me. Ti faccio un favore annullando tutto.»

Sbatté gli occhi. «L'asta era per la tua verginità.»

«Quello era del tutto chiaro, se vogliamo spaccare il capello in due.» Alzai la mano e indicai il suo petto forte. «Continui a ripetere che controlli tu la situazione eppure sei *tu* che continui a perdere il controllo ed è *quello* il vero motivo per cui sei incazzato.»

Adam aveva le labbra strette, ma restava assolutamente immobile. Sentii un brutto presentimento stringermi il petto. Aveva quell'espressione stranamente calcolatrice, quella che significava che stava pensando a dieci altre cose oltre alla conversazione che stavamo avendo.

Quando parlò, fu con un tono di voce tranquillo, neutro, nonostante la rabbia nei suoi occhi. «Se mi hai rimandato i soldi, non c'è più nessun accordo.»

Mi spostai di nuovo, sentendomi una libellula sul punto di essere invischiata nella tela di un ragno. «Esatto. L'accordo è cancellato.»

Mi fissò negli occhi, e i suoi erano duri come sassi. «Allora, riguardo alla stronzata di non vederci più quando torneremo a casa?»

Espirai. «Quella è sempre stata una delle condizioni dell'accordo.»

Fece un gesto brusco con la mano. «Ma hai appena detto che non esiste più un accordo.»

Scossi la testa. «Non c'è futuro per noi. Cioè, visto come ci siamo conosciuti e l'accordo e come sono andate le cose. Heath lo aveva detto ed io l'ho ignorato per troppo tempo. È una cosa malata. Questa faccenda è malata.»

Il rossore gli salì dal collo verso le guance cesellate. «E che cosa diavolo sa Heath di noi due? Voglio dire, di quello che sta *veramente* succedendo qui. Lui non sa niente. Quindi perché lasci che le sue opinioni ti influenzino? Perché dai retta a lui e non a me?»

Abbassai la faccia, mi misi una mano sulla fronte. Non potevo dire le parole che avevo sulla punta della lingua. *Perché non posso fidarmi di te*. Era il mio turno di stare zitta. Perché, sinceramente, non avevo più parole e sentivo la sua agitazione crescere, per quanto si sforzasse di apparire calmo.

«Allora tutto quello che è successo tra di noi è *una cosa malata*? Ciò che è successo in quel letto questa mattina era *una cosa malata*?» Parlava con voce piatta, tesa, tagliente. Gli pulsava una vena sulla tempia.

Scossi la testa. «No.»

«E allora cos'è questo? Vuoi che finisca tutto?»

«Non so nemmeno che cos'è "questo"! Che cosa c'è da far finire?» dissi alla fine. Poi mi schiarii la voce, con le braccia rigide per l'indignazione. «"Questo" eri tu, che hai partecipato a un'asta per qualche motivo sconosciuto, un'asta in cui fondamentalmente non potevi credere. Per poi prolungarne l'esito più che potevi. Hai manipolato le cose per tutto il tempo e ora chiedi a me di fidarmi di te? Di ascoltarti? Avresti dovuto lasciarmi andare da subito, in modo che io potessi farlo con qualcun altro.»

Restò immobile. «Non è troppo tardi» disse dopo un po'. Sembrava che le parole gli fossero state strappate di bocca.

Alzai il mento e incrociai le braccia sul petto. Le sue parole facevano male come sassolini appuntiti scagliati con forza. «Hai ragione.»

Ma mi sentivo il cuore pesante. Il pensiero di rimettermi in gioco e trovare qualcun altro, forse il signor New York, o qualche sceicco arabo o roba simile, mi lasciava con una sensazione di nausea.

Se non potevo usarlo per i suoi soldi, forse potevo usarlo per l'esperienza che il mio corpo bramava dalla prima volta che mi aveva toccato.

Adam si avvicinò a me, con gli occhi duri e il corpo teso, una mano che si apriva e si chiudeva lungo il fianco. Mi guardò negli occhi, prima uno e poi l'altro.

«Emilia» mormorò. Io chiusi lentamente gli occhi. «Guardami.»

Aprii gli occhi e alzai il viso verso di lui. Volevo che mi baciasse. Volevo che la tensione tra di noi sparisse. E la pressione che cresceva incessante al centro del mio essere mi diceva che volevo le sue mani, il suo corpo sul mio. Basta parlare. Basta litigare. Basta discussioni sul "contratto".

Come se avesse letto i miei pensieri, si fiondò sulla mia bocca, tenendomi ferma con una mano sulla nuca, curva intorno alla mia pelle nuda. Mi venne la pelle d'oca sulle braccia e sulle gambe.

Il suo bacio era così prepotente che mi risucchiò in lui, come se fossi stata colta in un uragano ruggente, circondata da quella forza della natura che era Adam e non riuscissi a trovare il modo di uscirne. Quando si raddrizzò, stavamo entrambi respirando affannosamente. «Ecco» disse con la voce roca. «Ti dispiacerebbe dirmi che cosa c'era di "malato" in questo?»

Cercai di riprendere fiato e lui mi tirò di nuovo a sé per un altro bacio potente, divorante. Tremai tra le sue braccia e lui mi mise le mani sulle spalle. In due veloci mosse, mi tolse il vestito dalle spalle, facendolo scivolare sul pavimento. Poi la sua bocca scese sul mio collo, la lingua e le labbra sulla pelle sensibile. Il suo tocco accendeva scintille di fuoco in tutto il mio corpo. Gli misi le braccia intorno al collo. Una delle sue braccia si chiuse intorno alla mia vita. L'altra mano andò al fermaglio del reggiseno, slacciandolo in fretta.

«Ho bisogno di te» disse.

Chiusi gli occhi e il mio corpo rispose al richiamo. «Non dovremmo.» Ma la mia voce era debole, esitante, perché non riuscivo io stessa a crederci fino in fondo. La sua bocca, le sue mani e la sua lingua erano troppo convincenti.

Alzò la testa, afferrandomi l'orecchio tra le labbra, passando la lingua sul lobo. Sentii il calore invadermi. «Riesci a negarlo?» disse sussurrando aspramente. «Riesci ad allontanarti semplicemente da quello che cosa c'è tra di noi?»

E poi arretrò verso il letto, tirandomi con lui. Mi tolsi le scarpe. Avevo i nervi tesi come corde di violino. I suoi occhi erano fiamme un momento e gelo subito dopo: rabbia, passione, puro desiderio.

«Ti dimostrerò quello che possiamo essere insieme.»

Mi tirò verso di sé e mi baciò e il mio corpo reagì alla promessa sensuale di quelle parole. Rabbrividii. «Ti odierai se lo farai.»

«Mi odierò di più se non lo farò» disse a denti stretti.

Si voltò e mi appoggiò gentilmente sul letto. Con le sole mutandine indosso, lo guardai, sentendomi vulnerabile quando i suoi occhi mi percorsero il corpo. Mi bruciavano come faville che sfuggissero da un falò, e si affrettò a slacciare la camicia e scartarla, insieme ai pantaloni.

Liberò la sua erezione dalla biancheria intima e fu nudo. Il mio respiro rallentò. Era bello, ogni avvallamento, ogni curva dei suoi muscoli duri. Il suo membro pronto un promemoria potente della sua virilità.

«Togliti le mutandine» disse. E lo feci, lentamente, con gli occhi fissi nei suoi.

In fondo alla mente, da qualche parte, dubitavo che stessimo andando da qualche parte. Eravamo già arrivati a quel punto parecchie volte, e lui si era sempre tirato indietro, sempre fermandosi con una volontà d'acciaio. Sarebbe successo di nuovo, nonostante il furore e la ferocia che vedevo nella profondità dei suoi occhi. Avrebbe lottato per riprendere il controllo e avrebbe vinto. E non avrebbe fatto niente che avrebbe poi rimpianto.

Sotto il suo sguardo, i miei capezzoli divennero eretti e sentii il calore umido raccogliersi tra le mie gambe. Lentamente, Adam si abbassò e si sedette sulla sponda del letto, passandomi una mano quasi riverente sul seno, sulla pancia, le cosce, il mio sesso. «Così bella, Emilia. Sei così maledettamente bella.»

Chiusi gli occhi. Avevo appena pensato la stessa cosa di lui. «Grazie.»

Respirò a fondo e poi disse le parole esitando, come se qualcosa dentro di lui stesse ancora lottando e si sforzasse di tenerle dentro. «Se mi dirai adesso che non vuoi farlo, non lo faremo.»

Lo fissai, senza esitare. Era il momento di dire la verità. E al diavolo le conseguenze. «Lo voglio, Adam. Non per via dei soldi, e non perché qualcuno mi sta obbligando. Lo voglio perché voglio *te*.»

Si mosse così in fretta da essere quasi un'immagine confusa. Un secondo dopo era sdraiato su di me e mi teneva le braccia contro il materasso mentre il suo corpo premeva contro il mio. La sua bocca era contro la mia, ma in quel momento mi resi conto che non ci sarebbe voluto molto. Non avrebbe sprecato un altro secondo nei preliminari perché era un mese che eravamo impegnati nella partita di preliminari più frustrante che fosse esistita.

Mi divise le ginocchia ed io le allargai per lui. Mi fissò negli occhi, proprio come aveva detto che avrebbe fatto. *Ti guarderò in faccia mentre lo accetti dentro di te.* E con un movimento sicuro, senza incertezze, senza più esitazioni, si spinse dentro di me e non ci fu niente di lento. Il suo corpo era così caldo, come se andasse a fuoco.

Cercai di non irrigidirmi alla fitta acuta di dolore che sentii mentre mi penetrava. Lui vide il mio volto, i miei occhi che si dilatavano. Sentì la mia tensione, ma non si tirò indietro. Si spinse dentro senza remore, come se, una volta deciso di arrivare fino in fondo, non volesse tornare indietro.

Era penetrato fino in fondo in un momento e si fermò, continuando a guardarmi attentamente. «Tutto bene?»

Io non parlai, mi limitai ad annuire. Le sue mani afferrarono le mie e le nostre dita si intrecciarono. Abbassò la testa, con la bocca sulla mia, le lingue che si cercavano. E cominciò a muoversi. Lo ammetto, c'era un bel po' di dolore. Sembrava enorme dentro di me mentre il mio corpo si distendeva intorno a lui. Ma mentre continuava con un ritmo gentile, ci fu qualcos'altro. Un piacere profondo, appagante. La sensazione della connessione più intima. Non solo l'unione dei nostri corpi, ma delle nostre mani, delle nostre bocche. Non mi ero mai sentita fisicamente parte di qualcun altro come in quel momento.

E lo scivolare erotico di Adam in profondità dentro di me, con ogni spinta, parlava di possesso e appartenenza. Mi possedeva e apparteneva a me. Ed era lo stesso per me.

Poi i suoi movimenti divennero più veloci, più urgenti, gli occhi chiusi in concentrazione. Mi lasciò andare le mani, sollevandosi sui gomiti, guardandomi di nuovo. Il cambio di angolazione tolse un po' della pressione e sentii una fitta mozzafiato di piacere pervadermi, togliere ogni sensazione di disagio.

Mi trovai a dire ad Adam di continuare, a dirgli com'era bello sentirlo dentro di me. Quando gemetti pronunciando il suo nome sembrò spingerlo oltre il precipizio. Affondò dentro di me, spingendo i fianchi contro i miei, penetrandomi più profondamente di prima. Tirai forte il fiato, in qualche punto sulla soglia tra il piacere e il dolore. Si fermò, con il respiro così affannoso che gli era difficile parlare. «Non voglio venire finché non lo farai anche tu.»

Si sollevò fino ad appoggiarsi sulle ginocchia e continuò. Ansimai. Le sue spinte divennero veloci e costanti quando capì che ero vicina. Strinsi forte gli occhi, concentrandomi sull'onda di estasi che cresceva dentro di me. L'unica cosa di cui fossi conscia in quel momento era la sensazione del membro di Adam che scivolava dentro di me.

Arcuai la schiena, staccandola dal letto mentre venivo in ondate convulsive di pura gratificazione. Solo qualche altra spinta e venne anche lui, spingendosi dentro di me più in fondo che poteva. Il suo orgasmo mi colpì come se fosse il mio.

Restò appoggiato su di me per un minuto o due una volta finito. Gli avvolsi le gambe intorno, adorando la sensazione di averlo dentro di me. Quando finalmente aprì gli occhi, guardò nei miei, baciandomi di nuovo.

Restammo abbracciati per lunghi, silenziosi momenti prima che mi schiarissi la voce dicendo: «Credo che dovrei alzarmi e farmi la doccia».

Lui annuì, tirandosi da parte per permettermi di alzarmi. Quando lasciammo il letto, notai che si era fermato a guardare il copriletto. Guardando indietro, vide una piccola macchia di sangue. Sul volto gli apparve una strana espressione e si passò una mano tra i capelli, poi lo strappò dal letto e lo gettò in un angolo. Qualche minuto dopo mi raggiunse nella doccia. Era ancora stranamente silenzioso ed entrambi ci ritirammo dentro il nostro mondo. Questa volta non ci furono momenti scherzosi.

Avevamo attraversato una soglia da cui non si poteva tornare indietro. Avevamo fatto un passo che non si poteva cancellare, quella piccola prova di un cambio permanente nel mio corpo era anche la prova di un cambiamento in noi. In chi eravamo, sia per noi stessi sia l'uno per l'altro.

Adam si lavò in fretta e uscì dalla doccia, avvolgendosi un asciugamano in vita e lasciando il bagno. Ma io mi attardai, insaponandomi lentamente, concentrandomi sull'indolenzimento tra le gambe. Esaminando i miei sentimenti. Ero diversa, ora. Era solo un pezzetto di pelle, come avevo sempre immaginato. Ma quando avevo immaginato come sarebbe stato, avevo sempre pensato che non sarebbe cambiato niente. Che i sentimenti non sarebbero cambiati.

Ma era diverso. E la causa erano i sentimenti che provavo per Adam, che stavano crescendo. *No, Mia.* Stupida ragazza. Ringoiai un singhiozzo sotto la doccia quando ne divenni consapevole. Avrei potuto amare Adam. Ma non lo avrei permesso perché andava contro tutto ciò che avevo sostenuto, per così tanto tempo. Io ero Mia, la ragazza che restava single per scelta. La donna che si sarebbe sempre presa cura di sé, perché non aveva bisogno di nessuno per salvarla. Io mi salvavo da sola.

Il pensiero di non vederlo più dopo quel fine settimana stava scavando un solco profondo e doloroso dentro di me. Ma sapevo che doveva succedere, e prima che quei sentimenti mi rendessero dipendente da lui. Sentii una fitta improvvisa di dolore, come un fulmine. Mi sarebbe passata. Erano sentimenti passeggeri. Avrei mantenuto la mia decisione.

E dopotutto, che diavolo stavamo facendo? Lui non lo voleva più di quanto lo volessi io. Non c'era nessun motivo per sentirmi in colpa. Lui era uno stacanovista vuoto, senza amore, ai cui bisogni provvedevano le compagne di scopate. Il mio cuore stava accelerando di nuovo. Lasciai la doccia con le gambe tremanti, e solo perché le dita delle mani e dei piedi stavano cominciando a raggrinzirsi.

Non andrai a letto con lui a St. Lucia, vero? Le parole di Heath mi tornarono in mente come uno schiaffo. Restai immobile, aggiungendo quello che pensavo all'ammonizione di Heath: *perché sarebbe un grosso errore.* Scossi la testa. Era troppo tardi per le recriminazioni.

Ma avevo ancora una scelta. Potevamo goderci l'ultimo giorno e mezzo che restava e farla finita subito dopo. Non mi pagava più per il lavoro, ma mi era piaciuto lo stesso. Non c'era niente di sbagliato nel goderne per un altro giorno.

Quando mi vestii e uscii in soggiorno, quasi tremando al pensiero di vederlo, capii dal suo atteggiamento che anche lui aveva avuto pensieri simili ai miei. Era vestito con un paio di bermuda e una t-shirt rossa con il logo di *Star Trek* e la parola "sacrificabile" stampata sul petto. Aveva i piedi nudi, era seduto di fronte al suo laptop e stava scrivendo a quel suo ritmo folle, con la luce dello schermo che illuminava il suo bel volto.

Senza alzare gli occhi mi chiese: «Hai fame? Avevo intenzione di ordinare dal servizio in camera».

Non risposi, ma andai a prendere il menu per controllarlo. Non c'era niente che mi attirasse ma sapevo, *sapevo*, che se non avessi ordinato qualcosa avrebbe pensato che avessi dei rimpianti o roba simile. La chiave di tutto era comportarsi in modo naturale. Come se non fosse successo niente.

Cazzo. Come se fosse possibile.

«Sembra tutto un po' frou-frou» dissi a mo' di scusa.

Lui alzò gli occhi. Forse si sentiva insultato. Dopotutto era uno dei proprietari. «Puoi ordinare quello che vuoi. Non deve per forza essere sul menu. Vuoi una bistecca o qualcos'altro? Probabilmente è quello che ordinerò io. Sono affamato.»

Feci spallucce. «Va bene.» Ma, in questo momento, il pensiero di una grossa bistecca nel mio stomaco lo faceva contrarre dal disgusto.

Tornò a scrivere. «Inserirò l'ordine direttamente tramite la pagina web.»

Io esitai, colpita da un'ondata d'irritazione. «Stai lavorando?»

Non alzò gli occhi. «Sì. Pensavo di dare un'occhiata a quello che sta succedendo con il nostro lancio in Europa.»

Aggrottai la fronte. Non era previsto che lavorasse quella sera. Eppure si era connesso appena possibile, dopo… dopo…

Che cos'era quella sensazione di peso nel mio petto? Gli diedi un'occhiataccia. Si stava staccando da me e usava il lavoro per farlo. Proprio come aveva fatto con tutti gli altri nella sua vita, gli amici, i membri della sua amata famiglia. Perché avevo pensato di essere immune da quel trattamento?

Il suo comportamento faceva male. Tornò a scrivere, battendo sui tasti, senza mai togliere la testa dal lavoro, dandogli tutta la sua attenzione. Io non ero tipo da aver bisogno dell'attenzione costante di qualcuno. In effetti, non avendo mai desiderato una relazione, avevo ben poche pretese.

Ma considerato ciò che era appena successo tra di noi per la prima volta, e la mia prima volta *da sempre*, avevo pensato che sarebbe stato un po' più attento. O, almeno è quello che mi sarebbe piaciuto. Invece c'era solo un muro di silenzio. Era una tartaruga che si stava ritirando in quel duro impenetrabile guscio protettivo che era il suo lavoro.

La cosa peggiore però successe qualche minuto dopo, quando arrivò la cena. Il maggiordomo la appoggiò sul tavolo al bordo del patio che guardava la baia. Adam ci ignorò entrambi mentre continuava a lavorare. Mi tenni occupata, cercando di scaricare le mie email sul telefono. Niente del tutto da Heath.

Quando il maggiordomo se ne andò, mi sedetti a tavola e guardai Adam. «La tua cena si sta freddando.»

Scrisse ancora per un minuto e poi si avvicinò al tavolo. «Sto morendo di fame» borbottò. Poi prese il piatto e le posate e le portò alla scrivania, lasciandomi a mangiare da sola.

Rimasi a bocca aperta ma lui non lo notò perché tagliò un pezzo di bistecca, se la mise in bocca e tornò a lavorare. Dalla mia angolazione vedevo sullo schermo un mucchio di simboli e comandi incomprensibili. Stava lavorando a un qualche tipo di programma.

Mi sentivo bruciare lo stomaco. Cercai di esaminare i motivi dietro la mia rabbia. Mi sentivo messa da parte, usata. Aveva ottenuto ciò che voleva e aveva voltato pagina. Ora ero una non-persona. Potevo almeno essere un'amica? Perché riempirmi di attenzioni e poi ignorarmi, un attimo dopo l'intimità? Mi faceva pensare che era stata la stessa cosa tra mia madre e il donatore biologico di sperma. Anche lui l'aveva usata. E poi l'aveva messa da parte come se non fosse mai esistita e non servisse più a niente.

Con uno scatto di rabbia, mi alzai, lasciando il piatto intatto. Non volevo continuare a rimuginare in silenzio e guardare il suo inquietante modo di riflettere. Andai in bagno e presi il costume.

Quando tornai, Adam alzò gli occhi dallo schermo dandomi un'occhiata interrogativa, ma non disse niente. Io finsi di non notarlo.

Entrai nella piscina, troppo corta per fare delle vasche, ma non riuscivo a pensare a un altro modo per sfogare l'energia nervosa a meno di lasciare la stanza. E se lo avessi fatto gli avrei mandato un segnale, quello che ero risentita o che rimpiangevo ciò che era accaduto tra di noi. E non era così. Ma *ero* risentita per il suo attuale comportamento. Se voleva ignorarmi, bene. Potevo fare esattamente la stessa cosa.

Continuai a ripensarci, continuando le mie brevi vasche, quattro bracciate, voltare, prendere fiato, quattro bracciate, voltare. Cominciava a girarmi la testa e non avevo idea da quanto lo stessi facendo quando sentii una mano forte sul braccio, che mi fermava. Emersi sputacchiando. Era in piedi accanto a me nella piscina.

«Che diavolo?»

«Ho continuato a chiamarti e non ti volevi fermare. Per quanto tempo hai intenzione di andare avanti?»

Alzai le spalle. «Non lo so, per quanto hai intenzione di ignorarmi?»

Mi guardò fisso. «Ti sto ignorando? Perché lo credi?»

Mi tolsi l'acqua dalla faccia. «Forse perché ti sei connesso alla prima occasione e stai mangiando sopra la tastiera. Puoi farlo quando vuoi, se sei da solo, ma quando sei in compagnia è cattiva educazione. E poiché non parli, non ho idea di che cosa ti stia passando per la testa.»

Adam distolse lo sguardo ma non prima che notassi l'irritazione sul suo volto.

Continuai. «Per favore non dirmi che tratti tutte le tue trombamiche in questo modo.»

«Tu *non* sei una trombamica.»

Liberai il braccio, mi voltai e andai verso il bordo della piscina, a guardare la baia buia. Con la brezza arrivava il frangersi lontano delle onde dell'oceano, insieme al suo odore salmastro. Adam sospirò dietro di me. «Mi dispiace se hai pensato che ti stessi ignorando.»

Arrossii di rabbia. «Non scusarti. Non sprecare il fiato con quelle stronzate. Hai una vaga idea di come mi faccia sentire il fatto che tu mi abbia semplicemente ignorato dopo che… dopo quello che è successo tra di noi? Come spazzatura dimenticata dal giorno prima.»

Si avvicinò, agganciando le braccia muscolose al bordo, attento a non toccarmi. Mi guardò in viso, io continuai a fissare la baia. «Mi dispiace» disse dopo qualche lungo, teso momento. «Non ti stavo ignorando apposta. È una cosa che faccio quando… quando sto pensando.»

Feci un respiro profondo, e la stretta della rabbia si allentò appena un briciolo. A quel punto lo guardai. Si era tolto la camicia e i pantaloni e sembrava fosse saltato nell'acqua solo con le mutande. «Allora parlami. Dimmi a che cosa stai pensando.»

Aspettò un momento a rispondermi. «Stavo pensando che non era mai stata mia intenzione arrivare a questo punto.»

Sentii una morsa stringermi il petto. «Quindi lo stai rimpiangendo. Ti senti in colpa perché è successo.»

«No» disse voltandosi verso di me. «Mi sento dispiaciuto e colpevole perché mi è piaciuto talmente tanto che voglio rifarlo.»

Una nuova tensione nacque tra di noi. Respiravo a fatica perché provavo esattamente la stessa cosa. «Ma non lo farai?»

Guardò verso la baia. «Non saremmo mai dovuti arrivare a questo punto» ripeté.

Anche se detestavo il modo in cui affrontava i suoi conflitti interni, tagliandomi fuori, trovavo quel conflitto interiore un riflesso della sua bontà. Non mi stava usando. Aveva *paura* di usarmi. Non mi stava scartando. Aveva tanto rispetto per i miei sentimenti che stava negando i suoi. Com'era possibile essere arrabbiata per quello?

«Ma è successo. E non c'è niente da rimpiangere. Non c'era un "accordo". Non ci sono stati principi violati. I soldi…»

«Al diavolo i soldi, Emilia. Non me ne frega un cazzo dei soldi.»

Mi voltai a guardarlo, schiarendomi la gola. «È questo il problema, Adam. Ti stai comportando come se avessi fatto qualcosa di sbagliato, come se avessi "preso" qualcosa da me o come se mi avessi in qualche modo depredata. Sai una cosa? È la nostra cultura che porta gli uomini a pensarla in quel modo… che la purezza in una donna sia il premio più ambito.»

Fece una smorfia. «Adesso sembri il tuo Manifesto.»

Scossi la testa. «Non ho scritto quelle parole tanto per scriverle. Ci credevo. La mia purezza non valeva né più né meno della tua o di quella di chiunque altro. È solo capitato che fossi molto più vecchia della maggior parte delle altre quando...»

«Ci hai rinunciato?»

«L'ho regalata. E non significa niente più di quello. Mi hai fatto un favore.»

Strinse i denti tanto da far gonfiare i muscoli della mascella.

Io continuai. «Mi è piaciuto. Hai detto che è piaciuto anche a te. Che cosa c'è da rimpiangere o da sentirsi in colpa?»

«Quello che viene dopo» disse impassibile. «È il mio modo di pensare. Sono un programmatore, prima di qualunque altra cosa. Tutto, nella programmazione, è causa ed effetto. Quali sono le possibilità che nascono da ogni linea di codice? E che cosa nascerà da questo?»

«Smettila di pensare cinquanta passi avanti. Pensa solo all'unica cosa che viene dopo. Che cosa pensi che sia?»

Mi studiò il volto. «Se dipendesse da me? Sarebbe io che ti scopo di nuovo.» Abbassò gli occhi sulle mie labbra.

Io smisi di respirare, con il cuore che batteva forte per l'eccitazione. Ci fissammo in silenzio per un lungo momento prima che mi decidessi a parlare. «Mi sembra che sia un ottimo passo.»

Mi mise un braccio intorno alla vita, tirandomi contro di lui. Il mio corpo si svegliò con la sensazione della sua erezione. Ci tenemmo stretti per un lungo momento. Poi lentamente, sensualmente, cominciò a baciarmi il collo.

«Maledizione, Emilia» mormorò. «Come hai fatto a mettermi a nudo così in fretta?»

Alzai le mani, tenendogli il viso e ci baciammo.

Lui mi baciò a lungo, teneramente. Le nostre lingue giocarono lentamente l'una contro l'altra. Il desiderio lampeggiò in me come un fulmine sullo sfondo di un cielo di montagna. Il suo tocco era ruvido, bruciante. Le sue mani andarono alla mia schiena, slacciarono il bikini, scivolarono sui miei seni.

«Com'è possibile che ti desideri ancora più adesso di questo pomeriggio?» mi ringhiò contro il collo.

Mi tirai su, agganciandogli le gambe intorno alla vita e continuammo a baciarci. Sentivo i muscoli duri che si contraevano sotto le mie mani.

«Eravamo *entrambi* molto vogliosi.»

Adam si tirò indietro per guardarmi. «Non so quanto fossi vogliosa tu» mormorò, con un sorriso che gli faceva tremare le labbra. «Ho avuto l'impressione che restassi lì, sdraiata, e pensassi alla facoltà di medicina.»

Scoppia a ridere. «Non proprio.»

«Io ho dovuto contenermi per non ricominciare subito dopo aver finito. Ti desideravo tanto che sapevo che una volta non sarebbe bastata.»

Le sue parole mi tolsero il fiato, e il mio corpo reagì con una fiammata, una pressione crescente.

«Lo farò ancora, Emilia. E ancora.»

Aveva le mani sui miei fianchi e io liberai le gambe per permettergli di togliermi le mutandine del bikini. Avremmo fatto lo sforzo di uscire dalla vasca? Le sue dita accarezzarono il mio sesso mentre mi succhiava i capezzoli. Mi sentivo molle tra le sue braccia, concentrata sul piacere bruciante che si era impossessato di tutti i miei sensi. Il sapore della sua pelle bagnata, la sensazione dei suoi muscoli tesi, il suo odore. Lui continuava ad accarezzarmi ed io cominciai l'inevitabile arrampicata verso l'orgasmo. Gli afferrai strette le spalle e gettai indietro la testa, gridando il suo nome.

Lui si fermò. Io repressi un guaito di frustrazione. Poi mi disse. «Voltati e metti le mani sul bordo.»

Feci un passo indietro e lo guardai in viso. C'era una fame animalesca, qualcosa che non avevo mai visto nei suoi occhi prima di quel momento.

«Fallo.»

A quel comando, l'eccitazione salì di parecchie tacche. Mi voltai e appoggiai le mani sul bordo della piscina, sentendomi decisamente esposta. Ero nuda, e guardavo nel vuoto. Nessuno poteva vederci. La privacy era totale. Adam si chinò e mi baciò la nuca, le orecchie, la schiena. Le sue mani salirono ad accarezzarmi il seno, a impastarlo dolcemente, facendo rotolare i capezzoli tra le dita. Ansimai e mi arcuai contro di lui, portando indietro un braccio per metterglielo intorno al collo.

«Rimettile sul bordo. Entrambe le mani.»

Lentamente ubbidii. Molto lentamente. Adam mi afferrò i fianchi e li tirò verso di sé. Adesso era nudo e la sua erezione premeva contro di me.

Ma quando pensavo che mi avrebbe penetrato, lui non lo fece. Fece scorrere il suo membro lungo la linea del mio sesso, allungando una mano davanti per premere sulla mia carne gonfia, ora completamente eccitata. E cominciò a strofinarsi contro di me, sia da dietro che da davanti.

La sensazione era squisita e la tensione tra le mie gambe ricominciò a salire, aggrovigliandosi nella mia pancia, scaldandomi dentro. Stavo per venire, l'orgasmo era appena fuori dalla mia portata.

Lui si fermò di nuovo. «Adam!» urlai.

«Che cosa c'è?» mi sussurrò lui all'orecchio, roco.

«Smettila di giocare, Cristo santo» brontolai.

«Dimmi che cosa vuoi. Esattamente quello che vuoi.» Punteggiò l'ordine premendo nuovamente sul mio clitoride, come se avessi bisogno che mi ricordasse che era lì. M'irrigidii contro di lui.

«Voglio il tuo cazzo. Lo voglio dentro di me.»

«E poi cosa?»

«Voglio che lo faccia scivolare dentro e fuori finché vengo» dissi ansimando.

Smisi di respirare quando sentii la punta alla mia entrata. «Chiedimelo educatamente.»

«Scopami.»

«Educatamente, Emilia.»

«Scopami, *per favore.*»

Scivolò dentro di me senza un'altra parola, spingendo così in fretta che mi bloccai di colpo. L'acqua sciabordò oltre il bordo della piscina per la forza del suo movimento ed io ansimai. Spinse il torace contro la mia schiena finché mi piegai in avanti e lui cominciò a muoversi, con il mento appoggiato contro la cima della mia testa.

Mi afferrò una mano e la premette contro il mio sesso, sotto la sua. «Toccati qui.»

Ed io lo feci e la combinazione di quelle due sensazioni, lui che scivolava dentro di me da dietro e la pressione su quel nodo di nervi davanti, fece in fretta a farmi respirare affannosamente.

Ero ancora dolorante dall'ultima volta ma non tolse nulla all'incredibile piacere che stava montando dentro di me. Più in fretta, più intensamente di prima. Lanciai un urlo. Adam sbatteva in me da dietro, in fretta, sempre più in fretta, con l'acqua che sciabordava intorno a noi.

E stavo venendo. E questa volta con una pulsazione calda, urgente, che m'impediva di respirare. Adam si spinse a fondo ed emise un gemito aspro prima di venire a sua volta.

Quando uscì, ero piegata contro il bordo della piscina, che cercavo di riprendere fiato. Mi tirò contro di sé, tenendomi da dietro. «Hai bevuto?»

Gli diedi un'occhiata di finta irritazione. «Immagino che non avrò comunque bisogno di camminare per qualche giorno.»

Il suo petto rombò contro la mia schiena. «Posso portarti in braccio io dappertutto.»

E con quelle parole mi prese in braccio e mi portò fuori dalla piscina. Sgocciolammo dappertutto mentre costeggiava il letto e si dirigeva direttamente in bagno.

Era un sogno. E non avrei mai voluto svegliarmi. Le sue braccia erano un porto sicuro intorno a me, mi calmavano, dandomi un senso di sicurezza. Ma il mio cuore non poteva fare a meno di ribellarsi, rifiutare la nuova casa che gli veniva offerta. Era vissuto imprigionato dentro la sua fortezza per troppo tempo. Aveva buttato via la chiave di quella serratura anni prima. Anche se l'avessi voluto, dubitavo di avere la capacità di trovarla.

Più tardi, divorai la bistecca fredda. Mi sembrava di non riuscire a mangiarla abbastanza in fretta, tanto avevo fame.

«Sai, potrebbero scaldarti quella, o cuocerne un'altra» disse Adam, avvicinandosi in un accappatoio bianco, con il petto nudo che s'intravedeva dall'apertura.

«Mi sono fatta un panino con la carne.» Lo alzai per farglielo vedere e lui ne prese un boccone, annuendo dopo un minuto.

«Non è male.»

«Fatti il tuo.»

«Non ho più fame. Non per il cibo, comunque.» Mi diede un'occhiata maliziosa.

«Se hai fame per qualunque altra cosa, mi ci vorrà un po' per ricaricarmi.»

Adam diede un'occhiata all'orologio. «Non è troppo tardi per uscire. Vuoi andare sul patio, per un dessert o un bicchiere di vino?»

Guardai il letto con desiderio. «Sono esausta. Credo che andrò a letto. Tu vai pure, se ne hai voglia.»

A quel punto mi guardò. «Mi libererò degli impegni per domani.»

Sorrisi. Ero riuscita a convincerlo? «Grazie.»

«Non conosco molto la zona, dato che di solito non faccio il turista quando vengo qua. Ma so che ci sono molti bei posti da visitare.»

«Dal poco che ho visto oggi, ce ne sono molti. Sarà bello passare finalmente un po' di tempo con te.» Anche se a quel punto non ero sicura che mi importasse se fosse dentro o fuori da un letto.

Fece una smorfia, come se fosse dispiaciuto. «Sì, mi dispiace. Ma era un viaggio d'affari e vengo qua al massimo una volta l'anno.»

Dopo tutto, forse non l'avevo convinto. Cercai di nascondere la mia delusione. «Certo» dissi, annuendo con fin troppo entusiasmo. «Lo capisco.» Il lavoro veniva sempre per primo. Era quello il messaggio indiretto e pensai alla domanda di Lindsay: *ti ha già dato buca per colpa del lavoro?* Come se ogni donna nella vita di Adam dovesse accettarlo pur di averlo. Beh, non io.

«Credo che farò una breve passeggiata.» Si vestì e io mi misi una t-shirt e mi lavai i denti, crollando sul letto. Sapevo perfettamente che non sarebbe andato a spasso. Aveva afferrato una chiavetta e se l'era infilata in tasca quando pensava non stessi guardando. Era diretto al business center del resort per collegarsi da lì. Ci avrei scommesso, se fossi stato tipo da scommesse.

Ore dopo, mi resi vagamente conto che stava venendo a letto. Dopo un momento, sentii il suo fiato caldo sul collo. Mi piantò un bacio sulla guancia prima di voltarsi e mettersi a dormire.

Capitolo Quattordici

ST. Lucia era ancora più bella il giorno dopo, mentre la visitavo insieme ad Adam. Riuscimmo a passare un po' di tempo in una spiaggia segreta, conosciuta solo dai locali. E suggerii di tornare alle Cascate di Diamante, in modo che potesse vederle anche lui.

Mi disse che saremmo dovuti andare da qualche altra parte, dato che io le avevo già viste il giorno prima. Ma insistetti. E, alla fine, mentre guardavamo le meravigliose acque bianche della cataratta rovesciarsi sulle rocce gialle, azzurre e grigio talpa della scogliera, lui mi mise un braccio intorno alla vita e mi baciò sulla guancia, ringraziandomi per averlo portato lì.

Le acque costiere avevano una tonalità brillante di turchese contro la sabbia bianca come il talco. Ed erano così calde, diversamente dall'acqua sulle coste della California, che era appena tollerabile, e perfino un po' troppo fredda, anche al culmine dell'estate.

Tornammo in albergo il pomeriggio tardi e andai immediatamente in bagno per togliermi la polvere e il sale. Feci con calma, lasciando che l'acqua calda mi accarezzasse il corpo, rinvigorendomi dopo un'intera giornata di sole e turismo. Avevo gli occhi chiusi, stavo sciacquandomi i capelli, quando sentii una ventata d'aria.

La doccia era aperta verso il resto della stanza da bagno, nascosta in un angolo rivestito di scintillanti piastrelle azzurre.

Sentii la sua presenza dietro di me molto prima che mi toccasse, per spingermi fuori dal getto d'acqua.

«Adesso basta monopolizzare l'acqua» disse con la voce ridente. Mi feci da parte ma non uscii dalla doccia, guardandolo mentre si strofinava, si lavava i capelli e sciacquava via la sabbia, il sale e il sapone. Il suo corpo muscoloso era bello da ammirare. Avrei voluto allungare la mano e toccarlo, esplorare le valli e i rilievi dei suoi muscoli sodi sotto la pelle. Credevo che non ne avrei mai avuto abbastanza.

Quando alzai gli occhi, vidi che mi stava osservando mentre lo guardavo. Sorrise e mi fissò negli occhi, togliendo le mani dai capelli che stava sciacquando e tirandomi verso di lui.

«Devi stare attento» mormorai contro le sue labbra mentre gli premevo le mani contro il torace. «Potresti accidentalmente abbronzarti mentre sei qui.»

Si mise a ridere. «Si sta prendendo gioco di me, signorina Strong?»

«Se ti abbronzerai, perderai definitivamente la tua tessera di geek.»

Adam premette la bocca contro la mia e restammo lì a baciarci mentre l'acqua calda scendeva su di noi dal soffione a pioggia, come un tiepido acquazzone tropicale. Gli baciai le gocce che aveva sulle guance e dal suo petto salì un brontolio.

«È la quarta volta che faccio la doccia con te e ogni singola volta ho desiderato inchiodarti alla parete e scoparti» ringhiò.

«E questa volta?» dissi senza fiato.

Mi baciò di nuovo, questa volta aprendomi la bocca per invaderla con la lingua. Mise le mani sui miei fianchi e si spostò verso l'angolo della doccia. Quando staccò la bocca, il mio respiro vacillò.

«Questa volta, finalmente, lo farò» disse con la voce roca.

Mi sollevò da terra parecchi centimetri e strinse il mio corpo tra lui e le piastrelle fredde e lisce. Mi baciò di nuovo e m'infilò un ginocchio tra le gambe, chiedendomi di aprirle per lui. Gliele avvolsi intorno ai fianchi e lui ansimò contro la mia bocca. «Non credo che ne avrò mai abbastanza di te» mormorò.

Gli strinsi le braccia intorno al collo mentre lui manovrava la parte inferiore dei nostri corpi perché si allineassero. «Idem» dissi.

Mi penetrò con una sola spinta veloce e ansimai. Ero stretta ed era tutto ancora un po' troppo sensibile per la novità di questo contatto intimo. Mi tenni con le mani sulle sue spalle e, con un forte gemito, Adam cominciò a muoversi contro di me.

I nostri corpi bagnati scivolavano insieme in un abbandono sensuale mentre continuava a spingersi dentro di me. La sua bocca era premuta contro la mia tempia mentre ondulava il bacino contro il mio e il piacere mi bruciava dentro.

«Non so come ho fatto a tenere le mani a posto per tutto questo tempo» mormorò Adam, senza variare il ritmo.

«Adam» sussurrai. «È così bello averti dentro di me. Fammi venire.»

Tolse la mia gamba destra dalla sua vita, in modo che potessi far leva con la punta del piede sul pavimento. La mia gamba sinistra era ancora intorno al suo fianco. Adam si spingeva dentro di me in lunghi colpi violenti. «Sei così stretta. Così maledettamente stretta. È una sensazione meravigliosa. Come se fossi fatta su misura solo per me.» Mi baciò la fronte e, mentre continuava, sentivo il mio orgasmo che minacciava di esplodere.

E dopo qualche altra spinta, stavo venendo, mormorando il suo nome. Ma lui non si fermò, non aspettò che riprendessi fiato.

I suoi movimenti divennero più frenetici, più affrettati finché venne con un lungo ringhio, irrigidendosi, con il bacino che si strusciava contro il mio.

Dopo parecchi lunghi momenti di silenzio, il suo corpo si rilassò, e nascose la faccia contro il mio collo. «Cazzo» mormorò, con le dita che mi entravano nei fianchi «È stato incredibile.»

Trovò la mia bocca e ci baciammo, stringendoci, le sue braccia intorno alla mia vita. Staccai la bocca e risi. «Abbiamo appena sprecato duecento litri d'acqua.»

Mi rivolse un sorriso sghembo. «È colpa tua, perché sei maledettamente irresistibile.» Mi baciò di nuovo, una carezza inebriante delle sue labbra sulle mie che me lo fece desiderare di nuovo, ferocemente come prima. Mi tirai indietro sapendo che, se non avessimo smesso, non saremmo mai andati a cena.

Approfittai del breve tempo lontano da lui per riflettere in silenzio su di noi. Ogni volta che ero accanto a lui, quella travolgente forza della natura mi lacerava, facendomi venir voglia di lasciar perdere le mie convinzioni, lasciarmi portare via da lui, trascinare via dai venti di tempesta dalla roccia alla quale mi stavo ancorando.

C'erano delle cose che dovevo fare. Una persona che dovevo diventare, quella visione di me stessa con un camice da chirurgo che era stata così importante per la maggior parte della mia gioventù. Ero io quella che doveva salvare gli altri, salvare me stessa. E non potevo lasciarmi distrarre dalla volontà di qualcun altro. Nonostante i miei passati fallimenti, chiusi gli occhi e i pugni, convinta, *dovevo* attenermi a quella visione e non permetterle di scivolare via.

L'ultima nostra notte insieme a St. Lucia, mangiammo al Place, il ristorante del resort che offriva una cucina saporita ispirata ai Caraibi. Adam aveva un completo nero ed io l'abito color avorio che avevo indossato la sera del ricevimento di Adam, e mi sentii di nuovo come Cenerentola sul punto di cenare con il bel principe.

Adam mi guardò con apprezzamento quando ci sedemmo, scossi la testa, ridendo. «Sei incredibile.»

Lui sorrise. «Che cosa c'è? Stavo per dirti che sei splendida.»

«E adesso non vedi l'ora di togliermi questo vestito.»

«Lo tenevo per dopo, ma dato che mi hai tolto le parole di bocca… Diciamo semplicemente che il dessert non è sul menu. L'ultima volta che hai indossato quell'abito ti ho strappato le mutandine. Non posso essere completamente responsabile per le mie azioni stasera.» Sorrise malizioso.

«Incredibile» ripetei. «Stai recuperando il tempo perduto.» E distolsi lo sguardo. Cercai di non pensare all'orribile delusione che sarebbe seguita una volta che fossimo scesi dall'aereo a LA. Qualcosa mi si contrasse nel petto e, contrariamente a ciò che la mia testa continuava a ripetermi, il mio cuore cominciava a chiedersi se non fosse possibile trovare il modo di rinunciare alla mia decisione di porre fine a tutto dopo quella notte.

E se ci fossimo messi d'accordo di trovarci occasionalmente per far sesso, e magari una cena una volta ogni tanto? Già, ma lui lo avrebbe voluto? Lo guardai mentre tagliava il pesce in crosta di pecan.

Era così maledettamente bello con quell'abito, o (chi volevo prendere in giro) in qualsiasi altra cosa indossasse, e anche meglio nudo. Ed era gentile la maggior parte del tempo, quando decideva di comportarsi come un essere umano invece che come un robot.

Ero pronta a fare un accordo per avere più tempo con lui, alle mie condizioni.

Ci attardammo sul dessert, una crème brûlé, che a quanto pareva *era* sul menu. Mi diede un'occhiata allusiva con la testa piegata, mentre raschiava l'ultima crema con il cucchiaio. Io misi da parte il mio piatto, quasi intatto, aprendo e chiudendo le mani sul tavolo. Era ora di smettere di essere una vigliacca.

Feci un respiro profondo. «Penso che non potessimo scegliere l'atmosfera più perfetta per la nostra ultima notte insieme.»

Lui non alzò gli occhi ma la sua espressione divenne fredda. Abbandonando il piatto vuoto, mi fissò per un lungo momento. «Non è obbligatorio che sia l'ultima» disse a voce bassa, in tono impassibile.

Forse stava pensando anche lui alla stessa cosa. Forse era pronto anche lui a trattare per avere un po' più di tempo. Alzò gli occhi e mi fissò con quel suo sguardo intenso, scuro. L'aria sembrò farsi più densa tra di noi, rendendomi difficile respirare, ritrovare la mia volontà. Mi spaventava il fatto che volessi così disperatamente stare di nuovo con lui. Se fosse successo, doveva essere alle *mie* condizioni, non alle sue. «È necessario» dissi, con la voce che vacillava.

Abbassò le sopracciglia, solo di un millimetro, sopra quegli occhi penetranti. Non fece niente, mi prese solo una mano, racchiudendola dentro la sua e passandomi il pollice sul polso con un movimento sensuale, possessivo. Io deglutii, cercando di ignorare il battito frenetico del mio polso.

Adam sembrava lottare con se stesso, cercando di arrivare a una decisione sconosciuta. Mi preparai per la miriade di possibilità che potevano esistere. Di tutte, non avrei mai potuto predire, in un milione di anni, ciò che uscì dalla sua bocca.

«Sai, siamo di più, l'uno per l'altro, di quanto tu credi» disse.

Il mio polso tremò dentro la sua mano, sentendosi così vulnerabile, delicato, intrappolato. Una paura gelida mi bloccò la gola. Stava per ammettere i suoi sentimenti per me? Era ora di spingerlo via. Lontano. «Adam, ci siamo divertiti un sacco insieme e ho avuto dei momenti bellissimi. Ma ci conosciamo appena. È solo un mese...»

«No.» Deglutì. «Non è così.»

Chiusi la bocca e aspettai che si spiegasse. Lui fece un cenno con la testa come per rassicurarsi da solo e poi distolse gli occhi per un secondo, con la mano che mi teneva ancora il polso. «Una volta mi hai chiesto perché avevo partecipato all'asta. Non ti ho mai risposto, ma presumo che tu voglia ancora saperlo.»

Annuii.

«Posso dirti il momento esatto in cui ho capito che avrei vinto quell'asta. *Vinto*, non partecipato. Mi avevi mandato la bozza del tuo Manifesto da leggere e ne stavamo discutendo nella chat del gioco dopo le due di notte. Avevo passato tutto il tempo a cercare di dissuaderti, a farti rinunciare, ma tu non ne volevi sapere e quando hai cominciato a irritarti, ho lasciato perdere. È stato quello il momento in cui ho capito che lo avrei impedito in un altro modo, perché *potevo farlo*.»

Mi sentii gelare dentro, ero ebbra, disorientata. Di che diavolo stava parlando? Non avevo mai avuto quella conversazione con lui. Era mesi prima che ci incontrassimo! Ero rimasta alzata quella notte a chattare con... Restai a bocca aperta. Scossi la testa.

«Ma...?» dissi, senza fiato.

Adam mi guardava attentamente, come un bambino potrebbe guardare un petardo dopo aver acceso la miccia, aspettando che esplodesse.

Scossi di nuovo la testa. «Non eri tu. Era...» Cazzo. No. *No.* Non era possibile.

Ricordavo quella conversazione. Era stato così contrario all'asta. Aveva cercato di demolire ogni singolo ragionamento che avevo fatto nel Manifesto e mi aveva offeso. C'eravamo scambiati messaggi per ore, con i polsi che mi facevano male per tutto quel furioso scrivere.

E la mia mente volò a tutte le volte prima. Quando gli avevo aperto il mio cuore, parlando di mia madre e di quanto stesse male. Come mi sentivo inutile perché ero troppo lontana per occuparmi di lei, per accompagnarla ai suoi appuntamenti. Lui mi aveva consolato. Mi aveva detto che lei era sicuramente orgogliosa di me perché restavo a scuola. Che ero così vicina al traguardo e che lui credeva in me.

Ero pallida e stavo tremando, sentivo dietro le orecchie un rumore di statica, l'unica altra sensazione le sue dita sul mio polso. Respiravo a fatica, come se fossi stata sott'acqua per cent'anni. «Sei FallenOne.»

E, lui annuì, quasi impercettibilmente, con gli occhi di ossidiana che non lasciavano mai i miei. Abbassai lentamente le palpebre. Tirai indietro il braccio e sentii solo una resistenza minima da parte sua prima che mi lasciasse andare.

Fissai la tovaglia tra di noi, con la mente che correva a tutte le cose che sapeva di me. Ogni esperienza che avevamo condiviso. Il nostro gruppo di gioco consueto, composto da quattro persone, si era sempre divertito moltissimo giocando insieme, ma FallenOne e io avevamo passato ore e ore anche solo in compagnia l'uno dell'altro. Chattando online, facendo missioni personali nel gioco, scambiandoci appunti e oggetti. In qualche modo, mi sentivo vicina a lui quanto lo ero a Heath.

Vicina a Fallen, no, Adam, mi corressi. «Non ha senso. Fallen vive sulla costa orientale, è uno studente…» dissi, con la voce che tremava, senza riuscire ancora a guardarlo.

«Qualcuna di quelle cose serviva per depistarti. Altre non le ho mai effettivamente dette, ma le hai immaginate tu. A volte ero all'est per lavoro quando mi collegavo.»

Sapeva tanto di me ed io, al contrario, non sapevo niente di lui. Il giorno in cui mia madre mi aveva detto della diagnosi, mi ero rivolta a lui perché Heath era in campeggio con quello che allora era il suo boyfriend. Fallen ed io avevamo chattato tutta la notte e ci eravamo scollegati alle sei del mattino. Avevo pianto, singhiozzato sulla possibilità reale di perderla. «Come… Com'è successo? Perché non me l'hai detto?»

Lui distolse gli occhi e ripiegò le mani sul tavolo davanti a sé. «Ti ho detto che ogni tanto entravo nel gioco e giocavo. Io collaudo sempre i miei giochi, non stavo mentendo. Entro nei gruppi e aiuto la gente a finire le missioni e a ottenere le ricompense di cui hanno bisogno. È divertente vederli apprezzare tanto il gioco.» Esitò e si schiarì la voce, ma non mi guardò.

«Una sera mi ero unito a questo Mercenario barbaro e all'Incantatrice spirituale e alla loro amica, Persephone. Sentivo la tua voce in chat, anche se io usavo solo il testo. Penso che stessimo lavorando su una delle missioni da principianti quella sera. L'ultimo pezzo di armatura per Fragged, cioè Heath. Mi ero divertito con altri gruppi, ma mai come quella sera. Ridevo così forte a tutte le battute spiritose che volavano mentre cercavamo di attraversare quell'irritante segreta. E poi Heath mi parlò del tuo blog, dicendo che dovevo leggerlo. E lo feci.»

Mi diede un'occhiata un po' incerta. Ma io ero concentrato sul mio piccolo posto felice da qualche parte sulla tovaglia. «Mi è piaciuto il tuo blog e, beh, andai contro la mia stessa regola di non giocare mai più di una volta con le stesse persone. Quella sera, dopo il lavoro, quando mi collegai, cercai di nuovo il vostro gruppo. Quella settimana quasi non uscii mai dall'ufficio. Aspettavo solo il momento di collegarmi con voi ogni sera. Probabilmente sembra patetico...»

Continuavo a non riuscire a guardarlo. «Non più patetico di me che non vedevo l'ora di collegarmi al gruppo perché c'eri tu, per tutto il fine settimana.»

Adam si fermò, giocherellando con le mani giunte per un momento. «Tra leggere il tuo blog e giocare con te e poi passare tutto quel tempo a conoscerci con tutti quei messaggi... Ho imparato a conoscerti. Mi sono... affezionato.»

Sentii una morsa invisibile che si stringeva intorno al mio petto. Mi bruciavano gli occhi e la gola. Era tornata la stessa gelida paura e, questa volta, ero paralizzata. Sbattei gli occhi, misi le mani sul tavolo davanti a me, cercando di escludere il rumore irritante delle posate e delle chiacchiere nei tavoli vicini. Fissai la candela che bruciava dentro la lampada controvento sul tavolo. Che cosa significava? *Eravamo* più di quello che avevo pensato, ma non era mai stato di più di quanto *lui* sapesse. Non eravamo mai stati sullo stesso piano. Lui aveva sempre saputo tutto e mi aveva volontariamente tenuto all'oscuro. E ora, diceva che si era affezionato.

Tirai il fiato, quasi un mezzo singulto. Anch'io mi ero affezionata. Ma in quel momento ero decisa a che non ci fosse un domani per noi. Era troppo sconvolgente. Questa volta la ferita era troppo profonda. Il giorno dopo avrei perso entrambi, Adam e FallenOne, in un sol colpo.

Spinsi indietro la sedia e mi alzai. «Dovremmo andare» dissi sottovoce.

Adam spalancò gli occhi e si alzò. Ci guardammo attraverso il tavolo per un lungo momento. Il caos dentro di me mi diceva che avrei dovuto riflettere per ore, probabilmente addirittura giorni o settimane, per riuscire a capire come stavano le cose. Ma non serviva che mi dicesse che si era affezionato. Non avevo bisogno che il suo cambiamento confuso, tempestoso, mi strappasse ogni parvenza di controllo.

Non dissi nient'altro quando mi voltai per andarmene e lui mi seguì quasi subito. Camminammo lungo corridoi tortuosi e salimmo due piani di scale per arrivare alla nostra suite. Dopo parecchi lunghi minuti di silenzio, Adam mi posò leggermente la mano sulla schiena, camminando accanto a me nel buio mentre la tiepida brezza caraibica frusciava intorno a noi. Dato che avevo la schiena nuda, ero fin troppo conscia di quella mano e dell'impronta bollente che lasciava sulla mia pelle, il modo in cui il suo pollice si spostava con la più piccola delle carezze. Ero così concentrata su quel tocco che quasi inciampai, facendo la figura della stupida.

Tornati nella suite, l'atmosfera restò tesa, imbarazzata. Mi guardai intorno, le candele accese e le coperte risvoltate, la zanzariera già tirata che danzava nella brezza come un velo da sposa catturato dal vento. Il mio cuore cominciò ad accelerare. Come potevo evitare la conversazione, le dichiarazioni che sarebbero sicuramente arrivate e che aleggiavano nell'aria come nuvole scure che minacciavano torrenti di pioggia da un momento all'altro?

Adam si era spostato verso il cassettone e dopo essersi tolto la giacca, stava sciogliendo il nodo della cravatta. Mi guardava, con un'espressione imperscrutabile, ma non disse niente.

Andai a prendere la mia t-shirt, che era nel cassettone accanto a lui. Pensai di cambiarmi per andare a letto perché non riuscivo a pensare a nient'altro da fare. Non ero poi così stanca e sapevo che non sarei riuscita a concentrarmi sul manuale del test.

Presi la maglietta dal cassetto di mezzo mentre lui mi guardava con un'espressione indecifrabile. Si era slacciato la camicia e io mi sentivo strana, tesa e intimidita. Tenni lo sguardo lontano da lui.

Mi spostai sul letto, togliendomi le scarpe e lasciando che il tessuto leggero della gonna fluttuasse intorno alle mie gambe. Dei tre, quello era il vestito che mi faceva sentire più simile a una principessa delle favole. Ma mezzanotte stava per scoccare e lo sentivo in ogni occhiata nervosa che ci scambiavano, nel silenzio che incombeva sulla stanza.

E il mio bel principe, beh, nemmeno lui era chi pensavo che fosse. Ci riflettei. Sapeva tanto di me eppure aveva fatto in modo di restare un mistero per me. Si stava ancora nascondendo dietro una maschera, dietro tutto quello schema. Provavo una rabbia incandescente. Più che altro contro me stessa, per non averlo saputo, per non essermene resa conto. Anche se per la maggior parte del tempo avevo trovato notevolmente facile e divertente stare con Adam, non l'avevo mai associato a FallenOne. Come avevo potuto essere così cieca?

Fui sul punto di andare a cambiarmi in bagno, ma sembrava stupido, dopo aver visto tanto l'uno dell'altro. Appoggiai la maglietta sul letto, cercando di non concentrarmi su dov'era lui nella stanza, o sul fatto che si era tolto la camicia e la maglia e ora indossava solo i pantaloni del completo e le calze. Non avrei guardato. No. Non lo avrei fatto. Confusione o no, il mio corpo lo voleva ancora. Famelico. Probabilmente più ora di quando avevamo cominciato ad andare a letto insieme.

Sganciai la gonna prima di abbassare la parte davanti del vestito, sentendo la brezza fresca colpirmi il seno, facendomi immediatamente raggrinzire i capezzoli. Abbassai la cerniera e tolsi tutto.

All'improvviso, le mani di Adam mi coprirono i fianchi. Si era avvicinato da dietro mentre mi stavo concentrando per non notarlo. M'immobilizzai e lui mi tirò lentamente verso di sé.

«Salve, bellezza» sussurrò contro i miei capelli.

Chiusi gli occhi, con i brividi che mi scendevano lungo la schiena in successione, come una cascata. Solo un paio di parole sussurrate e il più piccolo tocco di quest'uomo e crollavo, pronta ad arrendermi.

Non dissi niente, gli permisi solo di tenermi a lungo, e la sensazione del suo torace caldo e muscoloso premuto contro la mia schiena riaccese il mio desiderio.

«Emilia, mi dispiace di non avertelo detto prima.»

Trattenni il fiato. Aveva le mani sulle mie spalle, e poi scesero lungo le braccia. Non volevo parlare. Volevo i nostri corpi premuti l'uno all'altro, appiccicosi di sudore e passione. Volevo un ultimo ricordo prima di dire addio.

Mi voltai tra le sue braccia, premendomi contro di lui. «Ti voglio. Adesso.»

Adam esitò, guardandomi a lungo negli occhi prima di abbassarsi per baciarmi. Io volevo la tempesta. Volevo che si buttasse sopra di me e mi sopraffacesse, che mi risucchiasse per non dover pensare o sentire nient'altro che le sue mani, la sua bocca, il suo corpo.

Mi gettai in quel bacio, aprendomi per lui, mettendogli le braccia intorno al collo per tirarlo più vicino. La nostra ultima volta insieme. Una piccola parte di me si sentì più leggera per il sollievo. In fondo alla mia mente, la parte più grande protestava.

I suoi occhi si scurirono, aveva le mani sul mio seno e accarezzava dolcemente i capezzoli eretti, inviandomi fitte di piacere in tutto il corpo. Mi spinse verso il letto ed io acconsentii, travolta ancora una volta da lui.

«Emilia...» disse.

«Ssst.» Gli misi una mano sulla bocca. «Non parlare.»

Mi tolse la mano, afferrandomi entrambi i polsi, chinandosi su di me e spingendomi sul letto con lui. Mi tenne le braccia sopra la testa, stringendomi insieme i polsi con una sola mano e bloccandoli lì.

Poi cominciò a baciarmi da farmi perdere i sensi. L'altra mano scese sul mio seno, sullo stomaco per poi fermarsi all'apice delle gambe.

Alzo la testa e mi guardò negli occhi, con una moltitudine di domande inespresse. Non volevo che parlasse. Non potevo. Mi dimenai contro di lui, spingendomi contro il suo torace.

«Smettila» disse. Io mi fermai, guardandolo con la domanda che non aspettò che gli facessi. «Stai usando il sesso per evitare di parlarne.»

Chiusi gli occhi e cercai di liberare le mani. Lui strinse un po' più forte e il mio polso accelerò di colpo. Tutto il mio corpo lo desiderava. «Per favore, Adam. Ti voglio dentro di me.»

La mano di Adam tornò sopra la mia biancheria e cominciò una carezza ferma ma languorosa. Il mio sguardo incrociò il suo e lui aveva quell'espressione calcolatrice che mi aveva insegnato a essere cauta. «Davvero?» chiese, portando la bocca sul mio capezzolo, prendendolo tra le labbra, i denti.

Ansimai, gettando indietro la testa, arcuandomi contro di lui. «Sì, adesso. Ti voglio adesso.»

Lui staccò la bocca quasi violentemente, facendomi gridare di nuovo. La pressione della sua mano sul mio sesso aumentò. «E domani? Mi vorrai anche domani?»

Mi bloccai e distolsi gli occhi. Ora lo capivo. Se io stavo usando il sesso per evitare di parlarne, lui lo stava usando per obbligarmi a parlare. La sua mano si fermò, poi s'infilò sotto le mutandine. Era un tocco leggero, ma rabbrividii dappertutto. Volevo di più. «Non parlare di domani» sussurrai, chiudendo strettamente gli occhi.

Infilò le dita dentro di me e si fermò di nuovo. «*Io* voglio parlare di domani. E del giorno dopo e di quello dopo ancora…»

Mi divincolai, cercando di liberare le mani. Spalancai gli occhi e gli rivolsi un'occhiata feroce. «*No.*»

Lui mosse di dita, accarezzandomi, avanti e indietro e sentii gli occhi che si chiudevano, mentre m'invadeva una sensazione di stordimento. Cercare di concentrarmi su qualcos'altro era come bere tre bicchierini di whiskey in rapida successione e poi cercare di camminare su una corda.

«Scopami» sussurrai.

La sua mano non smise il suo sensuale movimento. Sentii la pressione crescere. Gemetti.

«Non voglio farlo» disse, rigido. «No, se non posso averti anche domani. E il giorno dopo. No, se questa dev'essere l'ultima volta.»

Nonostante la mia esasperazione nei suoi confronti, le sue mani stavano compiendo il loro incantesimo. Ero vicina e lui lo sapeva. Tolse la mano poi ruotò i fianchi sopra di me, inchiodandomi al letto. «Sarà l'ultima volta, Emilia?» chiese con voce roca. La sua erezione premeva contro il mio sesso.

Era quello il momento in cui ero io a poter far leva. Il momento in cui potevo dettare le mie condizioni. Non avrebbe avuto scelta. Avrebbe dovuto accettarle. «Farò ancora sesso con te.» Ansimai quando si spostò sopra di me, sistemandosi tra le mie gambe. «Posso essere un'amica con cui fai sesso.»

Lui si spinse contro di me, con la mano che mi teneva ancora i polsi. «Ma io non voglio una trombamica.»

Esitai, aggrottando la fronte. Ma la maggior parte degli uomini non si sarebbe sentito al settimo cielo con quel tipo di offerta? Lui sembrava più irritato che altro. Minacciava di far sparire quelle sensazioni così piacevoli. «Potremmo trovarci...»

La sua espressione divenne impassibile, la voce piatta e morta. «Voglio di più di una squallida, veloce scopata.»

Strinsi le labbra e gli occhi, con l'irritazione che lottava con l'eccitazione e minacciava di soppiantarla. «Allora, cazzo, mi puoi offrire la cena, una volta ogni tanto» dissi a denti stretti.

I nostri sguardi si scontrarono in una battaglia silenziosa. Adam lasciò andare i miei polsi ed io gli misi immediatamente le mani sulle spalle ampie e spinsi. Lui non si spostò nemmeno.

«Io so che cosa voglio» disse con quella voce ferma, carica di significato che aveva un sottofondo di rabbia. «E quando mi ci metto, tendo a ottenere quello che voglio.»

Sentii il calore salirmi alle guance e distolsi lo sguardo dai suoi occhi scuri e penetranti. «Odio deluderti, ma in questo caso non succederà» risposi.

Adam mi studiò per un lungo momento ed io non riuscii più a sopportarlo. Spinsi più forte e lui si alzò, togliendomi di dosso il suo peso. Mi sedetti, passandomi una mano tra i capelli mentre lui rotolava su un fianco e mi osservava.

«Di che cosa hai paura?»

Strinsi i denti. «Chi dice che ho paura?»

«Lo sto dicendo *io*.»

Nervosa, mi abbassai a prendere la t-shirt e la infilai, voltandogli la schiena. «Siamo in due a parlare qui e solo uno di noi due si è dimostrato un bugiardo. Smetterei di parlare se fossi in te.»

Mi alzai dal letto e cominciai a camminare avanti a indietro. Adam mi guardava con occhi enigmatici del colore della mezzanotte. «In effetti ce n'è solo uno qui che sta veramente parlando. E sono io.»

Sogghignai, indicandolo. «Il bugiardo matricolato. Splendido.»

Adam alzò le spalle. Il movimento era rigido, come se stesse fingendo. «Sei tu quella che sta mentendo adesso.»

Mi fermai, voltandomi a guardarlo con le braccia conserte. «Ah sì? E su che cosa starei mentendo?»

«I tuoi sentimenti. E sul fatto che non t'importa di niente. Non vuoi parlare perché hai paura che questo possa essere l'inizio di qualcosa.»

La rabbia aumentò, incandescente. «Sono incazzata con te perché non mi hai detto la verità? Che ne dici? Magari stavo preparandomi a perdere te domani, ma non Fallen.»

«Non devi perdere nessuno dei due» disse sommessamente.

Mi portai le mani alla fronte. L'intero concetto mi dava il mal di testa. «Siete ancora due persone separate nella mia testa. Non ho ancora avuto il tempo di assorbirlo e tu vuoi conoscere i miei sentimenti? Non so nemmeno *io* che cosa cazzo provo.»

Si alzò e venne lentamente verso di me, come se fossi un coniglio spaventato che potesse saltellare via per un movimento improvviso. La luce si rifletteva sul suo torace muscoloso, i pantaloni erano bassi sui fianchi. Era così maledettamente sexy da togliermi il fiato, perfino quando mi stava irritando da morire. Si fermò molto vicino, ma non mi toccò.

«Allora prenditi del tempo per capirlo. Dacci del tempo.»

Sospirai e distolsi lo sguardo. Fissai di lato, in alto, dovunque ma non lui. «No.»

Alzò le mani e mi prese le spalle, dolcemente. Quando parlò, la sua voce aveva una punta di disperazione. «Emilia...»

«No!» dissi a denti stretti, guardandolo finalmente negli occhi. «Spiegami la favola che mi stai proponendo. Come potrebbe funzionare, a parte la questione della fiducia, che, in questo momento, è un masso. Con i miei due lavori e la preparazione per la facoltà di medicina e le tue cento ore lavorative, come funzionerebbe? Nessuno di noi ha una vita sentimentale.»

«Non è una favola. È la vita reale, una relazione sincera, matura, dove due adulti risolvono i loro problemi una volta che decidono di voler stare insieme...»

Mi tirai indietro e lui lasciò cadere le braccia. Continuai ad arretrare. «È perché ti senti in colpa, perché abbiamo fatto sesso, anche se non avevi mai voluto arrivare a questo punto?»

Scosse la testa, passandosi una mano tra i capelli. «No.» Strinse il pugno.

«Io penso di sì.»

Alzò di colpo la testa, inchiodandomi con un'occhiataccia. «Beh. Ti *sbagli*. Non hai una fottuta idea di che cosa mi passi per la testa, quindi piantala di rigirare le cose per sostenere la tua visione cinica e contorta del mondo.»

Rimasi immobile, stordita. Non avevo mai visto un'esplosione di rabbia da parte sua. Alzai una mano in segno di resa. «Bene. Mi dispiace. Detesto quando la gente lo fa con me.»

Il suo sguardo restò fisso su di me. «Perché non vuoi darci una chance?»

Feci un respiro profondo. «Perché non voglio avere una relazione. Non con te, né con nessun altro.»

«Perché?»

Sentii la frustrazione che cresceva, stringendo il nodo che avevo tra le spalle. Mi portai le mani alle tempie, chiudendo gli occhi. «Mi stai facendo impazzire, Adam.»

«Perché ti sto obbligando ad avere questa conversazione mentre tu vorresti evitarla? Sono giorni, settimane che c'è questo elefante nella stanza e non ho più intenzione di ignorarlo, per quanto possa metterti a disagio. Quando torneremo in California, voglio sapere a che punto siamo. *Esattamente* a che punto siamo.»

Avevo le labbra strette e l'irritazione che mi bruciava come lava. «Tu sarai nel tuo ufficio da qualche parte a Irvine ed io sarò nel mio appartamento a Orange.»

Adam ripiegò le braccia sul letto e chinò la testa di lato, studiandomi. «Non è divertente.»

«Smettila di cercare di salvarmi. Non ho bisogno che mi salvi tu.»

Sbatté gli occhi. «Emilia, ti sto dicendo che ti voglio nella mia vita. Voglio una relazione con te, alla pari, e tu in qualche modo stai cercando di farlo apparire il gesto di un cavaliere che cerca di salvare la damigella in pericolo?»

Sospirai, di colpo esausta. «Non è così?»

Adam scosse la testa. «Quel bastardo ti ha incasinato per bene. Ti ha fottuto perché in ogni decisione che prenderai per il resto della tua vita, non penserai mai di poterti fidare abbastanza di qualcuno da permettergli di avvicinarsi.»

M'irrigidii. «Ho fatto la terapia. Sto bene. Quel piccolo pezzo di merda non ha niente a che vedere con le decisioni che prendo…»

Adam espirò, esasperato. «Stavo parlando di tuo padre.»

Quelle parole mi colpirono come un maglio, lasciandomi senza fiato. Alzai una mano per respingere qualunque altra parola avesse intenzione di gettarmi contro. Perché facevano male, come frecce che mi bucavano la pelle.

Cercai di respirare. Ricordi di parole di scherno nel campo giochi dagli ex-amici. *Mia non ha un papà. Non ha mai avuto un papà.* Almeno i loro padri venivano a trovarli durante il fine settimana, o li portavano in vacanza una volta ogni tanto. Il mio voleva solo che non fossi mai nata, se mai pensava a me.

Non ero l'unica a far parte di una famiglia spezzata. Beh, quello avrebbe sottinteso che fossimo stati una famiglia unita tanto per cominciare, ma almeno loro conoscevano i loro padri, i loro nonni paterni, i fratelli, le sorelle, il loro retaggio. I loro *nomi*. Tardi, la notte, a volte sentivo mia madre piangere. Frugava in una scatola piena di lettere e sapevo che venivano da lui. Una scatola di lettere che avrei voluto bruciare quando lei non c'era.

Aveva tentato, una volta, di dirmi chi era. Aveva disperatamente voluto parlarmi di lui, sconvolta che avessi sentito solo le cose negative da lei e da mia nonna mentre crescevo. Ma avevo urlato per farla smettere. Avevo gettato un vaso contro la parete e urlato che non volevo più sentirle dire una parola su quel pezzo di merda. Poi mi ero precipitata fuori di casa.

A lui non era mai importato di me. Perché avrebbe dovuto importarmi di lui? Cercai di respirare, di colpo conscia della verità dietro alle accuse di Adam. Mi bruciava dentro come gli incendi che ruggivano sulle colline secche in autunno.

«Non...» dissi, mostrando i denti.

Adam non reagì, non si mosse neppure. «Ho colpito un nervo, vero?»

«Vaffanculo» sussurrai, cercando di frenare le lacrime. Mi chiudevano la gola. Non piangevo da tantissimo tempo. Ero una dura. Ma Adam aveva fatto a pezzi le mie difese in meno di cinque minuti. Sapeva troppo. Feci un passo indietro e gli puntai un dito addosso. «Non sai un cazzo di mio padre.»

La sua espressione era feroce, i suoi occhi erano puntati su di me come due raggi laser. «So che ti ha trasformato in una vigliacca. So che l'ombra scura di tuo padre macchierà ogni uomo che guarderai. E so che stai scappando, spaventata, e non solo per questo ma per tutto il tuo futuro. Quante volte ti ho detto di rifare quel maledetto test? Avresti potuto rifarlo una dozzina di volta oramai, ma non l'hai ancora fatto. Continui a studiare, sperando in quel momento perfetto in cui saprai *tutto*, perché temi di fallire. Con la tua educazione, con la tua *vita*. Quindi ti proteggi rinchiudendoti in quel guscio isolato che ti sei costruita. Sei una *vigliacca*» mi schernì.

«Che... adesso sei un fottuto strizzacervelli?» E odiavo il suono della mia voce, quel singulto strangolato che era sfuggito dalle mie labbra con quell'ultima parola. Lui l'aveva sentito perché la sua espressione cambiò immediatamente, addolcendosi per una frazione di secondo, prima che lo affrontassi. Mi avvicinai e gli diedi uno spintone sul petto. Quello che avrei voluto fare era tirargli un perfetto gancio destro sulla mascella, ma, esattamente come il mio tentativo di spingerlo, non sarebbe servito a niente.

Mi prese i polsi e non li lasciò andare quando cercai di divincolarmi. Strinse più forte, tenendoli con facilità. Io parlai a denti stretti. «Smettila di cercare di psicanalizzarmi! Non hai il diritto di gettarmi in faccia le tue teorie dilettantesche perché ho preso una decisione con cui non sei d'accordo.»

Nei suoi occhi neri come il carbone luccicò un avvertimento. «E *sono io* quello incasinato?»

Annuii. La rabbia montava dentro di me come una pentola a pressione pronta a esplodere. Volevo ferirlo come aveva ferito me. Attaccarlo. Fargli male. E sapevo abbastanza di lui da riuscire a far danni.

«Io *so* chi sei. Hai partecipato all'asta perché stavi cercando di salvarmi da me stessa. Hai detto che non sei il mio cavaliere, il mio protettore, ma vorresti esserlo. Io non sono *lei*, Adam. Io non sono Sabrina e tu non puoi salvare lei salvando me. È troppo tardi.»

Adam chiuse lentamente gli occhi, poi li riaprì e la sua stretta sui miei polsi divenne appena un po' più forte. «Pensi che non lo sappia?»

Scossi la testa. «Hai una dipendenza grande come la sua… o come quella di tua madre. Non tocchi liquori o droghe, ma ti stordisci fino all'esaurimento, ogni giorno, con il lavoro.»

Adam aprì la bocca per protestare, ma io continuai, alzando la voce. «Perché sei furbo. Hai scelto una dipendenza socialmente accettabile. Nella nostra cultura, essere un gran lavoratore è una buona cosa. La gente non sospetta il motivo per cui lo fai, se hai successo.» Impallidì, ma io non riuscivo a fermarmi. Avevo affondato il coltello e adesso dovevo rigirarlo.

«Ammettilo. Il lavoro soddisfa esattamente lo stesso bisogno delle droghe o dell'alcol, o del cibo. Ti stordisce, ti tiene a distanza dalla vita. Chiude fuori tutti quelli che ti amano. Tuo zio, i tuoi cugini. I tuoi amici.»

Mi lasciò andare le mani e fece un passo indietro, come se si fosse scottato. Io insistetti, non volevo cedere il vantaggio. Lo indicai col dito. «So esattamente che cosa succederebbe se avessimo una relazione. Forse sarei un diversivo per un po', finché non subentrasse la noia, o fino alla prossima volta in cui avessi bisogno della tua dose. E non ci vorrebbe molto, lo so. Come so che sei andato al business center ieri sera dopo aver fatto sesso con me nella piscina.» Sbatté gli occhi come se l'avessi schiaffeggiato. Io digrignai i denti e vomitai le ultime parole con tutto il veleno che avevo dentro, ancora ferita dalla sua accusa. «Non hai un cuore tuo eppure stai cercando di convincermi ad aprire il mio a te? No, Adam. Niente da fare.»

Adam aveva i tendini del collo tirati e le mani strette a pugno. Scosse la testa. «Incredibile» sussurrò. Ci guardammo per un lungo, teso, momento, mentre mi scavavo il palmo con le unghie. Io avevo il viso arrossato, lui era pallido. Io ero piena di rabbia fremente. Lui ribolliva di furia silenziosa. Opposti complementari.

Adam strinse le labbra e scosse la testa. Mi voltò le spalle e andò a prendere la camicia dallo schienale della sedia dove l'aveva appesa. La infilò e la allacciò con movimenti bruschi.

Io ero inchiodata al mio posto, senza riuscire a muovermi, a parlare. Tutto ciò che potevo fare era sentire... sentire quella pulsante onda di dolore che mi aveva invaso quando si era tirato indietro, con le parole astiose che ancora saturavano l'aria tra di noi.

Adam afferrò le scarpe, si sedette e se le infilò. Io guardavo, muta e impotente. Quelle parole erano come la soglia che avevamo superato prima insieme, una cosa che sarebbe rimasta tra di noi per sempre, per unirci e allontanarci insieme. Non potevano più essere ritirate.

«Adam» sussurrai, temendo all'improvviso più ciò che non avrebbe detto di quello che avrebbe detto.

Lui mi guardò, con gli occhi vuoti, freddi. «Avevi ragione. Che cosa diavolo stavo pensando? Avevo finalmente deciso che volevo una *donna* nella mia vita. Tu sei solo una povera ragazzina spaventata.» Si alzò e andò in bagno. Ed io ero ancora lì, incapace di muovermi, di respirare, di pensare. Incapace di concentrarmi su qualcosa che non fosse il dolore che stava esplodendo dentro di me.

Rientrò nella stanza qualche minuto dopo. Io mi ero seduta sul divano, con le ginocchia tirate verso il petto, in testa mille pensieri: che cosa fare, che cosa dire. Adam andò alla porta e si voltò un attimo prima di uscire. «Andrò in un'altra stanza questa notte. Ho improvvisamente perso la voglia di dormire qui.»

Io appoggiai la fronte sulle ginocchia e lui aspettò giusto un minuto prima di spalancare la porta e poi sbatterla, chiudendola. Dentro ero gelata. Avrei potuto piangere, se me lo fossi permesso, ma le lacrime non venivano. Strinsi più forte le ginocchia contro il petto, chiedendomi che cosa significava. Come sarebbe stato il viaggio verso casa, seduta accanto a lui, silenzioso, ribollente di rabbia?

E poi, una volta che mi avesse lasciato a casa? Non ci saremmo più visti? Era stato il mio brillante meccanismo di difesa, chiaramente delineato e strutturato fin dall'inizio. Ma non c'era più un contratto da concludere. Quindi, quale sarebbe stata la nostra conclusione? Estraniamento completo e totale, come se la favola non fosse mai esistita?

Una piccola scheggia di vetro mi bucò il centro del petto e la mia anima cominciò a sanguinare. Non volevo pensarci. A un certo punto mi spostai sul letto, mi raggomitolai e caddi in un sonno irrequieto, senza sogni.

Capitolo Quindici

NON AVREI DOVUTO PREOCCUPARMI PER IL VOLO DI ritorno, perché non tornò a casa con me. Al mattino, con la colazione, il maggiordomo mi portò un biglietto. Era una nota scarabocchiata in fretta e impersonale, firmata da Adam, che diceva che aveva degli affari che lo avrebbero tenuto in zona per un'altra settimana e che aveva provveduto perché tornassi a casa sana e salva.

Lo strappai, furiosa, frustrata per la sua indisponibilità ai compromessi. Era tutto o niente con lui. Quindi saremmo tornati a essere estranei perché *lui* aveva deciso che dovevamo esserlo. Mi si strinse il petto ricordando il nostro litigio, la sera prima. C'eravamo scagliati addosso parole taglienti come coltelli e le ferite erano ancora fresche, dolorose. Forse non sarebbero mai guarite.

Tutte le volte che guardavo il sedile vuoto accanto al mio mentre volavo verso casa, qualcosa mi stringeva il cuore. Lo spazio che Adam aveva occupato nei miei pensieri e nelle mie riflessioni sembrava una stanza vuota, piena di echi.

E poi c'era il fatto che ogni volta che mi spostavo sul sedile, la piccola fitta di disagio che provavo era un promemoria di tutto ciò che era successo tra di noi, e rivivevo ogni tocco, ogni sussurro appassionato, ogni bacio. E mi faceva male dentro.

***

In circostanze normali, sarei andata a casa di Heath, probabilmente passando prima da un supermercato per fare scorta di gelato alla menta con i pezzetti di cioccolato, per farmi commiserare un po' da lui. Ma ero ancora furiosa per l'email che aveva mandato ad Adam, quella che per prima ci aveva fatto finire in quel folle vortice di accuse e contro accuse.

Invece, arrivata a casa, mi feci una doccia, chiusi le tende e dormii per il resto del giorno e fino al giorno dopo. Non riaccesi il telefono finché non mi svegliai a mezzogiorno.

E, ovviamente, c'era un messaggio di mia madre con l'ordine di richiamarla appena il fine settimana fosse finito. Dato che era lunedì mattina, obbedii, piena di sensi di colpa perché l'avevo ignorata in quel modo da quando era cominciata quella faccenda dell'asta.

Cercai di ignorare il penoso senso di vuoto che sentivo al petto tutte le volte che pensavo ad Adam. Cercavo di non pensarci per quanto possibile. E non ci riuscivo spesso. La mia mente sembrava attirata da lui, come globuli bianchi attirati da un'infezione. Risi a quella similitudine. Com'era appropriata. La mia ossessione per Adam, quel persistente indolenzimento, non erano così diversi da un'infezione.

«Com'è andato il tuo ritiro di studio?» chiese mia madre quando finalmente mi decisi a richiamarla.

«Oh, bene. Ho fatto parecchio.» Peccato che non avessi veramente studiato, ma era stato molto più piacevole.

«Vieni a casa con me dopo la cerimonia di laurea?»

Sospirai. Merda. La cerimonia era alla fine della settimana. Non avevo frequentato quel semestre, ma avrei dovuto partecipare con la mia classe e non avevo fatto praticamente niente per prepararmi alla consegna dei diplomi di laurea.

«Preferirei seguirti. Vorrei avere la mia auto quando sarò lì.» Cercai di immaginare come fare per non restare tutta la settimana. Avevo già preso troppe ferie al lavoro e rischiavo di perderlo.

«Ho qualche sorpresa per te quando verrai a casa. Non vedo l'ora.»

Digrignai i denti, ma il pensiero di sfuggire da tutto per qualche giorno e ritirarmi nel conforto e nel silenzio della mia città natale nell'altopiano desertico era stranamente confortante.

Finita la telefonata, misi in una scatola tutto ciò che Adam mi aveva "prestato" o regalato. I quattro vestiti e gli accessori, lo smartphone e il laptop. Buttai la biancheria in pattumiera. Non avevo bisogno di quel promemoria.

E con ogni movimento brusco sentivo la voce in fondo alla mente. *Malata. Malata. Malata.* Nonostante la mia riluttanza ad ammetterlo, Heath aveva ragione. Tutta la faccenda tra Adam e me era stata malata. Non poteva nascerne niente di buono, visto com'era cominciata. Ogni rapporto tra di noi era stato sporcato per sempre dalla famigerata asta.

Ero intorpidita quando andai al lavoro la mattina dopo. Il mio supervisore mi chiamò in ufficio, rimproverandomi perché avevo perso tante giornate e dandomi un avvertimento formale. In circostanze diverse mi sarebbe importato, e molto. Perdere il lavoro avrebbe significato che non avrei più potuto permettermi di vivere da sola, per non parlare poi del suo valore sul mio curriculum. Ma dentro ero gelata. Morta. E sembrava che niente riuscisse a penetrare, eccetto quel dolore distante, costante. La sensazione che mancasse qualcosa di vitale.

Quando arrivai a casa dopo il lavoro, l'auto di Heath era parcheggiata accanto al mio appartamento e lui stava giocando a qualcosa sul suo iPad. Oltrepassai la sua auto, fingendo di non averlo visto, stringendo forte la cinghia del mio zaino.

Continuai a camminare quando sentii la portiera aprirsi e sbattere, e i suoi passi affrettati dietro di me. Salii le scale e non mi voltai fin dopo aver pescato le chiavi per aprire la porta.

«Ehi, Mia» disse Heath. Pareva si stesse sforzando di sembrare indifferente. Mi voltai e lo guardai prima di aprire di scatto la porta ed entrare, senza preoccuparmi di chiuderla alle mie spalle.

«Mia...» cominciò a dire. Io lasciai cadere lo zaino sulla sedia della cucina e mi voltai a guardarlo, con le braccia conserte. «Immagino che significhi che ti ha parlato della mail, eh?»

Piegai di lato la testa. «Che cosa vuoi Heath?»

Lui sbatté gli occhi davanti alle mie maniere brusche. «Io... Io volevo vedere se andava tutto bene.»

«Intendi dire che volevi vedere se ero sopravvissuta allo scoppio della bomba che hai deciso di lasciar cadere nel bel mezzo del nostro viaggio?»

Il volto di Heath sembrò raggrinzirsi per la preoccupazione. «Mia... Mi dispiace, okay? Pensavo di agire per il meglio.»

«Il meglio di chi? Il mio, o della tua coscienza?»

Rimase in silenzio e spostò il peso da un piede all'altro. «Immagino che si sia incazzato. Non mi ha mai risposto.»

Strinsi i denti e andai a prendere la scatola che avevo preparato. Afferrai un rotolo di nastro adesivo dallo zaino e cominciai a sigillarla. «Già. Era incazzato. Ma non importa. È finita.»

Heath mi guardò per un lungo momento ed io afferrai un pennarello, scrivendo l'indirizzo di Adam sulla scatola.

«Mi dispiace, Mia» ripeté ripiegando le braccia sul petto.

Scossi la testa. «Non è il caso. È come avevo programmato fin dall'inizio.»

«Che cos'è successo laggiù?»

Strinsi di nuovo i denti. «Non ne voglio parlare.»

«Okay.» Mi diede una cauta occhiata prima di indicare il pacco. «Vuoi che lo consegni per te?»

«È ancora fuori città. Non otterrai il tuo giro turistico.»

La sua espressione si fece scura. «Ti ha mandato a casa da sola?»

Alzai le spalle. «Aveva ancora da fare nei Caraibi. Ed io dovevo tornare al lavoro.»

«Non me ne frega niente del giro turistico. Tu non stai bene, Mia.»

«Sto. *Bene.*» Dissi alzando di colpo una mano.

Lui alzò le braccia in segno di resa. «Okay, okay. Stai bene. Ma vorrei comunque consegnare io il pacco, o almeno accompagnarti.»

Sospirai. Mi avrebbe fatto piacere avere il suo sostegno morale entrando in quell'edificio, anche se sapevo che Adam non c'era. Non avevo nemmeno avuto il coraggio di collegarmi al gioco da quando ero a casa.

Heath mi disse di togliere il nastro adesivo, altrimenti non sarei mai riuscita a passare i controlli di sicurezza, quindi presi un coltello dalla cucina e aprii di nuovo la scatola. Era il primo pomeriggio quando ci mettemmo per strada, in una specie di tregua non dichiarata. Non avevo accettato le sue scuse ma alla fine sapevo, anche se forse lui no, che il distacco tra me e Adam non era stata colpa di Heath.

Heath mi chiese i particolari della cerimonia di conferimento dei diplomi di laurea dicendomi che aveva in programma di esserci, insieme a mia madre. Mentre viaggiavamo, il mio cuore congelato che sarebbe voluto restare attaccato al risentimento cominciò a sgelare.

Un quarto d'ora dopo lasciammo la superstrada 405 e proseguimmo su una delle strade larghe, perfettamente progettate per cui era famosa la città di Irvine. Heath svoltò nel quartiere industriale, dove c'era la sede della Draco Multimedia Entertainment.

Ci avvicinammo all'edificio centrale del complesso. Era progettato come un castello dei tempi moderni con torrette rivestite di vetri a specchio racchiusi da cornici di acciaio. Gli specchi coglievano il sole del primo pomeriggio e l'intero edificio brillava come se fosse la leggendaria fortezza di Camelot. Quindi il suo cavaliere passava le sue meditabonde giornate dentro un castello. Perché non ne ero sorpresa?

Entrammo in una grande sala con un banco informazioni circolare. Tutto all'interno era cromo e granito e brillante come la luce all'esterno, grazie a tutte quelle finestre. Heath ed io guardammo a bocca aperta, meravigliati. Dappertutto c'erano riproduzioni e opere d'arte relative ai vari giochi prodotti della società e non riuscivo a decidere che cosa guardare per primo.

In effetti, ero così intenta a guardare a bocca aperta il modello in scala 1 a 4 del "Mistress Lair", il Covo della Signora, un modello tridimensionale di un palazzo di ghiaccio, che quasi dimenticai di rivolgermi al tizio della sicurezza.

«Oh! Devo consegnare un pacco al signor Drake.» Il tizio non sembrò impressionato.

Aprii il lembo della scatola e lui frugò in fretta tra il contenuto, poi scrisse il mio nome su un badge temporaneo e mi disse di lasciare la scatola sulla scrivania del suo assistente. Poi chiamò e informò l'assistente che stavo arrivando.

Annuii, alzando le spalle. «Okay.»

Heath stava ancora guardando giù dal mezzanino, verso una mostra di giochi ancora più vasta al piano di sotto. «Oh, per l'amor del cielo, scendi e vai a vedere. Mi dispiace che non abbia potuto fare la tua visita guidata.»

«Ti sta bene andare da sola?»

Feci spallucce. «Non è lontano ed è solo uno dei suoi assistenti. Lui è ancora all'estero. Lascerò il pacco e tornerò subito.»

Heath non mi stava guardando. Un'esposizione aveva colto la sua attenzione.

Mi schiarii la voce. «Wow, è un alieno quello che ti sta arrivando alle spalle con una sonda anale?»

Nessuna reazione.

Risi e lui si allontanò salutandomi con la mano. Con la mia scatola in mano seguii l'agente della sicurezza attraverso un'enorme porta a due battenti, oltre uffici dalle pareti di vetro, con una configurazione aperta; niente cubicoli alla Draco Multimedia. La gente lavorava su eleganti desktop, collaborava sui tablet e in genere era concentrata sul suo lavoro. Ero in un alveare di caos organizzato. Continuai lungo il corridoio centrale, oltre un atrio dalle pareti di vetro e un patio con erba, fioriere e tavoli sistemati con eleganza, ora vuoti perché l'ora del pranzo era appena passata. Quando mi aveva indicato la strada, il tizio della sicurezza aveva fatto sembrare il percorso molto più breve di quanto fosse in realtà. L'ufficio di Adam, e quelli degli altri dirigenti della società (c'erano i loro nomi sulle porte), era preceduto da un grande atrio completo di receptionist e parecchi assistenti affaccendati.

Andai dalla persona più vicina. «Devo lasciare un pacco per il signor Drake. L'agente della sicurezza ha detto di portarlo qui.»

La receptionist m'indicò un assistente seduto a una scrivania un po' più in là. L'assistente, un ragazzo con gli occhiali che sembrava più giovane di me, in camicia e cravatta, guardò dalla nostra parte, alzandosi quando mi avvicinai. «Signorina Strong?»

«Sì. Le hanno detto del pacco che dovevo lasciare?»

Mi diede un'occhiata curiosa e poi guardò il pacco. «Sì. Devo ispezionare il contenuto prima di prenderlo in consegna.»

«Sì, certo. Sono solo alcuni… effetti personali.»

Il ragazzo annuì. «Mi ha detto di informarla che uscirà tra un momento.»

Lo guardai senza capire. «Chi?»

L'assistente sembrò sorpreso. «Il signor Drake.»

«*Cosa?* Ma… Ma è ancora fuori città.»

L'assistente mi diede un'occhiata preoccupata. «No. È tornato ieri. È qui.»

Alzai gli occhi dal pacco verso una porta che conduceva al sancta sanctorum, presumibilmente gli uffici, tutti cromo lucente. In quel momento, la porta si aprì.

Indietreggiai di colpo. «Devo andare» riuscii a malapena a dire. Ma rimasi inchiodata sul posto quando vidi uscire un uomo e una donna. L'uomo con un completo impeccabile, attraente da morire. Il mio petto si strinse come in una morsa. Adam.

Se avessi saputo che c'era la possibilità di vederlo lì, non sarei mai e poi mai venuta. Si piegò per parlare a una donna seduta alla scrivania più vicina alla sua porta, per darle delle istruzioni, sembrava. La donna gli disse qualcosa e poi guardò nella mia direzione.

Prima che potessi arretrare, prima che potessi voltarmi e scappare come una codarda, vidi la sua compagna. Conoscevo anche lei. I capelli biondo platino erano ancora perfettamente acconciati intorno allo splendido viso. Lindsay. Erano così vicini che sembravano una coppia.

Ero così attonita che non riuscii a muovermi, perfino quando Adam si raddrizzò e i suoi occhi volarono diritti ai miei. Ogni muscolo del mio corpo si trasformò in gelatina. L'assistente continuava a frugare nella scatola, ignaro della mia angoscia. Estrasse il laptop e lo mise sul tavolo di fronte a sé. Adam lo vide e la sua espressione divenne dura.

Distolse gli occhi e, con mia crescente meraviglia (ma era possibile?) passò un braccio intorno alla vita di Lindsay, si piegò e le sussurrò qualcosa all'orecchio. Qualcosa che la fece ridere e appoggiarsi a lui.

Non rimasi a guardare altro. Scappai. L'assistente mi chiamò ma non mi fermai. Corsi più velocemente e più lontano che potevo. Perché ora, alla fine, le lacrime stavano arrivando. Mi accecavano. E potevo sentire la sua voce nella mia testa. Era tutto quello che riuscivo a sentire. *Avevo deciso che volevo una donna nella mia vita. Tu sei solo una povera ragazzina spaventata.*

Una. Povera. Ragazzina. Spaventata. E in confronto a me Lindsay era una donna, matura, di successo, sessualmente esperta e Adam le piaceva, e molto.

Mi precipitai lungo i corridoi e fuori nel parcheggio, ansimando, cercando di incamerare un po' d'aria. E poi corsi ancora. Corsi finché non riuscii più a respirare. Poi mi appoggiai alla macchina più vicina e mi piegai in due.

Cinque minuti dopo, vidi qualcuno accanto a me. Quasi me la feci sotto, finché parlò. «Mia, che diavolo...?» disse Heath. «Ti sei precipitata fuori da quella porta come se avessi il diavolo alle calcagna. Che cazzo? Stai *piangendo*?»

A quel punto, stavo boccheggiando, lacrime e muco su tutta la faccia e, peggio ancora, avevo il singhiozzo.

«Heath, portami via da qui, per favore.»

Senza dire un'altra parola, Heath mi mise un braccio intorno alle spalle e mi guidò verso l'auto. Tenni gli occhi lontano dall'edificio. Non volevo correre il rischio di rivederlo. Tutte le volte che pensavo all'espressione dura sul suo volto ricominciavo a piangere e quando finalmente uscimmo dal complesso ero un disastro gocciolante e dal volto chiazzato.

Heath aveva la faccia scura. «Devo dedurne che l'hai visto? Non doveva restare all'estero per un'altra settimana?»

Avevo il volto tra le mani e quindi la mia voce era attutita. «Probabilmente stava mentendo. Non voleva semplicemente fare il viaggio di ritorno con me.»

Heath era preoccupato, parecchio. Si capiva. Insistette per ordinare da mangiare quando arrivammo a casa e rimase seduto di fronte a me al mio malconcio tavolino mentre io mangiucchiavo il pollo al mandarino.

«Forse ti farebbe bene andartene per un po'.»

«Sono appena tornata.»

«No, volevo dire passare un po' di tempo con tua madre. Magari restare per tutta l'estate. L'aiuto le farebbe comodo, ora che è pronta a ricevere nuovamente degli ospiti. Potrei aiutarti a imballare la tua roba e a metterla in deposito. A parte il tuo piccolo miserabile lavoro d'inserviente, non hai veramente motivo di restare qui per il prossimo anno o giù di lì. Perché non risparmiare i soldi che spenderesti per l'affitto e le altre spese?»

Sospirai. «Perché tornare ad Anza significa regredire.»

«Pensaci. Magari potresti andartene solo per una settimana o due? Faresti felice tua madre e, almeno per una volta, non mi starebbe col fiato sul collo.»

«Se manco ancora al lavoro mi licenzieranno.»

«Ben venga, allora. Ci sono altri lavori che puoi fare. Oppure potresti passare più tempo sul tuo blog e ricavarci più soldi. Ho il progetto di un nuovo modulo che permette di avere più spazio per la pubblicità. In quel modo potresti vendere più spazi. Oppure potremmo cercare una sponsorizzazione. So che eri riluttante, ma...»

Avevo il mento appoggiato al petto e stavo piagnucolando miseramente. «Ci penserò.»

E lo feci. Per tutta la notte. Non necessariamente la parte di tornare ad Anza, ma l'intera bizzarra sequenza con Adam. La sua azione calcolata con cui lui, sapendo che stavo guardando, aveva messo il braccio intorno alla vita di Lindsay, facendomi palesemente sapere che la *donna* che aveva scelto per sostituire la ragazzina spaventata era Lindsay.

Dopo aver pianto tutte le lacrime che pensavo di avere, era rimasto solo il torpore. Dovevo essere al lavoro per mezzogiorno, ma non misi la divisa. Invece, scesi dal supervisore in jeans e rassegnai le dimissioni con effetto immediato.

Non la prese bene. Ma vedeva dai miei occhi gonfi e dai cerchi scuri sotto gli occhi che non ero comunque felice. Si assicurò di dirmi che fino a un mese prima ero stata una brava dipendente, e io fui d'accordo. Le cose erano state perfette, finché non era crollato tutto. Fino ad Adam. Ora non avevo un lavoro. Niente soldi in banca e mi era rimasto sì e no un grammo di rispetto per me stessa.

***

Il giorno prima della cerimonia di laurea, Alex e Jenna vennero a darmi il mio regalo e mi pregarono di passare l'estate a OC con loro. Avevano dei *programmi favolosi*. E avevano i biglietti per la Comic-Con di San Diego! E avevano dei costumi per il cosplay e avevano bisogno di un'altra ragazza sexy per completare il loro look da "Steampunk Sherlock's Angels" gli angeli steampunk di Sherlock. La madre di Alex stava cucendo i loro costumi.

Volevano sapere se sarei riuscita a convincere Heath a vestirsi da Sherlock Holmes perché era alto, ma avrebbe dovuto tingersi i capelli di scuro.

«Dai, Mia, sarebbe così *divertente*! Immagina, corsetto placcato ottone, calze a rete e stivali da urlo» disse Alex senza fiato. «Se non vuol farlo Heath magari potresti convincere il tuo favoloso uomo a farlo, lui ha già i capelli scuri ed è alto più che a sufficienza.»

Jenna si sollevò di scatto, sentendolo. «Già, quando potrò conoscere questo pasticcino? Sono stufa di sentire Alejandra sdilinquirsi, mentre io l'ho solo visto nella foto presa da lontano con il suo telefonino...»

«Cosa?» Diedi uno schiaffo sul braccio ad Alex. «Gli hai fatto una fotografia?»

Alex fece spallucce. «Che altro deve fare una pettegola senza speranza se tu non le dai niente con cui lavorare?»

Sospirai pesantemente. «Non ci vediamo più e preferirei non parlare di lui.»

Alex aggrottò la fronte. «Non è per via del test, vero? Non hai rotto perché vuoi studiare o altre stupidaggini simili?»

Le diedi un'occhiataccia, ma fu Jenna a parlare, guardandomi attentamente. «Alex! Non essere maleducata!»

«No, non è stato per via del test.» Sentii il petto che si stringeva. Qualcosa nella sua supposizione mi disturbava. Mi ricordava come avessi preso stupide scuse per non uscire, per non socializzare alle feste. Per tutti i miei quattro anni di college, mi ero rintanata nel mio guscio, passando tutto il tempo che restava dopo lo studio, il lavoro o il blog a collegarmi online per perdermi nei videogiochi. Perché era un territorio sicuro, esplorato. Perché ci sarebbero state poche sorprese e sarei stata pronta per qualunque cosa potesse succedere.

Lasciai cadere la testa sullo schienale del mio divano strappato, fissando il soffitto. Adam aveva ragione. Ero veramente una vigliacca.

Capitolo Sedici

QUANDO LE COSE SI FANNO DURE, I DURI CORRONO A CASA dalla mammina. E fu proprio quello che feci dopo la cerimonia di laurea. Raccolsi tutto quello che potei e partii per Anza, un viaggio di due ore su alcuni dei tronchi stradali più remoti, attraverso l'Inland Empire, la zona a sudovest della contea di San Bernardino. La mia auto percorreva le strade tortuose salendo verso le montagne Cahuilla che si affacciano sulla località di villeggiatura molto più famosa di Palm Springs.

E mentre m'inerpicavo sulla strada a due corsie addentrandomi tra le colline, cominciai a provare una parvenza di calma. Cominciai a credere che alla fine tutto sarebbe andato bene. Che quel dolore era temporaneo e, come la luce del sole morente di quel giorno, sarebbe poco a poco svanito del tutto. Un giorno.

Ma non sembrava temporaneo. Mi sentivo diversa, in qualche modo, come se la mia vita, il mio cuore non potessero mai tornare com'erano. Dicono che le esperienze di vita cambiano una persona, che il cervello crea nuovi percorsi neurali per reagire a un trauma o alle nuove cose che impara. Mi chiedevo quante nuove sinapsi avrei ricavato da quell'esperienza. Se avrei mai imparato a conviverci. E, in quel momento, mi sentivo più decisa che mai a proteggermi, a continuare a dipendere solo da me stessa. Perché ero l'unica persona di cui potevo fidarmi. Potevo fidarmi di Heath, finché non incontrava un uomo nuovo, e allora non potevo più dipendere da lui per sistemare la fila infinita dei miei casini. Potevo dipendere da mia madre, ma l'esperienza degli anni passati mi aveva dimostrato che poteva non esserci per sempre. Il fatto che avesse sfiorato la morte mi aveva scosso fino in fondo e mi aveva dimostrato che non c'era niente di permanente.

Ma una cosa era permanente. Me stessa. La mia ambizione. La mia motivazione. Le mura che mi ero costruita intorno al cuore e su cui vigilavo. E avrei passato il tempo a rinforzarle, riparare i punti deboli che avevano permesso ad Adam di entrare e fare disastri.

Non avevo idea di quanto avesse detto Heath a mia madre mentre erano seduti insieme alla cerimonia di laurea. Ero sicura che non sapesse niente dell'asta ma Heath poteva aver descritto il tempo che avevo passato con Adam come una relazione, senza menzionare tutti i modi in cui era malata o contorta. Mamma sapeva che stavo vedendo qualcuno, ma non conosceva i particolari, come il fatto che sua figlia avesse volontariamente cercato un modo per prostituirsi.

Il nostro piccolo ranch era situato su sette ettari di macchia dell'altopiano desertico. La residenza principale, che mia madre chiamava casa colonica, aveva parecchie stanze per gli ospiti all'ultimo piano. C'erano anche tre capanni per i clienti che volevano più privacy. La sala da pranzo principale era enorme, per contenere gli ospiti del Bed & Breakfast. Fino a quando si era ammalata, mia madre aveva gestito un'azienda abbastanza prospera, con molti ospiti che tornavano da un anno all'altro, per passare un po' tempo lontano dalla civilizzazione, fare escursioni, a piedi o a cavallo. Cominciai a rilassarmi guardando la nostra proprietà alla luce pallida del tardo pomeriggio, sotto la luna dorata dell'altopiano.

Mia madre non fece molte domande quando arrivai. Mi abbracciò forte e mi preparò la mia cena preferita, spiedini, hummus e, per dessert, baklava. Mi disse di andare a letto presto e mi avvertì che avevamo parecchio da discutere la mattina dopo. Sollevata, andai a letto, esausta.

La mattina dopo, andai nella scuderia per salutare i miei amici a quattro zampe preferiti.

Il mio cavallo, Snowball, Palla di neve, mi salutò con un nitrito eccitato. Era il mio miglior amico fin da quando ero in quarta elementare, il suo muso stava invecchiando e ingrigendo, ma afferrò comunque le carote che gli stavo offrendo con il dovuto entusiasmo.

A pranzo, sgranocchiai il mio sandwich di cetrioli e pomodori freschi dell'orto mentre mia madre mi lanciava occhiate furtive. Sapevo che moriva dalla voglia di chiedermi qualcosa sulla mia situazione sentimentale con l'uomo del mistero e che stava cercando di trovare il modo di accennarvi, quindi decisi di dirottarla.

«Allora, mi hai detto di avere delle sorprese per me. Hanno qualcosa a che vedere con la ristrutturazione dei capanni?»

Mia madre mi diede un'occhiata ansiosa. «Allora lo hai notato?»

«Avrei dovuto essere cieca per non notarlo. Hai vinto la lotteria e non me lo hai detto?»

Si mise a ridere. «In un certo senso. Se avere il cancro si può considerare vincere una lotteria.»

Tornai seria. Di colpo, il mio cuore si mise a battere forte per la paura e sentii il sangue defluire dalla faccia. «Cosa? È tornato?»

La mamma restò a bocca aperta e allungò una mano sul tavolo per prendere la mia. «Oh no. No tesoro. Mi dispiace. Non è quello che intendevo dire.»

Si alzò e andò alla scrivania, dove teneva la posta e i documenti e prese una cartelletta. La mise sul tavolo accanto al mio piatto. «All'inizio di quest'anno ho ricevuto questa lettera. Non ti ho detto niente perché non sapevo che cosa pensare. Sembrava troppo bello per essere vero.»

Aprii la cartelletta e lessi in fretta la lettera, stampata su una carta intestata generica. Veniva da un ente di beneficenza che aiutava i pazienti oncologici che si erano ritrovati in difficoltà economiche a causa della malattia. *Sembrava* troppo bello per essere vero, come una fondazione *Esprimi un desiderio* per adulti. Generosamente, l'ente, chiamato The Golden Shield Group, il gruppo dello scudo d'oro, si era offerto di pagare la metà del saldo del mutuo di mia madre e rifinanziare l'altra metà con un prestito senza interessi da ripagare in vent'anni.

Non riuscivo a credere ai miei occhi, lessi e rilessi la lettera, voltando pagina per leggere i documenti che c'erano sotto. «È...»

«Incredibile, lo so. Non ci credevo nemmeno io. Ma li ho controllati online e sono andata dall'avvocato Pohlman, qui in città e gli ho chiesto di lavorare con gli avvocati dell'ente. Mi ha assicurato che era tutto legittimo.»

«Accidenti, mamma. È meglio di una dannata lotteria.»

Lei sorrise. «Già, visto? Qui ci sono i documenti del mio avvocato. E c'è di più. Uno degli imprenditori dietro il gruppo, sentendo parlare del B&B, si è offerto di finanziarmi come socio occulto. Abbiamo preparato un piano aziendale con una partecipazione agli utili...»

Le presi le carte. «Santo cielo, allora è così che stai pagando la ristrutturazione?»

«È quasi finita. E sono già in contatto con Heath per far rifare il sito web e aggiornarlo. Verrà la settimana prossima per fare delle nuove fotografie. Non è eccitante?»

La guardai, meravigliandomi di vederla così luminosa e animata. Non era così da anni, da prima del cancro. Aveva le guance rosate e aveva ripreso un po' di peso e, per la prima volta da quando aveva cominciato la chemioterapia, sembrava effettivamente *sana*.

Mia madre notò che la stavo fissando. Il suo sorriso svanì. «Che cosa c'è?»

Scossi la testa. «Va tutto benissimo, mamma. Sono così contenta.» Sorrisi, felice per lei, cercando ancora di ignorare la sofferenza in fondo al mio pensiero cosciente. Cercando di cancellare l'immagine di Adam, con il braccio intorno alla vita di Lindsay. Sentivo una fitta penetrante di dolore tutte le volte che ci pensavo… Di continuo, sembrava.

Mia madre, acuta come sempre, lo colse immediatamente. Raccolse le carte dal tavolo e le archiviò di nuovo. «Ora parliamo di quello che sta succedendo a *te*.»

Scossi la testa. «Non c'è niente di cui parlare.»

Mi diede un'occhiata curiosa e si strofinò il labbro inferiore con il dito indice, come faceva sempre quando esitava. «Stavi uscendo con qualcuno.»

Distolsi lo sguardo, agitandomi sulla sedia. Le avrei concesso cinque minuti di punzecchiature e poi me ne sarei andata. «Sì. Non era niente. È finita.» Tutto vero. Ma non era tutto. Ma non riuscivo a trovare il coraggio di dirle che, strada facendo, era cambiato tutto. Che avevo perso qualcosa, una parte vitale di me e che sembrava ci fosse un vuoto incolmabile al centro del mio essere. E che forse ci sarebbe voluto un po' per imparare a riempirlo.

«Che cos'è successo?» mi chiese a voce bassa, come se, parlando a voce più alta, avesse potuto spaventarmi e interrompere quel momento di insolita franchezza.

Alzai le spalle. «Dovevo studiare e avevo i miei lavori. Lui doveva lavorare. Non c'era tempo.»

«Vuoi parlarmi di lui?»

Mi chinai in avanti, strofinandomi la fronte con la mano. «No. Non proprio.»

Lei restò in silenzio per parecchi minuti ed io chiusi gli occhi, preparando una scusa per andarmene. Mi sorprese lasciando perdere e prendendo il mio piatto mezzo vuoto per portarlo sul lavandino.

«Mamma…» la fermai quando vidi che se ne sarebbe andata. Lei aspettò che parlassi, guardandomi. «Il donatore biologico di sperma…» cominciai, esitante. «Penso di essere pronta a sapere qualcosa di lui.»

Mia madre si lasciò cadere sulla sedia di fronte a me, appoggiando i piatti. La fissai per un momento. Era una bella donna. Aveva la pelle olivastra e i colori scuri dei suoi antenati greci e, in gioventù, era stata una donna splendida, da adolescente aveva perfino fatto la modella. A poco più di quarant'anni era ancora straordinaria e, prima del cancro, dimostrava almeno dieci anni meno della sua età effettiva, senza quasi una ruga a segnarle il viso. Ma quel calvario le aveva scavato dei solchi intorno alla bocca e qualcuno sulla fronte.

Ci guardammo negli occhi per un lungo, silenzioso momento. Poi lei raddrizzò le spalle. «Okay.» Annuì. «Che cosa vuoi sapere?»

«Come si chiama? Chi è?»

E lei me lo disse. Con pazienza, tranquillamente, rispose a tutte le mie domande. Non feci domande sui particolari privati della sua vita con lui. Sapevo già che l'aveva conquistata completamente all'inizio per poi scartarla come fosse spazzatura. Non mi serviva sapere di più. Ma ora aveva un nome. Era una persona. Non era più solo una figura anonima sulla quale concentrare il mio odio. Si chiamava Gerard Dempsey. Aveva antenati irlandesi e inglesi. Era un imprenditore di successo nel campo immobiliare e aveva guadagnato in quel modo i suoi milioni. Aveva una sorella, niente fratelli, e tre altri figli, tutti molto più vecchi di me.

Seppi anche che non aveva mai contattato mia madre dopo la mia nascita. Non le aveva mai scritto una lettera, né fatto una telefonata, anche se sapeva esattamente dove vivevamo. Mi disse anche che i miei occhi e il colore dei capelli erano quelli dei miei antenati greci, mentre la mia carnagione, la mascella e il naso erano quelli di mio padre.

Si offrì di mostrarmi una fotografia, l'unica che aveva di lui, di loro insieme, ma rifiutai. Non volevo vederli insieme, felici. Il viso di mia madre giovane e pieno di brillanti ideali, ignara che lui stava accumulando bugie su bugie sulla loro relazione, come un castello di carte.

«Lo amavi?» le chiesi alla fine.

Distolse lo sguardo, concentrandosi su un passato lontano. La sua espressione si fece sognante. «Sì. O, almeno, amavo chi pensavo che fosse, quando credevo di sapere tutto su di lui.»

Inspirai lentamente. «L'amore è pericoloso, ingannevole.» Scossi la testa. «Senza offesa, ma penso che sia per i folli.»

Quando tornò a guardarmi, i suoi occhi erano duri. «Mia, sei troppo giovane per parlare in quel modo. Sembri una vecchia amareggiata e sola.»

Strinsi i denti. Forse lo ero, dentro di me. Più vecchia dei miei anni, non era così che si diceva?

Mia madre parlò di nuovo. «Ci sono dei brav'uomini in giro. Tanti. La maggior parte di loro. Non sprecare la tua vita a essere amareggiata e arrabbiata per un tizio con cui tua madre ha fatto un casino.»

Mi bloccai per un momento, ricordando stranamente le parole di Adam nell'eco di quelle di mia madre. *L'ombra scura di tuo padre macchierà ogni uomo che guarderai.* Scossi la testa per schiarirla. «Perché non sei più uscita con nessuno?»

Fece spallucce. «Tu eri la cosa più importante della mia vita e non mi fidavo abbastanza della mia capacità di giudizio, non volevo rischiare di far entrare di nuovo nella tua vita un potenziale perdente. Quindi, semplicemente, non ho cercato nessuno.»

«E ora? Sono quattro anni che sono fuori casa.»

Annuì. «Già. Ci sto lavorando» disse, enigmatica, e poi si alzò, raccogliendo i piatti e andando in cucina, mentre io la guardavo pensierosa.

Subentrai a mia madre nella cura dei cavalli e lei poté occuparsi di sistemare la casa e prepararsi a riaprire il B&B. Dopo una settimana, avevo chiamato Heath e gli avevo fatto sapere che sarei rimasta ad Anza per un po'. Si occupò lui di svuotare il mio appartamento. Era il miglior amico di sempre, ma sospettavo che si sentisse anche in colpa per la sua parte in ciò che era successo tra Adam e me.

Le mie giornate presero una routine noiosa ma confortante. Mi svegliavo presto, davo da mangiare ai cavalli, pulivo i box, facevo tutti i lavori all'esterno, portando fuori i cavalli e facendoli esercitare nelle ore più fresche del mattino.

Poi, dopo una doccia, lavoravo al blog per parecchie ore. Anche con la connessione Internet scadente del ranch e la mia vecchia macchina che teneva a malapena il passo, riuscivo comunque a postare qualcosa ogni giorno.

Ma ero guardinga su ciò che postavo. Molto più di prima. Ero sempre stata attenta a non rivelare informazioni geografiche o personali su di me ma, anche così, tutte le volte che mi sedevo a scrivere, avevo lo spettro di Adam che mi guardava da sopra la spalla. Sapevo che lo stava leggendo. O forse non gli importava più niente. Forse era troppo occupato a imbarcarsi nella sua nuova, soddisfacente relazione con Lindsay, una "vera donna".

Ogni giorno, mia madre ed io ci trovavamo per pranzare e scambiarci storie, notizie, sia locali sia nazionali, e riavvicinarci, più di quanto lo fossimo da tanto tempo.

Le ore più calde erano dedicate ai libri di medicina, a studiare accanto al refrigeratore ad acqua in cucina.

Già. Quella era la mia eccitante vita ad Anza, ma mentre le settimane passavano e si avvicinava la data del grande test, cominciai a sentirmi più forte, più autonoma e a scoprire nuove cose di me che non avevo mai esplorato. Cercai anche su Google le alternative possibili per laureati di primo livello che non intendevano iscriversi a medicina. Non era tutto così brutto: ricerca, infermieristica, consulenza, ma non erano il mio sogno. E sapevo che avrei dovuto scavare in profondità per trovare il coraggio di rifare quel maledetto test e affrontare un altro possibile fallimento, o altrimenti dire per sempre addio al mio sogno.

La cosa più sorprendente fu che, di punto in bianco, una notte, scrissi una lettera al donatore biologico di sperma, Gerard, mi corressi. Da quel momento in poi mi sarei riferita a lui per nome. Sapevo che non l'avrei mai spedita. Ma avevo fatto delle ricerche e avevo scoperto altre informazioni su di lui oltre a ciò che mi aveva detto mia madre. Cercai anche di scoprire tutto quello che potevo sui miei fratellastri tanto più vecchi di me. Uno, Glen, aveva tredici anni più di me e avevo due sorellastre, quasi quarantenni.

Scrissi la lettera a Gerard, mio padre e vi riversai tutto il dolore per la perdita di un genitore che non avevo mai conosciuto. Ero risentita, ma volevo anche conoscerlo. E alla fine mi permisi di ammetterlo. Lo desideravo, ma non abbastanza. Volevo che il mio odio per lui svanisse, in modo da essere libera. Perché per tutta la mia vita avevo visto quei sentimenti come una fortezza che mi proteggeva da potenziali dolori e danni. Invece di una fortezza erano diventati una gabbia, che m'impediva di andare avanti.

E forse un giorno, strada facendo, sarei stata finalmente in grado di aprire il mio cuore a qualcuno, una volta che fosse guarito.

Heath arrivò il fine settimana seguente e restò nella sua vecchia stanza. Aveva vissuto con noi per gli ultimi tre anni delle superiori, quando i suoi genitori l'avevano buttato fuori di casa quando aveva rivelato la sua omosessualità.

Uscivamo a certe ore del giorno per cogliere la luce giusta per le fotografie. Fu durante le sue riprese al tramonto che affrontò l'argomento proibito.

«Hai sentito Drake?» chiese come per caso, mentre ruotava la macchina fotografica sul tripode per inquadrare da un'angolazione migliore la casa colonica e i tre capanni tutti belli allineati accanto.

Scossi la testa, seguendo la sua visuale lungo il viale in discesa.

«Non ti colleghi al gioco da settimane. Io continuo a cercarti. Hai intenzione di smettere?»

Alzai le spalle. «Ci sono un mucchio di giochi disponibili. Posso giocare a qualcosa che non ha progettato lui.»

«Non mi va che gli stia permettendo di scacciarti da un gioco che ti piaceva e da tutti i tuoi amici online. Ho ricevuto messaggi sia da Persephone sia da FallenOne in cui si dicevano preoccupati per te.»

Sentii lo stomaco che si contraeva e deglutii. «Ah, davvero, Fallen ha chiesto di me?»

«Sì, un paio di sere fa. Ha detto che era preoccupato. Gli ho detto che eri da tua madre.»

«Merda» dissi, stringendo gli occhi e voltandogli le spalle per appoggiare le braccia sulla staccionata che circondava la nostra proprietà. «È tutto quello che ti ha detto? Non ti ha detto il suo nome o roba simile?»

Heath esitò. «Perché avrebbe dovuto? Non ci ha mai detto il suo vero nome.»

Strinsi i denti, fissando il sole morente. «Già, c'era un buon motivo.»

«Cosa… che è una ragazza o roba simile? O qualcuno famoso. Ricordi quando cercavamo di inventarci quale stella del cinema o atleta famoso poteva essere?»

Tirai il fiato e lo trattenni. Volevo che la mia voce suonasse calma quanto era possibile quando glielo avessi detto. Non avrebbe tremato, né si sarebbe rotta, sarebbe stata chiara e forte. «FallenOne è Adam.» Merda. Era tremata. Nel momento in cui avevo pronunciato il suo nome, c'era stato un lieve tremore proprio alla fine della seconda sillaba.

Ci fu una lunga pausa di silenzio, «Non stai scherzando vero?» chiese Heath, con la voce dura.

Annuii, avrei voluto che fosse tutto uno scherzo.

«Beh, cazzo, adesso si spiegano un sacco di cose.»

«Ad esempio?»

«Drake mi è sempre sembrato familiare. A te no?»

Mi aveva sopraffatto, completamente. Come la tempesta cui lo avevo paragonato spesso, lui aveva cancellato tutto intorno a me. Alzai le spalle.

Heath mi rivolse un'occhiata preoccupata. «Non è finita bene tra di voi, vero?»

«Non ho intenzione di parlarne.»

Heath sospirò. «Mia, sono solo preoccupato. Non stai bene. Tua madre dice che non mangi molto e che lavori fino allo sfinimento tutti i giorni.»

«Mi fa bene.»

«Aggrapparsi alla rabbia e al risentimento non fa bene.»

Sospirai. «Hai passato troppo tempo con mia madre.»

«Che cosa ti ha fatto?»

Sbattei gli occhi e poi mi voltai. «Niente che non volessi.»

Aggrottò la fronte. «Ah.» Poi si schiarì la voce. «Non è quello che intendevo. Volevo dire, perché sei così? Ti conosco da dieci anni e non ti ho *mai* visto piangere come quel giorno a Irvine. Non mangi, non ti comporti normalmente. Almeno hai intenzione di rifare il test?»

Distolsi lo sguardo. «La giuria non ha ancora deciso.»

Mi guardò arrabbiato. «Spero che non rinuncerai ai tuoi sogni perché una testa di cazzo ti ha preso in giro.»

«Se non lo rifarò, non sarà per causa sua» dissi a denti stretti.

«Okay. Per favore non prendermi a calci quando ti chiederò…»

Gli diedi un'occhiata di avvertimento. «Se devi cominciare così, forse è meglio che non lo chieda.»

«Mia… ti sei innamorata di lui?»

«No» risposi seccamente, incrociando strettamente le braccia. «E anche se così fosse non ha importanza, okay? È lui quello che mi ha piantato.»

Heath sembrò furioso. «Capisco.»

Alzai un dito e glielo puntai in faccia. «Basta parlare di queste stronzate, okay? È finita. È roba passata. Ho una vita da vivere. Basta tirarlo in ballo.»

Heath mi fissò a lungo prima di annuire e riportare l'attenzione sulla macchina fotografica e sistemare il tripode.

Quando Heath tornò a casa, riprendere la solita routine mi confortò di nuovo. E una settimana dopo, mia madre annunciò allegramente mentre pranzavamo. «Stanno arrivando le prime prenotazioni via Internet!»

Ne fui piacevolmente sorpresa. Heath aveva ricostruito il sito web la settimana prima, ma non c'era stato un grande traffico.

«Sì. Alcune persone per le stanze regolari a cominciare dalla settimana prossima, e la settimana dopo, qualcuno ha prenotato il capanno migliore, il Roy Rogers.» Quello più grande, la "suite di lusso" del nostro ranch. Ogni stanza era stata chiamata con il nome di un cowboy o una cowgirl famosi. Io avevo segretamente chiamato la mia stanza Annie Oakley perché, semplicemente non c'erano abbastanza cowgirl degne di nota nella nostra lista.

Anche se avevo lasciato indietro la mia identità di cowgirl quando ero andata al college, cominciavo a sentire il conforto che la Mia più giovane aveva sentito stando con gli animali. Era un'esperienza di guarigione. Con gli animali non dovevo preoccuparmi di bugie o stronzate. Non dovevo preoccuparmi che mi tradissero. Purché avessero da mangiare e li facessi esercitare, e ci fosse quell'occasionale tocco di affetto umano, gli animali erano contenti.

Una settimana dopo, la mamma ed io ci affrettammo a dare gli ultimi tocchi alle stanze per accogliere gli ospiti. Ero andata nella vicina Temecula e avevo comprato lenzuola e coperte nuove, in tono con il tema dei capanni.

Nel capanno Roy Rogers, l'odore di vernice era sparito, specialmente perché l'avevo arieggiato mattino e sera e spolverato quotidianamente, perché, in un ranch, la polvere non manca mai. Non era la suite d'attico dell'Amstel di Amsterdam o la suite VIP dell'Emerald Sky Luxury resort, ma era qualcosa.

Dato che avevo aiutato mia madre a fare il conto e a salutare i nostri primi ospiti, non andai a lavorare con i cavalli fino a metà pomeriggio. Avevo deciso di lasciarli riposare un giorno perché farli lavorare nel pieno della giornata (e Anza in luglio non era uno scherzo) sarebbe stato troppo crudele. Ma c'era comunque del lavoro da fare. La cacca, ad esempio. Perché, che facesse caldo o freddo, che piovesse o splendesse il sole, i cavalli facevano la cacca. Ed io dovevo pulirla.

Andavo avanti e indietro dai box alla stalla, lottando con le mosche e un cavallo annoiato, Snowball, a cui non interessava farsi pulire il box, ma che era molto interessato all'affetto della sua persona preferita. E chi ero io per resistere? Ma dopo venti minuti, stavo perdendo la pazienza, spingendolo da parte per raccogliere lo sterco nella segatura.

Ero accaldata, sudata, inzaccherata, puzzavo di sterco di cavallo ed ero coperta di trucioli di legno. Quindi fu quello il momento che scelse mia madre per passare attraverso la stalla con il nuovo ospite, che a quanto pare era appena arrivato, per fargli fare un tour del complesso.

«Snowball, sposta quel grasso culo» ringhiai al cavallo, dandogli una manata affettuosa sul sedere.

«Mia, sei lì?»

«No» risposi a denti stretti. Che diavolo. Mi aveva appena sentito urlare al cavallo.

«È arrivato il nostro nuovo ospite. Vieni, volevo presentarti.»

Sospirai. Snowball ed io saremmo dovuti sopravvivere con i restanti pezzetti di cacca per un altro giorno. Sbuffai uscendo dal box e appoggiai il rastrello contro la porta, senza togliermi i giganteschi guanti da giardinaggio. Avrei fatto in fretta. Gli avrei sorriso, qualche parola di benvenuto e un cenno della testa e sarei tornata al mio lavoro. Mi avvicinai a mia madre che era accanto a un uomo alto. Dato che avevano la luce alle spalle non riuscii a vederlo bene finché non fui troppo vicina per andarmene.

Ma quando finalmente lo vidi in faccia, i miei piedi misero immediatamente radici nel terreno e io quasi caddi sulla faccia per lo slancio. Perché accanto a mia madre, altissimo, con un sorriso mogio sulla faccia, c'era Adam.

Indossava jeans, scarpe da tennis e una camicia button-down ed era splendido come sempre. Non gli parlavo da un mese. Da quell'ultima, incandescente sera a St. Lucia. Avevo pensato che non lo avrei mai rivisto. Eppure era lì, che mi guardava dall'alto con occhi gentili che non si perdevano niente. Nemmeno la nevicata di segatura nei miei capelli.

Il cuore cominciò a battermi alla base della gola e deglutii, senza fiato. Che diavolo ci faceva lì? Fingeva di essere l'ospite più recente di mia madre? Sentivo il panico invadermi. Come diavolo avrei fatto a nascondere la mia reazione a mia madre? Il sangue stava defluendo dal mio viso, almeno quello lo sapevo. Era lì per tormentarmi con il rammarico per le cose che gli avevo detto? Era lì per cercare di fare ammenda?

Non sapevo che cosa provavo. C'erano così tante emozioni che turbinavano dentro di me. Detestavo ammettere che una di quelle era l'emozione fortissima che stavo provando rivedendolo. L'altra era la paura, il timore. Mi avrebbe denunciato a mia madre? Le avrebbe parlato dell'asta, di che persona orribile, amara e infantile ero?

La voce di mia madre penetrò nei miei pensieri impazziti. «Eccola, questa è mia figlia, Mia.»

Lo sguardo di Adam si fissò nel mio come un lampo e di colpo cominciai a sudare. Il calore cresceva dentro di me così in fretta che mi sembrava di bruciare dall'interno.

«Ciao, Mia» disse Adam. E fui grata che almeno non tentasse lo stratagemma di fingere che non ci conoscessimo. Nessun "lieto di conoscerla". Distolsi in fretta lo sguardo dai suoi occhi, che mi stavano trafiggendo, e li abbassai sul terreno davanti ai miei piedi.

Mia madre continuò, completamente ignara della tensione nell'aria. «Questo è il signor Drake. Starà con noi per la prossima settimana. Sta preparandosi a percorrere un segmento della Pacific Crest Trail da qui a Yosemite. Presto.»

La Pacific Crest Trail, la pista delle creste del Pacifico, andava dalla frontiera con il Messico fino in Canada, attraversando le creste di tutte le catene montuose dei tre stati: California, Oregon e Washington. I tipi che la percorrevano erano "thru hikers", cioè quelli che la percorrevano completamente in una sola volta, in sette mesi circa, oppure "segment hikers" escursionisti che suddividevano il tracciato e lo percorrevano un pezzo per volta, a volte nel giro di molti anni.

Così era quella la storia che Adam aveva raccontato a mia madre. Che avrebbe fatto un pezzo della PCT? Che stronzata. Tornai a guardare Adam, il cui sorriso era svanito ma che aveva ancora un'espressione di sinistro autocompiacimento.

Il fiato che avevo appena incamerato uscì di colpo. Mi spostai, mettendomi le mani sui fianchi perché non sapevo che cos'altro farne.

«Ehi, signor Drake» gracchiai. «Benvenuto.» Mia madre fece una smorfia. Aveva finalmente notato la mia strana reazione e più tardi ci sarebbero state domande, senza dubbio. Ma restare da sola con lei era molto meno pauroso che restare da sola con lui, quindi decisi di appiccicarmi a mia madre per tutta la sera, e probabilmente trovare una montagna di scuse per andare in paese o perfino scendere dalla montagna per i giorni seguenti.

«La cena è tra due ore e ho chiesto al signor Drake di unirsi a noi» disse mia madre, dando un'occhiata significativa ai miei vestiti lerci.

Mi limitai ad annuire. Non avevo niente da dire. Non guardai più Adam, non ne avevo il coraggio. E mentre seguiva mia madre fuori dalla stalla, lui mi lanciò un'ultima occhiata prima di sparire.

Appena fu uscito, caddi contro la porta di un box e scivolai fino a sedermi per terra. Avevo il cuore che batteva come se avessi corso la maratona e tremavo, un gelo che mi stava indurendo l'anima. Il cavallo, Whiskey, sporse la testa e mi diede una spintarella. Quel nuovo sviluppo mi aveva messo al tappeto.

Avevo appena cominciato a lasciarmi la faccenda alle spalle, o almeno così pensavo. Ma ora mi sentivo esattamente tremante e vulnerabile come la ragazza che era corsa fuori dal complesso della Draco Multimedia, singhiozzando, un mese prima.

Sentii una fitta di dolore ricordando l'ultima volta che lo avevo visto, con il braccio intorno alla vita della sua ex-amante. Forse Lindsay sarebbe venuta a raggiungerlo? Forse aveva organizzato tutto per potermela sbandierare in faccia, perché quel giorno in ufficio non era bastato? Sarei riuscita a sopportare di vederli lì, insieme?

Se non fosse stato per il fatto che mia madre aveva veramente bisogno di me durante la settimana seguente, sarei stata tentata di chiamare Heath e chiedergli se potevo dormire sul suo divano fino alla partenza di Adam. Era inevitabile che ci vedessimo, che ci parlassimo, ma giurai che avrei fatto di tutto per evitare lo scontro che cercava. Con questo nodo di emozioni indesiderate dentro di me, finii con slancio la mia caccia alla cacca.

Capitolo Diciassette

MI CI VOLLE UN'ORA PER RIPRENDERMI DALLO SHOCK di rivederlo così all'improvviso, e *lì* oltre a tutto. Era ovvio che era venuto per vedere me, e, dopo aver controllato il libro delle prenotazioni che mia madre teneva sulla scrivania, mi tranquillizzai, era lì da solo. L'unico motivo per lasciare la sua ragazza a casa per venire lì sarebbe stato per affrontarmi. Ma perché? Che altro c'era da dire che non fosse già stato detto?

Adam non sembrava tipo da voler girare il coltello nella piaga. O, almeno era quello che pensavo prima dello spettacolo nel suo ufficio. In quel momento stava rigirando il coltello, eccome. Bruciavo di rabbia per la scusa che aveva preso per venire. Avrei impedito a ogni costo che mettesse in mezzo mia madre. Con un po' di fortuna, Adam se ne sarebbe andato e lei non avrebbe mai saputo che c'era stata una storia tra di noi.

Non volevo parlare con lui e decisi che non lo avrei fatto, eccetto un superficiale scambio di convenevoli per il bene di mia madre. Non avevo nessuna voglia di scoprire qual era il suo status sentimentale o se stava andando nuovamente a letto con Lindsay. Il solo pensiero faceva un male cane.

Dopo aver fatto la doccia e sistemati i capelli, aiutai mia madre a dare gli ultimi tocchi alla cena, preparando un'insalata biologica, di verdura appena colta. Lei era una cuoca eccellente, parte di ciò che le permetteva di mantenersi. Preparava tutti i giorni la colazione per i suoi ospiti, inventando ricette creative e particolari. La colazione era la sua specialità, ma anche le sue cene erano maledettamente buone. Quando ero piccola, durante le mie vacanze estive lei andava a scuola di cucina, per continuare a migliorare.

Quella cena fu a dir poco imbarazzante. L'unica a non essere influenzata dal silenzioso disagio era mia madre. Adam ed io non ci parlavamo. La conversazione avveniva tramite mia madre.

«Mia è una studentessa di medicina.»

«Non ancora» la corressi.

«Beh, lo sarà appena supererà brillantemente il test.»

Almeno Adam non mi faceva domande fittizie delle quali conosceva già la risposta, come aveva fatto le prime volte che ci eravamo incontrati. Disse che la UCI, l'Università della California Irvine, aveva una buona facoltà di medicina e che avrei dovuto prendere in considerazione di far domanda lì. Era già sulla mia lista. Anche se il pensiero di frequentare l'università nella stessa città dove c'era la sua società l'aveva fatta scendere parecchio in basso nella mia lista degli istituti. UC Davis, nel nord della California, stava cominciando a sembrarmi la scelta migliore.

«So che avete parecchi posti interessanti, qui in giro, anche senza tener conto della PCT» disse Adam a mia madre.

«Sì, perfetti per escursioni o gite a cavallo. Lei va a cavallo, signor Drake?»

Adam si mise a ridere. «No, per niente. Penso di poter contare sulle dita di una mano le volte che sono stato a cavallo.»

Se stava cercando di fare una gita con me come guida, avrei dovuto essere pronta a schivare la richiesta. Cercai in fretta una scusa da dare. Mal di gola? Dovevo studiare? Un cavallo mi aveva pestato un piede?

La mamma disse: «Se è interessato, abbiamo dei cavalli adatti a un principiante e Mia portava spesso gli ospiti a fare passeggiate al tramonto. Forse posso convincerla ad accompagnarla, se è qualcosa che vorrebbe fare». Merda, merda, merda. Chiudi il becco, mamma.

Adam mi fissò un momento con i suoi occhi scuri ed io restai con lo sguardo incollato al piatto, ingurgitando il cibo più in fretta che potevo. «Mi sembra un'ottima idea. Che ne dici di un'escursione questa sera, Mia? Ti piace andare a camminare?»

Aspettai un momento a rispondere, inventandomi almeno una dozzina di scuse, per finire con quella più patetica. «A me piace correre.»

«Perfetto, anche a me.»

Cazzo. Avrei dovuto sapere come avrebbe risposto. Come sempre, lui era avanti di almeno due passi rispetto a me e aveva la risposta pronta.

«Ti rallenterei, in una corsa» dissi, nel tentativo di schivarlo.

Adam sorrise, guardandomi significativamente negli occhi. «Sarebbe divertente. Conosci qualche bel panorama?»

La mamma, ovviamente, doveva metterci del suo. «Perché non lo porti in quel punto che ti piace tanto?»

A volte vorrei poterle dire di chiudere quel maledetto becco. Digrignai i denti e lanciai ad Adam un'occhiata assassina. Lui sembrava estremamente soddisfatto, come un orso che avesse appena infilato il muso in un cesto da picnic.

Un'ora dopo ero in camera mia a cambiarmi per andare a correre quando mia madre bussò e poi entrò. «Ti ho messo in difficoltà, a tavola? Ti sta bene portarlo a fare una corsa?»

Esitai. Era la mia occasione per tirarmi indietro. Forse potevo dirle che pensavo che Adam mi sembrava sospetto, che non mi sentivo a mio agio a restare da sola con lui. Quella seconda parte, almeno, era vera. Ma avrebbe potuto far sospettare qualcosa a mia madre e francamente preferivo che non scoprisse la verità. A parte quello, Adam avrebbe saputo perché mi ero tirata indietro e mi avrebbe chiamato ancora una volta vigliacca. C'era il mio orgoglio in ballo. E poi c'era quella brutta bestia della curiosità che mi stava addosso, che faceva una serie infinita di domande. Magari sarei riuscita ad avere qualche risposta mentre eravamo soli. Scrollai le spalle, con finta indifferenza. «Certo.»

«Mia, non so che cosa ti stia succedendo ultimamente, ma posso chiederti di fare uno sforzo con questo ospite? È l'AD di una società nell'Orange County e ha parlato della possibilità di portare qui i suoi impiegati per dei ritiri. So che non sei il tipo da chiacchiere ma, sai… potresti lasciar trasparire la tua personalità solare. So che è lì, da qualche parte.»

«Sì, certo» grugnii, già preoccupata per quello che avrebbe comportato quella corsa.

Non c'era modo che potessi correre più forte di lui. Lo avevo visto muoversi, dopotutto ed era come un ghepardo. Forse avrei potuto lasciarlo indietro in uno dei sentieri più in alto, ma la mamma si sarebbe potuta arrabbiare se il primo ospite di un capanno dopo la ristrutturazione fosse morto di disidratazione mentre vagava tra le colline brulle delle montagne Cahuilla in cerca di un'oasi. Forse avrei potuto cavarmela spingendolo in una macchia di cactus…

Mi rassegnai al fatto che dovevo tenermelo per tutta la corsa, ma questo non voleva dire che dovevo essere gentile con lui.

Partimmo dal limite della nostra proprietà nelle ombre lunghe del crepuscolo di metà estate. Avevo un kit di pronto soccorso contro i morsi di serpente agganciato al marsupio intorno alla vita e un'ombra di un metro e ottanta e settantacinque chili alle calcagna. Mi spostai al margine destro della pista, sperando che mi superasse e proseguisse. Le sue gambe e quindi il suo passo, erano più lunghi, quindi avrebbe potuto accelerare se fosse stato davanti.

Fissare la schiena e il sedere muscolosi, le gambe definite nei pantaloncini da corsa non era comunque il mio ideale. Volevo solo che si togliesse dai piedi.

Dopo qualche momento, Adam si spostò di fianco e adeguò il passo al mio. Io andavo a una bella velocità, che per lui era corsetta tranquilla. Non stava nemmeno sudando.

Appena persa di vista la casa, mi fermai, mi piegai e misi le mani sulle ginocchia. Si fermò anche lui, non aveva nemmeno il fiatone. Stronzo.

«Che cosa c'è che non va?» mi chiese.

Mi raddrizzai, con gli occhi che lanciavano frecce. «Che cosa c'è che non va? Che ne dici del fatto che sei qui?»

Adam mi passò la sua bottiglia d'acqua, che rifiutai e i suoi occhi assunsero quell'espressione maliziosa, calcolata, tipica. «Suppongo che non crederesti che sia una coincidenza?»

Scossi la testa. «Perché sei qui?»

Bevve un sorso d'acqua. «Non possiamo almeno camminare mentre parliamo?»

Indicai con un gesto melodrammatico il sentiero davanti a noi, come per dire sarcasticamente, «Dopo di te.»

Cominciò a camminare, adeguando nuovamente il passo al mio in modo che procedessimo spalla a spalla.

«Ho parlato con Heath la settimana scorsa» disse, rispondendo alla mia domanda.

Strinsi i pugni. «Heath deve farsi i cazzi suoi.»

Adam mi lanciò un'occhiata e poi si concentrò sulla pista. Stavamo salendo, spostandoci verso un punto più elevato da cui avremmo potuto guardare la piccola valle con il ranch di mia madre e le proprietà vicine. Al tramonto, il cielo era straordinariamente bello, con sfumature di color magenta e viola contro la sabbia rossastra del deserto. Venivo spesso lì a quell'ora del giorno, per calmarmi, per cercare di cancellare i pensieri burrascosi della giornata. Lo facevo da anni. E ora stavo portando Adam nel mio posto speciale. L'irritazione mi stava bruciando come una fiamma.

«Forse stava solo comportandosi da buon amico. Un amico preoccupato.»

«Che cos'ha preoccuparsi? Se ti ha detto che stavo avvizzendo quassù, struggendomi per te, allora è un maledetto bugiardo» dissi con un po' più calore e veemenza di quanto avrei voluto.

Adam continuò a camminare per un po', senza guardarmi. «Per niente.»

«Allora che cosa ti ha detto?»

«Ha detto che ti eri trasferita, che stavi pensando di rinunciare a fare il test.»

Mi morsi l'interno della guancia. Fottuto Heath. Aveva messo in piedi lui quel confronto, facendo leva sulla coscienza di Adam, che non si sarebbe fatto vivo se non si fosse sentito responsabile. «E perché ti interessa se faccio o meno il test? Pensavo che l'avessi fatta finita con me.»

Esitò. «Forse mi sento responsabile, se non porti a termine i tuoi piani.»

Gli diedi un'occhiata pungente. «Beh, non farlo. È la mia vita, una mia decisione.»

«Quindi *hai* intenzione di fare il test?»

Esitai, presi tempo tossendo. «Certo. L'ho già pagato e non è a buon mercato.» Era vero dopotutto. Avevo continuato a rimandare ma alla fine avevo deciso di impegnarmi, registrandomi. La data si stava avvicinando, e ancora non sapevo se mi sarei presentata.

«Bene» disse a voce bassa.

Alzai la testa. «Sì, quindi adesso che hai placato il tuo senso di colpa, puoi tornare alla tua vita.» Lui rimase zitto, ma io non riuscii a smettere di parlare. Gente, come avrei voluto restare zitta. «Intendo dire, che la tua dimostrazione di rimorso è toccante e tutto, ma ho altre cose da fare qui al ranch, invece di fare da babysitter a un finto ospite e illudere mia mamma che la gente sia veramente interessata a venire qua.»

Smise di camminare e si voltò a guardarmi, chiaramente offeso. «Ero sinceramente interessato, e *sto* programmando di fare un segmento della PCT.»

Scossi la testa. «*Tu* ti prenderesti un mese lontano dal lavoro e dal tuo computer?»

Fece spallucce. «Forse più di un mese.»

Risi, incredula. «E forse io sono la regina d'Inghilterra.»

Mi diede un'occhiataccia e camminò in silenzio finché raggiunse la sommità della pista, una cengia che guardava sulla valle sotto di noi. Non eravamo molto in alto, ma abbastanza da apprezzare lo spettacolo del tramonto, con il panorama dell'altopiano immerso in tonalità furiose di rosso e arancio.

Adam rimase fermo, fissando oltre il canyon. Lo guardai, imprimendomi nella memoria il suo bel volto. Lì in alto soffiava un vento secco, che agitava i nostri vestiti e i capelli. Adam parlò con una voce sommessa, quasi riverente. «Quindi, visto che abiteremo vicino nei prossimi giorni, e per il bene di tua madre, possiamo dichiarare una tregua?»

Incrociai le braccia. «Io sarò gentile con te. Solo smettila di cercare di stare da solo con me, perché non abbiamo veramente più niente da dirci.»

«Davvero? Niente del tutto?» chiese in tono mite.

Mi agitai. Non mi piaceva com'ero sembrata meschina. Mi schiarii la voce e guardai in basso. «Solo che spero sinceramente che tu e la tua famiglia stiate bene.»

Mi guardò per un attimo e poi tornò ad ammirare il panorama. «Grazie. Stanno bene.»

Fece un respiro profondo e poi espirai. «E… spero che trovi la felicità. Io… io non l'ho mai detto prima, ma avrei voluto. Spero…» e la mia voce morì. Non volevo augurargli di essere felice con Lindsay perché, ammettiamolo, non ero Madre Teresa. Non potevo arrivare fino a quel punto.

Si voltò a guardarmi, aspettando che aggiungessi qualcosa e, quando non parlai, lo fece lui. «Forse sono già felice.»

Sentii una fitta di dolore. Non riuscivo a guardarlo. «Bene, allora» dissi con una vocina flebile.

Mi osservò con attenzione. «E tu?»

Alzai le spalle. «Ci sto arrivando.» Un'altra lunga pausa, poi: «Sarà meglio che andiamo. Farà buio presto.»

Mi voltai per andare ma mi fermai di colpo quando mi prese il braccio. Il suo tocco mi bruciò la pelle e trasalii. Mi voltai e mi disse: «Dicevo sul serio. Ho preso un periodo di aspettativa dalla società».

Dire che rimasi scioccata è dir poco. Aprii la bocca e la richiusi. «Per quanto tempo?»

Alzò le spalle. «Per tutto il tempo che ci vorrà per dimostrare a me stesso che riesco a farlo.»

«E come sta funzionando? Senti già i primi sintomi dell'astinenza?»

Non sembrò divertito e mi resi conto di quanto fosse maldestra la mia battuta. Distolsi lo sguardo. «Eccoti di nuovo, Mia» dissi, «un'altra gaffe.»

Adam si passò la mano tra i capelli, fissandomi, e la vulnerabilità fanciullesca che vidi quasi mi strappò il cuore, ancora pulsante, dal petto.

«Sono contenta che l'abbia fatto» dissi alla fine. «E sono lieta che sia felice. E...» respiro profondo, pugni stretti. «Sono contenta che abbia trovato qualcuno.»

E con quelle parole, mi voltai e cominciai la corsa. Forse se lo prendevo alla sprovvista, e correndo in discesa, avrei potuto distanziarlo abbastanza da riuscire a evitarlo per il resto della sera. Sentii molto presto i suoi passi dietro di me, che colpivano il terreno regolarmente, allo stesso ritmo dei miei.

Quando finalmente arrivammo in fondo alla collina, sul terreno piatto, mi fermò di nuovo. Stavamo entrambi respirando pesantemente. «Lo sei davvero?»

«Cosa?»

«Sei davvero contenta che abbia trovato qualcuno?»

Diavolo, no. Alzai le spalle. Non c'era la minima possibilità che riuscissi a rispondere a quella domanda in una maniera che lasciasse intatta la mia dignità.

«Emilia, non sto con nessuno.»

Il fiato mi uscì tremante. «Scusami?»

«Non c'è stato nessuno dopo di te. *Non* sto con Lindsay.»

Mi girava la testa. «Ma...»

«So che è difficile crederlo, per via di quello che hai visto. Ma ero incazzato, okay? Lindsay era venuta al complesso per pranzare con me, ma quando il mio assistente mi ha informato che eri lì, mi stavo liberando di lei. Pensavo che fossi venuta per parlare. Quando ho visto la scatola sul tavolo, beh, non sono più riuscito a pensare coerentemente. Ho fatto quello che ho fatto a Lindsay intenzionalmente, solo per ferirti.»

Mi si fermò il fiato in gola. «Missione compiuta, allora» dissi con una voce falsamente allegra. Ma ero stordita dall'ondata di sollievo che mi aveva travolto a quella notizia. Quasi caddi. Prima venne il sollievo, poi una rabbia esplosiva. Quante volte avevo rivisto quella scena nella mia mente? Quante volte li avevo immaginati insieme, come amanti, ogni volta affondando un po' di più la lama nel mio cuore? Lottai per respirare, sentendomi di nuovo vicina alle lacrime, con mia somma umiliazione.

«Mi dispiace» mormorò Adam, aggrottando la fronte davanti alla mia reazione.

Io non risposi. Dubito che sarei riuscita anche se avessi tentato.

«Emilia...»

E mi avrebbe preso il braccio, ma feci un passo indietro e poi corsi fino in casa, con lui che mi seguiva da vicino. Ce la misi tutta, correvo più forte che potevo, e lui mi restava facilmente incollato.

Quando ci fermammo, non corsi alla porta. Mia la vigliacca avrebbe fatto qualcosa di simile. Invece io mi attardai sul portico davanti, guardando il bagliore che usciva da dietro le veneziane della finestra. Non era ancora abbastanza buio perché mia madre accendesse le luci del portico, quindi eravamo nascosti nella luce violetta del crepuscolo.

Non dissi niente, ma nemmeno mi spostai da dov'ero, continuando a respirare pesantemente. Nonostante tutte le emozioni che mi mulinavano dentro, mi piaceva averlo lì con me. Mille volte meglio di quel dolore distante e vuoto. Il dolore era più tagliente, più acuto, ma lui era *lì*. Abbastanza vicino da sentire il calore che s'irradiava da lui, dalla maglietta bagnata di sudore.

Adam fece un passo esitante verso di me. Dio, come volevo che mi toccasse. Volevo toccarlo. Voltai la faccia, non volendo guardarlo in quegli occhi penetranti. «Ferirti non è stata l'unica ragione per cui l'ho fatto» disse dopo un po', con la voce rauca.

Sentivo il dolore che s'irradiava nel mio petto a ogni respiro. «Oh?»

«Volevo dimostrare a me stesso, e a te, che per te contavo.» Si avvicinò di un passo, mi passò il pollice lungo la guancia e mi piegò la testa verso di lui. Io mi tirai indietro finché mi trovai contro il palo che sosteneva la sporgenza del portico. Aveva il viso a pochi centimetri dal mio e il mio cuore batteva su ogni micrometro della mia pelle. «È così, vero, Emilia?»

Chiusi gli occhi e deglutii, cercando di raccogliere ogni grammo di rabbia e irritazione che provavo per quell'uomo. Ma il suo pollice, quel tocco leggero lungo la mascella, si spostò verso le labbra, facendomi impazzire, risvegliando quella smania profonda che avevo dentro. Tenevo a lui. Ovvio che ci tenevo. Non ero stata capace di strapparmelo dalla mente per tutto il mese in cui eravamo stati lontani. Lui era la prima cosa a cui pensavo ogni mattina e l'ultima ogni sera ed entrava senza sforzo in quasi tutti i miei pensieri da sveglia in tutti gli altri momenti.

«Non ho mai detto che non tenessi a te» dissi alla fine, pateticamente.

«Non hai mai nemmeno detto che ero importante per te.»

Lo guardai negli occhi, rabbrividii e lui tolse la mano. «Sei importante per me» sussurrai.

Adam abbassò la testa verso la mia e la forza del contatto mi spinse indietro la testa. Le nostre bocche s'incontrarono, vogliose, assaporandosi. Mi alzai sulla punta dei piedi per essergli più vicina e gli misi le braccia intorno al collo per tenerlo stretto. Con un gemito, Adam affondò la lingua nella mia bocca e insieme le nostre lingue danzarono. Il desiderio m'invase, diritto in fondo. Volevo il tocco della sua bocca, delle sue mani, del suo corpo. E, insieme, volevo le parole. Volevo sapere che *io* ero importante per lui.

Quando mi mise le braccia intorno alla vita, tirai indietro la testa, anche se in me tutto urlava protestando. Gli misi le mani sul petto umido, duro. Non ero pronta per niente di più. Non ancora. Forse mai. Mi serviva tempo per pensare. Tempo per respirare.

Lui aveva ripreso a respirare affannosamente e la sua erezione premeva contro di me. Stavo tremando, il mio corpo voleva rispondere a quel canto di sirena. Prima, avevo solo immaginato come sarebbe potuto essere tra di noi. Ma adesso sapevo esattamente il piacere che potevo aspettarmi tra le sue braccia, nel suo letto. Ci volle tutta la mia forza di volontà per resistere. «Sei venuto solo perché ti sentivi in colpa perché non avrei fatto il test» gli dissi.

Adam esitò. «No. Ma mi ha dato la scusa per venire.»

«Da quando hai bisogno di una scusa?»

Lui scosse la testa. «Non ho mai fatto niente di simile prima d'ora.»

Sostenni il suo sguardo. «Si capisce.»

«Emilia… ti devo delle scuse per ciò che è successo nel mio ufficio. È stata una cosa da stronzi e l'ho capito in quello stesso momento. E sono così maledettamente dispiaciuto.»

Tirai il fiato, tremando un po'. Ero così confusa. Come al solito, l'uragano Adam stava agitando quella forza della natura intorno a me, e io mi trovavo preda dei venti e delle correnti di marea. Avevo bisogno di pensare a quello che mi stava dicendo. Avevo bisogno di un posto tranquillo, di essere da sola. Rabbrividii e le sue braccia si strinsero intorno a me quando lo sentì. «Buona notte, Adam» dissi nell'oscurità che stava scendendo in fretta.

Lui attese un momento, poi mi lasciò andare, e fece un passo indietro con palese riluttanza. «Buona notte» disse, sussurrando appena.

Rientrai in casa con le gambe malferme, evitando le domande di mia madre riguardo alla corsa con qualche grugnito e un "È andata benissimo." Poi mi rintanai nel mio letto, con un libro di testo sotto una lampada brillante. Non finsi nemmeno di studiare. Non era possibile. Gettai immediatamente il libro sul pavimento e mi premetti le mani sugli occhi, senza riuscire a togliermi dalla mente le parole di Adam.

Ci tenevo. Era vero. E lui sapeva benissimo che era vero. Ma *quanto* ci tenevo? E quanto ci teneva *lui*?

Che cos'era? Poteva essere…?

No. No, non poteva essere, perché mi ero rifiutata di permetterlo. Mi aveva ferito. Quella mossa con Lindsay mi aveva eviscerato ed era la cosa che temevo di più. Gli avevo dato il potere di farlo. Amare qualcuno significava dargli il potere di schiacciarti... di mettere la parte più tenera, più delicata di te stesso nel palmo della mano di qualcun altro.

Maledissi le lacrime che mi riempivano gli occhi, rimproverandomi per essere diventata una piagnucolona da quando era cominciata tutta la faccenda. Lui non aveva il diritto di fiondarsi lì e gettare le mie emozioni nel caos in quel modo. Proprio quando pensavo che sarei riuscita a riordinare le idee. Proprio quando stavo cercando di rimettere insieme la mia vita, diventare una persona più forte.

Sembrava che anche lui stesse facendo la stessa cosa con la sua vita; obbligarsi a staccarsi dal lavoro doveva essere stato penoso. Era difficile per me immaginarlo senza il cellulare o il laptop. Perché aveva fatto quel passo? Anche lui era stato influenzato dal tempo che avevamo passato insieme, come lo ero stata io? Quei cambiamenti erano una reazione a quello che gli avevo detto?

Strinsi forte gli occhi, detestando il caos che si agitava dentro di me, cercando disperatamente una parvenza di ordine. Adam non aveva il diritto di farmelo. E come avrei fatto a sopportare i prossimi sei giorni con lui intorno?

La soluzione, decisi, era di essere cordiale ma distante. Tenerlo a distanza mi avrebbe protetto. Lo avevo lasciato avvicinare troppo quella sera, ma non avrei rifatto quell'errore. Non potevo permettere a nessuno di avere quel tipo di potere su di me, mai più.

Avevo preso la mia decisione e, con un sospiro, spensi la luce, mi voltai sul fianco e rimasi lì, per le tre ore successive, completamente sveglia.

Capitolo Diciotto

DOPO LA COLAZIONE, DURANTE LA QUALE, GRAZIE AL cielo, non parlammo molto, Adam salì sulla sua nuova macchina ibrida e partì per la cittadina di Anza, dicendo che voleva esplorarla.

In tutta sincerità non sapevo che cosa potesse trattenerlo più di un'ora o giù di lì. Anza era una piccola comunità appollaiata sul bordo della riserva indiana di Cahuilla. A parte il territorio selvaggio e la pista delle creste del Pacifico, che passava proprio in mezzo alla cittadina, aveva poco da offrire a un turista casuale. Forse potevo dire alla mamma di suggerirgli di visitare l'Anza-Borrego State Park, il giorno dopo. Lo avrebbe tenuto fuori dai piedi per tutto il giorno, se fosse partito dopo colazione.

Aiutai la mamma a lavare i piatti della colazione e lei aveva uno strano sorriso sul volto. Le chiesi che cosa stava succedendo. «Il signor Drake è veramente un bell'uomo» disse come tutta risposta.

Le diedi un'occhiata diffidente. Aveva visto quello che era successo sul portico la sera prima? «Sì, immagino di sì.»

«Lo immagini? Che cosa sei, cieca? Cos'ha, quasi trent'anni? Se avesse qualche anno in più…»

Puah. La mamma aveva una cotta per Adam? Era disgustoso. «Mamma…»

«Solo per dire. Se un tipo del genere non ti fa andare su di giri, forse avresti bisogno di tornare a parlare con la dottoressa

Marbrow, scoprire che cosa sta succedendo con i tuoi impulsi naturali.»

Sbuffai, disgustata. «Mi rifiuto di parlare di "impulsi naturali" con te. E non osare diventarmi una panterona, per favore!»

Mia madre fece spallucce e si mise a ridere. Scuotendo la testa, uscii dalla cucina diretta alla scuderia, pronta a buttarmi nel lavoro.

Adam restò assente per tutta la mattina e tornò solo dopo pranzo. Non che stessi controllando, no... Anche se forse era possibile che avessi guardato la strada qualche migliaio di volte mentre stavo lavorando con i cavalli nel recinto.

Quando tornò, verso le due, fece un largo giro per andare al suo capanno, camminando accanto al recinto dove stavo facendo girare in tondo Tate, legato a una corda. Avevo jeans, stivali e il mio vecchio cappello.

Adam mi sorrise, salutandomi con la mano. «Ehi, cowgirl.»

Lo salutai anch'io.

Qualche ora dopo, mia madre mi disse che lo aveva visto prendere un sentiero e mi chiese di portare qualche asciugamano pulito nel suo capanno. La mamma di solito ci pensava da sola e avrei veramente, *veramente* voluto che lo facesse lei anche questa volta. Il pensiero di andare nel suo capanno, e magari essere vista mentre entravo nella sua camera...

Quindi corsi più in fretta che potevo, con la pila di asciugamani, bussai, aspettai e bussai di nuovo. Quando non ci fu risposta, usai il passe-partout con un certo sollievo, ed entrai.

Lasciai gli asciugamani puliti sul ripiano in bagno mentre raccoglievo quelli usati drappeggiandoli su un braccio.

Raccolsi qualche bottiglia d'acqua vuota dalla scrivania e le misi nel secchio del riciclo, immaginando che tanto valesse approfittarne per riordinare un po'. Mentre prendevo le bottiglie, feci inavvertitamente cadere sul pavimento una pila di carte. Imprecando, buttai asciugamani e bottiglie appena fuori dalla porta e tornai dentro per raccogliere le carte.

Le riordinai, sforzandomi di non violare la sua privacy guardandole. Molte erano guide dei sentieri e informazioni locali. C'erano volantini e menu dei pochi ristoranti in città.

Ma trasalii quando vidi un plico di carte ripiegate con l'intestazione dell'ufficio legale Pohlman, un avvocato di cui riconobbi il nome. Non molto tempo prima, avevo visto carte simili che mi aveva mostrato mia madre. Era la carta da lettere dell'avvocato di mia madre.

Era lo stesso avvocato, uno dei due che c'erano in città, che aveva legalizzato i documenti per il donatore anonimo di mia madre. Quello che aveva investito nel ranch come partner occulto, accettando un mero venti percento dei profitti, se e quando ci fosse stato un profitto.

Mi tremavano le mani. Perché adesso dovevo scoprire perché Adam avesse i documenti di mia madre. Ma leggendo, scoprii che non erano i documenti di mia madre, erano quelli di Adam. Perché era Adam il benefattore di mia madre. E, in fondo alla pagina, lo diceva la sua firma, e la data, che indicava che li aveva firmati proprio quel giorno.

Il cuore mi batteva talmente forte da far male. L'accordo era cominciato prima dell'asta. Settimane prima che ci conoscessimo di persona. Mi sentii come il coyote in quel vecchio cartone animato che si vedeva segare il pavimento sotto i piedi. Lui stava lì, aspettando, aspettando di cadere. E la stanza mi girava attorno, ero disorientata e mi tremavano le mani.

Lasciai cadere i documenti sulla scrivania e scappai dalla stanza il più velocemente possibile, fermandomi a raccogliere gli asciugamani e le bottiglie. Ma non fui abbastanza svelta, perché Adam salì sul portico proprio in quel momento e io sobbalzai talmente forte che feci cadere tutto. Gli asciugamani volarono e le bottiglie rimbalzarono ovunque.

«Lascia, li prendo io» disse Adam.

«No!» strillai, continuando a tremare. «No. Ci penso io.» E armeggiai in giro come una pazza, cercando di raccogliere tutto mentre lui mi guardava con l'espressione più confusa che gli avessi mai visto.

«Emilia, che cosa c'è che non va?»

«Mia...» Mia madre arrivò dietro di me. «Prendo io gli asciugamani.» E sbuffando frustrata, e continuando a tremare come se fossimo sottozero invece di avere 35 gradi, le spinsi gli asciugamani tra le braccia e me ne andai.

«Devo... ho bisogno di stare da sola per un po'» ansimai e poi mi diressi verso la casa. Quello che volevo veramente era salire in macchina e sgommare come una pazza per andarmene da lì, ma non volevo fermarmi, entrare e cercare le chiavi dell'auto. Quindi mi diressi a piedi verso la strada.

Camminai per circa dieci minuti prima di notare una lunga ombra che camminava dietro di me. Dal modo in cui si muoveva, da come guadagnava terreno anche quando aumentavo il passo, capii esattamente chi era.

Mi fermai così di colpo che quasi mi finì addosso. Eravamo sul lato della strada, accanto a un lotto di terreno incolto. M'infilai sotto la staccionata stile ranch ed entrai nel campo. Ovviamente mi seguì.

«Che cosa ti ha fatto sclerare, Emilia?»

Continuai a camminare, questa volta senza cercare di distanziarlo, ma le parole mi rotolavano per la testa, tanto che non riuscivo a radunarle per formare una frase coerente.

Poi mi voltai. «Dimmelo *tu*» dissi a denti stretti.

Adam scosse la testa, completamente confuso.

«Perché hai dei documenti che dichiarano che sei tu l'investitore segreto di mia madre?»

Strinse le labbra. «Hai frugato tra le mie carte?»

«Le ho fatte cadere perché sono una cameriera fottutamente maldestra. Se non volevi che le trovassi, non avresti dovuto lasciarle in giro. Non è che fossero in cassaforte.»

Adam cambiò posizione, distogliendo gli occhi. Si capiva che era arrabbiato. E allora che cazzo di problema era, se il suo segreto era stato scoperto? Era solo un altro della sua lunga fila di segreti. «Li ho messi lì perché li ho ricevuti solo oggi, in città, dall'avvocato. Non avevo idea che saresti entrata nella stanza.» Mi guardò con gli occhi socchiusi. «Non avresti mai dovuto vederli.»

Cercai di respirare mentre agitavo furiosamente le mani. «Non capisco… perché… come facevi a sapere… quando…?»

E avrei continuato così se non mi avesse messo le mani sulle spalle, voltandomi perché lo guardassi in faccia. «Fai un respiro profondo e calmati. Stai tremando come se avessi visto il tuo fantasma.»

Ed era vero. Per quanto tentassi, non riuscivo a controllare il tremore.

«Emilia» ripeté, questa volta a voce bassa, e lo guardai negli occhi.

O poi lo guardai torva e gli colpii il petto con il dorso della mano. «Adesso mi dici tutto, Adam Drake, oppure... oppure ti prenderò a botte.»

Mi prese le mani e le tenne facilmente tra le sue. E poi si portò uno dei miei pugni chiusi alla bocca e lo baciò.

Lo strattonai, liberandolo, con le lacrime che cominciavano a scendere.

«Ti dirò tutto» disse pacatamente. «Se prometti di non andare fuori di testa.»

La mia voce era tremante come tutto il resto. Mi afferrai l'interno dei gomiti. «Non te lo posso promettere.»

Adam deglutì e poi distolse gli occhi. Sembrava veramente spaventato. Decisamente un'emozione che non gli avevo mai visto. Sospirando, si passò una mano tra i capelli.

«Anche se ci siamo incontrati fisicamente solo due mesi fa, ti conosco da oltre un anno. Ti avevo detto a St. Lucia che tu... che tu significavi qualcosa per me. Leggevo sempre il tuo blog. Mi piacevano i tuoi articoli, le tue intuizioni. Sei molto spiritosa e aspettavo sempre di leggerli, anche quando prendevi in giro il mio gioco o lodavi la concorrenza.»

Scosse la testa, ricordando qualche momento frustrante del passato. «A volte mi facevi veramente incazzare e altre volte ridevo così forte che mi facevano male i fianchi. Ma, a parte quello, sentivo veramente di conoscerti, specialmente quando abbiamo cominciato a passare tanto tempo insieme giocando online. Non vedevo l'ora che arrivassero quei momenti. Erano come un raggio di sole in una giornata buia, piena solo di lavoro e responsabilità. Non vedevo l'ora di collegarmi e condividere qualche risata con il gruppo. Mi piacevano tutti, ma con te...» Fece un respiro profondo ed espirò. «Era diverso.»

Mi diede un'occhiata. «Ma poi hai scritto quel Manifesto. Sai già quanto lo odiassi perché avevo discusso ogni singolo punto con te, per ore. L'intera idea dell'asta mi offendeva a morte. Sai perché la penso in quel modo sulle donne che vendono il loro corpo.»

Distolsi gli occhi e lui esitò. Mi lasciò andare le mani e si schiarì la voce. «E dovevo capire, sai? Che cosa ti aveva spinto a farlo? Avevo quest'immagine di te nella mia mente, di una donna moderna, padrona di sé, divertente, matura e molto intelligente, e poi hai pubblicato il Manifesto ed io...» Sbuffò, scuotendo la testa.

«Dentro di me sapevo che doveva trattarsi di qualcos'altro, che eri disperata per qualche motivo, anche se non mi avevi mai detto che c'erano problemi finanziari dietro a tutto, eccetto i costi della facoltà di medicina.» Il suo sguardo divenne più duro. «Quindi ho fatto fare delle indagini.»

Quelle parole mi colpirono come un maglio. «Che cosa significa "indagini"? Intendi dire come un investigatore privato che andava in giro con la mia foto a fare domande sul mio passato?»

Adam mi guardò a lungo con un'espressione dura. «No, ho solo chiesto a un amico di controllare le tue finanze e quelle di tua madre. E ho capito. Quindi ho fatto in modo che uno degli enti di beneficenza di cui faccio parte, il Golden Shield Group, la aiutasse in un modo che non avrebbe assolutamente avuto niente a che fare con l'asta.»

I pensieri si affollavano nella mia testa. Dentro di me soffiava un uragano che minacciava di strapparmi l'anima. Ingoiai un singhiozzo, mi voltai e cominciai a camminare.

Mi lasciò andare per due passi, poi mi seguì. «Emilia...»

Mi fermai, mi presi la testa tra le mani e cominciai a camminare avanti e indietro davanti a lui. «Quanti altri segreti ci sono, Adam? È come se tu fossi una fottuta cipolla con strati su strati di bugie. Prima vinci l'asta, ma non ti preoccupi di informarmi che non intendi fare sesso con me e quindi tiri in lungo le cose tra di noi, portandomi a credere che sarebbe successo, anche se non ne avevi l'intenzione. Poi scopro che ci conoscevamo da molto più tempo di quanto pensassi e ora *questo!*» Quasi non riuscii a dirlo. Il senso di tradimento minacciava di soffocarmi.

Adam seguiva i miei movimenti, con gli occhi scuri per la preoccupazione. «È tutto. Ora sai tutto.»

Scossi la testa. «Perché hai messo in piedi tutta questa farsa?»

Adam si strofinò la guancia. «Perché non potevo farne a meno. Non volevo che lo facessi. Te l'ho detto, non avevo l'intenzione di lasciare che le cose arrivassero a quel punto. Ma...» Esitò e fece un passo verso di me, ma capivo che non aveva veramente voglia di dire altro.

«Ma cosa?»

Si fece forza e, quando parlò, la sua voce era sommessa. «Ma ho perso il controllo. Non ho potuto farne a meno.» Chiuse gli occhi. «Non ne sono fiero. Ma qualunque cosa ci fosse fra di noi è diventata molto più grande di me molto in fretta. Non riuscivo a smettere di pensare a te, tra un incontro e l'altro, e continuavo a dire a me stesso che avrei tagliato i ponti la volta successiva, ma la volta successiva non arrivava mai perché tutte le volte che ero con te scoprivo di volerti di più. E non solo nel mio letto, Emilia, anche se quella parte mi stava facendo impazzire.»

Smisi di camminare, con le braccia ripiegate sul petto. Lo ascoltai, senza guardarlo. Poi lui continuò. «Volevo *di più* e non l'ho mai voluto da qualunque altra donna, *mai*. Volevo passare la sera a guardare film con te, stuzzicandoti con piccoli indizi irrilevanti sul gioco o discutendo su quale versione della prima trilogia di *Guerre Stellari* fosse la migliore o lasciando che mi prendessi in giro perché i miei gusti musicali sono esattamente quelli di tua madre.»

Smise di parlare e finalmente lo guardai. E poi desiderai non averlo fatto. C'era emozione scritta su tutti i suoi lineamenti. I suoi occhi m'inchiodarono, sfidandomi a distogliere lo sguardo. «Ogni minuto che passavo con te mi faceva desiderare di averne altri cento.»

Riuscii a distogliere lo sguardo. Avevo gli occhi che bruciavano e le emozioni che minacciavano di uscirmi dal petto. Mi mancava il fiato. Adam si mise davanti a me e lentamente, cautamente, mi mise le mani sulle spalle. «Adesso ti dirò qualcosa che so che ti spaventerà a morte, perché spaventa a morte anche me. Ma devo dirlo.» Aspettò un momento che lo guardassi in faccia. Ma io sapevo che cosa avrebbe detto. E non volevo sentirlo. Finalmente lo guardai negli occhi.

«No, per favore.»

Adam chiuse gli occhi, chiaramente deluso. Quando parlò, la sua voce tremava. «Io ti amo, Emilia. Ti amo così maledettamente tanto che non riesco a respirare quando non so dove sei o che cosa stai facendo. Quest'ultimo mese è stato una tortura. Mi chiedo se sia possibile avere spazio nel mio cuore per qualcosa che non siano questi sentimenti.»

Non riuscii a rispondere, scossi solo la testa. Volevo che smettesse di parlare e volevo che non smettesse mai.

Continuò. «E se quest'ultimo mese senza di te non mi ha insegnato nient'altro, mi ha dimostrato quello che voglio.

Voglio... No, *ho bisogno*, di te nella mia vita. Se dovrò farlo, aspetterò tutto il tempo che ci vorrà per ottenerlo.»

Mi misi una mano sulla fronte, con le guance bagnate di lacrime. Non avevo mai pianto davanti a lui, ma ora le mie barriere erano così sottili, così fragili che sembravo sempre sul punto di scoppiare in lacrime.

La rabbia mi arrossava le guance, la base del collo. Ero così furente per quello che mi stava facendo. Con quelle parole, aveva ripreso il controllo, come faceva sempre, dichiarando quale sarebbe stato il mio futuro. Avrebbe aspettato tutto il tempo che ci voleva, ma questo voleva dire che, alla fine, avrebbe ottenuto quello che voleva. Ed era il tipo di uomo che non si accontentava di niente di meno.

Mi tirai indietro, con pugni chiusi. «Vaffanculo, Adam Drake» sibilai. «Non ti ho mai chiesto di invadere la mia vita e sistemare le cose. Non ho mai avuto bisogno che mi salvassi!»

Piegò la testa in quel modo che aveva di studiarmi, con gli occhi calcolatori. Quello sfogo non era stato una sorpresa per lui. Deglutì, raddrizzò le spalle.

«No, probabilmente no» disse sommessamente, tanto che riuscii a malapena a sentirlo sopra tutta la rabbia e il tornado di emozioni che turbinavano dentro di me. «Ma di certo io avevo bisogno che tu salvassi me.»

E a quel punto si voltò e se ne andò. E ogni parte di me voleva che lo seguissi, voleva abbracciarlo con tutta la mia forza e tirare il suo corpo contro il mio.

Invece mi piegai in due e singhiozzai, con il dolore che mi dilaniava dalla fronte alle caviglie. Singhiozzavo così forte che mi pareva che la testa stesse per spaccarsi in due. Così forte che riuscivo a malapena a tirare il fiato, ansimando come un sommozzatore con le bombole vuote. Il dolore era troppo e troppo intenso.

Quelle parole. Le parole che ogni donna sognava di sentire da un uomo meraviglioso come Adam, invece mi facevano singhiozzare. Perché dubitavo di avere quello che ci voleva per meritarle. Per ricambiare quei sentimenti. Perché non era Adam quello vuoto dentro. Ero *io*.

***

Era già buio da un pezzo quando tornai in casa. L'auto di Adam era ancora nel viale. Mia madre aveva preparato e servito la cena, a cui apparentemente l'aveva invitato, perché erano seduti a tavola, con i piatti vuoti, a chiacchierare e bere vino.

Cercai di oltrepassare la sala da pranzo senza farmi notare ma mia madre mi fermò. «Mia, ti ho preparato un piatto. Vieni a mangiare!»

Ero in piedi sulla porta, conscia di avere un aspetto orribile. C'erano polvere e tracce di lacrime sulle mie guance, avevo gli occhi e il naso gonfi e moccio essiccato sul davanti della maglietta. Mi rifiutai di guardare Adam, che apparentemente era affascinato dal suo piatto vuoto.

«Faccio solo una doccia e vado a letto.»

La mamma aggrottò la fronte. «Sei…?»

«Sì, sto bene.» La interruppi con un'occhiata significativa alla testa piegata di Adam.

Non sembrò convinta. «Oh, okay. Bene, il signor Drake mi ha informato che è successo qualcosa in ufficio e dovrà partire domani mattina presto.»

Lanciai un'occhiata ad Adam e ci guardammo negli occhi per un lungo momento. Il mio battito diventava di momento in momento più affrettato e irregolare.

La mia voce era appena un sussurro. «Mi dispiace.» Mi schiarii la voce. «Scusatemi.» E mi ritirai, andando diritta a fare la doccia.

Alzai la temperatura dell'acqua finché riuscii a tollerarla. Dovevo lavar via l'intorpidimento, il vuoto doloroso dentro di me. Domani se ne sarebbe andato e questa volta dubitavo che lo avrei rivisto. Respingendolo, permettendogli di andarsene, avrebbe capito che volevo che voltasse pagina, che continuasse la sua vita. Senza di me.

Pensai alle sue accuse sui motivi per cui non potevo aprirmi a lui. Sapevo che era perché ero sicura che mi avrebbe ferita. Che mi avrebbe lasciata. E lo avrebbe fatto. Proprio come il donat... proprio come Gerard. *L'ombra scura di tuo padre macchierà ogni uomo che guarderai.* Ero dolorosamente conscia della verità delle sue parole. Adam non era Gerard. Adam non era sposato e non mi stava usando. Adam voleva di più. Mi aveva appena detto che era innamorato di me e, per quanto valeva, sentivo sinceramente che ci credeva.

Adam non era Gerard. E c'erano molti uomini al mondo che non erano come lui. E dovevo smettere di credere, nel mio modo infantile, che perché uno di loro non mi aveva voluto, perché Gerard mi aveva respinto prima che nascessi, che anche tutti gli altri lo avrebbero fatto. Dovevo trovare il coraggio di credere e seguire una strada che mi portasse alla felicità secondo questa nuova convinzione.

Rimasi sotto il getto bollente finché divenne tiepido e la mamma picchiò sulla porta protestando perché non c'era più acqua calda per lavare i piatti.

«Mia» disse quando uscii, avvolgendomi la vestaglia sul corpo gocciolante.

«Andrà tutto bene, mamma.»

«Il nostro ospite... il signor Drake...»

Il panico mi travolse. «È già partito?» Le afferrai il braccio, frenetica, ansiosa di saperlo.

Mia madre lo liberò, accigliata. «No. Te l'ho detto, domani mattina. Voi due vi conoscevate già, vero?»

Mi tirai indietro, mi voltai ed entrai nella mia stanza. Ovviamente lei mi seguì. «Mia, è lui il tizio che stavi vedendo?»

Mi fermai, sempre quel vecchio muscolo che si annodava tra le scapole. Sospirai. «Sì.»

«Sai, io sono un pessimo giudice di caratteri, quindi non è il caso di fidarsi di me, ma...»

Mi voltai. «Smettila di sentirti la colpa, mamma. Smettila di dubitare di te stessa. Hai fatto *un* errore e non dovresti torturarti per tutta la vita.»

La sua espressione divenne triste. «Parole sagge, che *tu* dovresti ascoltare. Nemmeno tu dovresti basare tutta la tua vita su un *mio* errore.»

Mi lasciai cadere sul letto, guardandola. Respirai piano. «Ho paura.»

Lei si sedette sul letto accanto a me e mi mise il braccio intorno alle spalle. «Crescere è una cosa che fa paura. Penso di sapere perché è venuto qui e penso di sapere qual è la decisione che hai paura di prendere. E l'unica cosa che ti posso dire è che sei tu, e solo tu, a dover decidere. Ma pensa a me. Sono da sola da tanto tempo, per mia scelta, e preferirei che tu trovassi qualcuno che ti renda felice. Mia, se lo ami, non scegliere di restare da sola.»

Se lo ami… Appoggiai la testa sulla sua spalla e chiusi gli occhi, con quel dolore che pulsava forte dentro di me. Sospirai, sapendo che aveva ragione.

***

Ero davanti alla sua porta, con nient'altro addosso che la camicia da notte e le mutandine, tremando, ma non per il freddo. In distanza, sentivo un branco di coyote che si chiamavano e l'onnipresente frinire dei grilli.

Non usciva luce da sotto la porta e dato che non era molto tardi, ero preoccupata. Per quanto ne sapevo dalle notti che avevamo passato insieme, non era tipo da andare a letto presto. Ma forse quella sera era stanco.

Beh, peggio per lui, lo avrei svegliato. Non potevo aspettare. Bussai forte, ascoltando attentamente per sentire il rumore dei passi dall'altra parte. Ma c'era un silenzio assoluto.

Guardai la finestra. Le tende non erano completamente tirate, quindi premetti il volto sul vetro, con le mani intorno agli occhi e guardai dentro. E non riuscii a vedere un accidente di niente perché era così buio.

«Adam?» chiamai dalla finestra, dando un colpo con il pugno e aspettando. Niente.

Mi rifiutai per un lungo momento di credere che non fosse dall'altra parte di quella porta. Bussai ancora. Chiamai di nuovo. Mi si contrasse lo stomaco per un attacco di nausea. Oh Dio… Oh Dio. Se n'era andato. Aveva fatto le valige e se n'era andato, anche se aveva detto a mia madre che non sarebbe partito fino al mattino dopo. Se n'era andato mentre ero sotto la doccia. *Cazzo.*

Dovevo seguirlo. Non c'era altro da fare. Lo avrei inseguito fino a OC il giorno dopo ma chi sapeva dove sarebbe stato o come avrei fatto a trovarlo? Non avevo il suo numero perché era nei contatti del maledetto telefono che gli avevo restituito. Avevo la sua email, ma mi aveva appena detto che non avrebbe controllato le email durante quella pausa dal lavoro.

Sapevo dove viveva e avrei potuto andare a casa sua, ma se aveva in programma un periodo di aspettativa dal lavoro, chissà dove sarebbe stato il giorno dopo… Magari su un aereo diretto in un posto lontano?

Le lacrime minacciavano di scendere quando mi resi conto che era partito. La più piccola delle voci in fondo alla mia testa mi chiese… e se non lo avessi più rivisto? E se non avessi più sentito la sua voce? E se non avessi più conosciuto un amore come quello?

Quasi paralizzata dal dolore mi voltai e premetti la schiena contro la sua porta, cercando disperatamente di formulare un piano. Sarei corsa a mettermi un paio di jeans e a prendere le chiavi. Sarei scesa dalla montagna quella sera stessa. Era a due ore di distanza. Avrei bussato alla sua porta all'una di notte se avessi dovuto.

Merda. Cercai di respirare con le lacrime che mi bagnavano le guance. Com'era potuto succedere?

Mi lasciai scivolare lungo la porta fino a essere seduta sul gradino. Premetti il volto contro le ginocchia, indifesa contro quella perdita. Ero appena riuscita a riconoscere che potevo avere quei sentimenti, che il mondo non sarebbe imploso se mi fossi permessa di amare un uomo.

Quell'uomo. Quell'uomo meraviglioso. Se n'era andato e avrei pagato cara la mia testardaggine. Quell'amore mi era costato molto più dei tre quarti di milione di dollari. Mi era costato il cuore.

E non era possibile riaverlo, a qualunque prezzo. Apparteneva a lui. *Per sempre.*

Se lo avesse voluto ancora dopo averlo respinto. Stupida, Mia. Vigliacca.

Singhiozzai con le mani sul viso, senza riuscire a trovare la forza di mettere in atto il mio piano. Stavo perdendo la volontà e rischiavo di restare lì, una pozza di tristezza, sul portico di quel piccolo capanno. Le spalle si scuotevano ed ero grata che non ci fosse nessuno lì a sentirmi piangere come una bambina.

E Dio sa per quanto tempo mi sarei permessa di restare lì seduta, un patetico disastro lacrimoso, se non avessi sentito un rumore di passi che attraversavano il portico, e si fermavano proprio accanto a me. Vidi un paio di grandi piedi nelle stesse sneakers che calzava Adam quando eravamo andati a correre un paio di sere prima.

Rimasi immobile, continuando a coprirmi il viso. Lui non si mosse per un momento, poi appoggiò un ginocchio per terra per guardarmi in faccia.

«Non credi di aver pianto abbastanza per un giorno?»

Il respiro mi bruciava in petto e sbattei la testa contro la porta dietro di me. Lo guardai attraverso le palpebre gonfie e feci un singhiozzo. Non ero mai stata così avvilita. «Pensavo fossi partito.»

«Domani. Stasera mi sentivo irrequieto, sono andato a fare due passi.»

Lo fissai stupidamente, senza riuscire a trovare le parole che rispecchiassero il guazzabuglio di sentimenti che provavo. Erano ingarbugliati, come ragnatele tutte appiccicose e aggrovigliate dentro il mio petto. Il mio torace si alzava appena a sufficienza per prendere una boccata d'aria, che poi usciva immediatamente. Il suo sguardo divenne più intenso.

«Vuoi entrare o preferisci restare seduta lì?»

Senza dire una parola, tirai su col naso e mi rimisi in piedi. Adam si alzò e aprì la porta, che, me ne resi conto solo in quel momento, non era chiusa a chiave. Accese la luce e tenne la porta aperta per me, come se temesse che, se mi avesse voltato le spalle, io potessi fuggire nuovamente nella notte.

E sì, avrei potuto essere incline a farlo, ma Adam mi bloccava la via di fuga, quindi entrai lentamente nel capanno.

Diedi un'occhiata in giro, vidi la pila di libri sul suo comodino, uno aperto, a faccia in giù sul letto, *Segment Hiker's Guide to the Pacific Crest Trail,* la guida dell'escursionista parziale della PCT. Il mio sguardo volò a dove lui stava aspettando, appena dentro la porta chiusa.

Cominciai a tremare in tutto il corpo, un tremore, quasi dei brividi, ben poco attraenti. Adam continuava a guardarmi dalla porta, attento a ogni mio movimento ma rigido, immobile.

Quegli occhi scuri non rivelavano niente dei suoi sentimenti. Stava aspettando che fossi io a parlare. Ero *io* quella che aveva frignato come un'idiota sul portico, dopotutto.

Non avevo ancora idea di che cosa avrei detto. Feci un respiro profondo e invece gli feci una domanda. «Perché? Perché sei entrato nella mia vita e hai distrutto tutto quello che conoscevo? Pensavo di essere felice. Pensavo di non aver bisogno di nessuno...» La mia voce si spense poco a poco.

Gli angoli della bocca di Adam si alzarono in un sorriso senza allegria. «Ti potrei chiedere esattamente la stessa cosa.»

Mi asciugai le guance con il dorso della mano. «Ho pianto più oggi dei dieci anni precedenti messi insieme. Di solito non sono un'idiota piagnucolosa, te lo giuro.» Mi misi le mani sul volto. «Io... è solo che non so che cosa fare.»

Adam rimase zitto un momento, spostando il peso per appoggiare la spalla forte contro la porta. «Sì, invece, lo sai.»

Lasciai cadere le mani e scossi la testa senza parlare.

«Vieni qua, Emilia.»

Ed io lo feci. Andai diritta tra le sue braccia. Lui mi strinse a sé e le lacrime arrivarono di nuovo. Adam mi baciò i capelli, stringendo più forte.

Gli appoggiai la testa sulla spalla e gli misi le braccia intorno alla vita. E respirai il suo odore, con il desiderio e il senso di appartenenza che m'invadevano. Era così bello sentire le sue braccia intorno a me, solide, reali.

Mi tremava la voce quando alla fine parlai. «Ho bisogno di te» dissi. La sua bocca si spostò verso il mio collo e mi baciò lì e scariche di elettricità percorsero ogni nervo collegato a quel punto. Mi ci era voluto tutto ciò che avevo per ammetterlo... perché avevo passato tutta la mia vita fino a quell'attimo credendo di non aver bisogno di nessuno... assolutamente nessuno. Che Mia Strong fosse un'isola, una fortezza.

Ma avevo bisogno di Adam Drake. Ne avevo bisogno quanto dell'aria che respiravo, quanto di mangiare o di bere. E finalmente il mio cervello permise al mio cuore di ammetterlo.

«Ho bisogno di te» ripetei. «Ti amo.»

Adam mi prese il volto tra le mani, tenendolo fermo. Alzò la testa in modo da potermi guardare negli occhi. «Non posso prometterti che sarà tutto perfetto, Emilia. Ma posso prometterti che non rinuncerò mai. Perché non credo di aver saputo come vivere prima che tu entrassi a far parte della mia vita.»

Mi scostò i capelli dal volto, senza mai smettere di fissarmi negli occhi. Tirai su col naso, con le lacrime che continuavano a scendere, tremando tra le sue braccia. «Mentirei se dicessi che non avevo tanta paura da farmela addosso. Ma non lo negherò più. Ti amo da più tempo di quanto lo sapessi io stessa. Ho combattuto con tutte le mie forze, ma non ci riesco più. Non lotterò più. Io ti amo, Adam.»

E ci baciammo. E fu come quella prima volta... quel legame che cresceva tra di noi, rafforzandosi. Nel suo abbraccio trovai conforto, vicinanza. E quando il bacio divenne più intenso, facendo presagire che sarebbe arrivato a qualcosa di più, capii che ero pronta anche per quello. Adam si spostò lentamente verso il letto ed io andai con lui e se fosse per fare l'amore o solo per restare sdraiata accanto a lui mentre parlavamo tutta la notte, sapevo che qualunque cosa fosse successa sarebbe stata okay. Perché *questo* era okay.

www.ingramcontent.com/pod-product-compliance
Lightning Source LLC
Chambersburg PA
CBHW031611180726

48284CB00005B/1494